사라진
너를
찾아서

케리 론스데일 지음
박산호 옮김

Everything

사라진
너를
찾아서

We

Keep

책세상

나를 찾기 위해 오천 마일을 여행한 헨리를 위해.

사랑해.

차례

1부 **캘리포니아**
로스가토스 풋힐스의
젬시티

1부

캘리포니아

로스가토스 풋힐스의

젬시티

1장

7월

우리의 결혼식 날, 내 약혼자 제임스는 관에 담겨 교회에 도착했다.

나는 오랫동안 제임스가 내게만 짓는 미소를 머금은 채 제단에 서서 나를 기다리는 꿈을 꿔왔다. 그런 상상을 할 때마다 매번 설레서 아찔해지곤 했다. 하지만 내 단짝 친구이자 첫사랑이며 유일한 사랑인 그를 향해 걸어가는 대신 나는 그의 장례식에 참석해 있었다.

나는 친구들과 친지들로 가득 찬 교회에서 부모님 옆에 앉아 있었다. 원래는 우리 결혼식 하객으로 왔어야 할 사람들이 그 대신에 너무 젊은 나이에 저세상으로 가버린 사람에게 조의를 표하러 왔다. 제임스는 이제 막 스물아홉이 됐는데.

그는 내 곁을 떠났다. 영원히.

한 줄기 눈물이 뺨으로 흘러내렸다. 나는 손에 쥐고 있던 갈기 갈기 찢긴 티슈로 눈물을 훔쳤다.

"이거 써라, 에이미." 엄마가 새 티슈를 건넸다.

나는 티슈를 받아 움켜쥐었다. "고…마워요, 엄마." 내 목소리가 조금씩 올라가 흐느낌이 됐다.

"저 여자가 그 여자야?" 뒤에서 들리는 목소리에 나는 그만 바짝 긴장하고 말았다.

"그래, 제임스의 약혼녀." 누군가 속삭이는 목소리로 대답했다.

"불쌍해라. 아주 어려 보이는데. 둘이 약혼한 지 얼마나 됐대?"

"나도 잘은 모르지만 어렸을 때부터 알고 지낸 사이래."

그러자 헉하고 놀라는 소리가 들렸다. "소꿉친구가 연인이 됐구나. 완전 비극이다."

"시체를 찾는 데 몇 주나 걸렸다네. 상상이 되니? 그동안 생사를 모르는 그 끔찍한 기분?"

나도 모르게 신음 소리가 나왔다. 아랫입술이 사정없이 경련을 일으켰다.

"이봐요! 예의 좀 지킵시다." 아빠가 뒤에 앉아 있는 여자들에게 작은 목소리로 매몰차게 속삭였다. 그러고는 벌떡 일어나 발을 끌고 무릎을 부딪쳐가며 엄마와 내 앞을 지나간 뒤 내 옆에 앉았다. 나를 엄마와 아빠 사이에 앉힌 것이었다. 이어서 아빠는 나를 당신 옆으로 끌어당겨 사람들의 수군거림과 호기심에 찬 눈빛을 막아줬다.

오르간이 큰 소리로 울려 퍼지면서 장례식이 시작됐다. 모두 자리에서 일어났다. 나는 천천히 일어섰는데, 온몸이 아픈 데다 폭삭 늙어버린 기분이 들어서 털썩 주저앉지 않도록 앞줄의 신도석을 힘껏 붙잡았다. 모두가 교회 뒤쪽으로 고개를 돌려, 운구하는 사람들이 제임스의 관을 들어 어깨에 메는 모습을 지켜봤다. 절차를 진행하는 그들의 모습을 보면서 그들이 제임스의 몸보다 더 많은 걸 지고 간다는 생각을 지울 수 없었다. 제임스의 시체는 너무 부패돼서 관을 열어놓을 수 없었다. 그들이 멘 그 관속에는 우리의 꿈과 희망, 우리가 계획한 미래도 들어 있었다. 가업을 그만두고 시내에 화랑을 열려고 했던 제임스의 계획. 부모님이 레스토랑을 접고 은퇴하시면 내 레스토랑을 열겠다는 나의 꿈. 제임스와 나 사이에 서서 우리의 손을 잡고 있는 내 상상 속 작은 사내아이.

모든 것이 오늘 묻힐 것이다.

또다시 가슴으로부터 울음이 터져 나와 교회 벽에 부딪쳤다. 내 울음소리가 시들어가는 오르간 소리보다 더 컸다.

"난 못하겠어요." 나는 흐느껴 울면서 거친 목소리로 속삭였다.

제임스를 보낼 수 없을 것 같았다. 모든 사람들이 보내는 동정어린 눈빛으로 뒷목이 따끔거리는 걸 느끼면서 나는 교회 신도석 두 번째 줄에 앉아 있었다. 실내는 땀 냄새와 향내, 나무의 결을 살린 묵직하고 소박한 스타일의 가구가 배치된 교회 곳곳을 솜씨 좋게 장식한 난초 꽃다발들의 시럽처럼 달콤한 향기가 섞여 숨이 막힐 것 같았다. 우리 결혼식에 쓰려고 구매한 이 꽃다발들을 제임스의 엄마인 클레어 도나토가 장례식에 쓰려고 배달시켰다. 같은 교회. 같은 꽃다발. 의식만 달라졌다.

갑자기 뱃속이 요동쳤다. 나는 입을 가리고 아빠를 지나 통로 쪽으로 가려고 했다. 그러자 엄마가 내 손을 잡아채 꼭 쥐더니 팔짱을 끼었고, 나는 엄마의 어깨에 머리를 기댔다. "진정해라, 진정해." 엄마가 나를 달랬다. 내 눈에서 눈물이 비 오듯이 후드득 떨어졌다.

운구하는 사람들이 관을 금속 스탠드 위에 내려놓고 자기 자리로 물러갔다. 제임스의 형 토머스가 제일 앞줄에 자리한 클레어 옆에 쓱 들어와 섰다. 클레어는 검은 정장을 입고 은발을 단단히 틀어 올린 모습으로 꼼짝도 않고 앉아 있었다. 제임스의 사촌인 필이 신도석으로 들어와 클레어의 다른 한쪽 옆에 섰다. 그러고는 내 쪽으로 몸을 돌려 고개를 까닥하며 아는 체했다. 나는 침을 꿀꺽 삼키면서, 종아리가 목재 신도석에 가 닿도록 주춤주춤 뒤로 물러섰다.

클레어도 몸을 돌려 나를 봤다. "에이미."

나는 순간 놀라 그녀를 쳐다봤다. "어머님." 나도 인사했다.

제임스가 죽었다는 소식을 받은 이후 우리는 서로 거의 한마디도 이야기를 나누지 않았다. 클레어는 나를 볼 때마다 자신의 막내아들을 잃었다는 사실이 떠올라 참을 수 없다는 점을 분명히 밝혔다. 우리 둘을 위해 나는 그녀와 거리를 뒀다.

장례식은 예상했던 것처럼 여러 가지 의식과 찬송가들로 진행됐다. 나는 설교와 여러 사람의 추도사를 반쯤 들었고, 목사님이 낭독하는 성경 말씀은 듣는 둥 마는 둥 했다. 그러고는 식이 끝나자 다른 사람이 나를 붙잡기 전에 슬쩍 옆문으로 빠져나왔다. 이미 받은 조의만으로도 다음 생까지 차고 넘칠 정도였다.

사람들이 교회 마당으로 쏟아져 나왔다. 몰래 그 자리를 뜰 수 있기를 바라며 내가 옥외 통로로 걸어 나오는데 영구차가 보였다. 뒤를 돌아보던 나는 토머스와 눈이 마주쳤다. 그는 아치 모양의 통로를 성큼성큼 걸어와 나를 힘껏 껴안았다. 그가 입은 양복의 거친 천에 내 뺨이 긁혔다. 검은 머리, 검은 눈에 피부가 가무잡잡한 그는 생김새가 제임스와 아주 많이 닮았다. 어깨가 더 넓고, 더 나이 든 제임스같이 생겼지만 느낌은 다른 사람.

"네가 와서 기뻐." 토머스의 숨결이 내 머리카락을 파고들었다.

"많이 망설였어요."

"알아." 그는 우리 주위로 몰려드는 사람들을 피해, 옥외 통로 가장자리에 활짝 피어난 능소화 덩굴 밑으로 나를 데려갔다. 7월 오후의 산들바람에 활짝 핀 라벤더 꽃잎들이 하늘하늘 춤을 추었다. 동트기 전 로스가토스에 두텁게 내려앉았던 해안의 안개는 해가 떠오르면서 사라졌다. 날이 이미 더워져 있었다.

토머스는 몸을 살짝 뒤로 젖히면서 내 양팔 위쪽을 붙잡았다. "어떻게 지내고 있어?"

나는 고개를 절레절레 흔들면서 혀로 입천장을 꾹 눌러 터져 나오려는 울음을 참았다. 나는 토머스의 양손에서 빠져나왔다.

"가야 해요."

"우리 모두 그렇지. 자, 나와 같이 가자. 내 차로 묘지에 갔다가 그다음에 조문객들을 맞자."

나는 다시 고개를 흔들었다. 그는 클레어, 필과 같은 차를 타고 묘지로 가겠지..

토머스가 땅이 꺼져라 한숨을 쉬었다. "너는 묘지에 가지 않을 작정이구나."

"묘지까지만 갈 거예요." 나는 입고 있던 랩 드레스의 끈을 손가락으로 비틀면서 말했다. 부모님과 같이 묘지에 갔다가 같이 돌아올 계획이었다. "조문객은 다 어머님 때문에 오신 분들이잖아요. 다들 어머님의 친지들과 친구들이니까."

"그들은 또한 제임스와 너의 친구들이기도 해."

"알아요, 하지만…"

"이해해." 그는 양복 안주머니에 손을 넣어서 접혀 있는 종이쪽 하나를 꺼냈다. "너를 언제 다시 보게 될지 모르겠구나."

"난 아무 데도 가지 않아요. 왜냐하면 제임스가…" 나는 힘겹게 마른 침을 삼키고는 내 검은 웨지힐 구두만 바라봤다. 원래 오늘은 흰색 새틴으로 된 앞트임 구두를 신는 날이었는데.

"전화하면 되잖아요. 아니면 보러 와도 되고." 내가 말했다.

"내가 출장을 많이 다닐 거라서."

나는 고개를 들었다. "그래요?"

"자, 이거 받아. 네 거야."

그가 건넨 종이를 받아 펼친 나는 숨이 턱 막혔다. 그것은 토머스의 개인 수표였다. 거기 어마어마한 액수가 적혀 있었다. "이게 뭐…?" 내가 22만 7,000달러라는 숫자를 머리로 이해하려 하는 동안 손가락이 덜덜 떨렸다.

"제임스는 너와 결혼하면 유언장을 갱신하려고 했지만…"

토머스가 턱을 문지르다가 팔을 내렸다.

"아직은 내가 제임스의 유산 수령인이야. 제임스의 계좌에서 아직 돈을 받진 않았지만, 제임스가 계획대로 유언을 바꿨다면 이 돈은 네가 유산으로 받게 될 전부였어. 제임스가 가지고 있던 도나토 기업의 지분은 제임스도 유산으로 남길 수 없었을 테니까."

"당신 돈을 받을 수는 없어요." 나는 수표를 내밀었다.

그는 양복 주머니에 두 손을 넣어버렸다. "아니야, 받아도 돼. 너는 오늘 제임스와 결혼할 예정이었으니까 그 돈은 네 돈이 됐을 거야."

나는 수표를 다시 살펴봤다. 그건 너무 큰돈이었다.

"너희 부모님이 곧 은퇴하시지? 그 돈으로 부모님의 레스토랑을 인수할 수도 있고 아니면 네 레스토랑을 열 수도 있잖아. 네가 하고 싶은 일이 그거라고 제임스가 전에 말한 적이 있어."

"아직 결정한 건 아니에요."

"그럼 여행하면서 세상을 돌아봐. 너 지금 몇 살이지? 스물여섯? 넌 젊고 앞길이 창창해. 네가 행복해지는 걸 해." 토머스가 딱딱한 미소를 지으며 내 뒤쪽을 힐끗 보더니 마당 건너편으로 눈길을 주었다.

"그만 가봐야겠다. 건강 잘 챙기고, 알았지?" 그가 내 뺨에 키스했다.

그의 입술이 부드럽게 내 뺨을 스치는 게 느껴졌지만 그의 말은 잘 들리지 않았다. 주위가 점점 더 시끄러워졌지만 내 생각은 머나먼 곳을 떠돌고 있었다. *네가 행복해지는 걸 해.* 그게 대체 무얼까. 이젠 모르겠다.

토머스에게 작별 인사를 하려고 고개를 들었지만 그는 이미 가버리고 없었다. 무심코 돌아선 나는 토머스가 마당 건너편에서 어머니, 사촌과 같이 있는 것을 보았다. 내 시선이 느껴졌는지 필이 고개를 돌렸다가 나와 눈이 마주쳤다. 그는 보란 듯이 눈썹을 치켜 올렸다. 나는 침을 꿀꺽 삼켰다. 필이 고개를 숙여 클레어의 귀에 대고 뭐라고 속삭이더니 나를 향해 걸어오기 시작했다.

델 듯이 뜨거운 프라이팬에 기름을 부은 것처럼 공기 중에서 불꽃이 일렁이는 것만 같았다. 제임스의 목소리가 들렸다. 오래전에 제임스가 했던 말이 메아리쳤다. *여기서 빠져나가자.*

나는 수표를 클러치백에 넣고 돌아서서 주차장 쪽으로 걸어나갔다. 미래를 짐작도 할 수 없는 상황에서 과거로부터 도망치던 나는 그곳을 빠져나갈 방도를 알 수 없었다. 차를 안 가져온 것이다.

내가 모퉁이에 멈춰 서서 다시 마당으로 돌아가 부모님을 찾아야 하나 고민하고 있을 때 1950년대에 유행했던 스타일로 금발을 아주 짧게 자른 나이 지긋한 어떤 여자가 다가왔다. "티어니 씨인가요?"

나는 미리 손사래를 쳐서 다가오지 말라는 의사를 전했다. 조의를 표하는 말은 더 이상 들을 수 없을 것 같았다.

"제발, 중요한 일이에요."

나는 그녀의 이상한 말투에 멈칫했다. "우리 아는 사이인가요?"

"전 친구예요."

"제임스의 친구인가요?"

"당신 친구요. 난 레이시라고 해요." 그녀가 손을 내밀었다.

나는 우리 사이의 허공에 떠 있는 그 팔을 빤히 보다가, 고개를 들어 그녀를 봤다. "죄송해요. 우리 만난 적 있나요?"

"난 제임스 때문에 왔어요." 그녀는 팔을 내리고 뒤를 힐끗 돌아봤다. "그의 사고에 대한 정보가 있어요."

내 눈 가장자리에 눈물이 맺혔다. 나는 심호흡을 한번 했다. 지난 몇 주 동안 끊임없이 울어낸 내 가슴에서 덜거덕거리는 소리가 났다. 제임스는 내게 나흘밖에 안 걸릴 거라고, 짧은 출장이라고 했다. 비행기를 타고 멕시코에 가서 고객 접대용 낚시를 하고 저녁을 먹으며 계약에 대한 협상을 한 뒤 돌아올 거라고 했다. 그들을 태우고 나갔던 배의 선장 말로는 제임스가 낚싯줄을 던진 뒤 자기가 배의 모터를 살펴보러 갔었는데, 돌아오니 그가 사라지고 없었다고 했다. 연기처럼 그렇게.

그게 두 달 전이었다.

제임스는 몇 주 동안 실종 상태로 있었고, 결국 사망한 것으로 추정되었다. 그러다 제임스의 시체가 해변으로 밀려왔다고 토머스가 전해줬다. 레이시는 그의 시체가 발견됐다는 소식을 듣지 못한 것 같았다. 사건은 이미 종결됐는데.

"당신은 너무 늦었어요. 제임스는…"

"살아 있어요. 제임스는 살아 있다고요."

나는 아연실색해서 그녀를 빤히 보기만 했다. 대체 자기가 뭔데? 나는 영구차를 손으로 가리켰다. "저거 봐요!"

그녀는 따랐다. 우리는 운전기사가 영구차의 뒷문을 쾅 닫고 차 옆으로 돌아가서 운전석에 앉는 모습을 지켜봤다. 운전석 문을 닫은 그는 차를 몰고 주차장에서 빠져나가 묘지로 향했다.

나는 비뚤어진 만족감을 느끼며 그녀를 바라봤다. 하지만 그녀는 검은 영구차에서 눈을 떼지 않은 채 감탄한 목소리로 조용히 말했다. "저 관 속에 뭐가 들어 있을지 궁금하군요."

"잠깐만요!" 내가 주차장을 향해 사람들 사이로 요리조리 빠져나가는 동안 레이시가 따라오면서 소리쳤다. "제발 좀 기다려요!"

"다가오지 말아요!"

눈물이 다시 눈 가장자리에 그득하게 차올랐다. 혀 위에서 침이 걸쭉해졌다. 빨리 토해야 하는데 레이시가 도무지 나를 내버려두지 않았다. 나는 길 쪽을 힐끗 쳐다봤다. 우리 집은 여기서 1,500미터도 안 된다. 아마 걸어갈 수 있을 것이다.

담즙이 솟구쳐 올라왔다. *아, 맙소사.*

"내 말 좀 들어봐요." 레이시가 애원했다.

"안 돼요. 지금은 안 된다고요." 나는 입을 꽉 다물고 커다란 밴 뒤에 숨었다. 갑자기 온몸에서 열기가 솟구치면서 겨드랑이와 젖가슴 밑이 땀으로 축축해졌다. 속이 요동치면서 배배 꼬였다. 나는 몸을 앞으로 홱 숙였다.

그때까지 억누르고 있던 모든 것이 폭발하듯 튀어나와, 내 발 밑 태양에 달궈진 보도 위로 와르르 쏟아졌다. 끝내 오지 않은 제임스의 음성 메시지. 그가 살아 있다는 소식을 기다리며 홀로 보낸 수많은 밤. 토머스의 전화, 그토록 받기 두려웠던 전화. 제임스의 죽음을 전해준 그 전화.

그디음엔 클레어. 그녀는 우리가 잡아놓은 결혼식 날에 장례식을 치러야 한다고 고집을 부렸다. 그녀가 다니는 교회에 이미 예약을 해놨고 멀리 사는 친지들도 결혼식에 참석하려고 이미 표를 다 끊어놨다는 것. 그러니 굳이 그 표를 취소하거나 일정을 변경할 필요가 뭐 있나?

또다시 온몸이 떨렸다. 나는 가슴이 쑤시고 뱃속이 텅 빌 때까지 죄다 토해버렸다. 그러고 나서 엉엉 울었다. 가슴을 쥐어짜는 신음 소리가 터져 나왔다. 굵직한 눈물방울이 아스팔트 도로 위로 후드득 떨어졌다.

이제 한계에 이르렀다는 느낌이 왔다. 이 순간 집에서 제임스의 베개를 껴안고 무너졌으면 좋았을 텐데. 30미터도 안 되는 거리에 사람들이 있고 낯선 사람이 내 주위를 맴돌고 있는 여기 이 주차장이 아니라.

나는 축 늘어져 밴에 기댔다가 범퍼 위에 앉았다. 레이시가 생수병을 내밀었다. "새 물이에요."

"고마워요." 나는 손이 너무 떨려서 뚜껑을 돌릴 수도 없었다. 그녀가 다시 병을 가져가 뚜껑을 열어줬다. 나는 물을 3분의 1쯤 마신 뒤 숨을 들이쉬었다.

레이시가 숄더백에서 티슈를 몇 장 뽑아 내밀었다. 그리고 내가 그것으로 입술과 코를 닦는 모습을 지켜보면서 가방 끈을 만지작거렸다. "이제 좀 나아졌어요?"

"아뇨." 나는 집에 가고 싶어서 일어났다.

레이시의 팔이 다시 가방 속으로 사라졌다. 그녀는 가방을 뒤져 명함 하나를 꺼냈다. "우린 이야기를 좀 해야 해요."

"난 당신이 파는 거에 관심 없어요."

그녀의 뺨이 새빨개졌다. "뭘 팔려고 이러는 게 아니에요. 할 말이…"

그녀는 말을 멈추더니, 우리 뒤쪽 주차장을 살펴본 후 다시 나를 봤다.

라벤더처럼 새파란 눈으로 나를 보는 그녀의 강렬한 눈빛에 충격 받아 나는 아무 말도 못하고 눈만 깜박였다. 순간 본능적으로 느껴졌다. 그녀는 뭔가 알고 있었다.

"난 아무것도 팔지 않아요. 그리고 아까 그런 식으로 말해서 미안해요. 하지만 그건 사실이에요. 최대한 빨리 날 찾아와요." 그녀는 남은 내 한 손을 낚아채 명함을 쥐여줬다. 그러고는 물러

나서 밴 주위를 돌아가 사라졌다.

또각또각 보도 위로 달려오는 발소리들이 들렸다.

"여기 있었구나." 나디아가 숨을 몰아쉬면서 말했다. "너 찾으려고 사방을 다 뒤졌단 말이야. 너희 부모님도 널 찾고 계셔." 적갈색 머리가 그녀의 어깨 위로 흩어졌다. 올림머리가 풀렸는데 나를 찾아다니다 그런 모양이었다.

크리스틴도 그녀 옆에 멈춰 서서 가슴을 들썩였다. 그녀의 스타킹 한쪽이 옆으로 올이 나가 있었다.

이 둘은 원래 오늘 내 들러리를 서기로 돼 있었는데.

"여기서 뭘 하고 있는 거야?" 크리스틴이 달려오느라 숨이 차서 고음이 된 목소리로 물었다.

"난…" 말을 하려다 멈췄다. 숨고 있었다는 걸, 나를 쫓아 주차장까지 따라온 낯선 사람을 피하려다 내 신발 위에 토하고 말았다는 걸 설명하고 싶지 않았다.

"네가 뭐?" 크리스틴이 추궁했다. 나디아가 팔꿈치로 그녀를 쿡 찌르고 내 발치의 땅바닥을 가리켰다. 크리스틴은 보도 위에 마치 페인트 통이 엎질러진 것처럼 흩어져 있는 증거를 보고 얼굴을 찡그렸다.

"아, 에이미." 그녀는 탄식했다.

나는 뺨이 화끈거려서 고개를 푹 숙였다가 무심코 손에 쥐고 있던 명함을 봤다.

레이시 손더스

23

심리상담사, 컨설턴트, 프로파일러
살인 사건, 실종 사건, 미결 사건
당신이 답을 찾을 수 있도록 도와드립니다.

순간 전신에 소름이 쫙 끼쳤다. 나는 반사적으로 레이시가 가
버린 쪽으로 고개를 돌렸지만 그녀는 이미 사라진 뒤였다.

"그게 뭐야?" 나디아가 물었다.

내가 명함을 건네자 그녀가 어처구니없다는 듯이 눈동자를 굴
렸다. "젠장, 사이코들이 벌써 너를 쫓아다니고 있구나."

"누구야?" 크리스틴이 나디아의 어깨 너머로 명함을 봤다.

나디아는 재빨리 명함을 접어 자기 핸드백에 넣었다.

"순진하게 굴지 마, 에이미. 그러다 사람들한테 이용만 당한
다."

"누구한테? 그 명함에 뭐라고 적혀 있길래 그래?" 크리스틴이
다시 물었다.

"에이미가 시간을 들일 가치가 없는 거야."

나는 나디아의 말이 맞는다고 판단했다. 레이시는 미친 여자
다. 뻔뻔스럽게 오늘 같은 날 내게 접근하다니. 아마 신문 부고란
에서 장례식 공지를 보고 왔겠지.

크리스틴이 내 팔짱을 꼈다. "가자, 친구. 우리가 묘지에 데려
다줄게. 거기 가서 너희 부모님한테 우리와 같이 집에 간다고 말
씀드리자. 닉이 차 가지고 와서 기다리고 있어."

닉. 크리스틴의 남편. 제임스의 절친한 친구. 제임스.

나는 크리스틴이 이끄는 대로 따라갔다. "난 걸어서 집에 갈 생각이었어."

그녀는 10센티미터나 되는 내 웨지힐 굽을 힐끗 보더니 잘 다듬어진 눈썹을 치켜 올렸다. "잘도 그러겠다."

❖

장례식이 끝난 후 닉이 집 앞에 우리를 내려줬다. 크리스틴과 나디아가 나를 따라 집으로 들어왔다. 나는 단층에 침실이 세 개인 우리 집 현관과 거실 사이에 멈춰 서서 주위를 둘러봤다. 캐러멜 색깔의 팔걸이 없는 가죽 의자들과 회갈색 셔닐 직물 소재의 소파가 있었다. 호두나무 장식장 안에 평면 텔레비전이 설치돼 있었고, 내가 마지막으로 본(그때가 언제였는지는 모르겠지만) 그대로 방문들이 빠끔히 열려 있었다. 현관 문 옆에 놓인 수납장 위의 벽에는 제임스의 그림을 표구한 액자 세 개가 걸려 있었다.

모든 것이 제자리에 있었다. 거기 살았던 남자만 빼고.

나는 현관 수납장 위에 열쇠 꾸러미와 클러치를 던져 놓았다.

나디아가 식당을 지나 주방으로 들어갔고, 딱딱한 마룻바닥을 걸어가는 하이힐 소리가 집 안에 울려 퍼졌다.

"뭐 좀 마실래?"

"차로 부탁해." 나는 신발을 벗고 발을 쭉 뻗어 발가락 스트레칭을 했다.

나디아는 블라인드를 내렸고, 냉동실에서 얼음을 꺼내 주전자에 부었다. 얼음 덩어리들이 덜거덕 소리를 내면서 주전자 속에서 자리를 찾아갔다.

"좀 더 센 건 어때?"

나는 어깨를 으쓱했다. "그래, 아무거나 괜찮아."

크리스틴은 커피 테이블 옆에서 신발을 벗다가 고개를 들고 얼굴을 찡그렸다. 그녀는 벽난로 가까이에 있는 가죽 의자에 털썩 앉아서 양반다리를 했다. 나는 크리스틴의 시선을 느끼며 침실로 갔다.

곧바로 제임스와 같이 쓰던 옷장으로 가서 사각 문을 열었다. 제임스의 양복들 옆에 내 옷들이 걸려 있었다. 제임스의 옷은 다 짙은 회색과 검은색과 남색 계열이었다. 세로 줄무늬 옷도 있었지만 대부분 단색 양복이었다. 제임스는 이런 옷을 권력형 양복이라고 불렀다. 집에서 즐겨 입는 편한 격자무늬 셔츠나 청바지와는 아주 다른 옷들.

누군가 제임스의 이 옷들을 보면 완전히 다른 두 사람의 옷이라고 생각할 것이다. 가끔 나도 두 남자와 살고 있다는 느낌을 받았으니까. 도나토 기업에서 일하는 남자가 격식을 차리면서 예의를 중시했다면, 소매를 걷어붙인 팔뚝에 페인트 얼룩이 점점이 묻은 자유로운 기질의 예술가 남자도 있었다.

나는 둘 다 사랑했다.

나는 제임스가 좋아한 파란 셔츠의 소매에 코를 대고 거기서 나는 향기를 깊이 들이마셨다. 백단유와 그윽한 호박琥珀, 제임스의 향수와 물감을 지울 때 쓰는 테레빈유가 뒤섞인 냄새였다. 그는 마지막으로 그림을 그릴 때 이 셔츠를 입고 있었다. 감은 눈꺼풀 너머로 그가 보였다. 제임스가 붓질을 할 때면 색이 바랜 파란색 면 셔츠 밑에서 물결치던 그의 어깨 근육이 보였다.

"이야기하고 싶어?" 크리스틴이 뒤에서 부드럽게 물었다.

나는 고개를 저었고, 허리에 묶은 끈의 매듭을 풀어서 드레스를 벗었다. 드레스가 쓱 미끄러져 내려 발치에 떨어졌다. 나는 옷장으로 손을 뻗어서 제임스의 셔츠와 내가 고등학교 때부터 입었던 운동복 바지를 꺼내 입었다. 셔츠를 입자 서서히 따뜻해졌다. 등을 타고 느껴지는 셔츠의 촉감이 마치 제임스가 뒤에서 안아주는 것 같았다.

난 절대로 널 잊지 않을 거야, 에이미.

가슴이 또다시 무너졌다. 나는 목구멍에서 터져 나오려는 울음을 억지로 참았다.

뒤에서 단단한 목재 바닥이 삐걱거리는 소리가 나더니 침대 스프링이 신음 소리를 냈다. 나는 옷장 문을 닫고 돌아서서 크리스틴의 얼굴을 봤다. 그녀는 침대 머리맡 나무판에 몸을 기대고 무릎 사이에 베개를 하나 끼웠다. 제임스의 베개.

내 어깨가 축 처졌다. "그이가 그리워."

"나도 알아." 그녀가 옆자리를 톡톡 두드렸다.

나는 침대 위로 기어 올라가서 그녀의 어깨에 머리를 기댔다. 크리스틴은 내 정수리에 자신의 뺨을 댔다. 다섯 살 때 이후로 우리는 항상 이렇게 몸을 바싹 붙이고 앉아서 비밀을 속삭였다. 지난 두 달 동안에도 이런 식으로 종종 앉아 있었다. 나보다 두 살

많은 크리스틴은 언니처럼 외동인 내 유년기의 빈자리를 채워줬다. 크리스틴이 내 어깨에 팔을 둘렀다. "시간이 지나면 좀 더 쉬워질 거야. 장담해."

또다시 새로운 눈물이 솟구쳐 흘러내렸다. 크리스틴이 침대 옆 탁자에 있는 티슈를 더듬더듬 뽑았다. 나는 몇 장을 낚아채서 코를 풀었다. 크리스틴은 내 관자놀이에 달라붙은, 눈물에 젖은 머리카락 몇 가닥을 옆으로 쓸어내고 또다시 티슈를 몇 장 뽑아서 자신의 눈가를 문질렀다. 그리고 울음기 섞인 소리로 웃더니 빙긋 미소를 지었다. "우리 꼴이 말이 아니다, 그렇지?"

곧 우리는 부엌에 있는 나디아와 합류해서 같이 마가리타를 마시며 제임스와 같이 성장하면서 있었던 일들을 이야기했다. 몇 시간이 지나 칵테일을 엄청 마신 끝에 나디아는 우리 집 소파를 점령하고 코를 골기 시작했다. 크리스틴은 이미 내 침대에서 자고 있었다. 어두워진 집 안에서 나만 외톨이가 된 느낌이었다. 크리스틴이 아까 켜놓은 양초들의 불빛만이 집 안을 밝히고 있었다. 나는 소파에 누워 있는 나디아의 발을 들고 그 자리에 털썩 주저앉은 다음 그녀의 발을 내 무릎 위에 올려놨다. 밤 열 시였다. 원래대로라면 우리의 결혼 피로연에서 제임스가 이끄는 대로 따라가면서 그와 같이 부드럽게 몸을 흔들며 〈투 오브 어스Two of Us〉에 맞춰 춤을 추고 있어야 했는데.

나디아가 툴툴거리며 소파 위에서 자세를 바꿨다. 그러더니 결국 일어나 담요를 질질 끌며 손님용 침실로 갔다.

나는 나디아가 떠난 소파를 차지하고 누워 하릴없이 생각에 잠겼다. 제임스를 생각했고, 그가 그때 왜 멕시코에 갔는지 생각했다. 왜 그때 기다리거나 토머스에게 그 일을 맡기지 않았을까? 토머스는 도나토 기업의 회장으로, 회사의 가구 수출입 업무를 감독하는 것은 그의 일인데. 제임스는 재무 이사니까 회계만 신경 쓰면 될 일이었고, 사업상 협상은 그가 해야 할 일이 아니었다. 하지만 제임스는 그 특별한 고객을 다룰 수 있는 사람이 자기뿐이라고 주장했다. 그는 우리의 청첩장을 우편으로 발송한 다음 날 떠났다.

점점 눈꺼풀이 무거워지면서 설핏 잠이 들었지만 그러는 중에도 생각이 사정없이 꼬이고 있었다. 나는 주차장에서 본 여자 꿈을 꿨다. 그녀는 머리부터 발끝까지 검은색 차림이었고 반짝이는 눈은 보는 각도에 따라 다른 색으로 보였다. 그녀는 엎드려 있는 어떤 사람을 향한 채로 두 팔을 들어 올리고 뭐라고 입술을 움직이고 있었다. 노래를 부르는 것처럼 읊조리는 그녀의 주문이 그녀와 그녀 발치의 시체를 둘러싼 공기 속에 울려 퍼졌다. 그런데 그 시체가 이제 움직이기 시작했다. 그때 나는 그것이 그냥 시체가 아니란 걸 알아차렸다. 그건 제임스였다. 레이시는 죽은 그를 다시 살려내고 있었다.

2장

"여기서 뭐 하는 거니?"

아빠의 굵은 목소리가 귓가에 우렁우렁 울렸다. 나는 깜짝 놀라 아빠를 빤히 바라봤다. 아빠는 그런 나를 같은 눈빛으로 바라봤다. 아빠는 여기저기 반점이 생긴 두 팔을 내려뜨리고 서 있었다. '올드 아이리시 고트Old Irish Goat'의 주방과 식사 공간을 구분하는 문이 아빠 뒤에서 흔들거릴 때마다 경첩에서 삐걱거리는 소리가 났다.

제임스의 장례식을 치른 지 이틀 후인 월요일이었다. 나는 부모님의 레스토랑에서 일하기 시작한 후로 매주 월요일 아침이면 그랬듯이 새벽 다섯 시에 일어났다. 그리고 제임스가 실종된 후 매일 아침 그랬듯이 침대에서 굴러 나와 무거운 몸을 질질 끌면서 욕실로 갔다. 그러고는 간밤에 언제 내려놨는지 기억도 나지 않는 커피를 따라서 들고, 조금 어두운 오렌지색의 '비틀'을 몰아

올드 아이리시 고트로 출근했다. 이곳은 내가 태어나기도 전에 부모님이 사들인 고급 레스토랑이다. 나는 이 레스토랑 바닥을 대걸레로 닦고 재고 관리를 하면서 컸다. 그러다 결국 주방에 들어가 주방장인 엄마와 부주방장인 데일 옆에서 일했다. 데일이 나를 파티시에로 훈련시켰다. 내 주특기는 빵이다. 나는 샌프란시스코에 있는 요리 아카데미를 졸업한 후, 데일이 자신에게 평생 한 번 올까 말까 한 기회라며 매사추세츠 주 케임브리지에 있는 유서 깊은 레스토랑의 주방장으로 가고 나서 엄마 밑의 부주방장으로 들어갔다.

고트의 내부 공간, 그리고 스테인리스 스틸 상업용 오븐과 화덕, 대형 냉장고와 옆에 있는 냉동고, 손 닿는 곳에 있는 냄비와 접시가 서서히 의식에 들어오면서 나는 다시 한 번 잠에서 깨어나는 듯한 기분을 느꼈다.

머리 위 형광등에서 벌떼가 모여든 것처럼 윙윙거리는 소리가 났다. 볼륨을 줄여놓은 라디오에서 지방 방송국의 아침 프로그램이 나오고 있었다. 소리가 하도 작아서 진행자의 말을 잘 알아듣지는 못했지만 그의 목소리는 부드럽고 그윽했다. 모든 것이 익숙했다. 다른 날과 다를 것 없는 일상적인 아침이면서 한편으로는 또 그렇지 않았다.

아빠가 나를 비스듬히 보았는데, 아무 말도 하지 않는 나 때문에 걱정스러워하는 기색이었다. 나는 밀가루가 날리는 차가운 반죽 덩어리에 두 주먹을 파묻은 채 서 있었다. 밀가루가 조리대에 하얗게 내려앉아 있었다.

"지금 몇 시예요?" 내가 쉰 목소리로 말했다.

아빠가 주방 안으로 더 깊숙이 들어왔다. "아홉 시다."

내가 집에서 나온 지 세 시간이 지났구나.

머릿속에서 여러 장면이 휙휙 떠올랐다. 주차를 하고, 레스토랑의 경보 장치를 해제하고, 식당에서 쓸 물건들을 챙겨놓고, 재료들을 정리하는 장면들. 여느 날과 다르지 않은 일들이었다.

나는 밀가루 반죽 덩어리에서 손을 뺐다. 그 순간 밀가루가 쭉 늘어지는 큰 소리가 났다. 끈적끈적한 밀가루 덩어리가 손가락마다 달라붙었고, 손톱 밑에도 남아 있었다. 나는 손바닥을 맞대고 거칠게 비벼댔지만 이미 들러붙은 밀가루 덩어리는 끈덕지게 떨어지지 않았다.

평소에 나는 그날 레스토랑에서 쓸 밀가루 반죽을 혼자 주물러 만드는 아침 시간을 소중하게 여기고 갈망했다. 밀가루 반죽은 어렸을 때 엄마가 우리 집 부엌에서 빵 굽는 법을 가르쳐준 이래 내가 계속 해온 일로, 조용히 리듬을 타면서 잡념을 없애기에 좋았다. 밀가루를 치대는 반복적인 작업을 하면서, 그날 해야 할 일들을 머릿속으로 떠올리고 미래를 계획하고 과거를 생각하며 편안하게 생각에 빠질 수 있었다. 하지만 오늘은 아니다. 밀가루 반죽이 마치 신발 밑바닥에 달라붙은 껌처럼 끈덕지게 달라붙었다. 짜증스러웠다. 그것은 내가 미래를 계획하면서 보낸 그 많은 시간들이 다 시간 낭비였다는 걸 일깨워주는 반갑지 않은 존재 같았다. 그 미래는 더 이상 존재하지 않았다.

나는 손바닥을 더 세게 문지르면서 손톱으로 반죽 덩어리를 닦어냈다.

아빠가 젖은 행주를 가지고 와서 내 손을 닦아주기 시작했다. 딸을 걱정하는 아빠의 마음이 담긴 부드러운 동작으로. 아빠는 내 피부가 더 이상 자극받지 않도록 조심스럽고 부드럽게 손에 붙은 밀가루를 닦어냈다. 그런 다정한 행동에 괜히 더 화가 났다. 금방이라도 부서질 도자기처럼 나를 조심스럽게 다루는 게 싫었다. 나는 아빠가 잡고 있던 손을 확 빼내면서 아빠가 들고 있던 행주를 낚아챘다. 그리고 손을 세게 문질렀다.

"집에 가라, 에이미."

"가서 뭐 해요?" 나는 행주를 조리대 위에 던졌다.

아빠는 더 이상 아무 말도 하지 않았다. 그저 내가 롤빵 반죽을 방망이로 미는 모습, 커다란 금속 쟁반 위에 반죽 덩어리를 몇 개 추가하는 모습을 지켜봤다. 나는 그 쟁반을 선반 위에 밀어 넣었고, 롤빵과 식빵 반죽을 나중에 굽기 위해 따로 놔두었다.

엄마가 갈색 종이 쇼핑백 두 개를 들고 주방으로 들어왔다. 희끗희끗한 짧은 머리를 세련되게 세운 모습이었고, 그래서 귀에 건 나선형 귀걸이가 돋보였다. 엄마는 아빠를 곁눈질하더니 내게 미소를 지어 보였다.

"밖에 네 차가 있는 걸 봤다. 여긴 왜 왔니?"

"빵 구우러 왔죠. 매일 아침 하는 일이잖아요."

나는 퉁명스럽게 쏘아붙였고, 순간 엄마에게 미안해서 움찔했다.

"내가 집에 가라고 했어." 아빠가 말했다.

"아빠 말이 맞아. 넌 쉬어야 해."

"난 일해야 해요." 나는 나무 스푼을 거칠게 잡아채며 말했다.

"엄마도 내 도움이 필요하잖아요. 오늘 점심이랑 저녁 장사를 하려면 빵이 있어야 하고."

아빠와 엄마가 눈빛을 교환했다.

"그 눈빛은 뭐예요?" 내가 물었다.

"내가 마지에게 전화했어." 엄마가 위아래 치아가 다 보이도록 활짝 미소를 지으며 말했다. 엄마는 내가 아파서 출근을 못하겠다고 전화하거나 개인용 파티 음식을 만들어야 하는 등 손이 급할 때면 마지에게 전화하곤 했다. 마지는 길모퉁이에서 제과점을 하면서 이 지역의 수많은 레스토랑에 빵을 공급하고 있었다.

나는 숨을 들이쉬면서 갓 구운 빵의 따뜻하고 촉촉한 향기를 맡았다. 내가 굽지 않은 빵의 향기를. 나는 엄마가 가져온 쇼핑백을 노려봤다. '마지 제과점, 장인의 빵'.

"우리 손님들은 내가 만든 빵을 좋아한단 말이에요. 그런 빵 따위가 내 빵을 대체할 순 없어요. 나도 그렇고!" 내가 징징거렸다.

"우린…널 대체하는 게 아니야." 아빠가 말을 더듬었다.

나는 씩씩거리면서 나무 스푼으로 허벅지를 찰싹 쳤다. 마지막 말은 엉겁결에 튀어나온 것이었다.

엄마가 내 옆으로 달려왔다. "그런 거 아니야. 우린 그냥 네가 좀 쉬어야 한다고 생각해서 마지의 빵을 사 온 거야."

"하지만 난 쉴 필요 없어요." 엄마가 입술을 일자로 굳게 다물어버려서 나는 신음하듯 말했다. "얼마나요?"

엄마와 아빠가 또다시 서로 마주보더니 엄마가 내 팔을 문질렀다. "네가 필요한 만큼."

"우리 레스토랑에 변화가…"

"지금은 말하지 말아요, 여보." 엄마가 끼어들었다.

"무슨 변화요?" 나는 아빠를 쳐다봤다. 아빠는 뺨을 긁적이더니 바닥을 힐끗 봤다. "대체 제게 뭘 감추시는 거예요?"

"아무것도 아니야, 아가." 엄마가 말했다.

"말해, 케이시. 어쨌든 에이미도 조만간 알게 될 텐데 뭘."

엄마는 아빠를 한참 바라보다가 말했다. "우린 은퇴하기로 했다."

나는 스푼을 힘껏 움켜쥐었다. "은퇴하신다고요? 벌써?" 나는 황당한 표정으로 두 사람을 봤다. "맙소사, 제임스의 장례를 치른 지 얼마나 됐다고. 전 아직 두 분에게서 레스토랑을 인수할 준비가 안 됐어요. 아직은 저 혼자서 이곳을 운영할 수 없어요."

"그럴 필요 없다. 이 레스토랑은 팔았다." 아빠가 말했다.

스푼이 덜거덕 소리를 내며 조리대로 떨어졌다. "뭐라고요?"

엄마가 신음 소리를 내며 미안한 표정으로 나를 바라봤다.

"레스토랑 매각은 90일 내로 완료될 거야." 아빠가 덧붙였다.

엄마가 이마를 찰싹 치며 말했다. "휴!"

"내가 뭐 잘못 말했어?"

"이런 식으로 말하면 어떡해? 아주 신중하게 말하기로 했잖아."

나는 엄마를 봤다 아빠를 봤다 하면서 두 사람 중 누가 그냥 농담이라고 말해주길 기다렸다. 두 사람 다 다시 나를 봤는데 미안한 마음과 걱정스러운 마음이 가득한 얼굴이었다.

"왜 저와 상의하지 않으셨어요?" 내가 물었다.

엄마가 한숨을 쉬었다. "너도 우리가 장사가 안 돼서 고민하는 건 알고 있었잖아. 그런데 이 레스토랑을 사겠다는 사람이 나타났다. 여기에 대한 원대한 계획이 있다더구나."

"저도 여기에 대한 원대한 계획이 있다고요. 왜…맙소사." 나는 관자놀이를 문질렀다. "왜 제가 여길 인수하게 놔두지 않으셨어요?"

"그래서 우리 빚까지 떠안기라고? 너에게 그런 짓을 할 순 없어." 엄마가 고개를 저으며 말했다.

"그래봤자 그 빚이 얼마나 되겠어요? 제가 처리할 수 있어요." 순간 머릿속에서 수만 가지 생각이 동시에 떠올랐다. 나는 저축해둔 돈이 별로 없고, 제임스와 같이 사용하던 단 하나의 공동 계좌 예금은 그동안 집을 사느라 받은 대출금을 갚고 공과금을 내는 데 쓰고 있었다. 그 계좌로 들어오던 제임스의 돈은 제임스의 사망이 선고되면서 끊겼다. 제임스의 개인 계좌에 있던 돈은 토머스에게 갔는데 토머스는 그 돈 전액을 수표로 끊어서 제임스의 장례식 날 내게 줬다. 내가 차마 현금으로 바꾸지 못한 그 수표. 내가 마음대로 써도 되는 돈이란 느낌이 들지 않아서였다.

어쩌면 내가 살고 있는 집을 담보로 다시 융자를 받을 수 있지 않을까. 아니면 그걸 팔고 한동안 부모님 집으로 들어가서 살까.

"이 레스토랑은 어떻게 손을 쓸 수 없을 정도로 엉망이 됐다."

아빠의 고백에 정신없이 질주하던 생각이 끼익 소리를 내며 멈췄다. 아빠는 고개를 푹 숙이고 땅이 꺼져라 한숨을 쉬었다. 아빠가 낙심해서 그러는 줄 알았는데, 고개를 든 아빠의 얼굴을 보자 아빠가 수치스러워한다는 걸 알 수 있었다. "네가 여길 떠맡았다간 밀가루 한 포 사는 데도 동전 한 닢까지 박박 긁어야 할 거야. 나와 엄마는 네가 파산 신청을 하는 걸 지켜보고 싶지 않아."

"파산이라고요?" 내가 부르짖었다.

엄마가 고개를 끄덕였다. 엄마의 눈에 눈물이 맺혀 반짝였다.

"우린 이 건물을 담보로 대출을 받았고 집도 담보 잡혔는데 도저히 수지가 맞지 않았어. 거래처 몇 곳의 외상도 아직 갚지 못하고 있고. 다들 너그러운 분들이라 이자는 받지 않겠다고 하지만 그래도 원금은 갚아야지. 새 주인이 우리 채무까지 떠맡기로 했어. 우리 집 담보 대출금만 빼고 말이다."

"상황이 그렇게 안 좋은 줄 미처 몰랐어요." 내가 말했다.

아빠가 엄마의 어깨에 팔을 둘렀다. "길 건너 쇼핑몰이 리모델링되고 프랜차이즈 레스토랑 두 곳이 생기면서 우린 고객을 다 뺏겼단다."

"제게 그 손님들을 다시 찾아올 아이디어가 있었어요. 저녁 메뉴를 늘리고, 식사 공간을 환하게 만들고, 목요일과 일요일 밤에 라이브 뮤직 공연을 하면…"

"우리도 다 고려해봤지만 그것으로는 대출을 갚고 이윤을 내기에 부족해."

나는 걸치고 있던 앞치마를 사정없이 쥐어짰다. 이 건물을 매입한 사람은 부동산 개발업자로, 우리 식당을 밀어버릴 공산이 아주 컸다. 우리 고트를 지킬 방법이 있을 텐데. 이미 제임스를 잃은 마당에 이것까지 잃을 순 없었다. 이곳에는 구운 감자에서 풍기는 로즈메리 향과 콘비프에서 풍기는 위스키 향이 섞인 수많은 추억이 깃들어 있는데.

"좀 더 일찍 알았더라면 좋았을 텐데. 그러면 저도 도울 수 있었을 텐데."

"우리도 말하려고 했는데…제임스가 그렇게 가고 나니 적당한 때가 생기지 않아서. 자식에게 짐이 되고 싶은 부모는 없단다. 안 그래도 너는 이미…" 아빠가 머리를 긁적이며 말했다.

내가 감정적으로 엉망이었으니까.

나는 사정없이 비틀고 있던 앞치마를 놔주고 구겨진 앞치마를 천천히 한참 쓸어내렸다. 이제 아무런 목적도 목표도 없게 된 나는 불안해졌다. 길을 잃은 기분이었다. "그럼 이제 전 어떻게 해요? 제가 아는 거라곤 고트밖에 없는데." 알 수 없는 미래에 대한 공포가 내 목소리를 무겁게 짓눌렀다.

엄마가 내 손을 꼭 잡았다. "이걸 설레는 새 기회로 생각해라. 넌 다른 걸 시도해볼 수 있잖니."

"예를 들면요?" 나는 엄마의 손에서 내 손을 빼낸 뒤 앞치마를 홱 벗어버렸다. 부모님이 전해준 뉴스가 이제 실감 나기 시작했다.

엄마가 아빠를 힐끗 봤다. "아빠와 나는 네게는 지금이 그 어느 때보다 너 자신이 어떤 사람이고 뭘 원하는지 알아보기에 좋은 때라고 느끼고 있다."

내 눈이 커졌다. "'지금이 그 어느 때보다'라니요? 고트가 팔렸기 때문에요, 아니면 제임스가 죽었기 때문에요?"

아빠가 헛기침을 했다. "둘 다 조금씩."

나는 멍하니 아빠를 봤다.

"너와 제임스는, 그러니까 뭐냐, 네가 여덟 살 때부터 붙어 다녔지. 너희 둘은 그때부터 한시도 떨어지지 않았잖아."

"지금 제가 그동안 제임스에게만 너무 의존했다고 야단치시는 거예요?"

"아니, 그런 말이 아니다." 아빠가 얼버무렸다.

"그래, 맞아." 엄마가 단도직입적으로 대답했다.

나는 부모님을 물끄러미 바라봤다.

"에이미, 우리 모두 제임스가 정말 그립다. 아빠와 나는 아들을 잃은 심정이란다. 하지만 네가 성인이 된 후 처음으로 네 인생에 너만 있게 됐어. 넌 네가 원하는 걸 할 수 있는 교육도 받았고 경험도 있어. 정말 레스토랑을 경영하고 싶다면 너의 레스토랑을 시작해봐." 엄마가 말했다.

고트가 팔린다는 소식마저 제대로 감당하지 못하는 이 상황에서 어떻게 맨주먹으로 레스토랑을 시작할 생각을 할 수 있단 말인가? 나는 앞치마를 꽁꽁 뭉쳐서 조리대에 던져버렸다. 밀가루 구름이 폭발했다. 흰 밀가루가 주방 바닥으로 떨어져 내렸다. 나는 핸드백과 열쇠를 집어 들었다.

아빠가 이마를 찡그렸다. "어디 가니?"

"밖에요. 집에요. 어디든." 나는 고개를 흔들며 말했다. 머릿속이 너무나 혼란스러웠다. 도저히 생각을 제대로 할 수 없었다. 엄청난 무게가 가슴을 짓눌러 숨을 쉴 수 없을 정도로 아팠다. 사방의 벽들이 안으로 밀고 들어오는 것처럼 갑갑했다. 나는 주방을 나왔다.

엄마가 나를 따라 주차장까지 왔다. 나는 열쇠 꾸러미를 쥐고 더듬거렸다. 그러다 열쇠 꾸러미가 땅바닥에 떨어졌고 나는 고개를 푹 숙였다. 나는 거칠게 숨을 들이쉬었다가 내쉬었다. 어깨가 떨렸고, 금방이라도 울음이 터질 것 같아 가슴이 답답했다.

엄마가 한쪽 팔로 나를 휘감아 품에 끌어당겼다. 나는 엄마의 품에 얼굴을 묻고 엄마를 꽉 껴안은 채 사정없이 흐느꼈다. 엄마는 나를 안아 부드럽게 몸을 흔들고 내 머리를 쓰다듬으면서 내가 마음속 슬픔을 다 터트리도록 도와줬다. 다 쏟아버릴 수 있도록.

"어떻게 해야 할지 모르겠어요."

"넌 방법을 찾게 될 거야." 엄마가 말했다.

"뭘 해야 할지 모르겠어요."

"알아내게 될 거야."

"난 진짜 혼자예요."

엄마는 몸을 뒤로 젖혀 내 얼굴을 부드럽게 움켜쥐고서, 엄지손가락으로 내 눈물을 닦아줬다. "넌 혼자가 아니야. 우리가 여기 있잖니. 우리에게 전화해. 우린 새 일자리를 추천해줄 수도 있고, 아니면 기대어 울 어깨가 돼줄 수도 있어. 언제든 우리가 도와줄

게."

　나는 엄마의 제안에 감사를 표했지만 그건 내가 듣고 싶은 말이 아니었다. 아직은.

❖

　나는 여덟 살에 제임스를 만났다. 그는 뉴욕에서 여기 로스가 토스로 이사 와 닉의 새 이웃이 됐다. 제임스네 집은 우리 부모님인 캐서린과 휴 티어니의 집에서 두 블록 떨어진 곳에 있었다. 한여름의 어느 토요일 아침에 닉과 크리스틴이 제임스를 데려와 내게 소개해줬다. 나는 그날의 일을 내가 여덟 살 때 있었던 그 어떤 일보다 더 세세하게 기억한다. 제임스가 나와의 만남으로 긴장된 마음과 새 친구들을 사귀고픈 간절한 마음을 오롯이 드러내며 내게 손을 흔들며 미소를 지었던 것도 기억한다. 제임스는 우리 학교의 다른 남자아이들보다 머리가 훨씬 길었다. 나는 뉴욕 미식축구 제츠 팀의 모자 밑으로 귓불까지 내려온 그의 숱 많고 구불구불한 갈색머리에서 눈을 뗄 수 없었다. 제임스는 사방으로 뻗친 머리카락을 누르려는 것처럼 손가락으로 머리카락을 빗어 내렸다.

　우리 동네는 토요일이면 거의 언제나 그렇듯이 갓 베어낸 풀 냄새로 가득했다. 집집마다 스프링클러가 윙윙거리는 소리를 내며 돌아갔다. 아빠가 잔디 깎는 기계의 엔진을 끌 때마다 부드럽게 윙 소리가 났다. 나는 토요일마다 그랬듯이 용돈을 벌기 위해 레모네이드 좌판을 차려놓고 있었다. 나는 시내의 장난감 가게에서 마법의 기억 가루를 사기 위해 돈을 모으는 중이었다. 그 가게의 점원은 매일 밤 자기 전에 내 머리에 그 가루를 한 줌 뿌리면 내가 신발을 어디에 뒀는지 혹은 언제 내가 맡은 집안일을 해야 하는지 잊어버리지 않게 될 거라고 했다. 그 말을 들으니 무슨 일이 있어도 그 가루를 사야 할 것 같았다.

하지만 그 토요일은 다른 토요일과는 달랐는데, 닉과 크리스틴이 새 친구를 데려와서 그런 게 아니었다. 우리 집 맞은편에 사는 로비와 그의 사촌인 프랭키가 내가 좌판을 차리는 모습을 지켜보고 있었다. 로비도 원래 심술궂은 아이였지만, 프랭키와 같이 있으면 못된 짓이 심해져 둘이서 여자아이들의 머리카락을 잡아당기고, 욕을 하고, 장난감을 망가뜨리고, 아이들을 울렸다.

그 둘이서 반짝이는 동전을 내밀며 레모네이드를 달라고 했다. 그 동전이 너무나 탐나서 내가 할 수 없이 그들을 상대하고 있을 때 크리스틴과 닉이 도착했다.

"안녕, 에이미." 크리스틴이 인사를 하고는, 닉 옆에 서 있는 낯선 아이를 가리키며 말했다. "얘는 제임스야."

나는 로비에게 레모네이드를 따라주고 제임스에게 미소를 지어 보였다. "안녕."

제임스는 씩 웃고 내게 손을 흔들었다.

"이게 누구야. 재수 없는 니키 아니야. 쟤가 네 새 여자 친구냐?" 로비가 제임스를 향해 턱짓을 하며 물었다.

제임스의 표정이 순간 굳어졌다. 닉이 로비를 향해 위협적으로 한 발짝 다가섰다. "그만 꺼져, 바보야."

"우엑!" 프랭키가 신음 소리를 냈다. 그의 손에서 컵이 스르르 미끄러져 떨어졌다. 그는 두 손으로 목을 움켜쥐고 몸을 흔들었다. "얘가 내게 독약을 먹였어. 나 죽는다."

"장난치지 마!" 창피해진 내가 당황한 눈빛으로 제임스를 봤다. 제임스는 프랭키를 노려봤다.

"내가 한번 마셔보지." 로비가 자신의 레모네이드를 꿀꺽꿀꺽 마시더니 컵을 허공으로 던져버렸다. "헉! 이건 독약이야." 그는 테이블로 뛰어들었다. 플라스틱 컵들이 바닥으로 비처럼 떨어졌다.

"얘가 우릴 죽였어, 프랭키."

"아니야, 난 안 그랬거든!" 나는 로비를 밀쳤다. 그는 꿈쩍도 하지 않았다. "저리 가!"

"그만 비켜!" 크리스틴이 로비의 팔을 잡아당겼다.

"안녕, 잔인한 세상아." 로비가 몸을 옆으로 돌리면서 크리스틴을 잡아당겼다. 크리스틴은 땅바닥으로 넘어지면서 보도에 세게 부딪쳐 울음을 터트렸다. 크리스틴이 일어나려 하자 프랭키가 밀어서 다시 주저앉혔다.

닉이 프랭키 바로 코앞의 허공을 주먹으로 쳤다. "썩 꺼져!" 눈이 동그래진 프랭키가 달아나서 맞은편에 있는 로비네 집의 열린 차고로 들어갔다.

테이블이 로비의 무게에 눌려 무너졌다. 로비는 그 순간 내 셔츠를 잡아 비틀어 나도 같이 끌어 내렸다. 내가 먼저 땅바닥에 쓰러지고 내 위로 로비가 떨어졌다. 갈비뼈가 불이 나는 것처럼 아팠고 등도 욱신거렸다. 제임스가 로비를 홱 잡아서 내게서 떼어내는 순간 로비가 제임스에게 주먹을 날렸다. 그는 제임스의 입을 주먹으로 쳐서 입술을 터트렸다. 제임스가 신음 소리를 내면서 왼쪽 주먹으로 로비의 오른쪽 눈을 쳤다. 로비가 와락 울음을 터트리면서 집으로 달려갔다.

제임스가 날 도와서 일으켜주는 가운데 나는 옷에 묻은 먼지를 털어가며 천천히 일어났다. 제임스가 나를 쓱 훑어봤다.

"레프트 훅 멋진데." 아빠가 뒤에서 말했다. "그 덕분에 로비와 족제비 같은 사촌이 한동안 우리 집 쪽은 얼씬도 안 하겠구나."

나는 엉망이 된 좌판을 보고 낙심했다. 크리스틴이 코를 닦으면서 훌쩍였다. 크리스틴은 무릎이 까지고 한쪽 정강이에서 피가 흐르고 있었다. "레모네이드 좌판이 저렇게 돼서 어떡해." 크리스틴이 말했다.

나는 턱이 덜덜 떨렸다. "이제 마법의 기억 가루는 가질 수 없게 됐어." 제임스가 우습다는 표정으로 나를 봤다.

"크리스틴, 집에 들어가자. 아줌마가 네 무릎을 치료해주실 거야." 아빠가 말했다.

"전 집에 가고 싶어요." 크리스틴이 우는 소리를 하면서 살갗이 벗어진 상처를 조심스럽게 만져봤다.

"크리스틴은 내가 데려다줄게." 닉이 크리스틴의 팔꿈치를 잡아당겼다. "우린 나중에 보자." 그는 제임스에게 말했다.

크리스틴과 닉이 돌아가자 아빠가 제임스를 내려다봤다. "넌 이름이 뭐니?"

"제임스라고 합니다, 아저씨." 그는 셔츠에 손바닥을 문질러 닦고서 손을 내밀었다. "제임스 도나토요."

아빠가 그와 악수했다. "만나서 반갑다, 제임스. 우리 집에 들어가서 다친 데 약 좀 바르고 가렴."

제임스는 나를 힐끗 봤다. "네, 아저씨."

"에이미, 제임스 데리고 부엌으로 가거라. 엄마한테 반창고 좀 가져오라고 할 테니까."

엄마가 반창고와 약을 가져왔을 때는 제임스의 입에서 흐르던 피가 멈춰 있었다. 입술이 퉁퉁 부어오른 그는 부엌에서 내 옆에 앉아 얼린 콩이 든 봉지를 얼굴에 댔다.

나는 그에게 질문 공세를 폈다. 그에 대해 모든 걸 알고 싶었다. 응, 너와 같은 학교에 다닐 거야. 응, 축구하는 거 좋아해. 아니, 태어나서 한 번도 누굴 때려본 적 없어. 응, 지금 손이 화끈거리고 아파.

내가 나이를 물어보자 제임스는 다섯 손가락을 두 번 들어 보이고 마지막으로 한 개 더 들었다.

"여자 형제는 있어?"

그는 고개를 저었다.

"남자 형제는?"

그는 손가락을 두 개 들었다가 고개를 세게 젓더니 두 개를 하나로 바꿨다.

나는 웃었다. "로비가 널 세게 때렸나 봐. 형제가 몇 명인지도 기억을 못하네."

그는 얼굴을 찡그렸다. "내 형은 하나야. 그리고 로비 주먹은
아기 주먹 같아. 하나도 안 아팠어."

나는 터져 나오는 웃음을 막으려고 손으로 입을 가렸다. 내가
자신을 비웃는 걸로 제임스가 오해할까 봐 염려해서였다. 사실
나는 제임스에게 맞은 로비의 표정이 떠올라서 웃은 것이었다.
로비가 그렇게 쏜살같이 집으로 달려가는 모습은 처음 보았다.

제임스는 부엌을 둘러봤다. 엄마가 카드놀이 모임에 가져가려
고 만든 애플파이가 오븐에서 구워지고 있었다. 아빠가 밖에 가
지고 간 라디오에서 나오는 클래식 음악이 실내로 흘러 들어오
고 있었다. 제임스가 의자 위에서 앉은 자세를 바꿨다. "여기 좋
은데."

"너희 집 구경하고 싶다." 내가 말했다. 나는 그가 정말 마음에
들어서 친구가 되고 싶었다. 그는 미소도 근사한 데다 아주 용감
했다. 그는 로비에게 한 방 날렸는데 그건 내가 오랫동안 하고 싶
었지만 두려워서 하지 못한 일이었다. 로비는 나보다 덩치가 훨
씬 크니까.

"너희 집이 훨씬 더 좋아." 제임스의 시선이 다시 내게로 돌아
왔다. "마법의 기억 가루가 뭐야? 근사하게 들리는데."

내가 아까 그 마법 가루 때문에 우는 소리를 했을 때 제임스가
웃긴다는 표정을 지었던 게 생각나 나도 모르게 얼굴이 빨개졌
다. 조리대 앞에 나란히 앉은 채로 나는 고개를 숙이고 그 가루에
대해 이야기해줬다. 그러는 내내 나는 내 팔뚝 옆에 있는 그의 멋

지게 그을린 팔뚝을 몰래 훔쳐보며 감탄했다.

제임스가 조리대 위로 팔을 뻗더니 설탕 그릇을 끌어당겼다. 그리고 설탕을 한 줌 집어서 내 머리 위로 그 손을 들어 올렸다.

나는 고개를 들었다. "지금 뭐 하는 거야?"

"눈 감아봐."

"왜?"

"날 믿고 눈을 감아봐."

나는 눈을 감았다. 머리 위에서 뭔가 긁적이는 소리가 났다. 머리에서 바스락거리는 소리가 나면서 두피가 간지러웠다. 코도 간지러웠고, 마치 뺨에 빗방울이 떨어지는 듯한 느낌이 들었지만 젖진 않았다. 나는 눈을 깜박이면서 고개를 쳐들었다. 설탕가루가 내 얼굴 위로 비처럼 내리고 있었다.

"그게 뭐야?" 그가 다 끝내고 두 손을 비빌 때 내가 물었다.

"제임스의 마법의 기억 가루야." 그의 멍들지 않은 쪽 입꼬리가 위로 치켜 올라갔다. "이제 넌 우리의 만남을 절대 잊지 않을 거야."

내 눈이 동그래지자 그의 얼굴이 붉어졌다. 그는 콩이 든 봉지를 입에 찰싹 갖다 댔고, 그 순간 움찔했다.

"난 절대로 널 잊지 않을 거야." 나는 가슴에 성호를 그으면서 약속했다.

그 후 몇 년에 걸쳐 제임스도 여러 번 같은 약속을 했다. 우린 항상 같이 있을 거라고. 다른 사람은 우리 사이에 들어올 수 없다고. 우린 그렇게 서로 사랑했다. 우린 같이 컸고, 같이 나이 들어가자고 약속했다.

　우리가 함께 계획한 인생 말고 다른 걸 원한다는 건 상상도 할
수 없었다.

3장

레스토랑을 나와서 집에 도착하니 나디아와 크리스틴이 와 있었다. 크리스틴이 급히 나를 맞으러 나왔다. "우리가 네 스페어키로 들어왔어. 너희 어머니가 네 옆에 있어주라고 전화하셔서." 크리스틴은 잠시 말을 멈추고 숨을 들이쉬었다. "어머니가 고트 이야기 하셨어. 정말 유감이야."

나는 고개를 끄덕이고는, 입을 꽉 다문 채 열쇠와 핸드백을 현관 수납장 위에 던졌다.

그녀는 조심스럽게 나를 살펴봤다. "너 괜찮겠어?"

나는 어깨를 으쓱했다. 고트에서 나온 후 나는 아무런 목적지 없이 차를 타고 시내를 돌아다니면서 레스토랑에 대해 생각하다가 이어서 제임스를 생각했다. 그래서 집으로 곧장 가는 대신 제임스의 묘를 찾아갔다. 제임스는 도나토 가문의 가족 묘지에, 아버지인 에드거 도나토 옆에 묻혔다. 제임스의 아버지는 올 초에 폐암으로 돌아가셨다. 화강암 평판에 제임스의 묘지임이 표시돼 있었다. 제임스 찰스 도나토. 그의 이름 밑에 그가 태어난 날짜와 사망한 날짜가 새겨져 있었다. 토머스와 클레어는 제임스의 정확한 사망 날짜를 알 수 없었지만 검시관이 제임스가 떠난 후 이틀에서 닷새 사이일 거라고 추정했다. 그래서 사망일이 5월 20일로 결정되었다. 우수리 없이 적절하게.

나는 젖은 잔디 위에 누워 뺨을 비석에 찰싹 붙인 채, 그가 떠나던 무렵으로 거슬러 올라가 그때의 일을 생각해보며 한 시간 정도 머물렀다. 제임스는 꼭 멕시코에 가야 한다고 단호하게 말했다. 토머스가 아니라 자신이 가야 한다고 했다. 나는 그가 가는 걸 바라지 않았다. 결혼식이 얼마 남지 않아 계획하고 준비할 게 너무 많았다. 하지만 제임스는 금방 돌아올 거라고 온갖 말과 키스로 나를 설득했다. 제임스는 출장에서 돌아오면 도나토 기업에서 사임하고 예술에의 꿈을 추구하기로 했다. 그림은 그의 열정이었기 때문에 나도 동의했다. 돌이켜보면 나도 제임스처럼 단호하게 가지 말라고 했어야 했다. 그럼 제임스는 죽지 않았을 텐데. 그랬다면 우린 결혼해서 지금 신혼여행을 갔을 텐데.

내 마음은 다시 제임스가 실종됐던 때로 돌아갔다. 나는 나만큼이나 제임스의 실종에 슬퍼하는 사람과 같이 있고 싶어서 제임스의 어머니 클레어를 찾아갔다. 그녀에게 너무 큰 기대를 했다는 걸 알았어야 했는데. 그녀는 우리의 최악의 두려움이 현실이 될 가능성보다는 청첩장을 이미 부쳤다는 사실에 더 관심을 쏟았고, 결혼식이 취소될지도 모른다는 사실을 내가 하객들에게 통보하길 바랐다.

　나는 충격 받아 핼쑥해진 얼굴로, 도나토 가의 격식 차린 거실에서 맞은편 소파에 앉아 있는 그녀를 바라봤다. 나는 제임스나 우리의 미래를 포기할 생각이 전혀 없었다. 내 허벅지 밑에 있는 실크 소파가 서늘하고 딱딱하게 느껴졌다. 그 거실에 있는 현대적 가구들은 모두 그들의 가구 수출입 회사인 도나토 기업을 통해 들여온 것이었다. 모든 가구가 클레어의 얼굴처럼 날카롭게 각이 져 부드러운 면이라곤 손톱만큼도 없었다.

　"사람들에게 그런 전화를 할 순 없어요, 아직은." 나는 우리 결혼식에 올 손님들에게 결혼식이 연기되거나 심지어 취소될지도 모른다는 말은 차마 할 수 없었다. 그러면 제임스가 겪고 있는 시련이 그야말로 현실이 돼버리니까.

　클레어의 몸이 굳어졌다. "하지만 넌 반드시…"

　그때 문간에서 인기척이 나며 나의 시선을 끌었다. 필이 거실로 들어왔다. 필은 마치 소총의 조준경으로 목표를 들여다보는 사냥꾼처럼 나를 뚫어져라 보다가 소리 없이 고모인 클레어 옆에 앉았다. 그리고 고모의 어깨에 한 팔을 둘렀는데, 사촌이 죽었을지도 모르는 상황치고는 너무 여유롭고 편안해 보였다.

　클레어가 그의 허벅지를 토닥이더니, 거기서 손을 떼지 않은 채 그의 뺨에 키스했다. 그걸 보자 내 뱃속이 서늘해졌다.

　"에이미." 필이 고개를 까닥해 보였다.

　나는 소파에서 안절부절못하면서 자세를 바꿨다. 나는 작년 여름 이후로 그를 처음 본 데다 그가 여기 온 것도 모르고 있었다.

클레어가 필의 허벅지를 문질렀다. "필이 없었다면 난 대체 어떻게 해야 할지 몰랐을 거다. 우리 가족에게 올 한 해는 끔찍한 해였어. 필이 나와 같이 있어주려고 여기 들어와서 너무 고마워. 필 덕분에 내가 하루를 견딘다니까."

나는 클레어 쪽으로 고개를 돌렸다. 필이 여기서 산다고? 나는 소파 쿠션에 손톱을 찔러 넣었다. 나도 모르게 무릎이 떨려서 다리를 꽉 붙였지만, 떨리는 기운이 상반신을 타고 올라와 마치 파문이 이는 것처럼 몸 밖으로 퍼져나갔다.

클레어가 이마를 찡그렸다. "너 괜찮니?"

나는 벌떡 일어났다. "죄송해요. 가봐야겠어요."

클레어도 일어섰다. "그래야 한다면 뭐. 잠깐만 기다려라. 너에게 줄 게 있다." 그녀는 거실에 나와 필만 남겨두고 나갔다.

필은 굳이 일어나려고 하지 않았지만, 그의 시선이 천천히 내 몸을 타고 올라오는 게 느껴졌다.

"오랜만이야, 에이미. 나 그리웠어?"

그의 목소리가 속삭이는 것처럼 아주 낮았는데도 마치 그가 내 귀에 대고 고함을 치는 듯 단어 하나하나가 또렷하게 다 들렸다. 나는 그의 뒤에 있는 벽만 노려봤다.

그는 한숨을 쉬었다. "아, 뭐, 난 네가 그리웠어. 넌 좋아 보이네…그간 있었던 일을 고려하면."

그가 소파에서 자세를 바꾸자 바스락거리는 소리가 났다. *일어나지 마. 제발 일어나지 마.*

"제임스 일은 유감이야."

그의 목소리는 거의 후회하는 것처럼 들렸다. 나는 그를 노려봤다.

그러자 그가 빙그레 웃었다. "바로 그거야. 그 불같은 성미가 그리웠다니까."

다리를 꼬고 앉은 그는 두 팔을 소파 뒤쪽에 걸친 채, 재킷 밑에 입은 빳빳하게 풀 먹여 다린 흰색 옥스퍼드 셔츠를 드러냈다. 그의 시선이 내 몸을 밑에서부터 훑고 올라오는 동안 나는 마치 벌거벗고 선 듯한 느낌이 들었다. 눈빛만으로는 살이 데일 수 없어 다행이었다. 안 그랬더라면 내 피부엔 물집이 생겼을 것이다.

"클레어 고모가 너의 결혼식같이 시시하고 하찮은 일에 신경 쓰는 건 이해해줘야 해. 고모는 제임스에 대해 걱정하는 게 너무 힘들어서 하객들을 걱정하는 거니까."

"우리 모두 힘들어."

그는 윗입술을 문질렀다. "그래…그렇겠지. 미안해."

내 안의 모든 것이 얼어붙었다. 나는 그를 내려다봤다.

"제임스 일 말이야." 그가 분명히 했다.

내 안에서 분노가 불타올랐다. "넌 그보다 미안한 게 훨씬 더 많잖아."

복도에서 클레어의 하이힐 소리가 울렸다. 그녀가 마닐라 폴더를 하나 들고 오더니 내게 그걸 가져가라는 몸짓을 했다.

"그게 뭐죠?"

그녀가 들고 있던 폴더가 흔들렸다. "전화번호와 이메일 주소들이야."

나는 얼굴을 찡그렸다. "누구 거예요?"

"제임스의 결혼식에 오려고 했던 손님들. 우편 주소는 네가 이미 가지고 있지. 그러니까 이 사람들에게 전화나 이메일로 지금의 상황을 알리렴. 편지를 다시 쓰기보다는 이편이 빠를 거야."

진심으로 하는 말일까? 나는 클레어와 언쟁을 해볼까 심각하게 생각했지만, 거기 더 머물러 있을수록 빠져나오기가 어려워질 터였다. 내가 거기 있는 한 필이 나갈 것 같지도 않았다.

"제가 전화할게요." 나는 폴더를 받고 가겠다고 인사했다.

필이 일어섰다. "문까지 배웅할게."

"아니, 됐어." 내가 쏘아붙였다.

클레어의 눈이 동그래졌다. 그녀는 항상 필을 애지중지했다. 자신이 낳은 아들들보다 더. 그리고 그녀는 예의범절을 엄격하게 지키는 사람이었다.

"고맙지만 됐어요." 나는 최대한 공손하게 말했다. "제가 알아서 나갈게요."

나는 그들이 뭐라 토를 달기 전에 나와버렸다.

내 팔을 문지른 크리스틴 덕분에 나는 다시 현실로 돌아왔다. 나는 눈을 깜박이며 그녀를 바라봤다.

"이리 와 앉아. 내가 마실 걸 준비할게."

나는 그녀를 따라 부엌으로 가서 의자에 털썩 주저앉았다.

"우리가 점심이랑 식료품 좀 사 왔어." 나디아가 설명했다. 그녀는 부엌과 거실을 분리하는 조리대 위에 이런저런 마른 식품들을 가지런히 늘어놨다. 크리스틴이 레모네이드를 한 잔 따라서 내게 줬다.

나는 그걸 벌컥벌컥 마시고 입을 닦은 후 울음을 터트렸다.

크리스틴과 나디아는 입을 다물고 나를 물끄러미 바라봤다. 그러다 크리스틴이 먼저 정신을 차렸다. 그녀는 레모네이드 병을 내려놓고 맞은편 의자에 앉더니, 코를 풀라고 냅킨을 건넸다. "너 요즘 정말 힘들었지, 에이미. 제발 우리한테 얘기 좀 해줘, 어떻게 하면 우리가 널 도울 수 있는지. 뭘 보고 제임스가 떠올랐니? 뭣 때문에 그렇게 속상한 거야?"

전부 다. 레스토랑. 내 일, 아니 오늘 아침을 끝으로 사라져버린 내 일. 나는 생각했다.

나디아는 찬장에서 접시들을 꺼내 열심히 샐러드를 만들었다. "너 뭐 좀 먹어야 해. 얼굴이 너무 해쓱해."

울음 섞인 코웃음이 나도 모르게 새어 나왔다. "고마워." 나는 냅킨에 대고 웃었다.

그녀가 생긋 웃었다. "그러니 훨씬 낫네."

크리스틴은 내 팔뚝을 문질러줬다. "제발 우리한테 얘기를 하라니까." 그녀는 다시 애원했다.

나는 냅킨에다 신음을 토하며 고개를 끄덕였다. 친구들에게 말해야 했지만 다 털어놓을 필요는 없었다. 나는 물기를 닦아내느라 눈 주위를 피부가 따가울 정도로 문지른 후에 좀 다른 이야기를 털어놓았다. "그냥 좀 죄책감이 느껴졌어, 그게 다야."

나디아가 테이블로 샐러드를 가져왔다. "왜 그렇게 느끼는데?"

"제임스가 그때 출장을 가지 못하게 좀 더 열심히 말렸더라면 좋았을 거란 생각이 들어서." 나는 포크로 샐러드를 이리저리 밀어댔다. "그랬다면 우린 지금 신혼여행 중이었을 텐데."

크리스틴이 아랫입술을 내밀면서 다시 내 팔을 문질렀다.

"넌 뭐든지 다 속에만 담아두는 나쁜 버릇이 있어. 그럼 안 돼. 자책해서도 안 되고. 너도 제임스가 얼마나 똥고집이었는지 알잖아. 네가 더 적극적으로 설득을 하든 안 하든 제임스는 결국 갔을 거야. 그러니까 죄책감을 느껴봤자 아무 소용 없어."

"에이미가 왜 그러면 안 되는데? 약간의 죄책감은 느껴도 괜찮아." 나디아가 반박했다.

크리스틴의 입이 축 늘어졌다. "대체 그게 무슨 말도 안 되는 논리야?"

나디아는 어깨를 으쓱하더니 샐러드에 들어 있던 루콜라를 입에 넣었다. "그건 비탄의 단계거든." 그녀가 루콜라를 삼킨 후에 설명했다. "그 단계를 거쳐야 다시 일상으로 돌아가는 데 한 발짝 더 가까워진다고."

"에이미는 이제 막 슬퍼하기 시작했어. 제임스를 묻은 지 이틀밖에 안 됐다고." 크리스틴이 내 편을 들었다.

나는 손을 저었다. "얘들아, 나 아직 여기 있거든. 없는 사람 취급하지 말고 할 말 있으면 직접 해."

"엄밀히 말하면 제임스가 죽은 지 거의 두 달이 됐어." 나디아가 지적했다.

크리스틴이 헉하며 말했다. "맙소사, 너 참 대단하다." 그녀는 일어나 자기 접시를 싱크대로 가져가면서 뭐라뭐라 작게 웅얼거렸다.

나디아는 천장을 바라보다가 다 이해한다는 표정으로 나를 쳐다봤다.

"우리 아빠가 집에서 나갔을 때 나도 똑같은 짓을 했어. 내 탓이라고 생각했지." 나디아의 아버지가 나디아의 어머니를 떠났을 때 나디아는 열세 살이었다.

"내가 숨겨둔 화장품을 아빠가 발견한 직후였어. 기억나? 아빠는 외출 금지라는 벌을 내리고 나를 내 방에 들여보냈어. 그런데 저녁 먹으러 나와보니 아빠가 이미 떠나고 없었어. 내가 또 아빠 말을 안 들어서 아빠가 집을 나갔다고 생각했지. 엄마가 나중에 아빠가 바람피운 이야기를 해줬어. 나는 아빠가 날 방에서 나오지 못하게 하려고 벌을 줬다고 생각해. 그때 아빠와 엄마는 다른 때처럼 소리를 지르면서 싸웠거든."

"왜 전에는 이 얘기를 해주지 않았어?"

"너와 똑같은 이유지. 죄책감 때문에 지금까지 아무에게도 말하지 않았어. 고등학교를 졸업한 후에야 그때 아빠가 바람을 피웠다는 걸 알았어. 그때까지 5년 동안 나는 계속 자책했는데." 나디아가 팔을 뻗어서 내 손을 잡았다. "죄책감을 느끼는 건 자연스러운 거야. 다만 나처럼 너무 오랫동안 거기 매여 있지는 마. 그래봤자 우울해지기만 하지, 과거를 바꾸기 위해 네가 할 수 있는 일은 하나도 없어."

말이야 쉽지.

"이제 난 어떻게 해야 해?" 내가 물었다.

그녀는 눈썹을 찡그렸다. "제임스에 대해서 말이야?"

"아니, 일 말이야. 난 일자리를 찾아야 해." 나는 요리를 하고 빵을 굽고…창의력을 발휘해야 했다. 그런 면에선 제임스나 나나 똑같았다. 제임스가 스트레스를 풀거나 어떤 문제에 대해 곰곰이 생각해야 할 때 그림을 그렸다면 나는 빵을 구웠다. 아주 많이. 나는 찬장에서 재료들을 꺼내고 싶어서 손이 근질거렸다. 오늘 아침에 만든 것과는 다르게 반죽을 해보고 싶었다. 아침에는 딴 생각에 빠져 물을 너무 많이 넣는 바람에 반죽이 너무 질어져서 손에 끈적끈적 달라붙었다.

"일자리는 찾을 수 있어. 아니면…" 그녀는 극적인 효과를 위해 잠시 말을 멈췄다. "여행을 할 수도 있고."

"토머스도 그러라고 하던데." 신혼여행 가려고 여권을 만들긴 했지만, 나는 제임스 없이는 한 번도 어딜 가본 적이 없었다. 혼자 여행한다면 기분이 아주 이상하겠지. 우리 둘 중에 즉흥적인 사람은 제임스로, 그는 항상 정해진 길에서 벗어나 다른 길로 나를 이끌었다. "길을 벗어나 보기 전까지는 어떤 놀라움이 기다리고 있는지 알 수 없다니까." 그는 전에 내게 그렇게 말한 적이 있었다.

나디아가 미소를 지었다. "그거 좋은 생각 같은데."

나는 고개를 흔들었다. "여행은 아니야. 아직은."

"그럼 레스토랑을 차려."

"우리 아빠가 너보고 그렇게 말하라고 시키셨어?"

나디아가 웃었다. "아니, 하지만 끝내주는 아이디어란 생각이 드는데."

"제임스도 그랬어. 제임스는 내가 카페를 열길 바랐지. 내가 만드는 커피가 정말 환상적이라고."

"고려해볼 만한 아이디어네."

제임스 없이 혼자서 빈주먹으로 레스토랑을 차린다는 건 생각만 해도 부담스럽고 벅찼다. 나는 고개를 뒤로 돌려 크리스틴을 힐끗 봤다. "넌 어떻게 생각해?"

그녀는 두 손을 들어 올렸다. "나야 뭐 항상 네 편이니까. 뭐든 네가 행복해진다면야 대환영이지."

제임스와 고트가 나를 행복하게 해줬는데.

나디아가 자기 접시를 가지고 싱크대로 갔다. 크리스틴이 냉장고 안을 들여다보더니 이번에는 또 찬장을 열어보았다. 나는 둘을 지켜보다가 문득 오늘이 월요일이란 사실을 기억해냈다.

"오늘 둘 다 출근해야 하는 거 아니야?"

"대체 교사에게 연락했어. 그러니까 너와 하루 종일 있을 수 있어." 크리스틴은 초등학교 교사로 1년 내내 가르친다. 9월에 새 학기가 시작되기까지 여름 학기 근무가 몇 주밖에 남지 않았다. 그녀와 닉은 작년에 결혼했다. 그들은 어서 가족을 이루기를 바라고 있었다. 우리는 같이 아이들을 기를 계획이었는데.

그건 이제 물 건너간 일이 되었다.

나디아는 자기 접시를 식기세척기에 넣고 손을 닦았다. "난 두 시까지만 자유야."

크리스틴은 찬장 유리문을 통해 안쪽을 들여다보고 있었다. "너도 오늘 하루 종일 같이 있을 수 있다고 했잖아."

"여기 오는 길에 시내에 있는 가게의 인테리어 공사 건으로 전화를 받았어. 거기 새로 든 세입자가 내 제안을 받아들였고, 최대한 빨리 만나고 싶대."

"노스샌타크루즈 대로에 있는 그 가게 말이야? 댄스 스튜디오와 와인 바 사이에 있는 그 가게?" 내가 물었다. 거기가 내가 아는 유일하게 비어 있던 가게였다. 내가 그걸 아는 건 제임스 때문이었다.

"바로 그 가게. 거기에 화랑이 들어올 거야."

나는 순간 머뭇거렸다. "지금 농담하는 거지?"

나디아가 나를 이상하다는 표정으로 봤다. "아니. 너 괜찮아?"

"제임스가 화랑을 열기 위해 임대하려 했던 바로 그 자리에서 네가 화랑 인테리어를 맡게 됐단 말이야?"

그녀는 움찔했다. "미안해."

나는 손사래를 쳤다. "네 잘못도 아닌데 뭘."

크리스틴은 다시 냉장고에 머리를 들이밀었다. "와인 어디다 뒀어, 나디아?"

"장 본 거에 와인 없어?" 크리스틴이 고개를 흔들자 나디아가 어깨를 으쓱했다. "그럼 봉투에 안 담은 거 같은데."

"차고 냉장고에 몇 병 있을 거야." 나는 아직도 감정이 진하게 밴 말투로 말했다. 나는 아직도 시내에 있는 그 갤러리 자리를 생각하고 있었다. 그 가게 자리가 나갔다는 말은 우리의 꿈이 결코 이뤄지지 않을 거라는 현실을 일깨워줬다.

크리스틴이 나를 조심스럽게 보더니 차고로 갔고, 문이 쾅 닫히는 소리가 들렸다. 그녀는 잠시 후 샤르도네 한 병을 가지고 돌아왔다.

"너 차고 언제 치웠어?"

"내가 청소하고 사는 것처럼 보여?" 나는 한 팔을 흔들어 주위를 쓸어 보이며 말했다. 조리대 위에는 뜯지 않은 우편물이 탑처럼 쌓여 있었다. 바닥에는 읽지 않은 신문이 한 무더기 있었고, 구석마다 먼지 덩어리가 뭉쳐서 굴러다니고 있었다.

크리스틴은 코르크 마개를 열어 잔 세 개에 와인을 따랐다. "어쨌거나 차고는 상태가 좋아 보이던데."

우리는 와인을 마시고 나디아의 새 인테리어 프로젝트에 대해 이야기를 나눴다. 나디아의 핸드폰에서 약속 시간을 알리는 알람이 울렸다. 그녀는 핸드폰 화면을 힐끗 봤다. "난 가야겠다. 내일 전화할게." 나디아는 내 뺨에 키스하고 자신의 호보백(아래로 축 처진 반달 모양의 가방—옮긴이)을 잡아챘다. 그때 가방 손잡이가 의자 등에 걸려서 가방 안에 있던 것이 다 바닥으로 떨어졌다. 립스틱, 펜, 박하사탕과 서류가 타일 바닥으로 우르르 쏟아졌다.

나디아가 구시렁거렸고, 내가 도와주려고 허리를 구부렸다.

"내가 할게." 그녀는 내 손을 밀어내고 쏟아진 물건들을 가방에 주워 담았다. "얼른 가야 해." 그녀는 서둘러 문으로 나갔다.

나는 잘 가라고 손을 흔들었고, 스테레오의 재생목록을 켜면서 크리스틴은 얼마나 있다 가려나 생각했다. 그녀는 와인을 새로 한 잔 따랐다. 좋아. 한동안 있을 모양이다.

우리는 춤을 추고, 이야기를 나누고, 텔레비전을 켜서 여성 관객을 대상으로 한 유료 영화를 한 편 봤다. 밤 열 시 정도 되자 초인종이 울렸다. 닉이 아내를 데리러 온 것이었다.

"내일 전화할게." 크리스틴이 소파에서 일어나면서 말했다.

나는 문까지 그녀를 배웅했다. 그녀가 나를 꼭 껴안아줬다. "잘자."

닉이 크리스틴의 어깨에 한 팔을 둘러서 옆에 세웠다. 둘은 완벽한 한 쌍이었다. 나는 닉이 손가락 끝으로 아내의 흐트러진 금발 머리카락을 옆으로 넘겨주는 모습을 지켜봤다. 닉은 그녀의 이마에 키스하면서 잠시 눈을 감았다. 서로 사랑하는 그들의 모습이 아주 다정하고 친밀했다. 그 모습을 보고 있으려니 가슴이 찢어지는 것 같았다. 나는 제임스와 그럴 수 있는 기회를 잃어버렸는데.

"오늘 밤 혼자 괜찮겠어?" 닉이 내게 물었다.

안 괜찮으면 어쩔 건데?

"난 괜찮아."

"뭐든 필요한 게 있으면 전화해."

"고마워." 나는 그들과 작별 인사를 나눈 뒤 문을 닫아 잠갔고,

닉이 차를 타고 가는 소리를 들었다. 그러고는 스르르 바닥으로 미끄러져 앉아, 문에 등을 기댄 채 깜박 졸았다. 와인의 취기 때문에 허공을 둥둥 떠다니는 느낌이 들었다. 소리들과 냄새들이 안개가 낀 것 같은 내 마음속을 뚫고 들어왔다. 벽난로 위에서 째깍거리는 시계 소리. 에어컨의 윙 소리. 양초가 타면서 나는 레몬그라스와 코코넛 향.

눈이 번쩍 떠졌다. 저 촛불들을 꺼야 하는데.

천천히 일어나는데 식탁 의자 밑에 있는 종이 한 조각이 눈에 들어왔다. 반으로 접혀 마치 미니 텐트처럼 우뚝 서 있었다. 나는 허리를 숙여서 그걸 집어 들고 거기 적힌 글을 들여다봤다.

레이시 손더스.

제임스 장례식에 왔던 그 심령술사. 그녀에 대해선 거의 잊어버리고 있었는데. 나디아의 가방이 뒤집혀 속에 있던 물건들이 쏟아졌을 때 그 명함도 함께 바닥에 떨어진 게 분명했다. 나는 명함을 물끄러미 봤다.

제임스는 살아 있어요.

레이시가 한 말이 머릿속에서 소곤거렸다.

미친 여자 같으니라고. 나는 명함을 조리대 위에 내던진 뒤 집 안을 돌아다니면서 촛불들을 불어서 끄고, 문을 잠그고, 전등을 껐다. 그리고 차고를 다시 확인했는데, 아니나 다를까 크리스틴이 차고의 전등을 끄지 않아 불이 켜져 있었다. 나는 불을 껐다가 곧바로 다시 켰다.

내 폴크스바겐 비틀 뒤, 에어캡으로 감싼 제임스의 캔버스들을 넣어둔 박스 여덟 개가 있어야 할 자리가 텅 비어 있었다. 박스들이 사라진 것이다.

나는 차 주위를 돌면서 텅 빈 시멘트 바닥을 바보처럼 바라봤다. 단 하나의 박스만 남아 있었다. 나머지는 다 어디 갔지? 박스들이 언제 없어진 거지? 요 몇 달간 경황이 없는 중에 박스들이 없어졌을 수도 있었다. 어쩌면 제임스가 차고를 더 넓게 쓰고 싶어서 그림들을 회사 창고로 옮긴 것인지도 모른다.

토머스는 그 박스들이 어디 있는지 알지도 모른다. 토머스에게 전화해봐야지. 내일, 나는 하품을 하며 생각했다.

나는 집 안으로 들어가 침대에 누웠다.

4장

10월

오늘이 왔다가 다음 날과 흐릿하게 겹쳐지면서 하루하루 시간이 갔다. 셀 수 없이 많은 밤을 나디아와 함께 보내고 크리스틴 부부와 저녁 식사를 했다. 또 수많은 밤을 소파에 앉아 혼자 영화를 보며 보냈다. 볼만한 것이 없을 때는 빵을 구웠다.

종종 차를 몰고 고트로 가서 일했지만 곧 닫힐 그곳에 가면 앞으로 뭘 하고 살 것인지에 대한 답을 찾아야 한다는 생각만 떠올랐다. 그래서 그곳에도 발길을 끊게 됐다.

우편물은 점점 더 높이 쌓여갔다. 신문 무더기도 점점 커졌다. 싱크대에 접시들도 차곡차곡 모였다. 집 안에 잔을 놔둘 만한 곳이면 어디든 잔이 어질러져 있었다. 식탁에는 먹다 남은 캐서롤, 케이크, 쿠키들이 놓여 있었다. 나는 참을 수 없이 절박할 때만

세탁기를 돌렸다. 갈아입을 속옷이 하나도 없을 때처럼.

나는 지쳐 나가떨어질 때까지 하루하루를 버텼다. 잠이 깨면 머리도 몸도 한없이 무거운 상태여서 에스프레소를 가지고 다양한 실험을 했다. 정신을 차리기 위해 이국의 커피콩들에서 추출한 원액에 시럽을 섞은 에스프레소를 마신 뒤 빵이나 쿠키를 구웠다. 집 안은 엉망이 됐다. 내 삶은 엉망진창이 됐다. 나는 폐인이 됐다.

어느 날 잠자리에서 일어날 때까지는.

나를 깨운 건 잔디 깎는 기계 소리였다. 앞 유리창 블라인드 틈으로 밖을 살짝 내다보니 닉이 잔디를 깎고 있었다. 그때 현관문이 열리더니 크리스틴이 나를 보고 입을 떡 벌렸다. "일어났어?"

"나도 인간 종족에 합류해야 할 것 같아서 말이야." 나는 엄지손가락으로 창밖을 가리키며 말했다. "저러지 않아도 되는데."

크리스틴이 문을 닫았다. "닉은 돕고 싶어 해. 저게 닉에게도 도움이 되고."

나는 텅 빈 티슈 상자를 찌그러뜨렸다. "어째서?"

"닉은 제임스를 그리워하거든."

"다 그렇지." 나는 거실에 널려 있는 더러운 잔들을 모았다. "우리 집 마당은 근사해 보이지만, 이미 11주나 됐어. 닉이 평생 우리 집 잔디를 깎아줄 순 없다고."

"이제 막 살아 있는 인간 세계로 귀환한 여자가 그런 말을 잘도 하는구나. 닉에겐 네가 정원사를 고용했다고 할게." 그녀는 나를 따라 부엌으로 들어오면서 말했다.

"아, 좋다."

그녀는 허공에 대고 냄새를 맡으며 말했다. 부엌에는 계피와 메이플 시럽의 향이 떠돌고 있었다. "커피 케이크야?" 크리스틴이 물었다. 내가 식탁에 몰려 있는 캐서롤 요리들과 큰 접시들을 가리키자 그녀는 눈이 휘둥그레졌다.

"그동안 바빴구나. 이걸 다 먹을 생각이야?"

나는 멋쩍은 얼굴로 그녀를 바라봤다. "음, 내가 이웃집 식구들을 먹여 살리고 있는 셈이지."

이웃집 부부는 그들의 저녁 식사에 가져간 내 따뜻한 요리에 고마워했고, 그 집의 세 아이는 내가 가져다주는 간식에 열광했지만, 그들은 이제 그만 가져와도 된다고 말했다. 나는 이웃집 가족을 먹여 살리느라 돈을 탕진하고 있었다. 통장에는 땡전 한 푼 없는 주제에. 토머스가 준 수표는 아직 현금으로 바꿀 마음이 없었다. 식료품을 사느라 신용카드를 거의 한도까지 긁어댔으면서도 말이다. 아무래도 이렇게 끝도 없이 만들어댄 요리는 엄마가 자원 봉사하러 다니는 성 안토니오 무료 급식소에 기부하게 될 것이었다.

크리스틴이 케이크를 한 조각 먹었다. "와, 이건 너희 엄마 조리법이 아닌데. 훨씬 더 맛있다." 그녀는 감탄사를 내뱉으며 먹었다.

"거기다 사워크림을 추가했어. 그러니까 질감이 달라지더라. 케이크가 훨씬 더 가벼우면서 부드러워졌어."

크리스틴은 남은 케이크를 입속에 밀어 넣고는 또 한 조각을 잘라 접시에 놨다. "그건 그렇고 왜 이렇게 광란의 요리를 하는 건데?"

"너도 나 알잖아. 난 바쁘게 시간을 보내야 해. 그…생각을 안 하려면 말이지."

그녀의 입가에 다정한 미소가 떠올랐다. "이 집에서 예술가는 제임스 하나가 아니었지."

내 입술에도 저절로 미소가 지어졌다. "그래, 우린 그런 면에서 닮았지."

나는 싱크대로 가서 설거지를 했다. 크리스틴이 커피 케이크를 다 먹고 조리대 위에 있는 몇 달치 우편물을 정리했다. 우편물 더미가 무너지면서 봉투들이 바닥으로 폭포수처럼 쏟아졌다. 그녀가 그걸 다 주워서 올려놨다. "와우, 이게 뭐야?"

나는 그녀가 쥐고 있는 걸 봤다. 토머스의 수표였다. 다른 우편물들 속에 묻혀 천덕꾸러기 신세가 돼 있었다. "토머스가 준 거야."

"뭐라고? 왜?"

"토머스는 제임스의 유산 수령인이었어. 제임스와 내가 결혼하기로 돼 있었으니까 그 돈은 내가 받아야 한다고 하더라."

"토머스 착하네. 잘됐다. 맙소사, 착하다는 말로는 부족하네. 이거 완전 거금이잖아! 이 정도 현금이면 네 레스토랑을 열 수도 있어." 크리스틴이 수표를 펄럭이며 말했다.

"그래, 뭐, 내가 그렇게 하기로 결심한다면 그렇지."

그녀는 수표를 물끄러미 봤다. "여기 수표에 서명한 날짜가 네 결혼식 날짜네…음, 미안해. 그러니까 제임스의 장례식 날 서명한 거네."

나는 손을 닦고 그녀에게서 수표를 받았다. "그날 토머스가 줬으니까. 레이시가 내게 접근하기 직전에 말이야."

"레이시가 누구야? 네가 주차장에서 얘기 나눴던 그 여자?"

나는 고개를 끄덕였다. "그 여자 심령술사야."

크리스틴이 웃음을 터트렸다. "뭐라고?"

"심령술사라고."

"점쟁이 같은 거야?"

"그것보다는 심령 프로파일러 같은 거겠지."

"나디아가 명함을 뺏을 만하네. 그런 사람이 내게 접근했다면 나도 걱정이 됐을 거야. 그 여자가 네게 뭐라고 했어?"

"제임스가 아직 살아 있대."

크리스틴이 입을 떡 벌렸다. 거실에 걸려 있는 시계에서 똑딱 소리가 났다. 그다음에 다시 똑딱 소리가 났다. 그녀는 숨을 몰아쉬었다.

"이거 소름 돋는데. 설마 그 여자 말을 믿는 건 아니지?"

나는 손가락에 낀 약혼반지를 돌렸다. 나는 스스로에게 '제임스가 살아 있을까' 수도 없이 물었었다.

크리스틴이 눈을 가늘게 떴다. "에이미?"

"아니야, 안 믿어."

그녀는 안도의 한숨을 쉬었다. "다행이다. 순간 걱정했잖아."

그녀는 손목시계를 재빨리 훔쳐봤다. "그만 가야겠다. 수업이

30분 후에 시작이야. 아, 잊어버릴 뻔했네." 그녀는 핸드백에 손을 넣었다. "너 주려고 가져왔어."

명함이 또 하나 나왔다. '그레이스 피터슨 박사, 임상심리학자. 고민 상담.'

"네가 마침내 수면으로 올라와서 기쁘긴 한데, 넌 아직도 마음속에 있는 감정을 꾹 누르고 있는 것 같아. 혹시 내키면 상담해봐. 진짜 상담사야." 그녀는 명함을 뒤집어서 뒷면에 손으로 쓴 글씨를 톡톡 쳤다. "내가 약속을 잡아놨어. 오늘 열한 시야. 시간이나 날짜는 네가 바꿔도 돼. 안 내키면 예약 취소해도 되고. 네 마음대로 해."

"고마워." 나는 가야 할지 말아야 할지 마음을 정하지 못한 채 대답했다. 그리고 명함을 식탁 위 레이시의 명함 바로 옆에 뒀다.

"퇴근하고 전화할게." 크리스틴은 내 뺨에 키스하고 갔다.

내가 집을 치우고, 샤워를 하고, 청바지와 얇은 스웨터로 갈아입고 단화를 신었을 때는 10시 58분이었다. 나까지 포함해서 모든 것이 아주 깔끔했지만, 크리스틴이 잡아놓은 예약을 이행하는 건 불가능했다. 내가 집에서 나가는 시간을 최대한 미루려고 일부러 꼼지락댄 건 아닌가 하는 생각이 들었다.

그레이스 피터슨의 명함 옆에서 반이 접혀 금이 간 레이시의 명함이 나를 빤히 보고 있었다. 그걸 읽으면 읽을수록 분노가 점점 더 커졌다. 내 속에서 뜨거운 분노가 활활 타올랐다. 그녀는 왜 제임스의 장례식에서 나를 쫓아와 제임스가 아직 살아 있다고 말해서 내 속을 뒤집어놨을까. 그건 철저하게 잔인한 짓이었다. 나는 토머스의 수표를 생각하며, 혹시 그녀가 그 수표에 대해 알고 있는 건 아닌지 의심했다. 어쩌면 나를 이용하려고 그랬을 수도 있었다.

하지만 그 명함을 노려볼수록 거기에 새겨진 한 단어가 점점 더 크게 보였다. '실종 사건'. 그 말은 '당신이 답을 찾을 수 있도록 도와드립니다'라는 문장 바로 위에 인쇄돼 있었다.

감히 뻔뻔스럽게 내게 접근할 정도라면 분명 해답을 가지고 있어야 할 것이다. 나는 그 명함을 집어 들고 열쇠 꾸러미를 낚아채는 동시에, 그녀와의 만남을 고려하고 있는 나 자신을 경멸하고 있었다.

레이시의 명함에 나와 있는 주소는 로스가토스와 캠벨의 경계를 이루는 한 주택가에 위치한 집이었다. 나는 그녀의 단층 집 앞으로 천천히 차를 몰고 들어갔다. 집 앞 잔디밭에 이동식 표지판이 세워져 있었다.

레이시의 심령 상담

타로 카드, 손금 보기

예약 안 하셔도 됩니다

이 표지판은 심령 프로파일러로 보였던 레이시와는 완전히 다른 인상을 뿜어냈다. 이걸로 봐선 레이시는 서커스에 따라다니는 점쟁이와 다를 바 없었다.

맙소사, 바보짓을 했어. 나디아가 세상물정 모르고 어벙하게 굴지 말라고 경고했는데.

레이시가 부엌 창문을 통해 나를 내다보는 게 조수석 유리창으로 보였다. 나는 어깨뼈 사이의 피부가 따끔거리는 걸 느끼면서 고개를 돌려 앞 유리로 밖을 내다봤다.

차에서 내려, 에이미.

나는 그녀가 나를 보고 있는 걸 의식하면서 스스로를 설득해 차에서 내렸다. 아니면 그건 내 머릿속에서 들리는 그녀의 목소리였을까?

나는 그런 느낌을 떨쳐버리고 차에서 내려 문을 닫았다.

"안녕하세요, 에이미." 레이시가 보도에 서 있었다.

나는 깜짝 놀라서 그녀를 빤히 봤다. 집에서 나오는 건 못 봤는데.

"집으로 들어갈래요?" 그녀는 내게 느긋하게 미소를 지어 보였다.

"전…" 나는 입을 벌렸지만 아무 말도 나오지 않았다. 레이시가 기대에 찬 표정으로 나를 바라봤으나, 결국 나는 미안하다는 말을 웅얼거린 뒤 허겁지겁 내 뒤에 있는 차 문의 손잡이를 더듬어 찾았다. 나는 그녀가 제임스에 대해 뭔가 알고 있다는 기이한 느낌을 받았다. 심지어 나도 모르는 뭔가를. 그것 때문에 더럭 겁이 났다.

나는 운전석에 올라타 허겁지겁 키를 꽂았다.

레이시가 조수석 유리창을 톡톡 쳤다. 나는 깜짝 놀라 소스라쳤다. "어디 가는 거예요?" 그녀가 물었다.

"죄송해요. 여기 온 건 실수였어요." 내가 시동을 걸자 그녀가 차에서 얼른 몸을 뗐다. 나는 가속 페달을 밟았는데 생각보다 더 힘이 들어가 버렸다. 차가 앞으로 홱 나가는 순간 나는 속도를 더 높였다.

나는 고속도로가 아닌 국도를 택했고, 그렇게 멀리 돌아서 집에 오는 내내 어리석은 짓을 했다고 스스로를 꾸짖었다. 맙소사, 난 *바보야*. 집에 도착하니 레이시가 우리 집 현관 앞에 앉아 있었다.

내가 우리 집 앞마당의 담장 옆에서 망설이고 있자 그녀가 일어났다. "걱정하지 말아요. 난 금방 갈 거니까." 그녀는 천천히 다가와 내 지갑을 들어 보였다. "이걸 아까 길에서 발견했어요."

나는 제임스가 2년 전에 생일 선물로 준 올리브그린 색깔의 구찌 지갑을 멍하니 바라봤다. 그녀가 들고 있으니 내 지갑 같지 않았다.

레이시가 미소를 지었다. 그러자 표정이 부드러워지면서, 내가 그녀의 나이로 추정했던 40대 후반보다 훨씬 더 젊어 보였다. "지갑 속의 물건은 빠짐없이 다 그대로 있어요." 내가 지갑을 받자 그녀가 말했다. "여기 주소를 보려고 당신 운전면허증만 봤어요. 사진이 잘 나왔네요."

나는 지갑을 핸드백에 넣었다. "당신의 심령술로는 내가 어디

사는지 안 보였나 보죠?"

그녀는 내 톡 쏘는 말투에 움찔했다. "안 보여요. 유감스럽게
도 심령술은 그런 능력이 아니에요. 하지만 당신이 우리 집에 차
를 몰고 온 진짜 이유가 내가 사기꾼인지 알아내려는 게 아니었
다는 건 알아요. 당신은 제임스에 대한 해답을 찾으려고 온 거죠.
제임스가 실종됐을 때 당신은 의심을 품었죠. 아직도 그렇고."

순간 소름이 끼쳐서 나는 고개를 돌려버렸다.

"당신은 내게 화가 났군요."

"그만 가시는 게 좋겠어요." 그녀가 옆에 있으니 불편했다.

그녀는 망설이면서 입을 열었다 다시 다물었다. 마치 뭔가 더
말하려다가 그러지 않기로 결심한 것 같은 표정이었다. 그녀는
그냥 고개를 끄덕이더니 자기 차에 올라탔다. 나는 그녀가 차를
타고 가는 것을 지켜보았고, 그러다가 문득 내가 그녀를 다시 보
게 되리라는 가정을 하고 있음을 깨닫고 깜짝 놀랐다.

5장

배에서 꼬르륵 소리가 났다. 멀리서 들리는 차 엔진 소리 속에서 제임스의 킥킥거리는 웃음소리가 들렸다. 내 옷을 바스락거리게 하는 부드러운 바람 속에서 제임스의 목소리가 내 귀를 간질였다. *조 카페에 가자.*

조 카페는 우리가 일요일 아침마다 갔던 곳이다. 제임스가 세상을 떠난 후로 영원이란 시간이 흐른 것 같았다. 그의 웃음과 짙은 색 비단 같은 그의 목소리가 그리웠다. 다시는 그로부터 *사랑해*라는 말을 들을 수 없겠지. 나는 제임스의 소지품을 박스에 넣고 정리한다거나, 그의 잡지 구독을 취소한다거나, 조 카페의 우리 테이블에서 혼자 앉아 있는 등 제임스가 세상을 떠났다는 사실을 일깨울 만한 일은 아무것도 하고 싶지 않았다. 하지만 반년 만에 처음으로 거기 가서 대대로 내려오는 토마토 수프와 시트러스 샐러드를 놓고 오래오래 앉아 있고 싶었다. 그 카페는 음식은 맛있지만 커피는 영 젬병이었다. 제임스는 종종 내가 끓인 커피를 카페에 가져와서 마시면 좋겠다고 농담을 하곤 했다. 와인 코키지(레스토랑이나 호텔에서 손님이 자기가 가져온 포도주를 마실 수 있도록 코르크 마개를 따주고 술잔을 제공하는 등의 서비스를 하고 받는 봉사료―옮긴이)를 내는 것처럼 조 카페에서 머그잔을 사용하는 대가로 돈을 내고 말이다. 조의 쓰디쓴 커피는 나의 환상적인 커피와는 비교도 되지 않았다.

상해가는 음식이 있는 텅 빈 집으로 돌아오는 대신에 여섯 블록을 걸어서 조 카페로 가는 동안 나는 보도에 울리는 내 발소리의 메아리 속에서 내 옆에서 걸어가는 제임스의 소리를 들었다. 우리가 손을 잡고 이 길을 걸어 카페에 간 적이 셀 수 없이 많은데 이제 와서 제임스가 옆에 없다니 믿을 수 없었다. 손가락을 오므려봤지만 손바닥은 차갑고 텅 비어 있었다.

조 카페에 도착한 나는 문을 밀고 들어가려다가 유리문에 얼굴을 부딪쳤다. "아우!" 눈물 나도록 아파서 나는 자동적으로 두 손으로 얼굴을 가렸다. 코에서 불이 날 것 같았다. 나는 화끈거리는 피부를 문지르면서 욕설을 내뱉으며 그 자리에서 빙빙 돌았다.

나는 인중을 두 손가락으로 움켜쥐고 문손잡이를 잡아당겼다. 문은 잠겨 있었다. 오늘은 금요일인데?

이마를 유리에 대고 안을 들여다봤다. 카페는 어둡고 텅 비어 있었다. 진열장들도 비어 있었다. 머핀도 없고, 고기도 없고, 샐러드도 없고, 병에 든 음료수들도 없었다. 저쪽 유리창의 한 귀퉁이에 표지판이 걸려 있었다.

세놓음

나는 아주 오랫동안 우두커니 서서 그걸 바라봤다. 조 카페가 문을 닫았다. 영원히.

나는 제임스와 아침을 먹으러 여기로 걸어왔던 수많은 아침들을 생각했다. 로스팅한 커피, 갓 구운 스콘, 포테이토 프리타타(달걀에 채소, 육류, 치즈 등을 첨가해서 만든 이탈리아식 오믈렛―옮긴이)의 친숙한 향 때문에 오늘 아침에 여기까지 온 건데. 여긴 우리의 공간이었다. *나의* 공간이었다.

나는 유리창에서 팩 물러났다. "여긴 내 가게가 될 수도 있어." 나는 유리에 비친 내 모습에 대고 말했다.

바로 그 순간 나는 정확히 내가 뭘 하고 싶은지, 뭘 해야 하는지 알았다. 조 카페가 있었던 바로 이 자리에 내 레스토랑을 차리는 것이다. 제임스가 살아 있었다면 이렇게 하길 원했을 것이다. 제임스를 위해 그렇게 할 것이다.

마치 카페인이 솟구치는 듯 몸속에서 흥분과 설렘이 일어났다. 마음이 바뀌기 전에 부동산 중개인의 이름과 번호를 핸드폰에 입력하고 저장했다.

고대하는 마음이 차올랐다. 주위를 살펴보던 나는 두 블록 위에 있는 가게 쪽에 시선이 갔다. 나디아는 어쩌면 화랑 공사 현장에 있을지도 모른다. 거긴 아직 공사 중이었다. 나는 조 카페를 떠나면서 나디아에게 전화를 걸었다.

❖

"네가 가봐. 네 의견을 말해줘." 나디아가 부추겼다.

"화랑은 아직 열지도 않았잖아. 나는 안에 못 들어가지."

"당연히 들어갈 수 있어. 웬디가 지금 작품들을 걸고 있거든."

"글쎄." 나디아가 마침 거기 와 있으면 조 카페에 대한 내 아이디어를 말해주고 싶었는데. 뱃속에서 다시 꼬르륵 소리가 났다.

나디아가 초조해하는 소리를 냈다. "웬디에게 내가 보냈다고 말해. 네가 돌아봐도 상관하지 않을 거야."

"알았어. 살짝 볼게." 나는 모퉁이에서 잠시 멈췄다. 차 한 대가 휙 지나가는 바람에 갓돌로 펄쩍 뛰어 물러섰다.

"나는 전화 회의를 준비해야 해. 오늘 저녁 퇴근 후에 너희 집에 잠깐 들를게. 화랑의 색조와 공간 배치에 대해 네 의견을 듣고 싶어."

"오케이."

"오늘 밤에 보자." 나디아가 전화를 끊었다.

나는 아무 생각 없이 걸어가다가 화랑을 지나칠 뻔했다. 나디아가 가게 전면을 싹 바꿔놓은 것이었다. 모든 것이 최신식으로 변했다. 창문들이 더 커지고, 길쭉한 유리문 두 짝이 설치됐고, 목재 프레임을 두른 차양 밑에 간접 조명이 설치돼 있었다. 가게 앞 양쪽에 놓인 화분에서 인동 덩굴이 하늘을 향해 뻗어 올라가고 있었다. 유리에는 우아한 서체로 화랑 상호가 새겨져 있었다.

웬디 위 갤러리
지역 사진작가가 세계무대로 뻗어가는 곳

그림이 아니라 사진 화랑이구나.

나디아는 내가 예상했던 것과 다른 종류의 화랑을 공사하고 있었다. 그녀는 웬디가 대리하는 사진작가들의 재능을 한껏 과시할 수 있게 아름다운 공간을 만들어냈다.

연보라색과 오렌지색이 섞인 하늘이 연한 청록색 바다와 맞붙어 있는 풍경을 찍은 숨 막힐 정도로 아름다운 사진이 널찍한 창턱 위에 놓여 있었다. 그 마법 같은 작품에는 '벨리즈 일출'이라는 짧은 제목만 붙어 있었다. 그걸 보고 있자니 그 속에 빠져들어 내가 모래 위에 앉아 바닷물 위에서 부서지는 아침 햇살을 보고 있는 것만 같았다. 소금기 섞인 습기 어린 산들바람이 내 피부를 간질이는 것만 같았다. 거기 가고 싶어졌다.

제목 밑에 적힌 사진작가의 이름은 이언 콜린스였다. 〈벨리즈 일출〉에서 눈을 뗄 수 없게 하는 걸 보니 이언은 내가 보기엔 탁월한 예술가였다.

화랑의 이중 유리문은 열려 있었다. 안에 들어가니 오래된 바닥이 옅은 색조의 넓은 판자로 교체돼 있었다. 바닥의 색조가 옅어서 시선이 자동적으로 바닥이 아니라 작품으로 향했다. 아직 아무 작품도 걸리지 않아 텅 빈 흰 벽은 벽돌 파티션들을 이용해

세 개의 전시 공간으로 나뉘어 있었다. 뒤쪽 벽도 볼 수 있었고, 개방된 공간이 파티션으로 각각 분리돼 화랑이 전체적으로 탁 트여 있으면서도 좀 더 친밀한 분위기가 풍겼다. 제임스가 봤더라면 나디아의 인테리어를 아주 좋아했을 텐데.

이리저리 걸어 다니는 나의 발소리가 화랑에 울렸다. 파티션 뒤에서 목소리들이 흘러나왔다. 망치로 땅땅 때리는 소리가 들리고 나서 쿵 소리와 함께 툴툴거리는 소리가 나더니, 요란하게 욕설을 퍼붓는 소리가 들렸다.

"그 정도면 충분해요, 이언. 내가 하청업자를 부를게요. 그 사람한테 맡기면 돼요."

"전화하지 마요. 그 사람은 돈을 받잖아요. 난 공짜고."

"지금 하는 걸로 봐선 당신 반창고 사는 데 돈이 더 들어갈 거 같아요. 당신 엄지손가락들을 아끼자고요. 이건 브루스가 처리할 수 있어요."

"이게 마지막 고리예요." 또다시 망치질 소리가 들렸다. "부알라, 피니(자, 끝났어)!" 망치를 든 남자가 끔찍한 프랑스어 억양으로 말했다. 나도 모르게 웃음이 나와서 얼른 한 손으로 입을 가렸다.

"고마워요, 이언! 하지만 제발 당신의 본업에만 집중해주면 좋겠어요."

"난 본업이 따로 없는데." 그 남자가 파티션 뒤에서 나왔다. 그러다 나를 보고 나와 눈이 마주치자 우뚝 멈춰 섰다. 나는 그의 깊은 호박색 눈동자에 끌려드는 걸 느꼈다. 그의 이마에 옅은 색

머리카락이 흘러내려 있었는데 불현듯 그 머리를 손으로 쓸어 올려주고픈 충동을 느꼈다.

순간 나는 얼굴이 붉어졌다. 난데없이 왜 이런 상상을 하는 거야?

그의 날렵한 턱선이 씰룩거리더니 그의 입가에 미소가 어렸다. "안녕하세요?"

나는 바보처럼 멍하니 그를 바라봤다. 그는 이내 활짝 미소를 지었다. 오, 저 미소.

"이언?" 여자가 불렀다. 가벼운 발소리가 들리더니 여자가 내 시야에 들어왔다. "아, 손님이 오신 줄 몰랐네. 뭘 도와드릴까요?"

나는 그녀 쪽으로 몸을 휙 틀었다. 날씬하고 아담한 체구의 그녀는 검은색 일색으로 차려입고 있었다. 윤기 흐르는 까만 머리가 어깨에 드리워지고, 입가엔 미소를 살짝 머금고 있었다.

나는 손을 내밀었다. "에이미 티어니라고 합니다. 나디아 친구예요."

그녀는 나와 악수했다. "웬디 위입니다. 이쪽은 이언 콜린스." 그가 있는 쪽으로 머리를 살짝 기울이며 그녀가 말했다. "저와 같이 일하는 사진작가 중 한 명입니다."

"유리창에 있는 사진 봤어요. 아름답더군요."

"고마워요." 그는 이렇게 말하며 내 손을 덥석 잡았다. "만나서 반가워요, 에이미."

"귀찮게 해드려서 죄송해요. 전 그저 나디아가 작업한 실내 디자인을 보고 싶어서 왔어요." 내가 웬디에게 말했다.

"전혀 귀찮지 않아요. 아무 때나 오셔도 환영합니다. 혹시 관심 있으시면 다음 주에도 오세요. 저희 개업식이에요."

"꼭 오세요." 이언이 부추겼다.

내 시선은 이언과 웬디 사이를 왔다 갔다 했다. "전 사진에 대해선 아무것도 몰라서."

"보고 즐길 줄만 알면 되죠. 나디아도 올 겁니다." 이언이 씩 웃으며 말했다.

"초대장을 드릴게요." 웬디가 화랑 구석에 있는 책상으로 갔다.

나는 일부러 이언을 외면하고 있었지만 나를 보는 그의 시선이 느껴졌다.

웬디가 돌아와서 개봉 상태의 봉투 안에 하얀 카드가 들어 있는 빳빳한 새 초대장을 내게 줬다. "다음 주 목요일 여덟 시입니다."

"고맙습니다." 나는 초대장을 숄더백에 넣었다.

이언이 배를 문질렀다. "나 배고파 죽을 것 같은데. 식사하러 갑시다, 웬디."

"가서 들어요. 난 여기 일을 마저 끝내야 해요." 웬디가 손을 휘휘 저으며 먼저 가라고 했다.

"그럼 내가 먹을 걸 좀 사다 줄게요."

"고마워요." 그녀는 그에게서 망치를 받아 파티션 뒤로 사라졌다.

이언이 나를 봤다. "점심 같이 먹을래요?"

나는 나도 모르게 한 발짝 뒤로 물러섰다. 그가 히죽히죽 웃었다.

"만약 두 여자에게 차례로 퇴짜를 맞으면 내 실력에 녹이 슨건지 궁금해질 것 같은데요." 그는 팔을 들어서 겨드랑이 냄새를 맡았다. "아니면 내가 데오도란트 뿌리는 걸 깜박했거나."

나는 풋 웃음을 터트렸다. "제안은 고맙지만 안 돼요."

"내가 같이 다니기에 창피할 정도는 아닌데. 밥 먹으러 같이 가요."

그때 내 위장이 나와는 독립적인 존재임을 표현하기로 결심하고 애초에 내가 왜 시내까지 걸어 나왔는지를 일깨워줬다. 뱃속에서 꼬르륵 소리가 요란하고도 우렁차게 흘러나왔다.

이언은 한쪽 눈썹을 치켜 올리며 문 쪽을 가리켰다. "저쪽 길 모퉁이에 장작으로 피자를 굽는 가게가 있어요. 바깥에서 피자를 먹을 수 있어요."

꼬르륵. "그럼 피자를 먹죠." 나는 그를 따라 화랑 문을 나오다가 유리창에 있는 사진을 엄지로 가리키며 물었다. "여행을 자주 하세요?"

"4개월 내지 6개월마다 한 번씩 짧게 하죠. 몇 년에 한 번씩은 더 길게 하고. 곧 사진 전시회를 열어요." 같이 걸어가면서 그가 말했다.

"이국적인 곳들로 여행을 다니니 참 좋겠어요."

"이 일 나름의 장점이 좀 있죠." 그는 나를 슬쩍 보며 물었다. "당신은 여행 많이 했나요?"

나는 고개를 흔들었다. "차로 장거리 여행은 몇 번 했어요. 하지만 외국에 가본 적은 없어요."

"어디든 갈 수 있다면 어디로 가겠어요?"

나는 머릿속에 떠오르는 첫 번째 장소를 불쑥 내뱉었다. "당신 사진에 있는 그 해변이요."

"아름다운 곳이죠. 꼭 가봐요."

"그러고 싶어요. 돈이 너무 많이 들겠지만."

그의 눈에 주름이 잡혔다. "그래요. 항상 돈이 문제죠."

우리는 길 모퉁이에 멈춰서 신호등이 바뀌길 기다렸다. "당신 작품은 이번에 처음 봤어요. 다른 곳에서도 전시를 하나요?" 길을 건너면서 내가 물었다.

"인터넷 말고요? 웬디의 라구나비치 갤러리에서만 해요. 웬디는 지역 예술가들 홍보를 좋아하니까."

"캘리포니아 남부에 사세요?"

"전에는 그랬어요. 캘리포니아 남부로 이사 오기 전에는 아이다호에서 자랐고요. 로스가토스에서 산 지는 몇 년 안 돼요. 여기서 화랑을 열자고 웬디를 설득하기까지 그 정도 시간이 걸렸죠. 최근에는 내가 여행을 많이 다녔고요."

"항상 다음번에 찍을 근사한 곳을 찾아다니는 건가요?" 그가 고개를 끄덕이자 내가 다시 물었다. "사람들도 찍나요(원어 'shoot'에는 사진을 찍는다는 뜻이 있지만 총을 쏜다는 뜻도 있다—옮긴이)?"

이언이 손가락 두 개를 붙여서 들어 올렸다. "난 지금까지 단

한 번도 살인을 한 적이 없어요. 맹세합니다."

내 얼굴이 순식간에 달아올랐다. "아니요, 그게 아니라…사진 말이에요. 초상화처럼 사람들 사진도 찍는지."

그의 표정이 어두워졌다. "나는 풍경 사진이 맞아요."

우리는 유모차를 밀고 가는 여자가 지나갈 수 있도록 옆으로 비켜섰다.

"당신은 무슨 일을 해요?" 이언이 물었다.

"그날그날 상황에 따라 레스토랑의 부주방장이나 매니저로 일해요." 지난 몇 주 동안은 둘 다 안 했지만. "올드 아이리시 고트에 가본 적 있어요?"

그는 고개를 저었다. "얘기는 들어봤어요."

"제 부모님이 그 레스토랑을 하셨어요."

"하셨다고요?"

내 어깨가 살짝 처졌다. "네, 그랬다가 파셨어요. 다음 주에 새 주인이 들어와요."

"그럼 당신은 새 직장이 필요하겠군요." 그는 조심스럽게 말했다.

"그래 보이네요."

레스토랑에 도착했을 때 이언이 나를 위해 문을 열어줬다. 주인이 거리가 보이는 테라스 자리로 안내했다. 그리고 메뉴를 내주고 음료 주문을 받았다. 이언은 물을, 나는 아이스티를 주문했다. 주인이 돌아가자 이언은 테이블에 팔꿈치를 세우고 깍지 낀 두 손 위에 턱을 얹었다.

"자, 당신에겐 어떤 사연이 있죠?"

나는 얼굴을 찌푸렸다.

그는 내 얼굴을 향해 고갯짓을 하며 말했다. "코는 어쩌다 그랬어요?"

나는 허겁지겁 한 손으로 코를 가리면서 남은 한 손으로 거울을 찾아 핸드백을 뒤졌다.

이언이 킥킥 웃더니, 내 손목을 툭 치며 말했다. "그다지 보기흉하진 않아요. 그냥 조금 빨갛고 부었을 뿐이에요."

"무지하게 고맙네요."

그가 다시 웃더니 표정이 부드러워졌다. "아파요?"

"조금요. 지금 무시하려고 노력 중이에요." 하지만 이언이 빤히 보고 있어서 도움이 되지 않았다. 테이블 밑으로 기어들어 숨고 싶은 심정이었다.

"자, 어디 한번 봅시다." 그는 코를 가리고 있던 내 손을 부드럽게 밀어내고 코의 피부와 물렁뼈를 만져봤다. 나도 모르게 으악소리가 나왔다.

"쓰려요?"

나는 고개를 끄덕였다.

"코피 났어요?"

"아뇨." 나는 재빨리 눈을 깜빡였다. 그의 손길은 위로가 됐다. 순간 마음이 동요됐지만 좋은 쪽으로 그랬다.

"며칠 빨갛고 따끔거릴 것 같군요."

"사진작가에다 의사도 겸업하시나 봐요. 재주도 많으셔."

"그랬으면 좋겠지만 그런 행운은 없어요. 그냥 여기저기 많이 부딪쳐보고 멍도 많이 들어본 사진작가일 뿐이지."

"최고의 사진을 찍기 위해선 어떤 대가도 감수한다 이건가요?"

"비슷한 거죠." 그는 의자에 등을 기댔다. "갤러리 개업식 할 때쯤이면 다시 원래의 미모로 돌아가 있을 겁니다."

"지금은 예쁘지 않다는 건가요?" 나는 나도 모르게 그를 도발하고 있었다. 그가 싱긋 웃자 찌르르 온몸이 설렜다.

주문한 음료가 도착하자 우리는 각자 입맛에 맞는 피자를 주문했다.

"조 카페라고 알아요?" 내가 물었다.

"모퉁이에 있는 카페 말이에요? 거기 문 닫았잖아요?"

"전 몰랐어요. 잠겨 있는 문에다 박치기를 했지 뭐예요."

이언은 물 잔을 입가로 가져가다가 멈췄다. 입술이 씰룩거리는 것이 웃지 않으려고 애쓰는 것 같았다. "그렇게 커피가 간절하게 마시고 싶었으면 내가 한 잔 만들어줄 수도 있었는데."

나는 순간 피식 웃었다. "나보다 커피를 더 잘 만드는 사람은 없어요."

"조보다 더요?"

"조보다는 특히 더요." 나는 뒷맛이 씁쓸하게 탄 맛이 나는 그의 자바 커피를 떠올리며 말했다.

"어, 이거 도전처럼 들리는데요. 조만간 당신과 나 둘 중에 누가 더 커피를 잘 끓이는지 한번 겨뤄봐야겠는데요." 그는 우리 둘 사이를 손으로 가리키며 말했다.

"당신도 바리스타인가요?" 내 얼굴에 미소가 활짝 피어올랐다. 나는 그와 악수하는 것으로 그 도전을 받아들였다. "좋아요."

"조 카페 자리에 당신이 커피숍을 열어보지 그래요. 본인이 커피를 잘 만든다고 주장하는 만큼 요리도 잘한다면 말이죠." 그가 씩 웃으며 말했는데 그 표정을 보자 나는 심장이 두근거렸다.

"보통 프랜차이즈 커피숍에서 파는 음식은 다 쓰레기잖아요. 아, 상스럽게 말해서 미안해요."

"당신의 프랑스어도 고급스럽진 않던데요." 나는 좀 전에 그가 했던 '부알라, 피니!'를 흉내 내며 놀렸다.

"이렇게 합시다. 당신이 만든 커피를 대접해준다면 프랑스어는 하지 않을게요." 그는 내 쪽으로 몸을 기울이며 말했다.

나는 무릎 위에 놓인 냅킨을 접느라 고개를 숙임으로써 얼굴에 떠오른 미소를 숨겼다. 한 시간 전부터 바로 그럴 계획을 세우고 있었으니까.

우리가 주문한 피자가 나왔다. 이언은 웬디에게 갖다줄 피자를 추가로 주문했다. 점심시간이 순식간에 지나갔고, 웨이트리스가 계산서를 가져오자 나는 지갑을 열었다.

이언이 뒷주머니에서 지갑을 꺼냈다. "이건 내가 낼게요."

"이건 데이트가 아닌데요."

그의 입가에 잔주름이 잡혔다. 이 상황을 재미있어하는 것 같았다. "당신이 그렇게 말한다면 그런 거겠죠. 하지만 당신이 내 작품을 살 고객이 될 수도 있잖아요. 목요일에 올 거죠?"

"그래요, 하지만…"

"내 사진을 사고 싶을걸요. 그러니 다음 주에 쓸 돈이 필요할 겁니다."

나는 그를 똑바로 쳐다봤다. "내가 당신 작품을 살 거라고 그렇게 자신해요?"

"사람이 꿈이야 마음대로 꿀 수 있는 거잖아요." 이언이 테이블 위에 신용카드를 내놔서 나는 지갑의 지퍼를 닫았다. 그런데 지퍼가 뭔가에 걸려서 그걸 끄집어내려고 애쓰다가 순간 내 얼굴에서 핏기가 싹 가셨다. 그것은 멕시코의 오악사카 주에 있는 '카사 델 솔' 리조트 명함이었다. 직원 이름이나 직함은 없었다. 그냥 리조트 명함으로 전화번호와 홈페이지만 나와 있었다. 레이시가 거기 넣어놓은 게 분명했다.

"괜찮아요?"

나는 고개를 들어 이언을 봤다. "네, 괜찮아요."

"내가 뭐 기분 나쁜 말 했어요? 정말 돈을 내고 싶으면…"

나는 고개를 저었다. "아니요, 아니에요. 괜찮아요."

이언은 시선을 낮춰서 내가 지갑을 만지작거리며 어쩔 줄 몰라 하는 모습을 지켜봤다. 그의 눈이 어두워지면서 위축되는 게 느껴졌다. 갑자기 내 기분이 변한 게 그의 탓이 아니라고 설명하고 싶었지만, 그러자면 신경 쓰이는 게 뭔지 그것도 설명해야 했다. 심령술사가 내 지갑에 미스터리한 명함을 슬쩍 넣어놨다고 말하면 너무 이상하겠지. 거기다 그 심령술사는 내 죽은 약혼자가 절대 죽지 않았다고 생각하고 있고.

89

이언이 계산한 후 우리는 화랑으로 돌아가 문 앞에서 멈췄다. 화랑 문은 이제 닫혀 있었다. 내가 손을 내밀었다. "점심 고마워요."

이언은 여전히 조심스러운 표정을 지었지만 그래도 그는 미소 지으며 내 손을 잡았다. "뭘요."

"이렇게 만나게 돼서 좋았어요." 막 돌아서서 가려던 나는 그가 내 이름을 불러서 멈췄다.

"목요일에 보는 거죠?" 그는 다시 아까처럼 따뜻한 미소를 지으며 물었다.

나는 그에게 웃음으로 화답하며 고개를 끄덕였다. "목요일에 봐요."

6장

나디아가 전화해서 저녁에 만나기로 한 약속을 취소했다. 새 프로젝트를 맡았는데 의뢰인이 출장을 가기 전에 저녁 식사를 하면서 그 프로젝트에 대해 의논하기를 원한다는 것이었다.

"웬디가 널 다음 주 목요일 개업식에 초대했다고 하던데, 갈 거니?"

"아마도." 나는 이언을 생각했다. 그의 작품들을 더 보고 싶었다.

"나와 같이 가면 되겠네. 우리가 서로에게 데이트 상대가 돼줄 수 있잖아."

"네가 나에게 작별 키스만 안 한다면 괜찮아."

나디아가 콧방귀를 뀌었다. "좋아. 그건 그렇고, 어떻게 생각해? 이언 말이야."

"완전 좋⋯." 나디아의 실내 디자인이 좋았단 얘기였는데. 나는 나디아가 뭘 물었는지 뒤늦게 깨달았다.

나디아가 웃었다. "이언 멋있지, 응?"

"멋진 건 너의 디자인이지."

"이언 맘에 들어?"

"너의 갤러리 디자인이 마음에 든다니까."

"에이미." 그녀는 내 이름을 길게 빼서 불렀다.

"알았어. 맘에 들어. 정말 좋은 사람 같더라."

"데이트하자고 해."

"뭐라고?" 난 단 한 번도 다른 사람에게 데이트 신청을 해본 적이 없었다. 데이트를 해본 적도 없었다. 제임스는 정확히 말하면 데이트 상대라고 할 수 없었다. 우리 둘은 항상 붙어 다녔으니까.

"그럴 수 없어. 너무 일러."

"제임스가 죽은 지 거의 다섯 달이나 됐어. 넌 피가 끓는 젊은 여자고."

"난 아직 준비가 안 됐어."

나디아가 한숨을 쉬었다. "좋아. 알았다고. 강요하진 않을게. 하지만 언젠가는 준비가 되겠지. 인간의 정신이란 놀라울 정도로 회복력이 강하고 인간의 육체란 경이로울 정도로 성욕이 강하거든." 그녀가 깔깔 웃어대자 나는 눈을 굴렸다. "다음 주에 쇼핑 가자. 네가 입을 만한 섹시한 옷을 고르는 거야."

"그래." 나는 동의한다기보다는 그냥 장단을 맞춰준다는 뜻에서 대꾸했다.

"난 준비해야겠다. 나중에 이야기해." 나디아는 작별 인사를 하고 전화를 끊었다.

몇 시간 후 나도 모르게 레이시가 내 지갑 안에 슬쩍 찔러 넣은 명함을 보고 있었다. 나는 제임스가 화실로 썼던 방의 컴퓨터 앞에 앉아 있었다. 아직도 방 여기저기에 그가 사용했던 그림 도구가 흩어져 있었다. 이젤 위에는 미완성 그림이 그를 기다리고 있었다. 나는 컴퓨터 모니터를 켜고 그 리조트의 홈페이지를 검색해서 화면에 띄웠다. 카사 델 솔. 타일을 깐 지붕이 시카텔라 해변 위로 솟은 대농장 스타일의 아치들 위에서 경사를 이루고 있었다. 그 호텔이 위치한 곳은 멕시코의 오악사카에 있는 에메랄드 해안의 푸에르토 에스콘디도라는 마을이었다.

나는 명함의 모서리를 튕겼다. 말이 안 돼는 일이었다. 제임스는 푸에르토 에스콘디도 근처에도 가지 않았다. 내 핸드폰의 지도 앱에 따르면 그곳은 그가 있었던 곳으로부터 거의 1,600킬로미터나 떨어져 있다. 그는 비행기를 타고 칸쿤으로 가서 플라야 델 카르멘 호텔에서 저녁 식사를 하고 다음 날 낮에는 코수멜 섬에서 낚시를 할 계획이었다. 토머스는 칸쿤으로 가서 제임스의 시신을 찾아왔다. 어쨌든 나에게 그렇게 말했다.

토머스에게 전화해, 에이미.

이 말이 내 머릿속에서 들렸다기보다는 느껴졌다.

제임스?

돌아보지 마, 나는 스스로에게 말했다. 제임스가 여기 있을 리 없잖아.

토머스로 말하자면, 그가 마지막으로 나를 방문한 게 한 달쯤

전이었다. 그는 내가 어떻게 지내는지 알아보려고 들렀다가 결국 저녁까지 먹고 갔다.

나는 그에게 전화했다.

"아, 에이미." 그는 쉰 듯한 목소리로 전화를 받았다.

전화선을 통해 바스락거리는 소리가 들리다가, 뒤에서 낮게 윙 소리가 들렸다. 토머스가 전화를 받고 밖으로 나갔거나 아니면 창문을 열어놓은 창가에 서 있는 것 같았다.

"어디예요?"

바스락거리는 소리가 더 들렸다. 토머스가 헛기침을 했다. "외국이야."

유럽인가? 그러면 이제 막 동이 텄을 텐데. 피곤하겠다.

"미안해요, 자는 걸 깨웠어요? 나중에 전화할게요."

"아니, 괜찮아." 토머스가 신음하듯 말했다. 나는 그가 이마를 문지르는 모습을 떠올렸다. "무슨 일이야?"

"그게…" 내 목소리가 작아졌다. 멕시코의 오악사카가 아니라 칸쿤에서 제임스의 시신을 가져온 게 맞느냐고 물어보는 건 논리적이거나 신중한 질문 같지 않았다. 그다음에 '당신이 가져온 시신이 정말 제임스의 것이 맞아요? 혹시 다른 사람의 시신은 아닌가요?'라는 질문 역시 그럴 것이다.

내게는 명함과 제임스가 죽지 않았다는 심령술사의 말 한마디 외에는 다른 증거가 없었다.

"여보세요?" 토머스의 말에 생각에 잠겨 있던 내가 후다닥 정신을 차렸다.

"네. 귀찮게 해서 미안해요. 난 그저…" 나는 눈을 감고 심호흡을 했다.

"나도 제임스가 그리워." 잠시 후 토머스가 마음을 털어놓았다.

"나도 알아요, 고마워요. 이만 끊을게요. 잘 자요, 토머스."

"건강 챙겨, 에이미."

나는 책상 위에 있는 토머스의 수표 옆에 전화기를 내려놨다. 그리고 그 수표를 물끄러미 보면서 시내의 그 임대 표지판을 생각했다.

해봐, 에이미.

나는 전화기를 낚아채서 아빠에게 전화했다. 늦은 시간이라 음성 메시지가 나왔다. "안녕, 아빠. 음…" 나는 수표를 집어 들었다. "그냥 하고 싶은 말이 있어서요…음, 내가 뭘 하고 싶은지 알아냈어요. 그러니까 아빠는 내 걱정 할 것 없어요. 난 괜찮을 거니까. 아니에요…난 괜찮아요. 그게 다예요. 사랑해요. 엄마도 사랑해요. 안녕히 주무세요."

수표를 뒤집자 속도 따라서 뒤집힐 것 같았다. 요리학교를 나온 나는 수백 명의 손님을 위해 다섯 가지 코스 요리를 계획할 순 있지만, 내 카페에서 한 명의 손님을 위해 커피를 만들고 머핀을 굽는다는 생각을 하자 사정없이 주눅이 들었다. 하지만 동시에 해방감도 들었다.

에이미네 카페.

제임스가 지은 이름이었다. 그는 떠나기 전날 밤 로고까지 스케치했다. 그는 자신의 꿈을 좇아 화랑을 열려고 했던 것처럼 나

역시 고트를 그만두고 내 레스토랑을 열기를 바랐다. 그 레스토랑에서 정한 음식이 아니라 내가 원하는 음식을 만들기를 바랐다. 내가 평생 아이리시 레스토랑에서 요리하기를 원했던가?

나는 손가락에 낀 백금 약혼반지를 돌렸다. 모니터의 불빛에 반지에 한 알 박힌 다이아몬드가 반짝였다. 제임스가 내 옆에 있었다 해도 레스토랑을 여는 일은 내게 벅찼으리라. 하지만 이제는 앞으로 나아갈 때다. 나디아의 표현대로라면 나는 다음 단계의 비탄으로 들어가고 있었다. 계속 이렇게 미래를 향해 나아가야겠지.

나는 수표에 이서하고 부동산 중개인에게 전화를 걸어 음성 메시지를 남겼다. 전화를 끊자 비로소 현실이 밀려왔다. 다음 주엔 내 생일이 들어 있다. 나는 스물일곱 살이 될 것이고, 아무 계획도, 직원도, 팔 것도 없이 뿌듯하지만 세상물정은 하나도 모르는 사업가가 될 것이다.

❖

나는 월요일 아침 열 시에 조 카페 앞에서 브렌다 웨이클리를 만났다. 키가 크고 날씬한 그녀는 선명한 청색 스커트 속에 흰 실크 블라우스를 넣어 입고 거기에 어울리는 하이힐을 신고 있었다. 백발의 단발머리가 귀 주위에 동그랗게 말려 있었다.

브렌다는 헛기침을 하고 자신을 소개하면서 가게 문을 열었다. 방범 장치에서 경고음이 울리면서 카운트다운이 시작됐다.

"내가 이걸 끌 동안 가게를 둘러봐요." 그녀는 서둘러 통로를 걸어가서 화장실을 지나 뒷문으로 갔다.

조는 가게 문을 닫은 후 아무것도 들어내지 않았다. 실내는 포마이카 테이블로 가득했다. 뒤쪽 벽에는 비닐로 코팅한 의자들이 쌓여 있었다. 리놀륨 바닥은 얼룩이 진 데다, 사람들이 많이 밟고 다닌 곳에서는 리놀륨이 떨어져 나가 있었다. 실내에서 퀴퀴한 냄새가 났다. 탄 커피콩과 베이컨의 느끼한 냄새가 폐를 가득 채우면서 내 기억을 제멋대로 휘저었다.

내 시선이 구석에 있는 테이블에 머물렀다. 제임스와 내가 저 창가 자리에 앉아 지나가는 사람들을 보면서 쓰디쓴 커피를 마시고 타바스코 소스에 푹 잠긴 오믈렛을 먹던 일요일 아침이 얼마나 많았던가?

나는 천천히 돌아서서 식당을 둘러봤다. 조를 둘러싼 세상은 변했지만 조의 세상은 하나도 변하지 않았다. 50년 전까지 거슬러 올라가는 흑백 사진들이 뒤쪽 벽을 장식하고 있었다. 금전등록기 옆에 쌓여 있는 플라스틱 메뉴판들에는 내가 여기서 음식을 먹어온 20년 동안 똑같이 존재해온 음식 메뉴가 나와 있었다.

"어떻게 생각해요?" 브렌다가 물었다.

"난 조 카페를 사랑했어요. 이곳이 그리워요."

"나도 그래요. 하지만 조는 요즘 유행하는 최신식 레스토랑들과 경쟁하느라 힘들었죠. 뭐, 나도 차를 탄 채로 음식을 주문하고 받고 하는 그런 곳을 좋아하니 뭐라 말할 자격이 없지만요." 브렌다가 말했다.

나는 카운터 뒤로 걸어갔다.

"가전제품들은 새것으로 바꿔야 해요." 그녀는 주방 창으로 보이는 기름때가 낀 영업용 가스레인지를 가리켰다.

"솔직히 말해서 여기는 싹 다 들어내고 대청소를 해야 해요." 그녀는 거무칙칙한 카운터에서 손을 떼면서 말했다. "여기서 뭘 하고 싶다고 했죠?"

"카페요." 나는 구식 금전등록기의 키패드를 눌러보면서 말했다. 숫자 2가 눌러지지 않았다. "흠, 단순한 카페라기보단 고급 커피숍에 식당을 겸한 곳이라고 해야겠네요."

그녀는 비꼬는 미소를 지었다. "또 커피숍이네요. 내 개인적인 생각으로는 위험한 업종인데." 그녀는 들고 있던 가죽 장정의 포트폴리오를 톡톡 쳤다. "이 건물의 주인은 임차인이 15년 내지 20년 정도 장기 임대를 하길 바라고 있어요."

그건 아주 긴 시간이다. 나는 찬장들을 살펴봤다. "건물주가 누구죠?"

"조지프 루소."

"조 아저씨가 주인이라고요?" 진작 알았어야 했다. 어쩌면 중개인을 통하지 않고 조 아저씨와 직접 통화해서 거래를 할 수 있을지도 모른다.

"그분을 개인적으로 알아요?"

"제 부모님이 올드 아이리시 고트의 주인이시거든요. 부모님과 조 아저씨는 상공회의소 같은 몇몇 협회들을 통해 오랫동안 알고 지내셨어요. 여기를 임대하겠다고 신청한 사람이 또 있나요?"

"두 명 더 있어요. 여긴 금방 나갈 거예요. 조가 목요일까지 결정하고 싶어 해서요."

그럼 사흘 남았네. 서두르는 감이 있었지만, 여차하면 좋은 기회를 놓칠 수도 있었다. 어쩔 것인가? 나는 시내에 내 카페를 열고 싶었다. 길모퉁이에 있는 이 가게는 위치도 좋았지만, 무엇보다 여기 있으면 제임스와 연결된 기분이 들었다.

나는 손가락에 낀 반지를 돌렸다. "임대료는 얼마인가요?"

브렌다가 숫자를 줄줄 읊었는데 예상보다 훨씬 높았다. 조 아저씨에게 전화해야 할 이유가 하나 더 늘었다.

계획도 더 구체적으로 세워야 했고 성급하게 결정을 내려선 안 됐지만, 나는 이곳을 잃고 싶지 않았다. 나는 브렌다에게 미소를 지어 보였다. "저도 신청하고 싶어요."

"좋아요." 브렌다는 포트폴리오를 열고 내게 서류 몇 장을 건넸다. 우리는 계약 조건에 대해 좀 더 의논했고, 그런 다음 내가 임대신청서와 신용평가보고서를 기재하는 동안 브렌다는 자리를 옮겨 앉아 자신의 스마트폰을 들여다봤다.

내가 서명을 마치자 그녀가 고맙다고 말했다. "신용평가보고서를 확인해보고 맞으면 그다음엔 신원 보증인들을 확인하는 절차를 거치게 됩니다." 그녀가 나와 악수했다. "다 잘되면 좋겠군요."

브렌다는 나와 같이 나와서 가게 문을 잠갔고, 내게 잘 가라고 손을 흔들었다. 나는 어질어질한 기분으로 집에 돌아왔다. 그 후 며칠 동안 이것저것 알아보고, 계획하고, 사업허가증을 신청하고, 재무 정리를 했다. 5개월 만에 처음으로 기대할 일이 생겼다.

❖

목요일 아침 늦게 나디아가 나를 깨웠다. 나는 무거운 몸을 질질 끌고 현관으로 나갔다. 간밤에 사업과 마케팅 계획의 초안을 잡느라 늦게 잠자리에 들었던 것이다.

"맙소사, 그런 몰골로 쇼핑을 할 순 없어." 나디아는 내 구겨진 셔츠와 파자마를 역겨운 표정으로 보더니, 나를 옆으로 밀치면서 안으로 들어왔다.

"좋은 아침." 나는 하품을 하면서 문을 닫았다. "지금 몇 시야?"

"네가 옷을 입을 시간이지. 내 점심 미팅 전까지, 네가 오늘 밤 개업 파티에 입고 갈 드레스를 찾을 시간이 두 시간도 안 남았어."

"집에 있는 걸로 입지 뭐." 나는 침실로 돌아갔다.

나디아가 나를 따라왔다. "예를 들면 어떤 거?"

나는 어깨를 으쓱했다.

나디아가 옷장 문을 홱 열어젖히고 가만히 서 있었다. 그녀는 한숨을 쉬면서 제임스의 옷이 있는 쪽을 힐끗 봤다. 그의 옷들은 전혀 손대지 않은 채 그 자리에 그대로 있었다. 그녀는 옷장 문을 닫았다.

"옷 입어. 넌 새 옷이 필요해. 산타나로에 가자."

"나 샤워해야 해."

"그럴 시간 없어. 향수 뿌리고 나가." 나디아가 내 머리 주위에 손을 막 흔들어댔다. "머리 빗고."

25분 후, 청바지와 티셔츠를 입고 운동화를 신고 사방으로 뻗친 머리를 하나로 묶은 나는 나디아 옆에 서서 나디아가 옷걸이의 옷들을 뒤적거리는 걸 보고 있었다. 나디아는 옷걸이들을 거칠게 밀어젖히면서 내 사이즈에 맞는 드레스들을 재빨리 살펴봤다. 그러더니 드레스 세 벌을 내 팔에 걸쳐놓고 나를 탈의실로 밀어 넣었다.

"오늘 밤 파티로 왜 이렇게 호들갑을 떨어야 하는지 아직도 이해가 안 돼." 나는 운동화를 벗으며 말했다.

"여보세요! 이언이 온다고요."

"관심 없어."

"하하, 퍽도 관심 없겠다."

"나디아." 내가 경고했다. 나는 온몸을 사정없이 흔들어서 청바지를 벗고 티셔츠를 목 위로 끌어 올려서 벗었다. 단순한 브래지어와 지루해 보이는 팬티가 전신 거울에 비친 나를 빤히 마주 보고 있었다.

"그럼 이언은 잊어. 널 위해서 해. 너의 사교 생활에 다시 시동을 걸 때라고. 넌 데이트를 해야 해."

"난 데이트하는 게 아니야." 나는 냉정하게 말하고 옷걸이에서 첫 번째 드레스를 벗겨냈다.

"뭐가 됐건 어때. 하지만 서둘러. 시간이 별로 없어."

나는 드레스의 지퍼를 올렸다. 짙은 청록색 민소매 실크 드레스로 상체 부분이 몸에 찰싹 달라붙고 길이는 무릎까지 내려왔다. 나는 그 드레스를 입고 거울을 향해 돌아섰다. 이언이 이런 나를 보면 지나치게 꾸몄다고 생각할까? 드레스는 근사했지만 전시회에 가는 차림치곤 너무 화려했다. 이언을 만나는 자리에서 입기엔 너무 야했고.

하지만 제임스라면 이 드레스를 좋아했을 텐데.

나는 다시 지퍼를 내리고 바닥으로 흘러내리는 드레스를 흘겨봤다.

두 남자가 어떻게 생각할지 왜 신경을 쓰는 거지?

두 번째 드레스는 상체는 몸에 딱 맞고 스커트는 풍성한 검은색의 A라인 드레스로 통이 좁은 소매가 팔꿈치를 덮었다. 내 검은 하이힐이 이 드레스와 잘 어울릴 것 같았다. 그날 밤 입기에 딱 좋았다.

핸드폰이 울렸다. 나는 거울에 비친 내 모습에서 돌아서서 숄더백에 있는 핸드폰을 꺼냈다. "여보세요?"

"에이미? 브렌다 웨이클리에요. 연락이 늦어서 미안해요."

"괜찮아요." 심장이 마구 뛰었지만 나는 간신히 아무렇지 않은 목소리를 냈다.

"당신의 신청서를 평가했어요. 당신 계좌에 현금은 충분한데 신용에 문제가 좀 있어요. 최근에 주택 융자금을 늦게 내는 바람에 신용 등급이 떨어졌어요."

나는 움찔했다. "그건 제가 설명할 수…"

"당신이 조의 친구라서 좋은 결과가 나오길 빌었는데, 조에게 당신 신청서는 추천하지 못하겠어요. 다른 지원자 세 명은 자격이 충분하거든요."

나는 탈의실 의자에 털썩 주저앉았다. "제가 달리 할 수 있는 일이 없을까요?"

"당신보다 신용 등급이 더 좋은 사람을 공동 서명인으로 데려올 수 있나요?"

나는 혼자서 이 일을 해내고 싶었지만 부모님을 떠올렸다. 그러다 부모님이 최근에 신용에 문제가 생긴 걸 기억해냈다. 부모님도 거래처에 진 빚을 갚느라 힘들어하고 있었다. "잘 모르겠어요. 시간이 좀 필요한데."

"유감스럽게도 시간이 없어요. 이 계약은 오늘 오후 아니면 늦어도 내일 오후까지는 결정될 겁니다. 다른 좋은 자리를 찾을 수 있도록 행운을 빌어요. 주말 잘 보내요."

브렌다는 전화를 끊었다. 나는 길게 한숨을 쉬고 천장을 바라봤다.

나디아가 탈의실 문을 쾅쾅 두드려서 나는 깜짝 놀라 벌떡 일어났다. "거기 안에 있어? 준비됐니?"

"잠깐만." 나는 드레스를 벗고 티셔츠를 입었다.

"하나 골랐어?"

나는 문 위로 A라인 드레스를 던졌다.

"좋네! 마음에 들어." 나디아가 기분 좋게 말했다.

나디아가 탈의실을 나가면서 이언도 이 드레스를 맘에 들어
할 거라고 말하는 걸 나는 똑똑히 들었다.

7장

나디아가 화랑 개업식에 가기 위해 여덟 시에 나를 태우러 왔다. 말린 라벤더 비슷한 색깔에다 몸에 딱 붙는 드레스를 입은 그녀의 모습이 아름다웠다. 양쪽으로 가른 적갈색 머리는 어깨에 내려와 있었다. 검은 아이라이너 덕분에 에메랄드 눈빛이 더욱 돋보였고 투명한 립글로스로 도톰한 입술이 강조돼 보였다.

그녀가 집게손가락을 빙그르르 돌려서 내가 거기에 맞춰 돌자 A라인 드레스의 스커트가 같이 돌았다. 나는 머리카락을 고대기로 굵게 말고 몇 가닥을 얼굴 주위에 늘어뜨렸다. 제임스의 장례식 이래 이렇게 차려입은 건 처음이었다.

나디아가 빙긋 웃었다. "내 말이 틀렸으면 틀렸다고 해. 하지만 기분 좋지? 너 끝내주게 근사해 보여."

나는 한 가닥 삐져나온 머리카락을 손가락으로 빙빙 돌렸다. "나 긴장돼."

나디아는 내 손을 밀어내고 내 머리를 다시 다듬었다. "부탁이 하나 있어."

"뭔데?"

"오늘 밤은 재미있게 보내."

나는 한숨을 쉬었다. "노력해볼게."

나디아는 숨을 내쉬며 천장을 바라봤다. "미소를 지으면 도움이 되지." 그녀는 뒤로 물러서서 머리부터 펌프스를 신은 발끝까지 나를 살펴봤다. "예쁘다."

그녀의 칭찬에 나도 모르게 입 가장자리가 올라갔다.

"웃으니까 훨씬 낫잖아." 그녀가 외쳤다.

우리는 화랑에서 두 블록 떨어진 곳에 주차했다. 밤공기가 상쾌했다. 나는 어깨에 두른 숄을 여몄다. 창문마다 불빛이 흘러나왔고 문 안쪽에서 부드러운 재즈 선율이 희미하게 들렸다. 〈벨리즈 일출〉은 아직도 앞쪽 유리창의 한가운데를 차지하고 있었다. 2,750달러라는 가격표는 새로 단 모양이었다.

내 입이 떡 벌어졌다.

나디아가 우습다는 표정으로 나를 봤다. "왜 그래?"

내가 그 가격표가 있는 유리창을 톡톡 쳤다. "그 사람 실력이 대단한가 봐."

"맞아. 다른 작품들도 봐봐." 그녀가 문을 열었다. "들어갈 거야?"

갤러리는 손님들로 붐볐다. 샴페인 잔들과 카나페가 놓인 쟁반의 균형을 잡으면서 웨이터들이 조심스럽게 이언의 팬들 사이를 누비고 다녔다.

나는 화랑의 주요 전시실 한쪽 구석에 있는 이언에게 시선이 갔다. 그는 입고 있는 검은 바지의 옆주머니에 손을 찔러 넣은 채 옆에 있는 여자에게 머리를 기울이고 있었다. 그의 이마에 윤기 흐르는 머리카락이 몇 가닥 흘러내려 있었다. 나는 그가 옆에 있는 여자가 하는 말에 고개를 끄덕이면서 한 손을 천천히 들어 그 머리를 옆으로 쓸어 넘기는 모습을 지켜봤다. 내 뱃속이 요동쳤고, 순간 그런 내 반응에 저절로 얼굴이 찌푸려졌다.

나디아가 내 옆구리를 팔꿈치로 꾹 찔렀다. "미소 짓는 거 잊지 마."

나는 억지웃음을 지었다.

웬디가 저쪽에서 우리를 보고 다가왔다. "나디아, 당신을 찾고 있었어요."

"안녕하세요, 웬디." 나디아는 머리를 한쪽으로 기울여 웬디가 허공에 대고 하는 키스를 받은 뒤 내 어깨를 만졌다. "내 친구 에이미 기억하죠?"

웬디가 나와 악수했다. "와주셔서 아주 기뻐요. 샴페인도 드시고 즐거운 시간 보내세요." 그녀는 지나가는 웨이터에게 손짓한 뒤 다시 나디아에게 관심을 돌렸다. "나와 아주 친한 친구 하나가 당신이 작업한 우리 갤러리 디자인을 아주 마음에 들어 해요. 상업용 부동산 중개인인데 당신을 만나고 싶어 하네요."

"너 혼자 괜찮겠어?" 나디아가 내게 물었다.

"그럼. 어서 가봐."

웬디가 나를 화랑 왼쪽으로 안내했다. "여기서부터 시작해야 전시를 효과적으로 감상할 수 있어요. 여길 한 바퀴 돌면 이언의 일출부터 일몰까지 볼 수 있게 배치해놨어요. 이언의 작품들은 아주 감동적이랍니다. 뭐든 구매하고 싶은 작품이 있다면 제게 말씀하세요." 그녀는 나디아와 팔짱을 끼고 첫 번째 파티션 뒤로 사라졌다.

나는 걸치고 있던 숄을 벗어서 사각형으로 접어 팔에 걸치고 화랑 안을 돌아다녔다. 작품 하나하나가 이국적인 외국의 장소에서 해가 뜨거나 지는 모습을 찍은 것이었다. 이언은 빛을 자유자재로 다뤘다. 산비탈, 호수 수면이나 숲속의 키 큰 전나무들에 반사된 빛은 마법 같기도 하고 비현실적인 것 같기도 한 느낌을 줬다.

나는 한 작품 앞에서 멈췄다. 중동의 모래 언덕 위로 불타는 태양이 지고 있었다. 벽에 붙은 꼬리표에 따르면 두바이에서 찍은 것이었다. 모래 언덕 꼭대기에 낙타 세 마리가 가만히 서 있었고, 긴 손가락 같은 그들의 그림자가 강렬한 오렌지색과 황금색의 모래 언덕 너머로 길게 뻗어 있었다.

"어떻게 생각해요?"

내 입가에 미소가 떠올랐다. "당신은 햇빛을 포착하는 데 탁월한 재능이 있군요." 나는 눈을 들어 이언을 쳐다봤다.

그의 눈이 나와 마주쳤다. "오늘 와줘서 기뻐요."

"저도요."

그의 이마에 주름이 졌다. "개인적인 질문 하나 해도 돼요?"

나는 한 팔에 걸고 있던 숄을 다른 팔로 옮겼다. "그럼요."

그는 숄을 옆으로 밀어서 내 왼손을 드러내더니 반지 낀 내 손가락을 살짝 구부렸다. 천장에 달린 스포트라이트 불빛에 내 약혼반지가 순간 반짝 빛났다. "왜 결혼했다고 말하지 않았어요?"

"왜냐하면…" 나는 망설이면서 입술을 핥았다. "하지 않았으니까요."

그는 숄을 다시 제자리에 끌어다 놓았다. "약혼한 상태인가요?"

나는 고개를 흔들었다.

"계획대로 풀리지 않았다니 유감이군요." 그는 차분히 말했다.

나는 그에게 잡힌 내 손을 빼내고, 눈에 차오르는 눈물을 보이지 않기 위해 사진을 봤다. 그의 동정을 바라지 않았지만, 그의 작품을 감탄하며 바라보는 내 모습을 그가 바라보는 걸 느낄 수 있었다. "이 사진은 언제 찍었어요?"

그가 킬킬 웃었다. "2년 전에요."

나는 그를 곁눈질로 힐끗 봤다. "뭐가 그렇게 우스워요?"

그는 고개를 숙여서 미소를 감췄다.

"내 장담하는데, 사진 하나하나마다 사연이 있겠군요."

그는 턱을 문질렀다. "그래요, 있죠."

나는 그의 설명을 기다렸다. 그는 비밀스러운 미소를 띠며 나를 바라봤다. 내가 팔짱을 꼈다. "언젠가는 그 이야기를 듣고 말겠어요."

그의 눈가에 주름이 졌다. "그러길 바랍니다."

그는 사람들로 꽉 찬 화랑을 둘러봤다. 소음이 커졌고, 무료 샴페인 때문에 더 시끄러워졌다. 웬디가 집게손가락으로 태블릿 화면을 열심히 두드리는 게 보였는데 아마 구매 주문을 처리하는 것 같았다. 이언이 내 귀 쪽으로 고개를 기울이고 속삭였다. "집에 가져가고 싶은 건 없나요?"

당신.

그 생각이 순식간에 떠오르면서 이언이 내게 키스하는 모습이 그려졌다. 내 얼굴이 달아오르자 이언이 고개를 갸웃했다. 나는 눈을 재빨리 깜박이면서 헛기침을 했다. "내가 어떤 걸 좋아하는지 알잖아요."

그의 입가가 살짝 올라갔다. "벨리즈 일출."

"유감스럽게도 내가 그 정도로 남는 잔돈이 없어서 말이죠."

"생일 축하해, 에이미!" 내 뒤에서 나디아가 갑자기 소리쳤다. 내가 깜짝 놀라 돌아섰다.

이언이 뒤로 물러나 나디아가 들어올 자리를 만들어줬다. 나디아가 내게 샴페인을 건넸다. 나는 끙 소리를 내며 그 잔을 받았다. 그녀는 다른 한 잔을 이언에게 줬다.

"오늘이 당신 생일이에요?" 이언이 물었다.

"사실은 내일이에요." 나는 나디아를 째려보며 말했다. "네가 잊어버렸으면 했는데."

그녀는 지나가는 웨이터의 쟁반에서 샴페인 잔을 하나 들었다. "생일 맞은 아가씨를 위해 건배."

"그만해…"

"나도 재미 좀 보자." 그녀가 불평했다.

"생일 축하해요." 이언이 건배했다.

"고마워요."

그는 샴페인을 마시면서 잔 너머로 나를 계속 바라봤다. 나디아는 미소를 숨긴 채 흥얼거리면서 자신의 잔 너머로 나와 이언을 번갈아 봤다.

웬디가 다가왔다. "끼어들어서 미안하지만 오늘의 주인공 좀 데려갈게요."

이언은 근처 테이블 위에 잔을 내려놨다.

"인사도 없이 가지 말아요." 웬디가 그의 팔을 낚아채는 사이에 이언이 말했다.

나디아가 그들이 가는 모습을 지켜봤다. "와우, 이언 정말 멋지다. 이언이 너만 쳐다보다니 너무 안타까운 일이야. 본드 붙인 것처럼 너만 보더라. 난 완전 투명인간처럼 느껴졌어."

"오버 좀 하지 마."

"저기 좀 봐." 나디아가 턱짓으로 방 건너편을 가리켰다. 그쪽으로 시선을 옮기자 팬들에게 둘러싸인 이언이 나를 보고 있는 게 보였다. 그의 얼굴에 희미한 미소가 떠오르더니 옆에 있는 남자에게로 관심을 돌렸다.

❖

그 밤이 끝나갈 때쯤 나디아는 내가 〈벨리즈 일출〉을 감상하고 있는 걸 발견했다. "훌륭한데." 그녀가 중얼거렸다. "난 부동산 중개인 아저씨와 뭐 좀 먹으러 가기로 했어. 같이 가자."

"그래서 이번엔 내가 투명인간이 되라고? 됐거든."

나디아가 웃었다. "그런 거 아니야."

"그거 맞거든. 난 걸어서 집에 갈래."

"웃기는 소리 하지 마. 내가 차로 데려다줄게."

"내가 같이 걸어가줄게요." 뒤에서 이언의 목소리가 들렸다.

나디아가 생긋 웃었다. "그럼 더 좋고요."

"그래도 돼요?" 그가 내게 물었다.

"폐가 되지 않는다면."

그는 고개를 흔들고 자신의 옷깃을 잡아당겼다. "나도 바람 좀 쐬야 해요."

"그럼 결정된 거예요. 난 갈게." 나디아는 나를 껴안아주고 이언과 악수했다.

"1분만 기다려요. 웬디에게 나간다고 알려야 하니까." 나디아가 그곳을 떠나자 이언이 말했다.

나는 기다리면서 마지막으로 내가 좋아하는 작품을 오랫동안 바라봤다. 누군가 유리창을 향해 놓여 있던 그 사진을 화랑 안쪽을 향하도록 돌려놓았다. 가격표는 사라지고 굵고 검은 서체로 쓴 '판매 완료'라는 꼬리표가 달려 있었다.

이언이 돌아왔다. "실망스러운 표정이네요. 왜 그렇게 풀이 죽었어요?"

나는 그 꼬리표를 손으로 가리켰다. "당신이 작품을 판 건 기쁘지만 뭔가 뺏긴 것 같은 기분이 드는 것도 사실이에요."

그는 그제야 그 꼬리표를 알아보았다. "흠, 흥미롭군요." 그는 이렇게 중얼거리면서 내 허리를 손으로 가볍게 밀어 밖으로 인도했다. "어느 쪽으로 갈까요?"

"저쪽으로 여덟 블록이에요." 나는 우리가 서 있는 곳에서 왼쪽을 가리킨 뒤 접어놓은 숄을 풀어서 어깨에 둘렀다.

"내일은 중요한 날인데 무슨 특별한 계획 있어요?" 같이 걸으면서 이언이 물었다.

나는 고개를 흔들었다. "집에 있어야죠 뭐. 어쩌면 친구들과 저녁 먹으러 나갈지도 모르고요."

"나는 스물아홉 번째 생일을 에버글레이즈 국립공원의 습지에서 악어들을 피하며 보냈어요."

내가 웃었다. "좋은 시간이진 않았을 것 같네요."

"하지만 그때 끝내주는 사진을 몇 장 건졌어요. 어디 보자." 그는 턱을 긁적였다. "서른 번째 생일에는 하루 종일 페루 안데스에서 노새를 탔고요."

"그리고 밤새 얼음 통 위에 앉아 있었겠죠?"

이언이 웃음을 터트렸다. "아뇨, 하지만 비슷해요. 그다음 일주일 내내 엉덩이가 쑤셨으니까."

우리는 길을 건너서 또 한 블록을 걸었다.

"내가 알아야 할 특별한 생일이 더 있나요? 아니면 서른 번째 생일로 끝난 건가요?"

"지금으로선 그게 다예요." 그는 희미한 조명이 켜진 작은 식당으로 나를 인도했다.

"지금 우리 뭐 하는 거예요?"

"당신의 생일을 축하하는 거죠." 그가 나를 위해 문을 잡아준 뒤 나를 따라 안으로 들어왔다. 그곳은 프랑스 레스토랑인 라 프티트 메종이었다. 그는 웨이트리스에게 손가락 두 개를 들어 보였다. "커피 두 잔하고 디저트 주세요."

웨이트리스가 우리를 레이스 장식이 달린 앞 유리창 옆의 작은 테이블로 안내했다. 이언이 나를 위해 의자를 밀어주고 나서 웨이트리스에게 뭐라고 속삭였다. 그녀는 우리에게 메뉴를 주고 갔다.

나는 흰 식탁보가 깔린 테이블과 머리 위의 우아하게 연결된 크리스털 등을 둘러봤다. "왠지 당신이 여기서 자주 식사를 할 것 같진 않은데요."

"여긴 처음 와봤어요." 그는 앉아 있던 의자를 돌려서 주위를 돌아봤다. 그러고는 다시 나를 보면서 장난기 어린 미소를 지었다. "뭐 완벽하게 마음에 드는 곳은 아니지만 아직 열려 있으니까. 시간이 열한 시가 다 됐네요." 그는 자기 시계를 힐끗 봤다.

몇 분 후 웨이터가 주문한 커피를 가져왔다.

"향이 좋은데요." 나는 따뜻한 로스팅 향을 들이마시면서 커피를 내려다봤다.

이언은 커피를 한 모금 마셔보고 어깨를 으쓱했다. "괜찮네요."

"당신 성에는 안 차요? 잠깐만요." 나는 한 손을 들어 보였다.

"당신은 이보다 더 잘 만들 수 있다는 거죠." 나는 고개를 저었다.

"그건 알 수 없죠, 이언. 말만 거창하지 아직 진짜로 맛본 적이 없으니."

그의 눈이 환해졌다. "우리 내기는 아직 유효하거든요." 그는 그 점을 다시 일깨웠다.

"사실⋯" 나는 손으로 테이블을 쓸어내리며 말했다. "내 쪽에서 좀 진전이 있었어요."

그는 머리를 갸웃했다.

"커피숍을 연다는 아이디어⋯" 나는 이언의 관심을 끌기 위해 잠시 뜸을 들였다. "그걸 실행해볼까 생각 중이에요."

"잘됐어요! 조 카페 자리를 임대할 건가요?" 그가 씩 웃으며 물었다.

"아마도요." 나는 입술을 잘근잘근 씹었다. 브렌다의 전화를 받은 후 나는 토머스에게 연대 보증을 서달라고 할까 계속 고민하고 있었다. 토머스가 거절하면 나디아와 크리스틴이 해줄지도 모른다. 조가 나를 거절했다면 다른 건물주들도 그럴 것이다.

"행운을 빌어요, 에이미. 우리 둘 중 누가 진정한 바리스타인지 알아볼 준비가 되면 말해요."

이 사람 정말 나보다 더 커피를 잘 끓일 수 있다고 생각하는 거야? 나는 얼마 전 그와 같이 점심을 먹으면서 나눈 대화를 떠올리며 생각했다.

"물론이죠." 나는 동의했다.

웨이트리스가 레드 벨벳 컵케이크 하나를 가져왔다. 케이크

한가운데 불 켜진 초가 하나 꽂혀 있었다.

"이건 뭐예요?" 내가 물었다.

"당신 생일이잖아요. 소원을 빌어요."

나는 미소를 짓고 눈을 감은 후 문 위 간판에 로고가 그려진 내 카페를 마음속에 떠올렸다. 그러고 나서 눈을 떴는데, 촛불을 끄기 직전에 제임스 생각이 나면서 그 심령술사가 내게 했던 말이 떠올랐다. 그는 *아직 살아 있어요.*

나는 캑캑거리다 기침을 했다.

이언이 컵케이크에 꽂은 초를 뽑았다. "아하, 나이 먹은 티가 나네요."

잠시 후 이언이 나를 집까지 바래다줬고, 우리 집 현관 앞에 도착했을 때 나는 컵케이크에 대해 고마움을 표했다.

현관 등의 불빛에 비친 그의 얼굴은 각진 부분들이 강조돼서 신비로워 보였다. 그의 턱에는 수염이 거뭇거뭇해지고 있었다.

"오늘 밤 즐거웠어요." 그가 미소 지었다. "그리고 당신이 그리워질 것 같아요." 그는 그런 고백을 해놓고 스스로도 놀란 듯 고개를 숙였다.

"정말요? 왜요?"

"며칠 사진 찍으러 여행을 떠나게 됐거든요."

내 손에 들린 열쇠 뭉치가 덜거덕 소리를 냈다. "얼마나 있을 건데요?" 내가 조용히 물었다.

"열흘이요."

내 입술이 실룩거렸다. "어마어마하게 긴 시간이네요."

"영원과도 같죠." 그가 놀렸다. 그리고 가까이 다가왔다. "돌아와서 다시 만나고 싶어요."

"그럼 좋겠네요. 오늘 밤 즐거웠어요."

"나도요." 그는 내 뺨을 손가락으로 살짝 쓸어내렸다.

"어쩌면 내가 돌아왔을 때는 조의 커피숍이 에이미의 커피숍으로 변신하는 중일지도 모르겠군요."

내 뺨에서 그의 손가락이 닿았던 부분이 따뜻하게 느껴졌다.

"어쩌면요."

그의 시선이 내 입술로 내려와서 잠시 머물렀다. 그러자 나도 모르게 입에서 헉 소리가 나왔다. 이언은 조용히 웃었다. "잘 자요, 에이미."

"잘 가요, 이언."

나는 그가 거리 맞은편으로 가볍게 뛰어가는 모습을 지켜봤다. 그리고 그가 모퉁이를 돌아 시내 쪽으로 사라졌을 때 내 입술을 만져봤다. 이언이 내게 키스하고 싶어 했다.

8장

　제임스와 나는 더할 수 없이 친했다. 우리는 처음 만난 그 토요일 아침 이후로 샴쌍둥이보다 더 가깝게 붙어 다녔다. 내가 제임스의 터진 입술에 냉찜질을 해주고 로빈과 프랭키가 엎어놓은 내 레모네이드 좌판을 치우는 걸 제임스가 도와준 후 그날 내내 우리는 같이 놀았다. 제임스는 그 후로도 거의 매주 토요일이면 우리 집에 와서 살다시피 했다. 우리는 서로에게 자신의 꿈에 대해 털어놓다가도 장난감 총으로 치열하게 공격하며 노는 단짝 친구였다.

　"우린 대학 졸업 후 결혼해서 아이를 셋 낳을 거야." 어느 날 제임스네 집 뒤에 있는 '보호구역'에서 제임스가 나와 크리스틴, 닉과 함께 장난감 총을 가지고 놀다가 말했다. 그리고 이어서, 내가 주부가 되어 빵을 굽는 동안 자기는 유명한 화가가 되고 싶다고 했다. 내가 빵을 굽고 굽고 또 구워서 엉덩이가 너무 넓적해지는 바람에 문 밖으로 나가지도 못하게 될 거라고 말했다.

"뭐라고?" 나는 소리를 지르며 그에게 달려들었다.

그는 땅바닥에 쓰러져서, 배를 잡고 깔깔 웃었다.

"너도 나만큼이나 뚱뚱해질걸. 우리가 결혼하면 내가 요리한 건 다 먹게 할 거니까." 나는 땅바닥에 누운 그를 내려다보면서 겨냥하고 발사했다. 그의 이마 한가운데를 명중했다. 그런 뒤 나는 달아났고, 쓰러진 나무 뒤에 숨어서 킬킬 웃었다. 아무리 노력해도 뚱뚱한 제임스는 상상하기 어려웠다.

나는 특히 비 오는 토요일 오후를 좋아했다. 축구 경기를 하고 온 제임스는 기진맥진해서 우리 집 소파에 털썩 드러누웠다. 우리 둘은 소파 양쪽에 각각 머리를 둔 채 제임스는 만화책을 읽고 나는 책을 읽었다. 배에서 꼬르륵 소리가 나고 엄마가 구운 맛있는 간식 냄새가 부엌에서 솔솔 풍겨올 때까지 둘 다 소파에서 꿈쩍도 하지 않았다.

제임스가 열두 살 생일이 됐을 때 나는 그와 알고 지낸 지 거의 1년이 됐는데도 생일 파티에 초대받지 못했다. 그는 고등학교에 들어가기 전에는 여자아이들을 집에 들일 수 없었다. 멍청한 규칙이라고 제임스는 종종 눈동자를 굴리며 투덜거렸지만 그래도 그 규칙을 따랐다. 형의 엉덩이에서 맞아서 부은 자국을 봤던 것이다. 토머스가 같이 시험공부를 하려고 같은 반 친구를 집에 초대한 적이 있었다. 그들의 아버지인 에드거 도나토가 그날따라 일찍 집에 왔다가 그 여학생을 보았고, 그녀를 돌려보낸 뒤 한 치의 망설임도 없이 바지 벨트로 토머스를 때렸다. 여자아이들과 쓸데없는 취미는 공부에 방해만 된다는 이유에서였다. 세상에 나가 이름을 빛내는 데 필요한 기술을 익히려면 공부와 운동으로 충분했다. 제임스 형제의 부모는 아들들의 미래를 이미 다 계획해놓고 있었다.

나는 제임스를 위해 완벽한 선물을 골라놓았다. 그가 갖고 싶어 하지만 부모님에게 사달라고 절대 말할 수 없는 것으로 골라서 조심스럽게 포장했다. 내가 그의 집 현관문을 노크했을 때는 포장지가 여기저기 쪼글쪼글해져 있었다. 그의 집에서 생일 파티를 하는 날이었다. 남자아이들만 초대받았지만 나는 그에게 선물을 주고 싶었다. 제임스가 그걸 보는 모습을 얼른 보고 싶었다.

전에 한 번도 본 적이 없는 남자아이가 문을 열었다. 그는 제임스보다 키가 크고 토머스보다 나이가 많았지만 그들과 생김새가 비슷했다. 검은 머리에 검은 눈동자, 올리브색 피부로 봐서 그 역시 이탈리아계라는 걸 알 수 있었다. 그는 제임스의 사촌인 필이 분명했다. 제임스는 엄마의 오빠이자 자신의 외삼촌인 필의 아버지가 출장 가고 없을 때면 종종 필이 자기네 집에 온다고 말한 적이 있었다. 그랜트 삼촌은 끊임없이 비행기를 타고 해외로 나갔다.

제임스는 필이 집에 오는 걸 좋아하지 않았다. 그래서 필이 와 있을 때면 우리 집에 와서 가로등이 켜진 후에도 아주 한참을 머물다가 돌아가곤 했다. 하지만 미소 띤 얼굴로 나를 내려다보는 필은 친절해 보였다.

"너 제임스 친구구나. 에이미 맞지?" 그가 물었다.

내가 고개를 끄덕였다. "제임스 집에 있어요?"

"제임스! 여기 좀 나와봐!" 그는 집 안쪽에 대고 소리를 지른 뒤 다시 나를 돌아봤다. "너는 파티에 올 수 없어서 안됐네. 제임스 아빠가 '여자아이들은 출입 금지'라는 멍청한 규칙을 만들어 놔서 말이지. 그는 정말 널 초대하고 싶어 했는데."

내 눈이 동그래졌다. "도나토 씨가요?"

필이 웃었다. "아니, 바보 같긴. 제임스가 널 초대하고 싶어 했다고. 그건 그렇고 나는 필이야."

복도에서 요란한 발소리가 나더니 제임스가 필과 현관문 사이로 비집고 들어와 얼굴을 내밀었다.

"아, 에이미!" 제임스가 인사하자마자 필이 그에게 헤드록을 걸고 제임스의 머리를 주먹으로 가볍게 쳤다.

"생일 축하한다, 멍청아." 필이 머펫(인형극 〈세서미 스트리트〉에 등장하는 캐릭터—옮긴이)을 흉내 낸 목소리로 말했다. 그 목소리가 개구리 커밋 같아서 나는 킥킥 웃었다.

제임스가 필의 손아귀에서 몸을 빼면서 그를 휙 밀어버렸다. "멍청한 건 너지, 이 멍청아."

순간 필의 눈에 상처받은 표정이 휙 스쳐 지나가면서 그의 눈빛이 사나워졌다. 필 자신도 방금 제임스에게 똑같은 말을 했으면서 왜 제임스가 자신을 바보라고 부르니 그렇게 마음 상해 하는 것인지 이해할 수 없었지만, 그때 제임스가 내 손에 들린 선물을 봤다.

나는 생긋 웃으면서 그에게 포장한 선물을 보여줬다. "이거 네 거야."

"신난다. 나 금방 간다고 엄마한테 말 좀 해줘." 제임스는 필에게 이렇게 말하고 현관에서 훌쩍 뛰어 내려왔다.

나는 제임스를 따라가다가 멈춰서 돌아섰다. "만나서 반가웠어요."

"나도." 필은 무심한 목소리로 대꾸하면서 문을 닫았다.

"얼른 와! 파티가 시작될 때까지 35분밖에 안 남았어." 제임스가 소리쳤다.

우리는 뒷마당으로 달려가서 그의 집과 '보호구역'을 분리하는 허리 높이의 문을 뛰어넘었다.

"네 사촌은 착해 보이던데." 문을 넘어가도록 제임스가 도와줄 때 내가 말했다.

"그렇지 않아." 제임스는 이렇게 대꾸하더니, 필이 한 번이라도 못되게 군 적이 있는지 내가 물어보기도 전에 숲속으로 달려가 버렸다. 필이 제임스를 괴롭혔나? 어쩌면 그래서 제임스가 그렇게 주먹을 잘 쓰는 것인지도 몰랐다.

"기다려!" 나는 씩씩거리면서 그를 쫓아갔다. 포장지 안에서 선물이 덜걱거리는 소리가 지붕처럼 우거진 오크 나뭇가지들 사이로 울려 퍼졌다.

그는 속도를 늦춰 내 옆에서 천천히 달렸다. "내가 들게." 그는 선물 상자로 손을 뻗으며 말했다.

나는 몸을 홱 돌렸다. "안 돼! 이건 네 선물이잖아."

"뭔데? 축구공?" 그는 작은 통나무 하나를 획 뛰어넘으면서 물었다.

"축구공은 이미 있잖아."

그는 뒷걸음질을 치며 말했다. "스티브 영(전 미식축구 선수—옮긴이) 셔츠인가?"

"완전 구려." 나는 그를 옆으로 밀어제치고 앞으로 달려갔다.

"보여줘!"

"안 돼. 기다려." 숲속에는 우리만의 장소가 있었다. 나무들이 둥글게 서 있는 곳으로, 우리는 거기서 종종 크리스틴과 닉을 만나 우리의 다음 모험을 계획하곤 했다.

제임스가 내 앞으로 홱 뛰어들더니 내가 들고 있던 선물을 낚아챘다.

"돌려줘!"

그는 상자를 높이 들어 올렸다.

"아직 열면 안 돼."

"열고 싶은데? 이건 내 선물이잖아." 그는 손톱으로 상자에 붙여놓은 테이프를 한 조각 뜯어냈다.

"좋아. 열어봐." 나는 팔짱을 끼면서 관심 없는 척했다.

"정말?" 그는 미심쩍은 표정으로 나를 봤다. 나를 놀리고 있는 것이었다.

하지만 나도 더 이상 기다릴 수 없었다. 화방에서 그 물건을 발견한 후로 제임스가 어떻게 반응할지 보고 싶어 죽을 지경이었다. 나는 그에게 좀 더 가까이 다가갔다. 내 신발 밑에서 마른 잎들이 버석버석 부서지는 소리가 났다.

제임스는 포장지를 찢어버린 후 자신이 들고 있는 나무 상자를 빤히 쳐다봤다.

"이게 뭐야?"

"열어봐."

그는 무릎을 꿇고 상자를 땅바닥에 내려놓은 후, 상자의 놋쇠 걸쇠를 열었다. 뚜껑이 삐걱거리는 소리를 내며 열렸다. 상자 안을 본 제임스의 눈이 휘둥그레지면서 입이 떡 벌어졌다. 그는 붓의 털을 손가락 끝으로 쓸어봤고, 짙은 적갈색 물감 튜브를 손바닥에 놓고 굴려봤다. "미술 용품을 선물로 주는 거야?"

나는 내 스웨터 소매를 잡아당겼다. 아빠의 의견대로 샌프란시스코 미식축구팀 포티나이너스의 모자를 사줄 걸 그랬나.

"너는 부모님이 너에게 물감을 사주시지 않을 거라고 말했지만 그렇다고 나까지 물감을 사줄 수 없는 건 아니잖아. 게다가 물감도 없이 어떻게 유명한 화가가 될 수 있겠어?"

제임스는 씩 웃었다. "이거 멋진데. 고마워."

내 가슴이 부풀어 오르면서 얼굴에 미소가 활짝 피어올랐다. 제임스의 마음에 안 들면 어쩌나 걱정했는데 다행이었다. 내 선택이 틀리지 않았다.

제임스는 상자 안을 재빨리 훑어본 후 상자를 뒤집었다. 붓들, 물감들과 팔레트 나이프가 솔잎으로 뒤덮인 땅바닥으로 떨어졌다. 그는 상자를 이젤 삼아, 상자에 딸려 온 캔버스를 상자의 움푹한 부분 위에 올려놨다.

"뭐 하는 거야?" 제임스가 팔레트에 파란색 물감을 한 방울 짜기에 내가 물었다.

"널 위해 그림을 그릴 거야."

"지금?"

그는 대답하지 않고, 나무 몸통에 매달려 있는 다람쥐로부터 둥지를 지키느라 꽥꽥거리는 어치만 뚫어져라 봤다. 제임스는 이 풍경을 그리기 시작했는데, 아직 붓놀림은 서툴렀지만 벌써 재능이 엿보였다. 그 모습을 지켜보면서 나는 제임스뿐만 아니라 그의 그림에도 빠져들었다. 바로 그 순간 제임스의 그림 말고 중요한 건 하나도 없었지만, 멀리서 목소리 하나가 우리 세계로 쳐들어왔다. 나는 소리가 들리는 쪽으로 고개를 홱 치켜들었다.

"너희 엄마가 널 부르고 계셔."

제임스가 동작을 멈췄다. 붓끝이 캔버스 위를 맴돌았다. 제임스의 얼굴에서 핏기가 싹 가셨다. 우린 시간 가는 줄도 모르고 있었다.

제임스는 젖은 캔버스를 옆으로 치운 뒤 땅바닥에 흩어져 있는 미술 용품들을 허겁지겁 모아서 상자 속에 던져 넣었다. 그리고 상자 뚜껑을 닫고 걸쇠를 걸었다.

"팔 내밀어봐." 내가 그렇게 하자 제임스가 조심스럽게 내 양 팔뚝 위에 캔버스를 올려놨다. "조심해, 물감이 젖었어."

나는 캔버스가 평평하게 유지되도록 자세를 가다듬었다.

"널 위해 그린 거야." 그는 내 뺨에 키스하더니 잠시 그대로 있었다.

나는 뜻밖의 접촉에 놀라 짧게 숨을 들이쉬었지만 기분이 좋왔다. 가슴이 사정없이 두근거렸다.

제임스가 씩 웃었다. "어서 가자."

나는 그를 따라 그의 집으로 다시 걸어갔다. 우리는 그의 첫 작품을 망치지 않으려고 애쓰면서 최대한 빨리 걸었다. 집 뒤쪽 테라스에서 도나토 부인이 우리를 기다리고 있었다. 그녀는 눈을 가늘게 뜨면서, 내 눈에는 그제야 들어온 제임스의 어떤 모습을 눈여겨봤다. 그의 팔뚝과 셔츠에는 물감이 여기저기 튀어 있었고 무릎에는 흙이 얼룩져 있었다. 그녀의 시선이 나무 상자로 내려갔다.

"손에 든 그건 뭐니?"

제임스가 재빨리 나를 봤다. 그는 상자를 다리 뒤로 감추려고 애썼다. "물감이에요." 제임스는 마지못해 실토했다.

"물감이라." 그녀는 그렇게 반복하면서 입술을 삐죽거렸다. "물감은 지저분하고 유치한 거야. 정신만 산만해지고 시간 낭비를 부르지." 그녀는 옷깃에 파란색 엄지손가락 지문이 묻은 그의 셔츠를 잡아당겼다. "벌써 시간 낭비를 한 게 보이는구나. 네 미래에는 이런 경솔한 행동을 할 여유가 없다는 점을 지금 알아두는 게 좋겠다, 제임스." 그녀는 이어서 나를 봤다. "네가 제임스에게 물감을 준 모양이구나?"

나는 너무 겁이 나서 고개만 끄덕였다.

"고맙긴 하다만, 얘야. 제임스는 네 선물을 받을 수 없어. 제임스, 그걸 돌려줘라. 아니면 쓰레기통에 버리든가."

"하지만…"

"내 말을 거역하겠다는 거니?"

제임스는 고개를 푹 숙였다. "아니요."

나는 제임스가 들고 있던 상자를 얼른 낚아챘다. 제임스 엄마가 그걸 버리도록 놔두고 싶지 않았다.

도나토 부인이 문으로 돌아섰다. "들어가서 씻어라. 옷도 갈아입고. 꼴이 그게 뭐니. 어서!" 그녀가 이렇게 소리를 지를 때 제임스가 잠시 멈춰 서서 미안한 표정으로 나를 봤다. "네가 초대한 손님들이 5분 후면 도착할 거야."

제임스는 뛰다시피 집 안으로 들어갔다. 제임스가 실망하는 모습을 보니 내 가슴이 미어졌다. 그는 정말 그 미술 용품을 갖고 싶어 했는데.

"그만 집에 가라, 에이미. 제임스는 내일 볼 수 있잖니."

"네, 아줌마." 나는 침울하게 대답했다. 그리고 눈물이 고여서 뺨으로 흘러내리기 전에 서둘러 눈가를 문질렀다.

나는 물감 상자와 제임스의 유일한 그림이 될 작품을 들고 조심스럽게 제임스네 집 옆문으로 걸어갔다. 그의 열정은 미처 피어나기도 전에 잘려 나간 것이었다. 내가 문의 빗장을 풀려고 애쓰는 중에 상자가 문에 부딪쳤다. 상자 뚜껑이 열리면서 안에 있던 물건들이 우르르 쏟아졌다.

나는 바닥에 힘없이 주저앉아 붓과 물감을 줍기 시작했다. 그때 내 손 옆에 단화 한 쌍이 나타났다. 필이 무릎을 굽혀서 팔레트 나이프를 상자 안에 던졌다.

"우리 엄마 일은 미안하게 됐어."

나는 고개를 들었다. "너희 엄마?"

필은 고개를 홱 숙였다. "내 말은, 클레어 고모 말이야. 내겐 고모밖에 없어서 엄마나 다름없거든."

"아빠가 있잖아?"

그는 고개를 끄덕였다. "하지만 자주 보지 못해. 일만 하셔서. 어쨌든 네가 모르고 있을까 봐 하는 말인데, 고모는 제임스와 토머스가 크면 우리 아빠 회사에서 일하길 바라고 있어. 그러니까 제임스가 그림을 그리는 건 고모의 계획엔 없는 일이야."

나는 흩어진 미술 용품들, 내가 낭비한 돈을 바라봤다. 차라리 모자를 사줄걸. "이건 다 어떻게 하지?"

필은 제임스가 그린, 새와 다람쥐가 서로 쫓고 쫓기는 모습을 찬찬히 바라봤다. "제법 잘 그리는데. 물감은 너희 집에 놔두고 제임스가 거기서 그림을 그리면 되잖아. 고모랑 고모부가 알 필요는 없으니까." 그는 입을 지퍼로 잠그고 상상의 열쇠를 옆으로 던져버리는 시늉을 했다. "네가 입을 다물면 나도 그렇게 할게."

그의 아이디어가 마음에 들었다.

우리는 악수를 하고 상자에 물건을 다 넣었다. 필이 내게 상자를 건넸다. "이렇게 평평하게 들어봐." 그는 내가 들고 있는 상자 위에 그림을 놓았다. "이러면 안 떨어지지."

나는 천천히 일어섰다. "고마워."

"제임스가 왜 너를 좋아하는지 알겠다. 넌 참 사랑스러워."

나는 순식간에 얼굴이 달아올라서 고개를 숙여버렸다.

필이 나를 위해 문을 열어줬다. "어쩌면 우린 내일 만날 수도 있겠다."

나는 필이 맘에 들었다. 그는 제임스가 묘사한 악동처럼 보이지 않았다.

"어쩌면." 나는 동의했다.

하지만 나는 다음 날 필을 만날 수 없었고, 그 후로도 몇 년 동안 보지 못했다. 제임스는 항상 우리 집에 놀러 왔고, 내 방에 그의 미술 용품을 놔둔 이후 전보다 더 자주 왔다. 그의 그림 실력이 늘고 더 많은 미술 용품을 장만하게 되자 우리 부모님은 제임스가 그림을 그릴 수 있도록 부엌 옆에 있는 일광욕실을 치워주셨다. 그 후로 몇 년 동안 엄마가 레스토랑에서 선보일 새 요리를 개발하는 걸 내가 돕는 동안 제임스는 그림을 그렸다. 그의 재능과 우리의 우정은 계속 무럭무럭 자라났다.

9장

다음 날 나는 내 생일을 축하하기 위해 스키니 진에다 가는 끈이 달린 속이 다 비치는 블라우스를 입고 하이힐을 신었다. 크리스틴과 나디아가 나를 중국 레스토랑에 데려가 함께 저녁을 먹기로 했다. 둘이 우리 집에 도착했을 때 나디아가 나를 껴안고 인사했다. "어젯밤 너만 놔두고 가는 게 아니었는데."

"그 상업용 부동산 중개인이 네 눈에 안 찼나 보지?"

"그 인간은 완전 폭탄이었어. 내게 막 들이댔다니까." 나디아는 얼굴을 찡그렸다.

나는 웃음을 터트렸다. "그게 안 좋은 거야?"

"그 사람이 키스를 잘 못하나 보지?" 크리스틴이 물었다. 그녀는 안으로 들어와 식탁 옆에 섰다.

나디아가 눈동자를 사정없이 굴렸다. "아니라고, 아니야. 사람이 좋긴 했어. 키스도 잘하고. 문제는, 유부남이더라고."

크리스틴이 고개를 들었다. "이런."

"결혼반지 안 끼고 있었어?" 나는 손가락에 낀 약혼반지를 돌렸다.

나디아가 험악한 표정을 지었다. "아니."

크리스틴이 손에 든 종잇장을 살펴보며 말했다. "그런데 그건 어떻게 알아냈어?"

"오늘 아침에 웬디랑 밥 먹었거든. 맙소사!" 나디아가 신음을 뱉어냈다. "내가 계속 그 남자에 대해 떠들어대니까 웬디가 어쩔 수 없이 말해주더라고." 그녀는 가죽 의자에 털썩 주저앉아 발목을 꼬았다.

"그 남자가 새너제이 경기장 근처에 있는 자기 상업용지에 대한 인테리어 사업 계획을 제출해보래."

"너한테 들이대기 전에 그랬어? 아니면 후에 그랬어?" 크리스틴이 물었다. 그녀는 들고 있던 종잇장을 내려놓더니 연필 메모로 뒤덮인 또 다른 종잇장을 집어 들었다.

"들이대기 전에 그랬어. 아무래도 그건 그만둘까 봐. 그 제안 말이야." 그녀는 손을 저으며 말했다.

"어쩌면 믿을 만한 사람이 아닐지도 모르겠다. 이름이 뭐야?" 내가 궁금해서 물었다.

"마크 에버슨. 키가 크고 금발에 끝내주는 미남이야." 나디아가 의자 팔걸이를 손바닥으로 탁 쳤다. "너무 진부하게 들리겠지만 사실이야. 그 사람은 나보다 나이가 많아. 30대 중반. 그 사람이 들이댔다고 말하니까 웬디가 놀라더라. 어쩌면 아내와 문제가 있을지도 모르겠다고 웬디는 생각하더라고."

나는 코웃음을 쳤다. "네 생각이겠지."

"무례하게 화제를 바꾸고 싶진 않지만 너 레스토랑 개업하니?" 크리스틴이 들고 있던 종이를 흔들었다. 식탁 위에는 내가 조사해서 작성한 서류들, 사업 양식과 고트에서 거래했던 거래처들의 견적서가 여러 장 놓여 있었다.

나는 그녀 옆으로 걸어갔다. "그럴 계획이야." 연대 보증인만 찾을 수 있다면 그러고 싶었다. 하지만 토머스에게 그런 제안을 하기 전에 먼저 내 재무 상황부터 정리해놓고 싶었다. 토머스에게 그런 제안을 할 기회는 딱 한 번밖에 없을 테니까.

"맙소사! 너 진심이야? 여기 적어놓은 메모들 읽어봤는데 무지하게 좋아. 아주 기가 막히는 아이디어들인데." 크리스틴이 소리를 꺅 지르며 말했다.

나디아가 일어나 방을 가로질러 왔다. 그녀는 식탁 위의 종이들을 뒤적이더니 메뉴에 올릴 음식 목록을 집어 들었다. 나는 재미 삼아 여러 가지 메뉴들의 조합을 생각해보고 있었고, 또 이국적인 맛을 만들어내기 위해 다양한 맛을 섞어보고 있었다. 거기다 내 커피 리스트는 레스토랑의 와인 리스트처럼 보였다. 나중에 메뉴 몇 개를 빼고 계절 메뉴를 추가해야 할 것이다. 나디아는 그 종이를 흔들었다.

"너 정말 할 거야? 아무것도 없이 처음부터 시작할 거야?"

"응, 그럴 거야."

크리스틴은 내 얼굴을 빤히 바라봤다. "흠, 양고기 스튜와 감자

요리보다는 훨씬 낫네."

나는 그녀가 들고 있던 목록을 빼앗아 서류 뭉치를 가지런히 한 뒤 테이블에 대고 툭툭 쳐서 튀어나온 부분들을 집어넣었다.

"내가 고트를 인수했다면 새 요리를 시도할 여지가 별로 없었을 거야. 신세계 퓨전 요리와 아이리시 레스토랑은 궁합이 맞지 않으니까."

"내 말이 바로 그거야. 네가 이걸 하겠다니 기쁘다. 넌 이제 미래를 향해 나아가게 됐어." 크리스틴이 내 어깨를 토닥였다.

나디아가 주위를 둘러보다가 제임스와 내가 함께 찍은 사진들이 액자에 담겨 벽난로 선반 위에 몰려 있는 걸 봤다. "우리가 어떻게 도우면 될지 말해줘. 너 혼자서 못할 것 같으면 우리가 제임스의 유품을 치울게. 제임스의 옷을 기부할 만한 좋은 자선 단체들이 있어. 훌륭한 이상을 가진 자선 단체를 찾는 걸 도와줄 수도 있고. 레스토랑 실내 디자인은 내가 도와줄 수 있어. 일 잘하는 하청업자도 추천해줄 수 있고."

내가 들고 있던 종이들을 힘껏 움켜쥐는 바람에 가장자리가 꾸깃꾸깃해졌다. "제안은 고맙지만, 먼저 가게 자리부터 찾아야 해."

나디아의 얼굴이 환해졌다. "내가 그것도 도울 수 있어. 그리고 실내 디자인은 무료로 해줄게."

나는 나디아에게 실내 디자인을 도와주고, 토머스가 거절할 경우에는 연대 보증까지 해달라고 부탁할 참이었지만, 그녀에게 무료로 일을 시킬 생각은 없었다. 나디아는 너무나 관대한 제안을 한 것이었다.

"도와주는 건 고맙지만 제임스의 소지품은 신경 쓰지 마. 내가 처리할게." 그러니까 레이시와 그녀가 내 가방에 슬쩍 넣어둔 명함이 더 이상 신경 쓰이지 않을 때, 그때 할 것이다.

"좋아! 오늘 밤은 네 생일 말고도 축하할 게 많아 보이는데. 자, 파티 시작할 준비 된 사람?" 크리스틴이 말했다.

❖

저녁을 먹은 후 우리는 새너제이 시내에 있는 블루 스카이라 운지로 갔다.

전자 음악이 쿵쿵 소리를 내며 공기를 진동시키고 있었다. 사람들은 음악에 맞춰 댄스 플로어에서 파트너와 뒤엉켜 몸을 흔들었다. 나디아가 자신이 예약해둔, 낮은 테이블 주위에 의자가 동그랗게 몰려 있는 자리로 우리를 이끌고 가더니 상그리아(적 포도주에 과즙, 레모네이드, 브랜디 등을 섞은 음료—옮긴이) 한 병과 패션 프루트 샴페인 두 잔을 주문했다. 나디아는 자신의 상그리아를 홀짝홀짝 마시면서 크리스틴과 내가 마실 샴페인도 계속 주문했다.

우리가 첫 번째 상그리아 한 병을 다 비웠을 때 크리스틴이 내 손목을 잡았다. "나가자, 생일 맞은 아가씨야. 나와 같이 춤추자." 그녀는 나를 댄스 플로어로 끌어냈다. 사방에서 뜨거워진 몸들이 스쳐 지나갔다. 크리스틴은 나와 엉덩이를 쿵쿵 부딪쳐가며 춤을 춰서 내가 웃음을 터트렸다.

크리스틴이 내 귀에 대고 소리를 질렀다. "너 행복해 보여."

"난 행복해." 나도 소리쳐 대답했다. 내 인생과 나를 다시 만들어가고 있어서 기분이 좋았다.

노래 몇 곡이 지나간 후 나는 손을 머리 위로 흔들어대며 춤을 췄다. 젖가슴 사이로 땀이 흘러내렸다. "물 좀 마시자." 나는 음악 소리에 맞서 소리를 질렀다. 우리가 자리로 돌아가는 사이에 웨이트리스가 새 상그리아 한 병과 샴페인 두 잔을 가져왔다. 크리스틴과 나는 단숨에 들이켰다. 머리가 멍해졌다. 나는 얼굴을 문질러 그 몽롱한 취기를 닦아내려고 애썼다.

"어젯밤 이언의 전시회 어땠어?"

나는 눈을 가늘게 뜨고 나디아를 봤다. "이언의 사진들 엄청나더라."

"이언이 엄청난 거지."

나는 바보처럼 히죽 웃었다.

"나도 알아." 나디아가 내 얼굴 앞에서 손가락을 부딪쳐 탁탁 소리를 냈다.

내 미소는 이내 수심에 잠겼다. "이언이 사진 찍으러 간대."

"돌아오면 만날 거야?" 크리스틴이 물었다.

나는 어깨를 으쓱했다. "아마도." 내 이마에 주름이 잡혔고 입이 굳게 다물어졌다. 이언은 나를 그리워할 거라고 했지만 내 전화번호는 물어보지 않았다. 나는 의자에 앉은 채 등을 구부렸다. "이언 연락처를 몰라."

나디아가 내 잔에 다시 술을 따랐다. "웬디에게 이언의 번호가 있어. 내가 전화번호 따줄게."

나는 그 말에 기분이 좋아져서 다시 똑바로 앉았다.

"이언은 재미있어. 이언과 같이 있으면 재밌어." 알코올과 설레는 마음이 합쳐지면서 나는 바보같이 웃었고, 그걸 보고 나디아가 웃었다.

"그래 보이네." 나디아가 윙크했다.

나는 내 술잔을 보다가 유리잔 속에서 얼음이 깐닥거리는 모습을 봤다. 얼음들이 아주 작은 섬처럼 둥둥 떠다녔는데 그걸 보자 물속에서 둥둥 떠다녔다던 제임스의 시체가 생각났다. 토머스는 제임스의 시체를 내게 절대 보여주지 않았다. 장례식에서 토머스가 내게 준 거액의 수표. 거기다 제임스의 그림이 몇 점 사라졌다. 나는 눈을 가늘게 뜨고 녹아가는 얼음들을 노려봤다. 뭔가 이상했다.

나는 고개를 홱 들었다. 크리스틴과 나디아는 닉이 맡은 어떤 사건에 대해 이야기하고 있었다. 닉은 사업 소송 전문 변호사인데 크리스틴은 그가 맡은 사건이 마침내 해결돼서 안도했다. 닉이 마침내 쉴 수 있게 됐다고. 둘은 8개월 동안 미뤄놨던 휴가를 계획할 수 있게 됐다. 나는 하품을 하면서 댄스 플로어에서 춤추는 사람들을 바라봤다. 아니 그러려고 애썼다. 시야가 부옇게 흐려지면서 바닥이 왼쪽으로 기울어졌는데, 어쩌면 기울어진 건 나인지도 몰랐다.

커플들이 광란의 리듬에 맞춰 파도처럼 흐느적거리고 있었다.

엉덩이와 사지를 미친 듯이 흔드는 사람들 한가운데 금발머리 여자가 서서 파란 눈으로 나를 보고 있었다. 레이시.

내가 눈을 깜박이자 그녀는 사라졌다. 내가 앉아 있던 장의자의 가장자리로 서둘러 가는 순간 금발머리와 초록색 셔츠가 보였다. 레이시가 그 자리를 떠나고 있었다. 나는 허겁지겁 자리에서 일어나다가 크리스틴의 잔을 넘어뜨렸다. 붉은 액체와 얼음이 바닥으로 쏟아졌다. 크리스틴이 악 소리를 내면서 벌떡 일어났다. 나는 미안하다고 중얼거리고 의자들 사이를 바삐 걸어갔다.

"어디 가?" 나디아가 소리쳤다.

"화장실." 나는 둘러대며 소리쳤다. 레이시가 사라지기 전에 따라잡아야 했다.

나는 댄스 플로어로 가서 사람들의 발을 밟고 축축한 몸들을 밀어대면서 나아갔다. 욕설이 따라왔다. 레이시가 보일 듯 말 듯 하다가 여자 화장실 문이 열리는 게 보였다. 레이시는 화장실로 들어갔다.

내가 화장실로 들어가자 문이 쾅 소리를 내며 닫혔다. 화장실 스피커에서 리믹스 음악이 흘러나오고 있었다. 화장이 진하고 머리가 헝클어지고 문신을 한 여자 두 명이 화장실 라운지 거울 앞에서 몸치장을 하고 있었다. 또 다른 여자는 손을 씻고 있었다. 그녀는 거울로 나를 힐끗 보더니 나갔다.

나는 세면대와 칸막이 화장실들 사이에 서 있었다. 화장실은 사실상 비어 있었는데, 평소 화장실 밖까지 줄이 이어졌던 것을 고려하면 묘한 일이었다. 레이시는 화장실에 없었다. 내가 놓친 것이다. 화장실의 모든 칸을 문 밑으로 다 확인한 뒤 나는 서둘러 그중 한 칸으로 들어갔다. 볼일을 마치고 손을 씻던 나는 거울에 비친 레이시의 얼굴을 봤다. 내 피부가 따끔거리는 느낌이 들었다.

레이시는 계속 나를 뚫어져라 봤다. 나는 그녀를 외면할 수도, 그녀를 향해 뒤를 돌아볼 수도 없었다. 그녀의 입술이 움직였는데 내 머릿속에서 그 입술이 속삭이는 말이 들렸다. *제임스는 살아 있어요.*

나는 세차게 고개를 흔들었다.

그는 아직 살아 있어요.

"증명해봐요."

그는 죽지 않았어요. 죽었다면 당신이 알았겠죠. 당신이 느꼈을 거예요. 아직도 제임스가 느껴지지 않나요?

정말 그랬다. 내 머릿속에서 그의 목소리가 들렸고, 산들바람에 그의 손길이 느껴졌다. 땅바닥에 굴러다니는 나뭇잎들 사이에서 그의 웃음소리가 들렸다. 하지만 그것으로는 아무것도 입증되지 않았다.

레이시는 계속 거울 속에서 꼼짝도 하지 않았고 눈도 깜박이지 않았다. 나는 좌우로 흔들거리다가 쓰러지지 않기 위해 세면대를 꽉 잡았다. 내 손바닥은 축축했고 윗입술 위에 땀방울이 맺혔다. 나는 문을 힐끗 보면서 누군가 안으로 들어오길 간절히 바랐다. 내가 미친 게 아니라고, 레이시가 사실은 여기 있는 게 아니라고, 나는 지금 정신적으로 최면 같은 상태에 빠져 있는 거라고 말해줄 누군가가 들어오길 바랐다. 내 발은 한 발짝도 움직이지 않으려고 했다.

화장실 반대편에서 치장하던 여자들이 화장품을 가방에 넣더니 내 쪽은 보지도 않고 나가버렸다. 그들이 나가고 문이 닫히자, 그들이 나가면서 모든 소음이 빨려 나간 것처럼 침묵이 흘렀다. 순간 레이시와 내가 세상과 분리돼 진공 속을 떠도는 듯한 기분이 들었다. 그 어떤 소리도 존재하지 않는 진공 속. 그러다 갑자기 소음이 다시 화장실로 세차게 밀려들었다. 통풍구에서 윙윙거리는 소리, 음악 소리, 내 앞의 수도꼭지에서 흐르는 물소리. 그 여자들이 나갔을 때 또 다른 뭔가가 들어와 내 몸속으로 밀고 들어오는 느낌도 들었다.

제임스는 실종되지 않았어. 실종된 건 너야.

"난 당신을 찾기 위해 여기 보내진 겁니다." 레이시가 말했다.

내 머리가 뒤로 꺾였다. 머리 위 스포트라이트가 눈동자를 사정없이 찔러대서 나는 계속 눈을 깜박였다. 내 머릿속에서 마치 슬라이드가 계속 돌아가듯 이미지들이 휙휙 지나갔다. 물속에 빠진 제임스 옆으로 총알들이 휙휙 지나가는 모습. 소용돌이치는 물속에서 제임스가 계속 떠 있으려고 사력을 다하는 모습. 제임스가 해변에 쓰러져 있는데 그의 얼굴은 온통 멍이 들어 엉망이 됐고, 그런 그를 내려다보며 한 여자가 옆에 서 있는 모습. 그녀의 검은 머리카락이 그의 얼굴 위로 드리워졌다. 에스프레소처럼 검은 그녀의 눈동자에 걱정하는 기색이 비쳤다. 그녀의 입술이 움직여 제임스에게 이름을 묻고 있었다. 제임스는 자기 이름을 몰랐다.

제임스. 당신 이름은 제임스잖아. 나는 소리치고 싶었다.

나는 어질어질해지면서 타일 바닥에 쓰러졌고, 머리를 세게 찧었다. 순간 별들이 번쩍 떠올랐다가 희미해졌다.

의식을 잃기 전에 마지막으로 내 마음속에 떠오른 생각은 상그리아를 너무 많이 마셨다는 것이었다.

❖

"정신 좀 차려봐, 에이미."

뺨이 따끔거리고 머리는 불이 난 것처럼 아팠다.

"여보세요! 일어나세요, 일어나." 찰싹.

내 광대뼈 주위로 바늘로 콕콕 찌르는 듯한 통증이 느껴졌다.

"이분 왜 이래요?" 내가 모르는 목소리가 들렸다.

"이분 괜찮아요?" 또 다른 목소리가 들렸다.

"과음한 거죠."

나디아의 목소리였다. 나는 미소를 지었다.

"이제 정신이 돌아오는 것 같은데." 나디아가 말했다.

"오늘이 쟤 생일이거든요." 크리스틴도 거들었다.

우리 주위로 알겠다고 중얼거리는 목소리들이 퍼져나갔다. 질질 끄는 발소리, 타일 바닥 위에서 또각거리는 하이힐 소리가 들렸다. 문들이 쾅쾅 닫히는 소리, 변기 물 내려가는 소리도 들렸다. 현실로 돌아온 것이다.

웩, 맙소사. 나 여자 화장실에서 기절했네. 더러워라.

나는 눈을 깜박인 뒤, 천장에 달린 전등 불빛 때문에 눈을 가늘게 떴다. 네 개의 눈이 나를 내려다보고 있었다. 나는 신음했다. "어떻게 된 거야?"

"우린 네가 설명해주길 바라고 있는데." 나디아가 말했다.

나는 고개를 흔들었다. 기억이 가물가물했다.

"우리가 먹은 음식에 엠에스지가 들어간 게 아닌지 몰라." 크리스틴이 곰곰이 생각했다.

우린 중국 음식을 먹었는데 내겐 엠에스지 알레르기가 있다. 그래서 어지러웠던 것 같지만, 그래도 기절한 적은 한 번도 없었는데.

"메뉴에 엠에스지는 안 들어갔다고 적혀 있었잖아." 나디아가 말했다.

"너무 많이 마셔서 그래." 머리가 부서질 것처럼 아팠다. 술 때문에 그런 건지, 아니면 타일 바닥에 박치기를 해서 그런 건지는 나도 알 수 없었다. 나는 두 팔을 들었다. "나 좀 일어나게 도와줘."

그들이 나를 끌어당겨 일으켜 세우면서 천천히 움직이라고 중얼거렸다. 주위에서 얼쩡거리던 여자 두 명은 뒤로 물러섰다. 나는 세면대에 기대서 주위를 둘러봤다. 화장실은 밖에까지 줄을 선 여자들로 가득했다. 아까도 그랬어야 했는데. 레이시는 사라졌다. 레이시가 여기 오긴 했던 걸까?

머리가 욱신거렸다. 순간 허리가 결려서 나도 모르게 신음 소

141

리가 나왔다.

나디아가 얼굴을 찡그렸다. "너 뇌진탕 입은 것 같니?"

"괜찮을 거야." 나는 이를 악물고 말했다. 병원에서 생일을 보내고 싶진 않았다. 내 침대로 가고 싶었다. "나 좀 데려다줄 수 있어?"

그녀는 내게 내 핸드백을 건넸다. "혹시 모르니까 오늘 밤은 내가 너와 같이 잘게."

우리는 화장실을 나와 라운지를 거쳐 걸어갔다. 순간 왠지 모르게 뒷목에 소름이 돋았다. 나는 뒤를 힐끗 돌아봤다. 아는 사람은 하나도 보이지 않았지만 근처에서 레이시가 나를 지켜보고 있다는 느낌이 들었다.

10장

약속대로 나디아는 그날 밤 우리 집에서 내 옆에 누워 잤다. 나디아가 한 시간 간격으로 나를 깨우는 바람에 급기야 새벽 다섯 시에 나는 베개로 그녀를 한 대 때린 뒤 무거운 몸을 이끌고 소파로 갔고, 네 시간 동안 또 잠을 못 이루고 뒤척였다. 다음 날 아침 나디아는 잠을 못 자서, 나는 숙취 때문에 걸어 다니는 좀비가 됐다. 나디아는 두통이 계속 가시지 않으면 전화하겠다는 나의 다짐을 받은 뒤 이른 오후에 갔다. 그녀가 계속 머물러 있었다면 나를 억지로 병원에 가게 만들었을 것이다. 나는 나디아가 권한 대로 주말에 쉬면서 오래된 영화들을 보고 사업 계획을 짜며 시간을 보냈다. 덕분에 화장실에서 있었던 그 기괴한 사건을 생각하지 않을 수 있었다.

내 머릿속의 정상적인 부분은 화장실에서 내가 본 레이시는 제임스가 아직 살아 있길 바라는 내 뿌리 깊은 욕망이 부채질한 환각이라는 걸 알고 있었다. 그래도 그가 물에 빠져 죽을 뻔한 모습이 계속 머릿속에서 떠나지 않았다. 그의 얼굴에서 피가 너무 많이 흘렀고 그의 뺨에 난 깊은 상처마다 모래가 덕지덕지 붙어 있었다. 나는 그건 다 환상이라고 계속 스스로에게 말했다. 환상이어야 했다. 아니라고 생각하면 마음만 아프니까.

나는 식탁 위에 둔 종이들을 뒤적거리다 카페 로고를 보고 감탄했다. 커피 표면에 스팀 우유로 그려진 하트 모양과 함께 '에이미네 카페'라는 글자가 떠 있는 머그잔의 형상이 그려져 있었다. 제임스의 마지막 작품이었다. 나는 카페의 색조를 머릿속에 그려봤다. 호박색, 마호가니색, 가지색. 카페 벽에 이언의 〈벨리즈 일출〉을 걸면 완벽할 텐데. 나는 그 사진을 누가 샀는지 궁금해하다가 이언을 생각했다. 그는 어디 있을까? 내 생각을 할까? 내가 사랑한 사진 같은 사진을 또 찍을까?

나는 로고 스케치를 다시 한 번 살펴본 뒤 '카페'라는 말을 연필로 지우고 그냥 '에이미네'라는 말만 남겼다. 이언은 내 카페를 '에이미네'라고 불렀다.

나는 그 말을 입속으로 음미해봤다. 에이미네.

"에이미네에서 먹자. 거기가 커피는 최고잖아." 나는 행복한 목소리로 말했다.

나는 미소를 지었다. 이름이 마음에 들었다. 간단하기도 하고 기억하기도 쉽다.

그때 초인종이 울렸고, 나는 깜짝 놀라 의자에서 벌떡 일어났다. 문으로 가면서 앞쪽 유리창으로 밖을 힐끗 보니, 집 앞에 택시가 서 있었고 이언이 현관에서 기다리고 있었다. 유리창으로 나를 본 이언이 손을 흔들었다.

순간 열기가 슬금슬금 가슴과 목을 타고 올라와 내 얼굴이 벌게졌다. 나는 욕설을 뱉으면서 대충 올린 머리를 후다닥 만져봤다. 그러다 얼굴을 찡그렸다. 내 머리는 보나 마나 새 둥지 같을 것이고, 간밤에 술 냄새가 코를 찌르는 상태로 집에 들어온 후 계속 입고 있는 구겨진 파자마도 대단히 깔끔해 보이겠지.

나는 간절한 눈빛으로 내 방 쪽을 힐끗 봤다. 옷을 갈아입을 기회도 없었고, 숨을 기회도 없었다. 이언이 이미 나를 봐버렸으니까. 맙소사, 그래도 이를 닦을 정도의 분별력은 있었는데 그것도 토한 냄새를 지우기 위해서 닦은 것이었다.

나는 현관문을 살짝 열고 고개만 내밀었다가 길 건너편 집의 옥상 위에서 저물어가는 해가 따가워서 눈을 가늘게 떴다.

"어젯밤 재밌었나 봐요?"

나는 툴툴거렸다. "여기서 뭐 해요?"

그는 자세를 바꾸고, 뒷목을 문지르면서 택시를 향해 손짓했다.

"난 지금 공항 가는 길이에요. 야간 비행 편으로 뉴질랜드에 갈 건데 잊은 게 있어서…" 그는 머리를 긁적였다.

나는 한쪽 눈썹을 치켜 올렸다.

"내가 잊은 게, 그러니까…" 그는 숨을 내쉬면서 뒷주머니에서 핸드폰을 꺼냈다. 그의 입가에 수줍어하는 미소가 어렸다. "전화번호 가르쳐줄래요?"

내 맥박이 빨라졌다. 제일 먼저 든 생각은 나디아가 웬디에게 전화할 필요가 없어졌고, 덕분에 내가 창피할 일도 없어졌다는 것이었다. 나디아가 웬디에게 이언의 전화번호를 알려달라고 조르지 않아도 되니까. 나는 문을 더 열고 핸드폰을 달라고 손을 내밀었다. 그는 이미 새 연락처 페이지를 열어놨고 내가 이름과 번호를 입력하는 모습을 지켜봤다. 나는 용기가 사라지기 전에 이메일 주소와 집 주소도 추가했다.

내가 핸드폰을 돌려주자 그의 수줍은 미소가 활짝 피어났다. 그는 화면을 손가락 하나로 툭 치고 핸드폰을 귀에 댔다. 식탁에 놔둔 내 핸드폰이 울리는 소리가 들렸다.

이언이 입술에 한 손가락을 댔다. "받지 말아요." 그가 속삭이고 나서 숨을 들이쉬었다. "안녕, 에이미. 이언이에요. 어제 전시회에서 당신과 함께해서 즐거웠어요. 그 후에는 더 좋았고요. 난 오늘 밤 뉴질랜드로 떠나지만 오래 있진 않을 거예요. 돌아와서 전화해도 될까요?"

그런 다음 그는 묻는 듯한 표정으로 눈썹을 치켜 올린 채 나를 보았고, 그는 고개를 끄덕여 보이며 나의 대답을 재촉했다. 그에 화답해 내가 고개를 까닥했다.

그의 눈이 환해졌다. "좋아요. 그럼 그때 봐요." 그는 전화를 끊었다. "이제 당신은 내 번호를 땄어요."

내가 웃었다.

그는 핸드폰을 집어넣고 내 뺨에 짧게 키스했다. 나는 깜짝 놀라 숨이 턱 막혔다.

"열흘 후에 봐요." 그는 현관 계단을 껑충껑충 뛰어 내려가 택시로 달려갔고, 뒷자리에 올라타기 전에 내게 손을 흔들었다.

내가 손을 들고 있는 가운데 택시가 떠났고, 희미한 미소를 지은 채 집 안으로 돌아온 나는 너무 설레서 숨을 쉴 수가 없었다. 이언이 내 머릿속에 남기고 간 회오리바람이 빙빙 돌고 있었다. 절대로 숙취 때문이 아니었다. 나는 의자에 털썩 주저앉았다. 서류를 정리하는데 내 얼굴에서 점점 미소가 커졌다.

월요일 아침이 됐을 때 두통은 사라지고 레이시는 내 머리 뒤쪽으로 내몰려 있었다. 이번 주에는 물건을 대줄 업자들과 만나기로 약속이 돼 있었다. 그리고 괜찮은 가게 자리를 보러 다니려고 약속을 잡아놨지만 나는 아직도 조 카페에 대한 미련을 버리지 못하고 있었다. 게다가 토머스에게 전화도 해야 했다. 부디, 연대 보증인이 돼달라고 하는 게 너무 부담스러운 부탁이 아니길.

내가 서류들과 열쇠들을 챙겼을 때 다시 초인종이 울렸다. 현관문의 작은 구멍을 들여다보자 백발에 키가 크고 듬직한 체격의 노인이 보였다. 그는 짧은 소매 셔츠에 카키 팬츠를 입고 주머니에 손을 넣은 채 앞마당을 내다보고 있었다.

내가 문을 열자 그가 미소를 지으며 담뱃진에 물든 치아를 드러냈다. 나는 그를 곧바로 알아봤다. "어쩐 일이세요, 조 아저씨?"

"오랜만이구나, 에이미." 그가 넓적한 손바닥을 내밀어 내 손을 따뜻하게 잡았다. "어떻게 지냈어?"

"전…잘 지내고 있어요."

그는 고개를 끄덕였다. "네가 레스토랑을 연다고 들었어."

"사실 맛있는 음식도 곁들인 작은 커피숍을 생각하고 있어요. 하지만 먼저 임대할 곳을 찾아야 해요." 그의 부동산 중개인이 나를 추천하지 않았다는 사실이 우리 사이에 무겁게 감돌고 있었다.

"들어가도 될까?"

"아, 그럼요. 죄송해요." 나는 옆으로 비켜서면서 문을 활짝 열었다.

조 아저씨는 느긋하게 문지방을 넘어왔는데 그의 듬직한 체격이 작은 실내에 크나큰 존재감을 발산했다. 나는 문을 닫고, 그가 주위를 둘러보면서 구석구석 눈길을 멈추는 걸 지켜봤다. 그는 벽에 걸린 제임스의 그림들, 현관 수납장 위에 놓인 사진 액자들, 벽난로 선반 위에 있는 약혼식 초상화에 눈길을 준 뒤 나를 보았다. "무슨 일이 있었는지 네 부모님한테 들었다. 정말 애석한 일이야."

나는 심호흡을 하고 고개를 끄덕였다.

"제임스는 착한 아이였지. 난 제임스를 좋아했는데."

"고맙습니다."

그는 거의 1년 전 제임스가 내게 청혼한 날 찍은 나와 제임스의 사진을 집어 들었다. 사진 속에서 나는 약혼반지를 뽐내고 있었다. 아저씨가 얼굴을 찌푸렸고, 순간 나는 목구멍에 숨이 턱 막혔다. 혹시 아저씨가 그 사진을 보고 두꺼운 화장으로 가린 내 뺨의 찢어진 부분과 턱에 든 멍을 알아챈 게 아닌가 하는 생각이 얼핏 들었다.

조 아저씨는 사진 액자를 다시 제자리에 놓고 액자 지지대를 바로잡아서 사진이 넘어지지 않도록 했다. 그리고 주머니에 손을 넣고서 날 바라봤다. "내 아내는 5년 전에 세상을 떠났단다."

"기억나요." 그때 아저씨는 일을 잠시 쉬었었다. 그래서 카페 서비스 질이 낮아졌고, 아저씨는 다시는 예전의 기세를 회복하지 못했다. 단골들이 많이 떠났다. 그들은 다른 레스토랑을 찾아냈고, 자동차에서 내리지 않고 커피를 살 수 있는 커피숍을 선호하게 되었다. 향수보다 편리함을 선택한 것이다.

"다시 일상으로 돌아오기까지 오랜 시간이 걸렸단다. 아직도 집사람이 그립구나." 아저씨는 어깨를 으쓱했다.

아저씨가 너무 가여웠다. 아저씨가 어떤 기분이었는지 나는 정확히 알고 있었다. 공허하고 불완전한 느낌. 사랑하는 사람을 잃으면 가슴에 커다란 구멍이 뚫린다.

나는 헛기침을 하면서 눈을 깜박여, 나오려는 눈물을 참았다. "커피 좀 드실래요?"

아저씨는 숨을 내쉬었다. "그래, 다오."

나는 소파를 가리키며 말했다. "편하게 계세요. 새로 커피 내릴게요."

나는 얼른 부엌으로 가서, 조리대 가장자리를 움켜쥐고, 눈시울이 뜨거워지도록 사무치는 외로움과 가슴이 터질 것 같은 아픔이 가라앉을 때까지 심호흡을 몇 번 했다. 그리고 거래처로 고려하고 있는 커피콩 공급업자들에게서 샘플로 받은 커피콩을 몇 가지 섞어 분쇄한 뒤 커피메이커에 넣고 작동시켰다.

내가 다시 거실로 돌아갔을 때 아저씨는 제임스가 보던 오래된 달리기 잡지를 휙휙 넘기고 있었다. 그러다 나를 보자 잡지를 탁자 위로 던졌다.

"주치의가 나보고 운동 좀 하라고 해서."

나는 그에게 머그잔을 건넸다. 김이 피어오르면서 헤이즐넛 향기가 퍼져나갔다. "걷는 것도 좋죠."

"그러잖아도 시내에서 여기까지 걸어왔어." 아저씨는 커피를 한 모금 마시고는 눈이 휘둥그레졌다. "맛있는데." 아저씨는 다시 한 모금 마셨다. "정말 정말 맛있다."

"고맙습니다. 제가 블렌딩한 거예요." 나는 수줍게 말했다.

아저씨는 내 쪽으로 컵을 들어 올렸다. "이것도 꼭 메뉴에 넣어라. 거기 갈 때마다 주문할게."

나는 미소를 지었다. 나는 오랫동안 조의 커피숍 단골이었는데 이제는 아저씨가 내 손님이 될지도 모른다. "잊지 않을게요."

아저씨는 커피를 다 마시고 잔을 내려놓은 뒤, 소파 안쪽으로 자리를 옮겨 앉으면서 양손으로 허벅지를 문질렀다.

"내가 커피숍을 닫은 건 도저히 경쟁을 할 수 없었기 때문이야. 그 빌어먹을 체인들이 쓰레기 같은 음식을…" 아저씨는 주먹 쥔 손을 입에 대고 헛기침을 했다. "어, 미안하다. 어쨌든 그들이 내 손님들을 다 뺏어갔어. 그런 일이 너에겐 일어나지 않을 거라고 어떻게 확신하니?"

"저도 확신하진 않아요. 하지만 체인 레스토랑들과 경쟁할 계획은 없어요." 나는 솔직하게 말했다.

아저씨는 고개를 저었다. "그러다 몇 달 못 가서 문을 닫게 될 거야."

"그렇지 않길 바라야죠. 전 그들과는 다른 걸 제공하려고 해요. 손님들이 커피를 마시는 경험에 더 집중하게 만드는 거죠."

아저씨의 입 가장자리가 씰룩였다. "커피를 마시는 경험이라고?"

"고급 커피 맛을 음미할 줄 아는 사람들을 위한 커피숍인 거죠. 방금 아저씨를 위해 만든 것처럼 제가 직접 커피콩을 분쇄해서 천천히 커피를 만들 거예요." 나는 아저씨의 빈 잔을 가리키며 말했다.

아저씨가 너털웃음을 터트렸다. "그거 아주 좋은데."

나는 생긋 웃으며 말했다. "고맙습니다. 메뉴도 완성해야 하고, 거래처들도 정해야 하고. 무엇보다 중요한 건…" 나는 고개를 숙여 무릎 위에서 맞잡은 내 손을 내려다보며 말했다. "가게를 열 곳을 찾아야 해요."

"난 네 부모님을 잘 안다, 에이미. 아주 오랫동안 알고 지냈지. 그분들은 좋은 분들이고 사업가로서 신용도 탄탄하지. 네 부모님이 가게를 파셨을 때 깜짝 놀랐다. 네가 그곳을 물려받거나 인수할 거라고 생각했거든."

나도 그랬다. 하지만 조 아저씨에게 우리 부모님의 재정 문제에 대해 털어놓을 생각은 없었다.

"제 레스토랑을 시작하는 것이 저로선 더 나아요. 그게 바로 제가 해야 할 일이기도 하고요." 그건 제임스가 내게 바라던 일이었다. 또한 나는 혼자 힘으로 이 일을 할 수 있다는 걸 나 스스로에게 증명해야 했다.

"네가 내 건물을 임대하겠다고 지원한 거 알고 있다."

"네, 하지만…"

아저씨가 손을 들어 내 말을 막았다. "내 중개인이 널 추천할 수 없었던 건 너의 신용 문제 때문이지. 그래, 나도 그 점은 알고 있다. 하지만 네가 올해 어떤 일을 겪었는지도 알고 있지. 네가 왜 그런 형편이 됐는지, 왜 대출금을 제때 갚지 못했는지, 왜 인생이 갑자기 멈춰버렸는지 이해한다. 나도 겪은 일이니까." 아저씨는 몸을 앞으로 기울였다. "넌 다시 네 인생을 꾸릴 때가 됐어."

"그래서 이 일을 하고 있는 거예요, 아저씨."

"난 그럴 수 없었어. 그래서 아내만 잃은 게 아니라 그보다 더 많은 걸 잃었지." 아저씨는 헛기침을 했다. "네 신청을 받아들이마. 내 가게엔 네가 들어와라."

내 입이 벌어졌다. "제 신용은 어쩌고요?"

"뭐 그런 건 잊어버려." 아저씨는 손으로 허공을 갈랐다. "넌 힘든 일을 겪었잖니. 난 믿을 수 있는 사람을 들이고 싶다. 난 너도 알고 네 부모님도 알아. 원래는 15년 계약으로 임대하고 싶었지만 너에게는 5년으로 해주마. 그 전에 네가 문을 닫게 되면 나머지 임대료는 걱정할 필요 없다. 계약을 갱신하고 싶다면 계약 조건을 다시 협상할 수 있지만 시장가가 올라간다 해도 원래 임대료보다 더 올리지 않겠다고 약속하마."

아저씨는 코 옆을 문질렀다. 아저씨가 이야기를 계속하는 동안 나는 멍하니 아저씨를 보면서 고개를 끄덕일 수밖에 없었다.

"통상 새 세입자가 가게 공사를 하는 동안 한 달 내지 석 달간 임대료를 받지 않는단다. 네가 리모델링하는 데 1년이 걸리더라도 가게 문을 열기 전에는 임대료를 받지 않으마."

아저씨의 제안을 이해하려고 내 뇌가 정신없이 돌아가는 동안 나는 눈을 깜박이며 앉아 있었다. "왜 저에게 이렇게 잘해주시는 거예요?"

아저씨는 씩 웃었다. 아저씨의 눈이 환하게 반짝였다. "그냥 널 지켜주는 사람들이 있다고만 해두자."

순간 나도 모르게 허리가 쭉 펴졌다. "혹시 제 부모님이 부탁하셨나요?"

"이 일은 네 부모님과는 아무 상관이 없다. 이건 너와 나 사이에 처리해야 하는 일이야. 난 세입자가 필요하고 넌 가게 자리가 필요하지. 그러니 어떻게 생각하니? 나와 거래하겠니?"

이건 말도 안 되는 일이었다. 이 거래는 비현실적으로 느껴졌다. 내가 멍하니 아저씨를 보는 동안 아저씨는 미소를 지으며 나를 바라봤다. 아저씨의 손이 나를 기다리며 허공에 떠 있었다.

나는 아저씨의 품에 뛰어들고 싶은 걸 간신히 참았다. 대신에 미소를 지으며 아저씨의 손을 꼭 쥐었다. "당연하죠."

아저씨가 일어섰고 나는 아저씨를 따라 문까지 나갔다. 내가 세상에서 제일 운이 좋은 사람처럼 느껴졌고, 아저씨에게 그렇게 말했다.

"좋아, 넌 앞으로 운이란 운은 다 필요하게 될 테니까. 우리 가게에 있는 모든 게 무너지고 있단다. 대공사가 될 거야."

11장

"오 마이 갓, 여긴 손댈 데가 한두 군데가 아니네." 나디아는 카운터를 손가락으로 쓸어본 뒤 손가락 끝을 쳐들었다. 손가락은 기름기 낀 두터운 먼지로 덮여 있었다. 나디아는 토할 것 같은 표정을 했다. "완전 역겨워."

"여긴 매력적인 곳이야. 60년대로 돌아간 것 같은 분위기가 물씬 풍기잖아." 크리스틴이 말했다. 그리고 내게 엄지손가락을 들어 보였다.

아빠는 높은 천장을 물끄러미 쳐다봤다. 타일이 떨어진 곳마다 노출된 전선들이 축 늘어져 있었다. 남은 타일들은 금이 가거나 물 얼룩이 져 있었다. "여긴 잠재력이 있어."

"그렇죠? 바로 그거라니까요!" 나도 동의했다.

나디아가 이번엔 주방으로 갔다. "너 임대를 고려 중인 거야?"

"이미 계약했어."

그녀는 걸어가다 멈칫했다. "뭐라고? 언제?"

"지난주에." 조 아저씨와 나는 며칠 동안 계약 조건을 의논한 끝에 마침내 금요일에 계약서에 서명했다. 그리고 그다음 주 화요일에 나는 아저씨에게서 가게 열쇠를 받았다. 이날은 토요일로, 나디아와 크리스틴과 아빠를 여기서 만나기로 한 첫날이었다. 엄마는 고트에서 자선 단체에 기부할 가구를 실어 가는 걸 감독하고 있었다. 아빠는 나중에 고트로 가기로 했다. 나는 손목시계를 힐끗 봤다. 아빠가 간 후에 나디아와 크리스틴이 너무 오래 여기 남아 있지 않기를 바라면서.

"여긴 어둡고 지저분하긴 하다." 아빠는 나디아의 의견에 일단 동의했다. "하지만 크기가 너한테 딱 좋아. 그저 다정한 보살핌이 필요한 곳일 뿐이야."

"그리고 대형 망치도 필요하죠." 나디아가 다시 식사 공간으로 나왔다. "계약서에 서명하기 전에 이곳을 점검했어?"

"대충 둘러봤어."

"대충 둘러봤다고? 오해 말고 들어봐. 네가 레스토랑을 연다니 신이 나 죽겠어. 네 레스토랑은 아주 근사할 거야. 하지만 실패할 위험도 아주 커." 나디아가 식겁해서 말했다. 그러고는 미안한 표정으로 아빠를 보았고, 아빠는 괜찮다고 손을 저었다. 나디아는 다시 나를 봤다. "그렇게 성급하게 결정하면 안 되는 거였어." 그녀는 나무판자에 생긴 물 얼룩들을 손으로 가리켰다. "저기에 어떻게 물이 새게 됐는지 물어봤어?"

"아니. 조 아저씨는 대공사를 해야 할 거라고 하셨어." 나는 참

지 못하고 씩씩거리며 말했다.

"너도 그렇게 생각해? 여긴 죄다 헐어버려야 해. 그리고 저 벽 뒤에 또 뭐가 있을지 아무도 몰라." 나디아의 시선이 여기저기 사정없이 돌아다니면서 아마추어인 내 눈에는 보이지 않는 세세한 점들을 평가했다. "나한테 먼저 전화를 했어야지. 내가 여길 구석구석 살펴봤으면 너도 네가 들어가게 될 곳이 어떤 덴지 알았을 거 아니야. 리모델링은 공사 비용이 순식간에 올라간다고. 그러다 자기도 모르게 예산을 초과하게 마련이야. 사정이 더 악화되면 현금이 바닥날 수도 있고. 다른 곳들도 둘러보고 비교한 거야?"

"왜? 여기는 임대료도 안 받는데."

나디아가 눈을 깜박였다. "뭐라고?"

아빠가 휘파람을 불었다.

"와우, 한 건 했구나." 금전등록기를 만지작거리고 있던 크리스틴이 중얼거렸다. 거기서 띵 소리가 났다.

"얼마나?" 나디아가 미심쩍은 목소리로 물었다.

"리모델링 끝날 때까지. 개업할 때까지 임대료는 안 받으신대."

그녀의 입이 떡 벌어졌다.

"그거 아주 좋은 조건이다. 난 여기가 맘에 들어." 그곳엔 추억이 가득했다. 아빠의 입에 미소가 어렸다. 아빠는 그곳이 내게 특별한 장소라는 걸 알고 있었다. 제임스와 여기서 식사를 할 때마다 본 똑같은 풍경이 유리창 밖으로 보였다. 엄마들이 유모차를 밀고 가고, 차들이 지나가고, 가끔 자전거를 탄 사람이 차를 피해

가는 풍경. 이제 비가 억수같이 내리고 있었다. 이 계절 들어 첫 폭풍이었다. 나는 다시 시계를 봤다.

나디아가 태블릿을 들고 가장 가까이 있는 의자에 앉았다. 그녀는 가상 자판을 두드려 몇 가지 메모를 했다. "여길 어떻게 하고 싶은지 생각해둔 거 있어?"

크리스틴이 기대에 찬 눈으로 나를 보면서 나디아 옆에 있는 의자에 앉았다. 아빠는 더 가까이 다가왔다.

나는 씩 웃었다. "아이디어야 어마어마하게 많지. 내 특제 커피에 맞춰 환상적인 디저트들을 굽는 그런 아이디어 말이야."

"카페 이름은 뭐라고 할 거야?" 크리스틴이 물었다.

"에이미네." 나는 그렇게 발표하고, 포트폴리오에서 로고 스케치를 꺼내 테이블 위에 놨다. 세 사람 다 몸을 기울여 그걸 봤다.

"특제 커피와 미식가를 위한 식사라. 마음에 드는데." 크리스틴이 내 어깨를 토닥였다.

나디아가 다시 자판을 두드려 메모했다. "지금 당장 떠오르는 생각으로는 리모델링 비용이 적지 않게 들 거야. 공사 후에는 허가도 받아야 하고, 보험도 들어야 하고, 새 가구도 들여야 하고, 종업원들 월급도 줘야 하고, 네 생활비도 나와야 하고."

"진정해. 걱정하지 마." 내가 끼어들어서 나디아의 어깨를 문질렀다. "내가 알뜰하게 잘 쓸게."

"좋아. 나부터 시작하자. 약속한 대로 돈은 안 받을 거고, 내 연줄을 동원해서 다른 공사들도 최저가로 할 수 있게 해볼게."

"그래도 내가 뭔가 대가를 치를 수 있게 해줘."

그녀가 웃었다. "공짜로 해준다는 말은 안 했어, 요것아." 그녀의 얼굴에 미소가 활짝 피었다.

"어떻게 계산할지 물어보기 무섭네." 내가 중얼거렸다.

그녀는 의자에 앉아서 몸을 돌려 손을 내밀었다. "평생 공짜 커피와 네가 만든 공짜 레몬 스콘을 먹게 해줘."

나는 웃음을 터트리면서 그녀와 악수했다. "좋아. 그럼 리모델링은 얼마나 걸릴까?"

그녀는 입을 다물고 '흠' 소리를 냈다. "운이 좋으면 8개월 안에 오픈할 수 있어."

나는 휘파람을 불었다. "그거 참 오래 걸리는구나." 하루빨리 공사를 시작하고 싶었다. 나는 무의식적으로 시계를 또 봤다.

크리스틴이 나를 쿡 찌르더니 내 시계를 향해 고갯짓을 했다. "어디 가?"

나는 고개를 저었다. "누굴 만나기로 했거든."

"누구?"

내 얼굴이 달아올랐다. "이언."

그는 어제 여기 도착해서 오늘 아침에 전화했다. 나는 일종의 중립 지대와도 같은 여기서 만나자고 했다. 2주라는 오랜 시간 동안 열심히 생각했지만 아직도 내가 이언에게 뭘 원하는지 알 수 없었다. 그가 내게서 우정 이상을 바라는 건 분명했다.

내 마음속에서 일어나는 혼란을 모르는 크리스틴의 얼굴이 환해졌다.

"이언이 지금 여기로 오고 있대." 그녀가 아빠와 나디아에게 말했다. 아빠가 눈을 가늘게 뜨고 나를 봤다.

나디아가 싱글벙글하며 일어섰다. "이제 우리는 그만 가라는 신호구나."

❖

사람들이 돌아가고 내가 카운터의 크기를 재고 있을 때 이언이 도착했다. 그는 재킷과 머리를 흔들었다. 바닥에 물방울이 후드득 떨어졌다.

"와우, 날씨 한번 고약하네." 그는 숨을 내쉬면서 씩 웃었다. "안녕, 에이미."

그를 보자 내 맥박이 정신없이 뛰었다. 그는 근사해 보였다. 그것도 우라지게. 그는 젖은 강아지 같으면서도 터프하게 보였다. 나는 그의 재킷을 손으로 가리켰다. "흠뻑 젖었네요. 재킷 이리 줘요."

"고마워요. 집에서부터 여기까지 뛰어왔어요." 그는 재킷을 벗으며 말했다.

"집이 어디예요?" 나는 그렇게 물으면서 재킷을 의자 등에 걸쳤다.

"저쪽으로 일곱 블록 떨어져 있어요." 그는 내가 카페에서 집까지 걸어갔던 것과 반대되는 방향을 가리켰다. "우린 이웃이에요."

내가 웃었다. "800미터나 떨어진 이웃도 이웃이라고 친다면 말이죠. 여행은 어땠어요?"

"끝내줬어요! 굉장한 사진을 몇 장 건졌어요." 그는 내가 나디아에게 내 아이디어를 보여주려고 테이블에 펼쳐놓은 종이들을 피해 젖은 종이 봉지 하나를 내려놨다. 내 서류들이 젖지 않게 배려한 것이다. 그는 부드럽게 내 어깨를 쿡 찔렀다.

"그건 그렇고, 내 말이 맞았어요."

"뭐가요?"

"정말 당신이 그리웠어요." 내 눈이 커지자 그는 킬킬 웃으면서 주위를 둘러봤다.

"그래, 당신이 조의 카페를 임대했군요."

"어, 그게…맞아요." 나는 아직도 *정말 당신이 그리웠어요*라는 고백에 정신이 혼미해서 말을 더듬었다.

"당신이 여길 어떻게 바꿀지 어서 보고 싶군요." 그는 포마이카 카운터에 손가락 관절로 톡톡 치며 말했다. "에스프레소 머신들은 알아봤어요?"

이언이 해외로 나간 후 사업 계획도 간신히 마무리했는데. 나는 팔짱을 끼고 카운터 가장자리에 엉덩이를 기댔다.

"아직. 왜요?"

그는 내 동작을 따라 하면서 자신의 가슴 위에 한 손을 올려놨다. "당신에게 에스프레소 머신 브랜드를 한두 개 추천할 수 있다면 영광이겠습니다."

나는 슬며시 웃음이 나왔다. "당신은 전문가인가요?" 그의 목소리에 장난기가 서려 있었지만 나는 정말 궁금해서 물었다. 사진을 찍고 종종 여행을 다닌다는 것 말고는 그에 대해 아는 게 없었다.

"대학 졸업 후 프랑스의 프로방스 지역에 몇 달 가 있었어요. 거기서 바리스타랑 데이트를 했는데 그녀가 내게 가르쳐…"그의 목소리가 갈수록 작아지더니 그의 얼굴이 빨개졌다. 내가 눈썹을 치켜 올리자 그의 입 가장자리가 씰룩거렸다. "그녀에게 아주 많은 걸 배웠죠."

내 눈이 가늘어졌다. "분명 그랬겠죠."

이언이 허리를 쭉 펴고 섰다. "아, 질투하지 말아요." 그의 나무라는 말에 내 얼굴이 그의 얼굴보다 더 빨개졌다. "이리 와봐요. 당신에게 주려고 뭘 좀 가져왔어요."

그가 자기가 가져온 봉투에서 커다란 병을 꺼내자 종이 봉지가 구겨졌다.

"그게 뭐예요?" 내가 물었다.

"사과 주스요."

"주스를 가져왔군요."

그가 웃었다. "아주 큰 아이가 마시는 주스죠. 발효 사과술이에요. 여행 내내 이걸 주식으로 삼았죠." 그는 뭔가를 찾는 사람처럼 자신의 가슴과 청바지 주머니를 두드렸다. 그다음엔 재킷을 살펴보더니, 재킷 허리에 있는 호주머니에 손을 넣어서 작은 유리 술잔 두 개를 꺼냈다.

"술잔에 든 사과 주스는 한 번도 마셔본 적 없는데."

이언이 눈동자를 굴렸다. "그냥 마시면 돼요. 이 잔은 주머니에 들어가니까 가져온 거고." 그는 또 다른 호주머니에서 병따개를 꺼내더니 뚜껑을 따고 사과술을 잔에 따랐다. "보통 이 사과술은 실온에서 마셔요. 밖이 무지하게 추워서 조금 차가울 거예요. 그래도 맛은 좋아요." 그는 내게 술잔을 건넸다.

나는 향을 맡아봤다. 애플파이와 애플 타르트의 이미지가 머릿속을 가득 채웠다.

"키아 오라." 이언이 잔을 높이 들면서 말했다.

"키아 뭐요?"

"마오리족의 인사말이에요. 마오리족은 뉴질랜드의 원주민이죠. 대강 번역하면 건강을 빈다는 뜻이에요. 나는 '건배'라고 생각하고 싶지만."

"건배." 나는 그렇게 그의 말을 따라 하며 한 모금 마셨다. 말린 과일 맛이 났는데 아주 맛있었다.

이언은 재킷을 걸쳐놓은 의자에 앉았고 나는 그의 맞은편 의자에 앉았다. 그는 테이블 밑으로 다리를 쭉 뻗고 의자에 등을 기댄 채 내 발목을 자신의 신발로 툭툭 쳤다. 그런 작은 접촉이 순식간에 내 다리를 타고 뱃속까지 올라왔다. 앉은 자세를 바꾸는 나를 그가 뚫어져라 쳐다봤다.

"남들을 그렇게 빤히 보는 거 아니라고 엄마가 가르쳐주지 않았어요?"

그의 눈이 순간 멍해지다가 재미있다는 듯 반짝였다.

"이렇게 빤히 보지 않으면 당신이 왜 전보다 더 매력적으로 여겨지는지 알아낼 수가 없잖아요."

햇볕에 탄 그의 눈 가장자리에 주름이 잡혔다. 그는 가볍게 말하려 했지만, 어찌할 바를 모르는 그의 모습이 내 마음을 무겁게 했다. 나는 입술을 축인 뒤 테이블에 양팔을 올리고 그 작은 잔을 손가락으로 감싸 쥐었다.

"소중한 사람을 잃어본 적 있어요?" 나는 진지하게 물었다.

그의 표정이 어두워졌다. "그래요, 있어요."

레이시를 만난 일은 다른 사람에게 말하기 꺼려졌지만, 제임스에 대해서 이언에게 얼마나 이야기해야 할지 고민이 됐다. 나는 약혼자를 땅에 묻었고 아직도 그의 죽음을 슬퍼한다. 나는 그를 몹시 그리워하고 있고, 그런 갈망은 레이시가 뿌려놓은 의심의 씨앗을 더 키우기만 할 뿐이었다. 그런 마음이 사라지기 전까지는 내가 이언에게 우정 이상의 것을 원한다고 생각하게 놔두는 건 공정하지 않았다.

"우리가 처음 만났을 때…" 나는 이제부터 할 말을 찬찬히 생각하면서 이야기를 시작했다. 이언의 동정을 바라지 않았지만 지금 내 마음이 어떤 상태인지 이언이 이해해주길 바랐다. "당신이 내게 약혼한 상태냐고 물었죠. 거의 1년간 약혼 상태였어요. 내 약혼자는 지난 5월에 죽었어요. 사실 멕시코에서 낚시를 하다가 물에 빠져 실종됐죠. 결국 시체를 찾았고 우리 결혼식 날 장례를 치렀어요. 그게 7월이었어요." 나는 남은 사과술을 한 번에 비우고 손등으로 입을 닦았다. "내가 사과술을 원샷했네요." 나는 씁쓸하게 말했다.

이언은 입을 떡 벌린 채 그대로 얼어붙었다. 그리고 잠시 후 마치 충격을 털어버리려는 듯 고개를 흔들었다. "맙소사, 에이미, 정말 유감이에요." 그는 내 두 손을 꼭 그러쥐었다. 그리고 내 손가락의 관절들을 엄지로 쓰다듬었다.

"난 그이의 시신을 못 봤어요. 작별 인사를 할 기회도 없었죠."

이언이 뭐라고 두서없이 중얼거리면서 내 손을 더 꽉 잡았다. 우리 사이에 테이블이 없었다면 그가 나를 끌어당겨 안아줬으리라는 걸 나는 알 수 있었다.

나는 깍지 낀 우리의 손가락을 눈여겨봤다. 그의 손은 따뜻하고 강했다. 이언이 엄지손가락으로 쓰다듬어주니 마음이 진정됐다. 가슴속에서 우정에 대한 깊은 갈망이 일면서 열기가 사지를 통해 밖으로 퍼져나갔다. 나는 눈을 들어 그를 보았고, 나를 격려하는 그의 눈빛과 마주쳤다. 거꾸로 뒤집힌 내 정신 나간 세상이 딸각 소리를 내면서 다시 제자리로 돌아왔다.

"당신이 좋은 친구가 되리라는 걸 알 수 있겠어요, 이언."

그는 툴툴거리는 소리를 냈다. "친구, 내가 친구인가요?"

실망감으로 그의 표정이 흐려졌다. "미안해요. 난 그저…" 나는 손을 빼서 내 무릎 위로 떨어뜨렸다.

"난 다른 사람과는 한 번도 사귀어본 적이 없어요. 평생 제임스밖에 없었죠."

"제임스? 아, 당신 약혼자." 그는 테이블에 팔꿈치를 세우고 뺨을 문지르다가 턱에 나기 시작한 수염을 긁었다.

"다른 사람과 있어서 긴장돼요?" 그가 조용히 물었다.

"아뇨. 그렇진 않아요."

이언이 눈썹을 치켜 올렸다.

"오케이, 조금은 그래요. 난 아직 진지한 관계를 맺을 준비가 안 됐어요. 아직은." 나는 카페를 생각해야 했다. 그리고 제임스도. 그의 시체가 땅속에 들어간 지 채 1년이 안 됐다. 진짜로 땅속에 그의 시체가 있다면 말이다. 그게 가장 중요한 문제였다. 진실을 모르기 때문에 우리가 한때 같이했던 모든 걸 놓아주기가 힘들었다.

"부모님은 내가 제임스에게 너무 의존하면서 살아왔다고 생각하세요." 나는 생각을 좀 더 해본 후에 이렇게 털어놓았다.

이언은 코웃음을 쳤다. 그는 팔을 들어 원을 그리듯이 식당 안을 휙 가리켰다.

"여기서 당신이 하고 싶어 하는 일은 남에게 의존하는 여자가 할 수 있는 일이 아니에요. 오히려 스스로 자신의 일생을 일궈가려고 굳게 결심한 사람만이 할 수 있는 일이죠."

내 입가에 조심스러운 미소가 떠올랐다.

그는 내 잔에 다시 술을 따르고 자기 잔을 들어 올렸다.

"나와 거래해요. 당신이 나와 친구 이상의 관계가 되고 싶을 때 내게 알려주겠다고 약속하면 우리가 아주 좋은 친구가 되게 해달라고 건배할게요."

내 눈이 동그래졌다. 그러고 나서 나는 그의 의도적인 단어 선택이 우스워 고개를 젖히고 웃음을 터트렸다. '만약'이 아니라 '그렇게 될 때'라니.

"자신감 한번 대단한데요." 내가 놀렸다.

그는 고개를 흔들었다. "아니에요. 그냥 긍정적인 거지."

"좋아요. 거래해요." 나는 잔을 높이 들었다.

12장

고등학교가 시작되기 전 여름, 제임스를 안 지 6년이 된 나는 더 이상 그의 친구로만 남아 있고 싶지 않았다. 그에게 친구 이상의 존재가 되고 싶어 견딜 수 없었다.

그런 내 생각은 하루아침에 생겨난 게 아니라, 서서히 고치를 뚫고 나와 날개를 펴고 날아가는 나비처럼 이전 1년 동안 감지하기 힘들 정도로 아주 조금씩 생겨난 것이었다. 예를 들면 나는 제임스에게서 전에는 알아채지 못했던 향기가 난다는 걸 알게 됐다. 제임스는 우리 학교의 남자아이들처럼 탈의실에서 나는 땀투성이 냄새를 풍기지 않았다. 그가 쓰는 오드콜로뉴는 그의 체취와 아주 근사하게 섞여서, 그와 가까이 있을 때 그의 향기를 맡게 되면 나는 머릿속이 어질어질해지곤 했다. 마음이 어찌나 두근거리던지! 그럴 때마다 현기증이 일면서 혼란스러워졌고, 그의 가슴에 코를 박고 싶은 충동을 참은 적이 한두 번이 아니었다.

그랬다면 제임스는 웃으면서 나를 밀어냈겠지만.

그렇게 면박당할 수도 있는 관계였지만 나는 그를 어느 누구보다 잘 알고 있었다. 끝없이 더 근사한 작품을 추구하고, 자신이 원하지 않는 미래의 길로 떠미는 부모에게 좌절하고, 우리 가족을 제외하고는 다른 누구에게도 자신의 작품을 보여줄 수 없어 낙심하는(가족이 알게 되면 나를 못 만나게 할 테니까) 제임스 때문에 내 머릿속이 복잡해졌다. 나는 세상에서 가장 친한 친구에게 빠져들고 있었고, 그가 너무나 그리웠다.

제임스는 축구 연습이 시작된 데다 다른 여러 가지 활동 때문에 항상 바빴다. 그해 여름에는 그를 별로 보지 못했는데, 8월 어느 오후에 그가 불쑥 찾아왔다. 나는 크리스틴 생일에 줄 쿠키를 만드느라 오븐에서 막 쿠키 판을 꺼내는 참이었다. 허리를 펴고 돌아서던 나는 제임스가 주방 문간에 기대서서 나를 지켜보고 있는 걸 발견했다.

그는 짙은 청회색 바지에 흰 와이셔츠를 입었는데 옷깃의 단추가 풀려 있었다. 뜨겁고 건조한 목요일 오후가 아니라 일요일에 교회에 갈 때 어울릴 만한 차림이었다. 분명 축구를 하러 가는 모양새는 아니었다.

열여섯 살의 제임스는 그 또래 남자아이들이 대개 그렇듯 비쩍 마르고 키만 멀대같이 큰 체격이 아니었다. 몇 년 동안 축구를 해서 몸매가 끝내줬다. 피부는 햇볕에 그을렸고, 제멋대로 삐져나온 머리카락 몇 가닥이 얼굴에 흘러내려 있었다. 그는 손가락으로 머리를 빗어 내렸다. 뭔가 마음에 걸리는 일이 있는 표정이었다.

"여기서 뭐 해?" 나는 그가 우리 집에 서 있는 걸 보고 놀라서 물었다. 사실 놀랄 일도 아니었다. 그에겐 우리 아빠가 준 우리 집 열쇠가 있었으니까. 아빠는 제임스가 뻔질나게 우리 집 초인종을 누를 때마다 문을 열어주는 데 지쳐서 그에게 열쇠를 줬다. 그해 여름 전까지 그는 그렇게 자주 우리 집에 왔었다.

"오늘 축구 연습 있지 않아?"

그가 어깨를 으쓱했다. "오늘 오후는 쉬기로 했어."

나는 이마를 찡그렸다. "부모님이 좋아하실까?"

그는 코웃음을 쳤고, 고개를 갸우뚱하면서 이마에 주름이 잡히도록 두 눈을 크게 떴다. 제임스의 부모님은 제임스가 여기 온 걸 모르는 것이었다.

"아빠는 늦게까지 일하고 엄마는 자선 행사에 갔어." 제임스가 설명했다.

"그래서 땡땡이치는 거야?" 나는 화강암 조리대 위에 쿠키 판을 내려놓으면서 말했다.

제임스가 눈부신 미소를 짓는 걸 보자 내 심장이 사정없이 뛰고 얼굴이 달아올랐다. 나는 붉어진 얼굴을 숨기려고 고개를 숙인 채, 따끈따끈한 쿠키들을 식히고자 열심히 쿠키 받침대로 옮겼다.

"그럼 그리러 왔어?" 그가 다가오는 소리를 듣고 내가 물었다.

"그리고 너도 보려고."

나는 미소가 지어지는 걸 참을 수 없었다.

제임스는 조리대에 엉덩이를 기대고 쿠키를 하나 낚아챘다. 내가 그의 손목을 잡았다. 쿠키는 그의 입에서 3센티미터 정도 떨어진 허공에 멈췄다. 제임스가 한쪽 눈을 찡그렸다. 나는 눈을 가늘게 떴다.

"이 쿠키는 크리스틴 거야. 생일 선물로 줄 거란 말이야."

제임스는 쿠키를 입속에 넣어버렸다.

"제임스." 내가 투덜거렸다. 내 시선이 그의 입술로 떨어졌고 내 생각은 곧바로 다른 방향으로 흘러갔다. 저 입술로 얼마나 많은 여자아이들과 키스했을까? 내게 키스할 생각은 한 번이라도 해봤을까?

내 얼굴이 확확 달아올랐다. 제임스는 싱글거렸다. 나는 그에게 화난 표정을 지어 보이고 손목을 놔준 뒤 다시 쿠키를 옮기는 작업으로 돌아갔다. "더 이상은 안 돼." 나는 경고했다. 가만 놔두면 쿠키 한 판을 몽땅 먹어치울 텐데, 축구 덕분에 먹성이 좋아져서 그런 것도 아니었다.

"더 구울 시간도 없단 말이야."

"하나만 더?" 제임스가 아랫입술을 내밀며 뿌루퉁한 표정을 지었다.

"좋아." 나는 그에게 도저히 저항할 수 없다는 걸 깨닫고 말했다. 그리고 그의 입속에 쿠키 하나를 밀어 넣었다. 그는 툴툴거렸다.

나는 고갯짓으로 그의 옷을 가리키며 말했다. "왜 이렇게 차려 입었어?"

"내가 옷을 차려입는 게 뭐 나빠?" 그는 어안이 벙벙한 표정으로 나를 바라봤다.

"아무것도 아니야!" 나는 뜨끔해서 소리쳤다. "보기 좋아…그러니까 내 말은 네 옷이 보기 좋다고. 그게 다야." 나는 더듬거렸다. 뭔가 이유가 있어서 이렇게 빼입은 게 분명했다. "그래, 어디 가는 건데?"

"네 말은 내가 어디 있었냐는 거야?" 그는 자신이 뭘 입고 있는지 잊어버린 것처럼 고개를 숙이고 자신의 옷을 훑어봤다. 그의 표정이 뒤틀렸다.

"이사회와 디너파티 인생에 우리를 준비시키기 위한 우리 엄마의 최신 음모지." 그가 불평했다.

나는 손바닥을 탁탁 쳐서 쿠키 가루를 털어냈다.

"엄마가 이번엔 뭘 시키셨는데?"

그의 입술이 씰룩거렸다. "너 그 앞치마 하고 있으니까 귀엽다." 그는 주름장식이 있는 앞치마 가장자리를 잡아당겼다. "이거 어디서 났어?"

"넌 내 질문을 피하고 있잖아." 그리고 내가 집중하지 못하게 만들고 있고. 나는 그의 손을 밀어냈다.

"너도 그러고 있잖아." 그는 내 손을 잡아서 깍지 꼈다. 나는 다급하게 숨을 들이쉬었다. 우리는 잡고 있는 우리의 손을 내려다봤다가 곧바로 고개를 들었다. 우리의 눈이 마주쳤다. 그의 눈에 놀란 표정이 떠오르더니 이내 입가에 짓궂지만 매력적인 미소가 퍼졌다. 그는 팔꿈치를 구부린 채 나와 잡은 손을 들었다. 그리고 남은 한 팔을 내 허리에 감아 나를 끌어당겼다.

　나는 갑작스러운 접촉에 놀랐다. 제임스와 그런 식으로 가깝게 있어본 것은 처음이었다. "지금 뭐 하는 거야?"

　"너에게 보여주는 거야."

　"내게 뭘 보여준다는 거야?" 꽥꽥거리는 내 목소리가 천장까지 올라갔다.

　제임스가 킥킥 웃었다. "내가 지금까지 뭐 했는지 보여주는 거라고. 내가 이끄는 대로 따라와. 내가 세는 걸 잘 들어." 그는 내 귓가에 대고 중얼거렸다. 그가 내 가슴 쪽으로 다가와서 나는 어쩔 수 없이 뒤로 물러섰다. 내가 비틀거리자 그가 나를 꽉 안고 내 머리에 턱을 얹었다.

　나는 온몸이 뻣뻣해졌다.

　내 머리에 턱을 댄 그가 미소 짓는 게 느껴졌다. "너 너무 긴장했다. 그냥 나잖아."

　제임스가 나를 그냥 안고 있었다. 그의 피부 열기가 내 윗도리를 뚫고 들어오는 게 느껴져서 나는 얼굴을 찡그렸다. 그걸 알아챘다고 해도 순진하고 활발한 내 상상력엔 별다른 영향을 미치지 못했고, 나는 단지 제임스의 심장도 내 심장만큼이나 빨리 뛰고 있다는 걸 알 수 있을 뿐이었다.

　우리는 움직이기 시작했고, 제임스가 내 귀에 대고 조용히 하나, 둘, 이렇게 수를 세기 시작했다. 몇 번 비틀거리면서 실수하고 몇 번 내 발가락을 밟은 후에 그는 부드럽게 나를 리드해 부엌을 돌아다녔다. 우리는 춤을 추고 있었는데, 중학교 사교 파티 때

췄던 것처럼 그냥 펄쩍펄쩍 뛰는 막춤이 아니라 어른들이 추는 우아한 춤이었다.

"너 댄스 교습을 받고 있었구나."

그는 콧노래를 흥얼거리는 걸로 그렇다고 시인했다. 온몸을 훑는 전율이 내 발가락까지 내려가는 게 느껴졌다.

"우린 지금 왈츠를 추고 있어."

나는 몸을 뒤로 젖혀 그를 올려다보는 중에도 발놀림에 집중하려고 애썼다. "왈츠가 미팅과 파티와 무슨 상관이 있지?"

제임스는 불만스러운 표정으로 나를 봤다. "협상에 필요한 거지. 엄마는 토머스 형과 내가 어디서 거래를 하든 아주 신속하고 민첩하게 하길 바라는 모양이야."

나는 정장을 입은 제임스가 실크 블라우스와 펜슬 스커트(길고 폭이 좁은 치마—옮긴이)를 입은 아름다운 여자와 춤을 추는 모습을 상상했다.

"넌 일할 때 춤도 춰?" 나는 사람들이 회사에 취직하면 그런 일을 한다는 건 전혀 모르고 있었다.

제임스가 머리를 뒤로 젖히고 큰 소리로 웃었다.

"아니, 이 정신 나간 소녀야. 나의 정신 나간 소녀." 그는 내 머리에 대고 중얼거리더니 내 머리에 키스했다. 나의 온몸에 찌릿 전율이 흘렀다. 그는 나를 자신의 소녀라고 불렀다.

"아버지가 밤에 열리는 파티에 가서 중요한 거래를 성사시키신 적이 많거든."

도나토 기업에서 그의 부모님이 하는 일은 레스토랑에서 우리 부모님이 하는 일과는 아주 달랐다. 나는 그들의 화려한 삶을 머릿속으로 그려봤다. 20명으로 편성된 오케스트라가 뒤쪽에서 연주하는 가운데 긴 드레스를 입은 미인들과 턱시도를 입은 남자들이 크리스털 잔에 든 샴페인을 홀짝이는 모습을.

제임스가 나를 이끌고 부엌 조리대 주위를 빙글빙글 돌다가 다시 나를 갓 구운 초콜릿칩 쿠키 향기의 세계로 데려왔다. 그 어느 때보다 그가 가까이 있었다. "너 아주 잘 춘다."

축구부터 독학으로 배운 그림에 이르기까지 손대는 건 뭐든 다 잘하듯이. 아크릴 물감으로 그린 그의 그림들은 환상적으로 아름다웠다.

"네 덕분에 내가 잘하는 것처럼 보이는 거야." 그는 나를 칭찬하며 덧붙였다. "그리고 너도 금방 배우는걸?" 그의 숨결이 내 머리를 흩트렸다. 우리는 딱 달라붙어서 춤을 추고 있었다. 제임스가 하나, 둘, 셋, 스텝을 밟으며 나를 이끌고 빙빙 도는 동안 자연스럽게 어떤 생각이 떠올랐다.

"너 댄스 교습 때 다른 여자아이들하고도 이렇게 딱 붙어서 추니?" 내가 속삭였다.

제임스는 한참 동안 아무 말도 하지 않았다. 나는 그런 질문을 하다니 어리석고 창피하다고 생각하면서 고개를 숙였다. 하지만 그가 다른 여자아이들을 이런 식으로 안는 걸 생각만 해도 기분이 나빠졌다.

내가 언제부터 그가 누구와 어디서 시간을 보내는지 물어보게 됐지?

내가 세상에서 가장 친한 친구라고 제임스가 고백했을 때부터. 록산 리빙스턴이 체육 시간에 내 속옷을 훔쳐 천장에 던졌는데 그게 소방용 스프링클러에 걸려 전교생이 다 볼 수 있게 되는 바람에 내가 엉엉 울자 제임스가 나를 안아줬을 때부터. 제임스는 록산을 두들겨 패고 싶어 했고, 나는 제임스가 나를 오래 안아주길 바랐다.

"아니. 이런 식은 아니야. 너와는 달라." 제임스가 마침내 말했다.

나는 머리를 홱 치켜들었다.

그의 표정은 진지했다. "댄스 교습을 시작했을 때부터 너와 추고 싶었어."

그랬단 말이지?

제임스가 속도를 늦춰서 우리는 천천히 몸을 좌우로 흔들다가 동시에 움직임을 멈췄다. "댄스 말고 하고 싶었던 게 있어."

"그게 뭔데?"

"너에게 키스하는 거." 그리고 그는 행동에 옮겼다.

내 눈이 동그래졌다. 그러면서 나는 그의 팔뚝을 꽉 움켜쥐었다. 우리의 입술이 한 번, 두 번, 그리고 다시 마주쳤다. 제임스의 혀가 내 입술의 윤곽을 더듬자 헉 소리가 나왔다. 그리고 그의 혀가 내 입속으로 들어왔다. 제임스, 나의 제임스가 내게 키스하고 있다는 사실을 내가 머릿속으로 받아들이기도 전에 제임스가 내게서 입을 뗐다.

나는 얼이 빠져서 그를 바라봤다.

그는 내게 수줍은 미소를 지었다. "안녕."

나는 눈을 깜박였다. "어…안녕."

고개를 갸웃거리는 제임스의 표정이 서서히 변해갔다. "너 괜찮아?"

"음…그래. 그런 것 같아."

"그런 것 같다고?" 그는 웃었는데 긴장한 것 같았다.

나는 혀를 내 입술에 대봤다. 입술이 욱신거렸다. 모든 게 욱신거렸다. 새롭고 눈부시게 아름답고 아주 극적인 느낌이었다. 마치 나비가 하늘로 처음 날아오르는 듯한 느낌이었다.

"왜 내게 키스했어?" 나는 느닷없이 물었다.

"몰라서 물어?" 제임스가 물어서 나는 고개를 저었다. 그는 내가 자신의 가장 친한 친구라고 했지만 그게 다였다. 그냥 친구.

"넌 나의 가장 친한 친구야, 에이미." 그는 내 생각을 그대로 말했다. 실망한 나의 어깨가 축 처지자 그는 내 턱 아래에 손가락을 갖다 대며 내 얼굴을 들어 올렸다. "사실 친구 이상이야." 그의 낮은 목소리는 수줍어하는 것처럼 들렸다. "내가 전에 말했잖아. 넌 세상에서 그 누구보다 더 나를 잘 안다고. 나는 널 아주 많이 좋아하게 됐어."

내 입술이 동그랗게 모아졌다. "오." 나는 숨을 들이쉬었다.

제임스가 씩 웃자 그의 얼굴이 8월의 태양보다 더 환하게 빛났다. 그는 나를 꽉 껴안고 안아 올렸다.

"와, 너와 다시 같은 학교에 다니게 돼서 좋다. 이제 더 자주 볼 수 있잖아."

"전에는 뭐 안 그랬나?" 나는 그를 놀렸다.

"올 여름에는 별로 못 만났잖아." 그는 나를 다시 내려놨지만 포옹을 풀진 않았다. "아, 쉬는 시간에 네가 다시 내게 쪽지도 줄 수 있겠다."

내 얼굴이 새빨개졌다.

"난 네 쪽지가 좋았거든. 그동안 그리웠어."

나는 수줍게 미소 지었다. "그럼 앞으로 더 많이 쓸게."

제임스는 나를 놓아주고 쿠키 하나를 또 입에 넣었다.

"야! 크리스틴 쿠키 그만 먹어."

"그럼 이렇게 맛있게 만들지 말든가." 그는 내 얼굴을 두 손으로 잡아서 내 뺨을 컵처럼 받쳤다. 나는 그의 갑작스러운 동작에 기습당해서 숨을 들이쉬었다. 그는 경이로워하는 표정으로 나를 물끄러미 바라봤다.

"와, 이렇게 가까이서 보니까 너 눈 정말 예쁘다. 아주 파래. 마치 카리브 해처럼. 다시 키스해도 돼?"

"응, 해줘." 나는 숨을 들이쉬었다. 이 모든 게 아주 새로웠고 나는 더 많은 걸 원했다. 내 뱃속에 있는 나비가 날개를 펴고 또 다시 날아오를 준비를 하고 있었다. 제임스가 씩 웃었고, 나도 거기에 화답해 웃은 뒤, 우리는 웃으며 키스했다.

"너 정말 여기 있어도 괜찮아?" 잠시 후 나는 제임스가 축구 연습을 빼먹은 걸 부모님이 알면 얼마나 난리를 치실지 문득 생각이 나서 물었다.

"내 걱정은 하지 마. 부모님은 절대 모르실 거야. 부모님이 집에 돌아오기 전에 내가 먼저 가 있을 테니." 그는 나를 달래기 위해 내 코에 키스했다.

그때 전화벨이 울리는 바람에 나는 깜짝 놀라 제임스에게서 떨어졌다. 제임스가 웃었다.

"그냥 전화 소리야, 에이미. 너희 부모님이 우릴 보신 것도 아니잖아."

"아하하." 민망함에 내 볼이 오븐 속의 열 코일보다 더 빨갛게 달아올랐다. 나는 전화를 받으면서, 제임스가 소매를 걷어 올린 뒤 조리대 위에 주머니 속의 물건들을 꺼내놓는 걸 지켜봤다. 지갑, 영수증, 잔돈과 그의 열여섯 번째 생일 선물로 부모님이 사준 BMW 323CI 열쇠. 그는 한쪽 구석에 화실을 마련해놓은 일광욕실로 들어갔다.

나는 전화기로 제임스를 찾는 토머스의 목소리를 들었다. 토머스가 말하는 사이에 내 미소가 사라졌고, 토머스가 말을 끝내자 전화를 끊은 나는 제임스가 나를 보고 있었던 걸 알아챘다.

제임스가 얼굴을 찡그렸다. "너 괜찮아?"

"너 당장 가야 해. 너희 엄마가 지금 집에 오시는 중이래. 필이랑 같이."

제임스는 욕설을 내뱉었다. 그는 사촌과 사이가 좋지 않았다. 한번은 필이 제임스의 책상 속을 엿보다가 제임스에게 들킨 적도 있었다. 제임스가 내가 준 시시한 물건과 카드를 책상 맨 아래 서랍에 넣어둔다는 걸 나는 알고 있었다. 또한 그는 내가 그에게 쓴 쪽지와 편지 들도 거기 넣어두었다. 필이 그것들을 읽었을까? 제임스는 확신하지 못했지만 우리 사진 한 장이 없어졌다고 한마디 하긴 했다. 제임스가 내 어깨에 한 팔을 걸친 채 나와 같이 아이스캔디를 먹고 있는 사진이었다. 나는 그때 열두 살로 내 인생 첫 비키니를 입고 있었다. 아빠에겐 절대 비키니 입은 모습을 들키지 않겠다는 조건으로 엄마를 졸라서 산 비키니였다. 어린 딸이 천 쪼가리 몇 개만 걸치고 있는 걸 보면 아빠는 대경실색할 테니까. 그래서 크리스틴 엄마가 내 앨범에 넣으라고 그 사진을 줬을 때 나는 그걸 제임스에게 줬다. 아빠가 그 사진을 보는 걸 원치 않았기 때문이었는데, 필이 그걸 가져갔을까 봐 걱정하는 상황이 되고 보니 아빠에게 들키는 건 아무것도 아니었다.

제임스는 부엌을 둘러보면서, 팔뚝을 문지르며 생각을 했다.

"난 가야겠다."

"제임스, 너희 아버지가…"

제임스가 내 쪽으로 눈을 돌렸다. "아버지가 뭐?"

"아버지가 집에 계신대. 널 찾고 계신대."

그의 얼굴에서 핏기가 싹 사라졌다.

"제임스?"

"어서 가야겠다. 나중에 전화할게." 그는 조리대에 올려둔 열쇠들을 움켜쥐고 문을 향해 달려갔다.

"제임스! 지갑."

현관문이 쾅 소리를 내며 닫혔다. 나는 그의 운전면허증이 들어 있는 지갑을 움켜쥐었다. 집에서 두 블록 이상 떨어진 곳을 차로 운전해서 가려면 면허증이 있어야 한다.

현관문으로 뛰쳐나간 나는 그의 BMW가 막 모퉁이를 도는 것을 봤다. 나는 그의 집으로 달려가면서 그가 집에 들어가기 전에 만날 수 있기를 빌었다. 그리고 마침내 현관으로 가는 보도 위에서 그를 붙잡았다.

"제임스!" 나는 헉헉거리며 불렀다.

제임스가 몸을 홱 돌리더니 내가 자기 차 옆의 보도에 멈춰 서는 걸 보고 눈이 동그래졌다. 나는 허리를 숙여서 두 손으로 무릎을 짚고 숨을 들이쉬었다. 그러고 나서 머리를 들면서 손을 내밀었다. "네 지갑."

그는 눈을 깜박이면서 자동적으로 손을 뒷주머니로 가져갔고, 주머니가 비어 있는 걸 발견했다. 그는 내게 다가와서 지갑을 받았다.

"고마워." 제임스는 내 뒤에서 따라오는 차를 보며 말했다.

나는 고개를 뒤로 돌려 도나토 부인의 차가 진입로로 들어오는 걸 봤다. 필이 조수석에 앉아 있었는데 나를 보고 있었다.

"집에 가, 에이미." 제임스가 명령했다.

나는 돌아섰다. 에드거 도나토가 입을 꾹 다문 채 현관에 서 있었다. 그는 문을 열어서 잡고 제임스가 들어오길 기다리고 있었다.

제임스가 고개를 뒤로 돌려 집 쪽을 힐끗 봤다. "집에 가." 그가 다시 말했다. 그의 목소리에 날이 서 있었다. "제발." 내가 움직이지 않자 그가 덧붙였다.

내 시선이 제임스에게서 그의 아버지에게로 갔다가 뒤로 향했다.

제임스의 표정이 부드러워졌다. 그는 두 손으로 내 얼굴을 받치고, 엄지손가락으로 내 광대뼈 주위를 쓰다듬었다. "난 괜찮을 거야. 집에 가. 오늘 밤에 전화할게."

"알았어."

나는 그가 집으로 들어가는 모습을 지켜봤다. 제임스는 자존심을 세우느라 어깨에 힘을 주고 허리를 쭉 편 채 들어갔다. 그의 아버지가 나를 힐끗 보더니, 제임스를 따라 집으로 들어가면서 바지에 차고 있던 가죽 벨트를 잡아당겨 뺐다.

나는 헉하고 숨을 멈췄다. 제임스에게서 형 토머스가 벨트로 맞았다는 이야기를 들은 게 떠올랐다. 오, 제임스!

"안녕, 에이미."

나는 깜짝 놀라 소스라치면서 불안하게 필을 올려다봤다. 필은 내게서 조금 떨어진 곳에 서 있었다. 그가 씩 웃었다. "오랜만이야."

나는 필이 갑자기 내 옆에 나타난 것보다는 제임스가 처한 곤경 때문에 불안해하고 있었기에, 그의 미소를 보자 불안한 마음이 좀 누그러졌다. 5년 만에 보는 그는 많이 변해 있었다. 그가 뻔질나게 고모를 보러 오는 걸 생각하면 그간 우리가 한 번도 만난 적이 없다는 게 놀라웠다.

필은 제임스나 토머스보다 더 키가 크고 말랐으며, 맞춤 양복을 입고 있어서 원래 나이인 열아홉 살보다 훨씬 더 나이 들어 보였다. 그는 세련되면서도 따분해 보였다. 나와 나이 차가 많이 났고, 나와는 아주 다른 세계 사람이었다. 나는 도나토 일가가 사는 세계, 비싼 옷과 차들이 있고 디너파티와 사교계 모임이 끊이지 않는 세계를 이해할 수 없었다. 나 같은 사람은 텔레비전으로만 볼 수 있는 라이프스타일로, 가까이서 보면 부담스러웠다. 필도 부담스러웠다.

나는 제임스의 집을 힐끗 보면서 손가락을 비틀었다. "제임스 괜찮을까?"

필은 어깨를 으쓱했다. "에드거 고모부가 화난 것 같던데. 제임스가 무슨 짓을 한 거야?"

"축구 연습을 빼먹었어." 그 말을 하자마자 속이 울렁거렸다. 이건 필이 상관할 일이 아닌데.

그는 킬킬 웃었다. "그러니까 이 집 모범생이 알고 보니 모범생이 아니었군." 그는 우리 집을 향해 팔을 들어 보였다. "집에 데려다줄까?"

"음…좋아." 나도 모르게 그의 제안에 동의하고 말았다.

우리는 천천히 걸어갔다. 내 호흡은 아직도 거칠었고, 앞이마에서 흘러내린 땀방울이 목으로 흘러내렸다. 나는 셔츠를 잡아당겨서 부채를 부치듯 펄럭거렸다. 곁눈질로 보니 필이 내 동작을 주시하는 게 느껴졌다. 갑자기 작년에 마침내 모습을 드러내기 시작한 내 작은 가슴이 의식돼서 나는 셔츠를 잡아당기는 짓을 멈췄다.

"지난번 본 후로 많이 컸네." 필이 말했다.

그러잖아도 달려오느라 붉게 달아오르고 땀에 젖은 내 뺨이 더 붉어졌다. 나는 고개를 숙였다가 나도 모르게 눈이 커졌다. 쿠키 구울 때 입었던 주름장식 앞치마를 아직도 입고 있었던 것이다. 나는 그걸 홱 잡아당겨 벗었다.

"귀여운데 뭘. 잘 어울려." 필이 말했다.

나는 앞치마를 뭉쳐서 동그랗게 만들고 그 위에 팔짱을 껴서 그 망할 놈의 물건과 내 가슴을 가렸다. "이번엔 얼마나 있다 가는 거야?" 노골적으로 내 몸을 훑어보는 필을 대화로 끌어들이려고 내가 물었다. 그리고 어서 집에 가고 싶어서 걸음을 빨리했다.

"얼마 안 돼. 며칠."

"그러니까 아버지가 다시 출장 가신 거야?"

그는 입술 한쪽을 삐죽거렸다. 나를 비웃고 있는 것이었다. 처음 만났던 때와 달리 이제는 아버지가 집에 없다고 해도 그를 돌봐줄 사람은 필요 없었다. 그는 대학생이니까. 제기랄, 바보 같은 질문을 했네.

필의 표정이 심각해지면서 걱정스러운 기색을 띠었다. 제임스 생각을 하고 있는 건가? 나도 걱정이 됐다. 도나토 아저씨가 가죽 벨트를 빼던 모습, 화가 나서 뺨의 불그스름한 기운이 너무 꽉 조이는 셔츠 칼라 위까지 번지던 모습을 도저히 머릿속에서 떨쳐버릴 수 없었다. 아저씨는 지난 몇 년 사이에 체중이 많이 늘었다.

"제임스 괜찮겠지, 그렇지?" 나는 필이 장담해주길 바라면서 다시 물었다. "도나토 아저씨 정말 화나신 것 같던데."

"제임스는 괜찮을 거야. 고모부는 스트레스를 받은 것뿐이야."

그 스트레스를 제임스에게 풀려고 한단 말인가? 나는 경악한 얼굴로 필을 바라봤다.

그는 턱을 긁적거렸다. "이봐, 에이미, 우리 아버지가 아프셔. 내가 회사를 물려받을 수 있을 정도로 나이가 들 때까지 고모부가 도나토 기업을 책임지셔야 해. 내가 대학을 졸업하려면 아직 2년 남았거든."

그의 설명을 듣자 두 가지 생각이 떠올랐다. 필은 제임스 생각은 손톱만큼도 하지 않는다는 것과 그의 아버지가 죽어간다는 것이었다. 와우, 나 정말 너무 이기적이네. 제임스와의 키스와 그가 곧 받게 될 벌 때문에 나는 제정신이 아니었다.

"아버지 일은 유감이야. 하지만 아버지가 회사를 물려주신다니 좋은 거네. 대학을 졸업하면 일자리를 구할 필요도 없는 거잖아."

"그래. 아버지는 오래전 내가 아주 어렸을 때 언젠가는 내가 회사를 물려받길 원한다고 하셨어." 그는 멈춰 섰다. 우리 집에 도착했다.

"데려다줘서 고마워." 내가 말했다.

"천만에."

나는 그에게 짧게 손을 흔들어 보이고 현관을 향해 걸어갔다.

"그리고 고마워. 우리 아버지 이야기 말이야. 내겐 아주 큰 의미가 있었어. 에이미!" 내가 문에 도착했을 때 필이 불렀다. "제임스는 아직도 너희 집에서 그림 그리니?"

문손잡이를 잡은 내 손이 멈칫했다. 필이 어떻게 제임스가 그림 그리는 걸 알고 있지? 필이 내게 제임스의 미술 용품을 보관하라는 아이디어를 주긴 했지만 나는 그에게 그 말을 한 적이 없는데. 제임스도 분명 말하지 않았을 것이고. 우리 부모님 빼고는 크리스틴과 닉 두 사람만이 우리 집 일광욕실에서 제임스가 그림을 그린다는 걸 알고 있었다. 그리고 둘 다 토머스나 필에게 그 이야긴 하지 않았을 것이다. 그랬다간 제임스의 부모님이 알게 될 테니까.

그러다 제임스의 서랍에 보관돼 있는 내 쪽지들이 떠올랐다. 중학교 때 쉬는 시간에 복도에서 마주친 제임스에게 방과 후에 그림 그리러 올 거냐고 묻는 쪽지를 두어 번 준 적이 있었다. 필이 그 쪽지들을 읽은 게 분명했다.

나는 가슴이 철렁 내려앉았다. 내 표정에서 답을 짐작했는지 필이 네 비밀을 알고 있다는 듯한 표정으로 크게 미소를 지었다. 피가 내 발끝으로 몰리는 게 느껴졌다.

필이 고개를 흔들었다. "걱정하지 마. 제임스의 비밀은 지켜줄 테니까. 하지만 그의 작품은 보고 싶은걸." 그는 나를 향해 걸어오기 시작했다.

나는 침을 꿀꺽 삼켰다. 내가 손으로 문손잡이를 비틀자 현관문이 조금 열렸다. "부모님이 집에 안 계실 때는 낯선 사람은 들일 수 없어."

"하지만 난 낯선 사람이 아니잖아. 사실…" 그는 현관 계단 밑에서 멈춰 섰다. "제임스와 네가 만약 잘 안 되면 난 너와 데이트하고 싶은데."

나는 순간 멈칫했다. 진심으로 하는 소리야? 필은 나보다 훨씬 나이가 많은데.

"미안하지만 아무도 안에 들일 수 없어. 잘 가, 필." 나는 집 안으로 들어갔다. 최대한 빨리 문을 닫고 싶었다.

"생각해봐, 에이미. 지난 몇 년 동안 네 생각 많이 했어. 나와 사귀면 재미있을걸." 그는 손가락 두 개를 자기 입술에 댔다가 내 쪽으로 흔들고 나서 시야에서 사라졌다. 현관문이 닫혔다.

나는 문을 잠그고 돌아서서 문에 등을 기댄 채 바닥에 털썩 주저앉았다. 그리고 두 손으로 얼굴을 덮었다. 으웩! 필이 내게 데이트 신청을 하다니. 그리고 그는 제임스가 그림을 그린다는 걸 알고 있는데 그건 다 내 잘못이다. 쪽지에 그림에 대한 말은 절대로 쓰지 말았어야 했는데. 제임스가 그 쪽지들을 보관한 것도 실수였다. 하지만 제임스는 원래 그런 사람이라 뭐라 탓할 수도 없었다. 제임스는 감상적이니까. 남을 배려하는 마음이 깊은 재능 있는 예술가니까.

그로부터 2년 후에 나는 필을 다시 보게 됐는데, 그것도 제임스 부모님이 주최하는 일요일 저녁 식사 모임에서만 아주 가끔 봤다. 필은 그런 저녁 식사에 자주 왔다. 다행스럽게도 다시는 제임스의 그림에 대해 묻지 않았다.

제임스로 말하자면 그날의 키스는 시작에 불과했다. 그날 이후 우리는 우정의 다리를 건너 좀 더 깊은 관계로 발전했고, 그 관계는 시간이 갈수록 공고해졌다. 제임스는 벌로 아버지에게 맞았다는 말은 결코 하지 않았지만, 내 손이 무심코 그의 허리를 스쳤을 때 신음 소리를 내며 몸을 비틀긴 했다. 그가 축구 연습 때문에 근육이 결려서 그렇다고 하기에 나는 정말 그래서 아픈 거냐고 캐묻지 않았다. 그러잖아도 그 일 때문에 불편해하는 제임스를 더 괴롭히고 싶지 않았으니까. 나는 제임스가 아버지의 명령을 거역한 것에 대해 수치스러워한다는 걸 알 수 있었다. 그 후 고등학교를 졸업할 때까지 제임스는 단 한 번도 축구 연습을 빠지지 않았다.

13장

7월

제임스의 장례식을 치른 지 1년 후 에이미네는 문을 열 준비가
됐다. 돌이켜보면 여기까지 오거나 이렇게 많은 걸 이루게 되리
라곤 상상도 못했었다. 내가 독립적인 1인 사업가로 살게 되리라
고는 꿈도 꾸지 못했는데. 또한 제임스가 없는 삶도 상상하지 못
했는데.

하지만 결국 해냈다. 그리고 공사하느라 정신없고 순간순간
의심이 드는 중에도 나는 놀랍도록 기쁘고 행복했다. 과연 내가
잘 해낼 수 있을까 하는 의심, 그리고 제임스의 죽음을 둘러싼 의
심. 하지만 나는 제임스와 관련된 의심을 그 누구에게도 털어놓
지 않았다. 내 속에 꽉꽉 숨겨 단단하게 봉인해놓았다. 멕시코 리
조트 명함 말고는 제임스가 살아 있다고 확신할 만한 증거가 없

었으니까. 제임스의 장례식을 두 눈으로 똑똑히 보고도 심령술사의 말을 믿어서 부모님, 토머스, 친구들이 내가 미쳐가고 있다고 생각하게 만들지 않으면서 증거를 찾아볼 방법을 알아내야 했다. 공중 화장실에서 환각을 본 것처럼 내가 미쳐가고 있다고 스스로 생각한 적도 몇 번 있었다.

지난 아홉 달은 정신없이 일하느라 쏜살같이 지나갔다. 공사가 어느 정도 진행됐는지 보러 부모님이 자주 들르셨다. 이언도 사진들을 편집하다가 쉴 겸 종종 들렀다. 그는 하청업자들이 날 속여서 해야 할 공사를 빼먹거나 일을 대충 하지 않는지 확인하고 싶다는 이유를 대면서 공사한 곳을 꼼꼼히 점검했다. 나는 그런 일은 나디아가 다 알아서 챙겨주고 있다고 말했다. 나디아의 눈을 피할 수 있는 사람은 없었다. 하지만 이언이 나와 같이 있고 싶어서 그런 핑계를 댄다는 것을 알고 있었기에 나는 그가 현장을 둘러보도록 놔뒀다. 나도 그가 오는 게 좋았다.

7월이 되자 나는 직원들을 뽑아 교육했고, 가게에서 쓰는 물건들과 재료들도 선반에 들여놓았다. 페인트와 회반죽의 톡 쏘는 냄새도 사라지고 그 자리를 진한 커피와 페이스트리의 향기가 채웠다. 모든 것이 다 준비됐다.

그런데 어느 토요일 오후 느지막이 일이 생겼다. 그날은 바로 에이미네를 정식 개점하기 전에 가족과 친구들이 가게에 와서 메뉴를 시식하고 직원들의 교육 상태를 시험해보기로 한 날의 전날이었다. 그때까지만 해도 다음 주로 계획된 정식 개점을 미룰 만한 큰 문제는 나오지 않은 상태였다. 어쨌든, 아직은 그랬다. 그런데 느닷없이 매니저이자 수석 바리스타인 지나가 그만 둬 버렸다. 친구가 런던에서 아파트를 같이 쓰자고 초대했다나. 그녀는 다음 날 아침 영국으로 떠난다고 통보했다.

가족들과 친구들을 맞이할 때까지 24시간도 채 남지 않았는데 숙련된 바리스타가 사라진 것이었다. 라이언과 질리는 지나가 가르친 초보 바리스타였다.

나는 조리대 주변을 계속 왔다 갔다 했다. 우리 카페는 고객이 주문한 대로 커피를 만들어주는 가게다. 내일은 어떻게든 수석 바리스타 없이 해볼 수 있겠지만 정식으로 문을 열기 전에 커피 콩들과 시럽과 향료들을 제대로 조합할 줄 아는 바리스타를 구해야 한다. 커피 기계를 잘 아는 사람이 필요한데. 뭐 하나라도 잘못되면 어떡한다?

가게 문에 달린 종이 뗑그렁 울리면서 이언이 들어왔다. 이언! 글자 그대로 종이 나를 살렸다.

나는 그에게 서둘러 다가갔다. "당신 도움이 필요해요."

이언이 내 어깨를 움켜쥐었다. "무슨 일이에요? 어디 다쳤어요?" 그의 눈이 내 몸을 훑었다.

"지나가 방금 그만뒀어요." 나는 이렇게 말한 뒤 덧붙였다. "내일이 비공식 오픈인데." 마치 이언이 이 사실을 모르고 있기라도 한 것처럼.

그의 얼굴에 우쭐대는 미소가 떠올랐다. "정말 내 도움이 필요한 상황이네요. 커피 블렌딩 말이죠?"

"그렇게 잘난 척하지 말아요." 그는 팔짱을 꼈고 나는 발끈했다. "그래요, 이언, 당신 도움이 필요해요. 커피 바 뒤에서 당신의 그 뛰어난 능력을 보여줄 때가 왔어요."

"나에 대한 믿음이 하나도 없군요." 그는 마치 이 가게 주인인 양 당당하게 에스프레소 머신 쪽으로 갔고, 나는 그 모습을 보며 눈동자를 굴렸다. 그는 여러 줄로 늘어선 커피 통들, 시럽들과 머그잔들을 훑어봤다.

이언은 나와 다시 만난 후 우리 집에서 많은 시간을 보냈다. 우리는 같이 영화를 보거나 대화를 나눴다. 나는 다양한 스튜, 타르트, 빵을 새로운 조리법으로 실험했고, 이언이 맛을 봐줬다. 한번은 이언이 이것저것 섞은 내 음료 레시피를 적어둔 바인더를 획획 넘기는 것을 보기도 했다. 그때 나는 괜히 관심 있는 척 연기할 필요 없다고 그를 놀렸다. 다음 날 그는 자신이 만든 몇 개의 커피 레시피를 가져왔는데, 나는 그의 아마추어 입맛을 비웃은 후에 내 조리법에다 그의 조리법을 합쳐봤다. 이렇게 두 가지 조리법을 섞자 환상적인 커피 맛이 나왔다.

이언은 커피 머신 너머로 도전적인 표정으로 나를 바라봤다.

"우리 거래를 잊었어요?"

나는 우리가 처음 만난 날 벌였던 토론을 떠올리고 얼굴을 찡그렸다. 이언이 내 바인더에 추가해놓은 레시피들로 봐선 그가 나보다 커피를 잘 만들 가능성이 높았다.

이제 내가 굴욕을 감수할 차례가 된 것이다.

"아뇨, 잊지 않았어요." 내 눈이 가늘어졌다. 이언은 내게 질 것이다. "좋아요, 어디 한번 해보죠. 하지만 먼저 이 특별 블렌딩으로 커피를 한번 추출해봐요." 나는 조리대 위로 몸을 숙여 바인 더를 꺼낸 뒤 '팡이 헤이즐넛 라테'를 가리켰다. 헤이즐넛이 생산되는 인도 한 지역의 지명에서 이름을 따온 그 커피는 수입 커피 콩들과 향신료들을 독특하게 조합한 것으로, 가장 만들기 어려웠다. 지나는 레시피대로 그 음료를 만드느라 무척 고생했다. 향신료들의 비율이 조금만 어긋나도 원래의 완벽한 맛이 나지 않았다.

이언이 레시피를 읽더니 두 손을 싹싹 비볐다.

"잘 보고 배워요, 아가씨."

나는 코웃음을 치면서 카운터 가장자리에 엉덩이를 기댔다. 그는 민첩하게 움직여 커피콩들을 고르고 분쇄한 뒤 에스프레소를 추출했다. 검고 진한 액체가 그가 미리 데워놓은 머그잔에 방울방울 떨어졌다. 그 강렬한 향기를 들이마시자 불안하던 마음이 진정됐다.

이언이 우유를 스팀기에서 뽑아내, 살짝 흔들어가며 에스프레소에 따랐다. 그리고 씩 웃으며 머그잔을 건넸다. 커피 표면에 하트 모양이 크림처럼 떠 있었다. 에이미네 로고의 하트 모양과 아주 똑같은 모양이었다.

"커피 아트도 할 줄 아는군요. 아, 사랑에 빠진 것 같아요." 내가 중얼거렸다.

그의 눈이 순간 반짝 빛났다. "맛 좀 봐요."

나는 잔을 들어 코로 가져갔다. 헤이즐넛, 시나몬에다가 또 다른 뭔가가 있었다. "레시피를 바꿨군요."

"마셔보고 판단해요."

이언의 말대로 한 모금 마시자 뱃속이 따뜻한 젤리로 변하는 듯한 느낌이 들었다. "생강하고…또?"

그는 기대에 찬 표정으로 날 바라봤다.

"카르다몸(시남아시아산 생강과 식물의 씨앗을 말린 향신료—옮긴 이)."

그가 고개를 끄덕였다.

"이거 좋은데요." 나는 또 한 모금 마셨다. "정말 정말 좋아요… 와우. 이건 범죄 수준인데." 나는 좀 더 마셨다. "당신을 채용할 게요."

"야호. 언제부터 시작할까요?"

나는 그를 보며 농담인지 진담인지 파악하려고 했다.

그는 수건을 접고 카운터 주변을 돌아다녔다. "당신은 일 잘하는 매니저가 필요하고 난 일자리가 필요해요."

"사진은 어쩌고요?"

"여행을 하고 작품을 전시하려는 계획에는 변함이 없어요. 돈때문에 이 일을 하려는 건 아니에요. 여행 다니는 사이사이에 계속 일을 하고 싶어서 그러는 거니까. 내가 여기서 하루 종일 빈둥거리는 이유가 뭐라고 생각해요?"

"여기 있는 게 지루했어요?" 난 실망해서 물었다. "나는 나와 같이 있는 게 좋아서 그러는 줄 알았는데."

그는 손가락으로 내 뺨을 쓰다듬었다. "그렇게 풀 죽은 표정하지 말아요. 당신과 같이 있는 게 좋아요. 아주 많이."

내 이마에서 가슴까지 순식간에 뜨거워졌다. 그가 씽긋 웃었다.

"당분간은 긴 여행을 할 계획은 없어요. 우선은 여기저기 며칠씩 다녀오는 정도. 내가 없을 땐 다른 직원들이 다 할 수 있도록 교육해놓을게요. 어때요?" 그는 손을 내밀었다.

어떠냐고? 그의 제안이 나를 구해줬고 나는 이제 매일 그를 보게 된다. 다시 만난 후로 거의 매일 보긴 했지만. 나는 그의 손을 꽉 잡았다. "그렇게 해요. 곧바로 채용 서류 가져올게요."

이언이 서류를 작성하는 동안 나는 제임스의 그림들을 벽에 거는 작업을 끝냈다. 지나가 전화했을 때 한창 그 일을 하던 중이었다. 전에는 우리 집 차고에 제임스의 캔버스들이 든 박스가 여덟 개나 있었는데 이제는 벽에 걸 그의 그림이 12점밖에 남아 있지 않았다. 우리 집 벽에 걸려 있는 것들 빼고. 토머스의 창고 매니저는 제임스의 작품을 찾지 못했다. 경찰도 손쓰지 못했다. 내가 그림들이 사라진 지 몇 달 후에야 알아차리고 신고한 데다 그 그림들이 도난당한 것인지도 확실하지 않았기 때문이다. 차고에는 강제로 침입한 흔적이 없었고, 경찰이 수사했을 때 지문도 나오지 않았다. 게다가 그림 말고는 사라진 것이 없었다.

이언이 와서 사다리를 잡아줬다. "처음 보는 그림들인데 근사하군요."

나는 그림들을 다 건 뒤 사다리를 내려왔다. "다 차고에 있었어요. 원래는 더 많이 있었는데 찾을 수가 없네요."

"허공으로 사라진 건가요?" 이언이 손을 좍 펴며 후 불어 보이면서 말했다.

"그런 셈이죠. 여기저기 찾아봤고, 경찰에 신고도 했어요."

이언이 찬찬히 내 얼굴을 살폈다. "안타까운 일이네요. 그림을 보니 아주 재능이 많은데."

"맞아요. 그랬어요." 나는 옆의 텅 빈 벽을 가리켰다. "여기가 당신의 걸작들을 끈기 있게 기다리고 있어요."

"오늘 밤에 집에 있을 거예요?" 그가 묻더니, 내가 고개를 끄덕이자 덧붙였다. "내가 뭘 좀 가져갈게요. 당신이 원하는 걸 고르면 내가 내일 아침 일찍 걸게요."

"작품 걸 때 프랑스어만 안 한다고 약속하면요."

이언은 여덟 시가 되기 직전, 내가 레몬 블루베리 케이크에 당의를 입히는 작업을 끝낸 직후에 도착했다. 청바지와 검은 셔츠를 입은 그가 현관 앞에 서 있다가 날 보고 씩 웃었다. 내가 문을 활짝 열자 그는 크고 납작한 캔버스 캐리어를 끌고 들어왔다. "차에 더 많이 있어요. 이건 어디다 둘까요?" 내가 식탁을 가리키자 그는 캐리어를 식탁 위에 조심스럽게 놓고 지퍼를 열었다.

"여기 세 개 가져왔어요. 이 중 두 개를 골라서 걸어요. 만약 그 사진들이 판매된다면 당신에게도 수익의 일부를 줄게요. 나머지 하나는 당신 거예요."

"내 거요?" 내가 그의 뒤에 가서 섰다.

그는 캐리어에서 가장 큰 액자를 꺼내서 내게 돌려 보였다. 〈벨리즈 일출〉이었다. 나는 입을 떡 벌린 채 그를 봤다. "당신에게 주는 거예요." 그가 말했다.

"이언…?" 내 입이 실룩거렸다. "이 작품은 팔린 줄 알았는데."

그는 고개를 저었다. "당신을 위해 팔지 않고 따로 놔뒀어요. 선물이에요." 그는 이 작품을 거의 1년 동안 가지고 있으면서 내게 줄 완벽한 순간을 기다리고 있었던 것이다.

속이 울렁거렸다. 나는 제임스의 반지를 빙빙 돌리다가, 부두의 비바람에 씻긴 판자처럼 보이도록 마감된 나무 액자 틀을 만져봤다. 그리고 여기 달렸던 가격표를 떠올렸다. "받을 수 없어요."

그는 제임스의 그림들로 뒤덮인 벽을 힐끗 봤다. "여기 둘 곳이 없으면 카페에 걸어요."

"아니에요, 아니에요. 그래서가 아니라, 너무 비싼 거라서." 하지만 나는 얼른 그 사진을 낚아채고 싶어서 근질거렸다.

그는 그 액자를 흔들었다. "당신이 이걸 원한다는 거 알아요."

"그래요, 맞아요." 그리고 내가 이걸 받으면 이언에게는 아주 큰 의미가 있을 것이다. 이언에게서 그런 만족감을 뺏을 순 없었다. "정말 고마워요."

"천만에요." 그는 사진을 의자에 기대어놨다.

"카페 색조를 고를 때 이 사진을 생각하긴 했어요." 내가 인정했다. 그가 놀란 것처럼 보여서 내가 그의 팔을 만졌다. "난 당신의 작품을 사랑해요."

그의 눈이 강렬하게 빛나면서 턱에 힘이 들어갔다. "고마워요."

낯선 욕망이 내 속에서 일어나 나는 얼른 시선을 돌려버렸다. "맥주 마실래요?" 긴장한 나는 고음으로 말했다.

이언이 숨을 들이쉬더니 두 손을 허리에 갖다 댔다. "좋죠."

나는 냉장고에서 맥주 두 병을 꺼내 와 뚜껑을 따고 하나를 이언에게 건넸다. 이언이 꿀꺽꿀꺽 마실 때마다 그의 목이 물결치듯 움직이는 걸 보면서 나도 모르게 침을 꿀꺽 삼켰다. 그가 코를 벌름거렸다. "이건 무슨 냄새예요?" 그의 가늘어진 눈이 조리대 위로 향했다. "저거 케이크예요?"

"레몬 블루베리 케이크예요."

그는 내게 사악한 미소를 지어 보였다. "맛볼 사람 필요해요?"

나는 얼굴을 찡그렸다. "맥주랑 케이크를 같이 먹게요?"

"그럼 어때요?" 그는 부엌 서랍을 뒤지면서 말했다. "찾았다."

그는 케이크 자르는 칼을 찾아냈다. 내가 찬장에서 접시 두 개를 꺼내 오는 사이에 그가 케이크를 잘랐다. 케이크 한가운데서 속에 든 과일이 흘러나왔다. "여기 뭐가 들어갔어요?"

"블루베리요. 통조림에 든 블루베리가 아니라 신선한 걸로 넣었어요."

그는 신음 소리를 내면서 옆에 있는 접시에 한 조각을 올려놨다.

"이 크림치즈 프로스팅(케이크에 입히는 설탕─옮긴이)은 레몬 커드(레몬, 설탕, 달걀, 버터를 섞어 엉기게 만든 것─옮긴이), 레몬 즙과

껍질로 만들었어요. 맛 좀 봐요." 나는 아무 생각 없이 손가락으로 프로스팅을 떠서 그의 입에 갖다 댔다. 이언의 눈이 순간 반짝 빛나면서 그의 입술이 내 손가락 끝을 핥았다. 그의 혀가 프로스팅을 핥아먹는 게 느껴지면서 윙 하고 뱃속까지 전류가 흐르는 것 같았다. 나도 모르게 눈이 동그래졌다. 오, 이거 너무 기분 좋잖아.

나는 그의 입에서 손가락을 빼냈다. 뻥 하는 작은 소리가 부엌에 울려 퍼지면서 이언이 굵고 섹시한 목소리로 웃었다. 내 뺨이 붉게 달아올랐지만 내 속에서 타오르는 불길만큼 뜨겁진 않았다. 그는 나를 지켜보면서 내 반응을 살피고 있었다. 그러다 천천히 블루베리에 흠뻑 젖은 케이크를 한 입 먹었다. 또다시 물결치듯 움직이는 그의 목이 내 시선을 사로잡았고, 나는 갑자기 목이 말랐다. "이거 인기 폭발일 것 같은데." 그는 이렇게 중얼거리면서 입술에 묻은 프로스팅을 핥아먹었다.

이언은 그러는 내내 내게 너무 가까이 서 있었다. 나는 그에게 쓰러지지 않으려고 무릎을 꽉 붙이고 서 있었다. 나는 종종, 그의 품에 안긴 상태에서, 내 손가락에 묻은 케이크 프로스팅을 핥은 것처럼 그의 혀가 내 혀를 가볍게 튕기면 어떤 느낌일지 궁금해했다. 내가 전에 느껴본 그 어떤 느낌과도 다르리라는 건 알고 있었다. 그는 제임스와는 아주 다른 느낌이 날 것이다. 어쩌면 제임스보다 훨씬 나을지도 모르고.

하지만 이언은 친구고, 나는 그에게 끌리긴 했지만 처음부터 그가 내게 친구일 뿐이라고 분명히 밝혔다.

나는 눈을 깜박이면서 고개를 돌렸다. "그래서 그거 말고 또 뭘 가져왔어요?"

이언은 접시를 내려놓더니, 가방에서 사진 액자 두 개를 더 꺼내서 소파 등에 기대 세웠다. 시에라네바다에서 찍었다고 그가 말해준 〈안개 낀 아침〉이라는 사시나무 숲 사진과 〈황혼의 모래〉라는 사진이었다. "두바이 사진이군요." 나는 짓궂은 미소를 지었다.

이언이 경계하는 표정으로 나를 봤다. "그 표정은 뭐죠?"

"내게 이야기해주기로 약속했잖아요. 이 사진에 얽힌 사연이 뭐죠?"

그는 얼굴을 찡그렸다. "난 낙타라면 질색이에요."

"그게 다예요?"

그는 팔짱을 끼었다. "낙타도 날 끔찍이 싫어해요. 뭐, 저 아인 그랬어요." 이언은 줄에서 마지막에 서 있는 낙타를 가리켰다. 그리고 맥주를 가지고 소파로 가서 털썩 앉더니 옆에 있는 쿠션을 톡톡 두드렸다. 나는 이언 옆에 가 앉아서 책상다리를 했다. 그는 소파 등 위로 한쪽 팔을 쭉 뻗었다. "나는 동물을 올라타는 걸 좋아하지 않아요."

"아, 그렇죠. 페루의 그 노새들도 그렇고."

"맞아요." 그는 맥주를 한 모금 마셨다. "사진 찍을 완벽한 모래 언덕을 찾느라 그날은 낙타를 오래 탔어요. 사진에 나온 것 같은 모래 언덕을 하나씩 지나갈 때마다 그 망할 놈의 짐승이 날 냅다 던져버렸어요. 언덕의 경사가 가파를수록 낙타에겐 더 좋았죠.

그러면 내가 밑으로 데굴데굴 굴러갔다가 다시 거기까지 올라와 야 했으니까. 그 하루가 저물었을 때 나는 걸어 다니는 샌드백이나 마찬가지였어요. 모래가 내 머리와 내 옷에…" 그는 맥주병을 입에 물고 씩 웃었다. "다음 말은 안 해도 알겠죠? 내 카메라도 고생 많이 했고."

"맙소사."

"그랬다니까요. 그 여행은 정말 돈이 많이 들었어요. 당분간 거기 또 갈 생각은 없어요."

"사시나무 숲은요?"

그는 반쯤 차 있는 맥주병을 테이블에 올려놓고 나를 바라봤다. "그건 다음에 또 이야기해줄게요." 그의 시선이 내 입술로 내려오자 내 피부가 따끔거렸다. 에어컨의 윙 소리와 밖에서 가끔 지나가는 차 소리와 우리의 숨소리를 빼곤 갑자기 모든 소리가 사라졌다. 아까 부엌에서 우리 사이에 흐른다고 느껴졌던 전기가 다시 돌아와 불꽃을 튀기는 것 같았다. 그것은 마치 자석처럼 우리를 서로에게 끌어당기고 있었다. 그는 천천히, 거의 조심스럽게 내 쪽으로 몸을 기울였다. 내 눈이 살짝 감기면서 입술이 벌어졌다.

"안 돼요." 그의 입술이 내 입술 위에서 맴도는 순간 내가 속삭였다.

그는 순간 동작을 멈췄지만 몸을 뒤로 빼진 않았다.

"당신이 정말 좋아요, 이언." 내가 시인하는 목소리가 들렸다.

그의 낮은 웃음소리가 들렸다. 우리 사이의 공기가 살짝 뒤틀린 상태에서 그가 미소 짓는 걸 느낄 수 있었다.

"그건 좋은 일이군요." 그가 중얼거렸다.

"난 정말 당신에게 끌려요. 하지만…" 나는 입술을 축였다.

"하지만…" 내가 머뭇거리자 그가 다음 말을 재촉했다.

순간 온몸이 긴장됐다. 나는 침을 꿀꺽 삼켰다. 내가 아무 말도 하지 않자 그는 몸을 뒤로 뺐다. 그리고 이마를 찡그리며 천천히 아랫입술을 문질렀다.

나는 내 맥주를 이언의 맥주 옆에 놓은 뒤 벽난로 앞에 가서 약혼 사진 밑에 섰다. 지금부터 할 이야기를 위해 이언과 좀 떨어져 있어야 했다.

"당신이 이건 알아줬으면 해요. 내가…" 내 얼굴이 뜨거워지면서 확 붉어졌다. 나는 다시 침을 삼켰다. "당신을 원한다는 거. 우리 사이에 뭔가 심상치 않은 일이 일어나고 있다는 느낌이 들어요."

그는 아직도 입술에 손가락을 대고 있었다. 그의 눈은 활활 타오르고 있었다.

그가 내 쪽으로 오려 하자 나는 고개를 흔들며 그를 제지했다. "아니요, 그러지 말아요. 내 말을 끝까지 들어봐요. 내 마음은 그렇지만 행동에 옮길 순 없어요. 사실, 그러지 않을 거예요. 때가 되기 전에는…" 나는 망설이다가, 심호흡을 하며 용기를 그러모았다. 이언은 나디아와 크리스틴만큼 친한 친구가 된 데다 앞으로 더 발전할 가능성도 있었다. 나는 그를 신뢰했고, 그에겐 뭐든 거의 다 아주 편하게 말할 수 있다는 걸 알게 됐다. 제임스의 죽음에 대한 내 의심만 제외하고.

이언은 제임스와 내가 얼마나 오랫동안 사귀었는지, 그리고 갑자기 혼자가 됐다는 사실을 받아들이는 것이 내게 얼마나 힘든 일인지 알고 있었다. 제임스와 같이 꾼 모든 꿈과 계획이 마치 사고 난 차의 앞 유리처럼 한순간에 박살이 나버렸다. 아무것도 멈출 수 없이 폭발하듯 부서져버린 것이다. 내가 그 조각들을 하나하나 주울 때, 이언은 때로 제임스와 같이 보낸 시절에 대한 나의 이야기를 들으며 나와 같이 웃어줬다. 또 내가 견딜 수 없어 할 땐 기대어 울 수 있도록 널찍하고 단단한 어깨를 내주기도 했다. 내 마음을 괴롭히는 진실에 대해 알 자격이 있는 사람이 있다면 그건 바로 이언이었다.

"만약 당신이 잃어버린 사람이 아직 살아 있다는 걸 알게 됐지만 그 사람이 어디 있는지는 모른다면 당신은 어떻게 하겠어요?"

그의 얼굴에서 주름이 깊어졌다. 그는 심호흡을 한 번 하면서 입을 다물었다가 대답했다. "지구 끝까지 찾아보겠죠."

나는 입을 굳게 다물고 고개를 끄덕였다. 아마도 나도 그렇게 해야 할 것 같았다. 멕시코의 푸에르토 에스콘디도부터 시작해서.

이언은 고개를 갸웃하며 나를 바라봤다. "무슨 일이죠?"

"제임스가 아직 살아 있다고 믿을 만한 이유가 있어요." 내가 불쑥 내뱉었다.

순간 이언이 눈을 크게 떴다. 그러다 고개를 살짝 저었다.

"뭐라고요?"

"제임스가 아직 살아 있다는 생각이 들어요." 내가 속삭였다.

"어떻게요? 왜요? 그 사람의 장례를 치르지 않았나요?" 그는 더듬거리며 말했다.

나는 고개를 끄덕였다. "하지만 그의 시신은 한 번도 보지 못했어요."

"그렇다고 해서…" 그는 말을 멈추고 두 손으로 얼굴을 비볐다. 그리고 몸을 앞으로 기울인 채 무릎에 두 팔꿈치를 댔다.

"왜 그 사람이…그렇다고 생각해요?" 이언은 차마 그 말을 입에 올리지 못하고 두 손을 허공에서 빙빙 돌리며 말했다.

"왜 제임스가 살아 있다고 생각하느냐고요?" 나는 손가락에 낀 약혼반지를 빙빙 돌리면서 물었다. "그게 좀 황당한 이야기이긴 해요."

"내가 당신 말을 믿지 않을 거라고 생각하는군요. 그래서 지금까지 말하지 않았고."

나는 고개를 끄덕였다.

"다른 사람에겐 말해본 적 있어요?"

나는 고개를 저으면서 반지를 더 빨리 돌렸다.

우리는 긴장된 분위기 속에서 서로를 계속 응시했다. 마침내 이언이 크게 한숨을 쉬면서 내게 한 팔을 벌렸다. "이리 와서 내게 다 말해봐요."

나는 그가 내민 손을 잡고 그가 나를 소파로 끌어당기도록 놔뒀다. 그는 내 손을 놓지 않고 그대로 자신의 허벅지에 놓았고, 우리는 서로 마주 봤다. 그는 또 다른 팔을 소파 등 위에 올려놨다. 나는 용기를 잃기 전에 제임스의 장례식에서 마주친 그 심령술사에 대해, 내가 그녀의 집에 차를 몰고 갔다가 서둘러 떠나며 지갑을 떨어뜨리고 왔던 일에 대해 이야기했다. 그리고 그녀가 그 지갑을 돌려주면서 그 안에 카사 델 솔 리조트의 명함을 넣어 놨다는 말도 했다.

"제임스가 그 호텔에서 살고 있을 거라고 생각해요?"

나는 한쪽 어깨를 으쓱했다. "솔직히, 어떻게 생각해야 할지 나도 모르겠어요." 하지만 나는 레이시의 경고를 고려해봤다는 이야기며, 나이트클럽 화장실에서 기묘한 환영을 본 이야기며, 제임스의 그림들이 사라진 이야기를 털어놨고, 게다가 토머스가 멕시코에 가서 찾아왔다고 주장한 그의 시신을 내가 한 번도 보지 못했다는 것도 의문점이라고 설명했다. 나는 이런 의심들이 다 풀릴 때까지는 이언은 내 친구 이상은 될 수 없다는 걸 그가 이해해주길 바랐고, 다른 한편으로는 이런 내 걱정들이 타당하다고 그가 안심시켜주길 바랐다.

이언은 아무 말 없이 조용히 숨만 몇 번 쉬었고 나는 그동안 불안하게 앉아 있었다. "그런 심령술사를 믿다니 내가 미쳤다고 생각하겠죠."

"그 여자를 믿어요? 저기, 에이미…" 내가 뭐라고 대답하기도 전에, 그는 내게 더 다가앉으며 이야기를 시작했다. 우리의 무릎이 딱 붙었다. "당신이 자기가 믿는 사람들의 말보다 낯선 사람의 말을 믿는 것이 너무나 황당한 일이라고 생각하진 않아요. 특히 당신이 비탄에 빠져서 취약한 상태에 있다면 말이죠. 인간이라면 다 그런 법이니까. 나도 당신에게 해줄 이야기가 있어요."
그는 소파에 깊숙이 들어앉으면서 나를 옆으로 끌어당겨 앉혔
다. "나는 여행 다닐 때 기이한 일들을 봤어요. 지금까지도 믿기
힘든 그런 일들요. 세상에는 우리가 설명할 수 없는 일들도 있어
요. 난 아직도 우리 아버지가 고용한 심령술사가 어떻게 날 찾아
냈는지 알 수 없거든요."

"정말요? 무슨 일이 있었죠?"

그는 내 어깨 위에 늘어진 머리카락을 만지작거렸다.

"우리 엄마는 여기가 살짝 정상이 아니에요." 그는 집게손가락
으로 내 관자놀이를 툭툭 쳤다. "엄마는 종종 오랫동안 사라지곤
했어요. 아버지도 집을 자주 비웠고요. 하지만 내가 아홉 살 때
우린 아이다호에 살고 있었는데, 이번에는 내가 실종됐어요. 아
버지가 5일 만에 날 찾아냈죠. 경찰이 아무 단서도 찾지 못해서
아버지가 심령술사를 고용했는데, 그녀는 마법을 써서 내가 숨
어 있는 곳을 봤다고 말했어요. 그녀의 생김새를 나는 결코 잊지
못할 거예요. 아주 긴 금발이 어찌나 밝은 색인지 거의 하얗게 보
일 정도였어요. 그리고 눈 색깔도 정말 묘했고요. 난 그녀가 천사
라고 생각했어요."

"천사라." 나는 이언이 한 말을 따라 했다. 금발에 천상의 눈동
자라니 레이시 같군. 내 목이 따끔거렸다.

"음." 이언은 고개를 흔들고 나를 곁눈으로 봤다. 그의 입 가장
자리가 올라가면서 미소가 지어졌다. "나도 이 이야기를 다른 사
람에게 한 건 처음이에요."

이언이 말해줘서 기뻤다. 그의 이야기를 들으니 기분이 훨씬 나아졌고, 내가 덜 미친 사람처럼 느껴졌다.

그는 손등으로 내 뺨을 쓸어내리며 나의 약혼 사진을 슬쩍 봤다.

"당신과 제임스는 아주 오랫동안 함께였어요. 그를 놓아주는 게 얼마나 힘들지 이해해요. 다만 그 심령술사를 핑계로 다시 사랑에 빠지지 않으려 하진 않겠다고 약속해줘요." 그는 꿰뚫어보는 눈빛으로 나를 바라봤다. "난 이미 당신에게 빠졌으니까."

14장

다음 날 새벽 다섯 시에 내가 카페에 도착하자 이언이 카페 입구에서 기다리고 있었다. 그는 벽에 자신의 사진들을 걸었고, 나는 그의 작품에 감탄하면서 내 생각이 맞았다고 기뻐했다. 〈벨리즈 일출〉은 카페의 실내 장식과 완벽하게 어울렸다.

이언이 사다리에서 내려왔다. "왜 그렇게 함박웃음을 짓고 있죠?"

"당신 사진이 우리 카페에서 아주 근사해 보이리라는 걸 알고 있었거든요."

그는 망치를 공구 상자에 던졌다. "내 사진들은 항상 근사하거든요." 그는 이렇게 반박했고, 나는 그의 어깨를 살짝 때렸다.

직원들이 출근하자 나는 지나가 떠났다는 소식을 알리고 그녀의 후임자로 이언을 소개했다. 고트에서 같이 일했고 우리 카페의 주방장이 된 맨디, 바리스타인 라이언과 질리를 빼고 우리 카폐엔 웨이트리스 네 명과 웨이터 한 명이 있었다. 비공식으로 손님을 맞는 이날엔 에밀리와 페이스 두 사람만 일을 했다. 카페 문을 열기 10분 전에 나는 직원들을 모두 불러 모았다. 이날은 정식 개업 전에 시험적으로 가게를 여는 날이었다. 직원들의 작업 흐름이 어떻게 진행되는지 살펴보고, 사람들에게 메뉴를 선보이고, 문제가 생기면 해결하는 날인 것이다. 친구들과 가족만 초대했고 모든 게 무료로 제공될 것이었다.

나는 카페의 공간 구성과 실내 장식이 자랑스러웠고, 맨디와 내가 만든 메뉴가 마음에 들었고, 다양한 원두커피 메뉴에 도취돼 있었다. 그러다가 부모님이 창문 밖에 서 있는 모습을 보고는 불안해서 목이 막혔다.

"날 봐요." 이언이 내 귀에 대고 속삭였다.

나는 이언에게 돌아섰다. 그의 눈이 따뜻해지면서 두 손으로 내 뺨을 감쌌다. "모든 게 잘될 거예요. 당신도 괜찮을 거고."

나는 정신없이 고개를 끄덕였다.

그는 자기 손목시계를 재빨리 훔쳐보고 씩 웃었다. "이제 시간 됐어요."

"좋아요." 나는 고개를 끄덕이며 입을 굳게 다물었다.

이언이 잠겨 있던 가게 문을 열자 나는 얼어붙었다. "잠깐만요!"

그가 의아한 표정을 짓자 나는 허벅지에 손바닥을 문질렀다. 제임스가 여기 있어야 했는데. 그는 이 광경을 보고 싶어 했을 것이다. 어쩐지 이언이 내 옆에 있는 게 공정하지 않은 것처럼 느껴졌다. 하지만 나는 이언이 다른 곳이 아니라 내 옆에 있기를 바랐다. 나는 그의 손을 잡았다.

그는 내 손을 꽉 쥐었다. "괜찮아요. 내가 처음부터 끝까지 당신 옆에 있을게요."

그게 바로 내가 듣고 싶은 말이었다. 나는 심호흡을 한 번 하고 문을 열어서 가족과 친구들을 환영했다. 순간 내 얼굴을 때린 거센 바람에 제임스의 목소리가 실려 왔다.

자기가 해냈어, 에이미.

그날은 아주 순조롭게 흘러갔다. 이언은 에스프레소 바에서 천재적인 실력을 발휘해, 주문이 들어오는 대로 재빠르게 커피를 블렌딩했다. 라이언과 질리는 이언의 속도에 맞추지 못할 정도였지만 열심히 배웠다. 이언은 손님들이 맛볼 샘플 커피를 따라서 에밀리와 페이스로 하여금 손님들에게 나눠 주게 했다. 그 샘플들이 그러잖아도 다양한 우리 카페의 커피 메뉴를 더욱 풍성하게 해줬다. 맨디의 주키니 호박 튀김과 타이 치킨 파니니에 야채를 곁들인 요리는 큰 인기를 끌었다.

에밀리가 우리 부모님에게 요리를 내놓는 모습을 보자 심장이 쿵쿵 뛰었다.

"긴장 풀어요." 이언이 뒤에서 중얼거렸다.

나는 심호흡을 했다. 그에게서 백단유와 비누에 계피가 살짝 섞인 향기가 났다. "우리 부모님은 레스토랑 업계에서 평생 사신 분들이에요."

"당신도 그렇잖아요. 그러니까 앞치마는 그만 괴롭혀요." 그가 내 어깨를 주무르며 말했다.

나는 쥐어짜고 있던 앞치마를 놔줬다. "부모님이 음식을 마음에 안 들어 하시면 어떡하죠? 에밀리가 부모님 무릎에 물을 엎지르면 어쩌죠? 만약…"

"저분들은 당신 부모님이에요. 가서 이야기 좀 해봐요."

나는 심호흡을 했다. "당신 말이 맞아요." 나는 아무 생각 없이 일어나서 그의 입술에 짧게 키스했다. 그게 자연스러운 일처럼 느껴졌지만 순간 우리 둘 다 깜짝 놀랐다. 우리는 경악해서 잠시 서로 빤히 보기만 했다. 이언이 먼저 충격에서 회복됐다. 그는 내 아랫입술을 엄지로 살짝 만지다 손을 내렸다.

"미안해요." 나는 반지를 돌리며 말했다.

"그러지 말아요."

나는 부모님을 슬쩍 봤다. 이언이 나를 그쪽으로 밀었다. "가봐요."

나는 빈 테이블에 있는 의자 하나를 잡아끌면서 고개를 뒤로 돌려 이언을 봤다. 그가 내게 가슴 설레는 미소를 지어 보인 후 다시 에스프레소 머신으로 몸을 돌렸다. 나는 엄마와 아빠 사이에 앉았다. "흠, 어떠세요?" 내가 잔뜩 긴장하면서 물었다.

아빠의 눈은 촉촉했고 나도 곧바로 눈시울이 뜨거워졌다. 아빠는 미소를 지었다. "네가 아주 자랑스럽구나."

"이 튀김 참 맛있다. 맨디에게 그렇게 말해줘." 엄마가 한 입 먹은 후에 말했다.

"정말요? 입맛에 맞으세요?" 나는 의자에 등을 기대며 말했다. "다행이다. 난 너무 불안했어요."

엄마가 튀김을 잘랐다. "맨디를 채용해줘서 고맙다. 우리 직원들을 다 내보낸 후에 걱정이 됐거든. 많은 직원들이 우리와 몇 년씩 일했는데. 가족 같은 사람들이야." 엄마는 내 팔을 문질렀다. "네 카페 참 예쁘다."

나는 엄마의 손에 내 손을 얹었다. "공을 많이 들였어요."

"네가 아주 근사하게 해냈어. 작년에 그 일이 있었는데 이렇게 다시 일어서다니. 아빠와 나는…" 엄마는 차마 말을 잇지 못하고 눈을 문지르면서 아빠를 향해 고개를 끄덕였다.

"네가 해낼 수 있다는 걸 우린 알고 있었단다, 아가." 아빠가 엄마를 대신해 말을 맺었다.

엄마는 물을 한 모금 마셨다. "왜 이언이 저기 있는 거니?"

"지나가 어제 그만뒀어요."

엄마는 이언을 지켜보며 콧노래를 불렀다. "아주 편리하게 됐구나."

아빠가 내 등을 철썩 쳤다. "사장에게 딸려 오는 보너스 중 하나지. 익숙해져야 해. 예고도 없이 그만두는 직원이 지나 하나만이 아닐 거야."

이언이 우리의 시선을 느낀 게 분명했다. 그는 고개를 들어 인사했다.

곧 나디아가 이언의 전시회에서 만난 부동산 개발업자인 마크와 같이 왔다. 유부남 말이다. 둘이 같이 온 걸 보고 내가 한쪽 눈썹을 치켜 올렸다. "일 때문에 온 거야." 나디아가 고백했다.

"일요일에?"

"마크가 레스토랑을 열고 싶다고 해서 내가 여기서 작업한 걸 보여주는 거라고."

나는 두 손을 들어 방어 자세를 취했다. "마음대로 하세요."

"우리 데이트하는 거 아니라니까. 그건 그렇고, 마크는 아내와 별거를 시작했대." 나디아가 우겼다.

나는 마크를 슬쩍 봤다. 그는 닉과 이야기하고 있었지만 그러는 내내 나디아를 보고 있었다. 그의 눈에서 나디아에 대한 애정이 뚝뚝 흘렀다. 그는 분명 나디아에게 관심이 있었고 나는 나디아에게 그렇게 말했다. 나는 그녀도 행복을 찾길 원했다.

나디아가 마크를 바라봤다. 마크가 닉과 악수할 때 나디아의 입가에 살짝 미소가 떠올랐다.

"마크와 데이트하는 게 그리 나쁜 생각은 아닐지도 몰라. 물론 마크가 이혼한 후에 말이지." 내가 부추겼다.

크리스틴은 사진을 찍느라 바빴다. "내가 이메일로 다 보내줄게. 네 홈페이지에 올리든가 아니면 출력해서 게시판에 붙여. 게시판은 만들어놨지?" 그녀는 카페 안을 둘러봤다.

"하나 만들어야겠네." 나는 앞치마 주머니에 넣어 다니는 메모장에 얼른 메모했다. 다음 주까지 해야 할 일들의 목록이 늘어나고 있었다.

두 시간쯤 후 나는 식사 공간으로 나가 테이블마다 들르면서 음식과 서비스에 대해 물었다. 그러다 구석에 있는 작은 테이블에 토머스가 혼자 앉아 있는 걸 발견했다. 제임스와 내가 조의 커피숍에 와서 매번 앉았던 바로 그 자리였다. 나는 그의 맞은편에 앉았다. 제임스의 그림을 보는 그의 눈 밑에 그늘이 어려 있었다.

"제임스는 재능이 있었어. 그의 그림들을 걸어주다니 제임스는 영광으로 생각할 거야."

"그림이 더 많으면 좋을 텐데." 그 그림들이 그의 최고 작품들은 아니었다.

"너를 위해서 내가 그 그림들을 찾았다면 좋을 텐데."

내 마음속에서 어떤 의문이 떠올랐고, 그것이 명확한 형태를 갖추게 됐을 때 나는 전에는 그걸 물어볼 생각을 하지 않았다는 점에 충격을 받았다. "토머스." 나는 조심스럽게 말을 꺼냈다. "어머니가 제임스의 그림을 가져가신 건 아니겠죠?" 어쩌면 그녀는 제임스를 기억할 만한 것을 가지고 싶었는지도 모르고, 혹은 그 그림들을 파괴했을지도 모른다. 필이 그 그림들을 훔쳤을 수도 있고. 토머스는 또 어떤가? 토머스가 가져갔는데 내 차고에서 그 상자들을 몰래 빼냈다는 걸 인정하기가 너무 창피했던 건 아닐까? 처음에 토머스에게 그 그림들을 찾아달라고 부탁했을 때 나는 제정신이 아니어서 엉엉 울다시피 했다.

"그럴 리가. 엄마는 제임스의 그림에 전혀 관심 없었어."

나는 참고 있던 숨을 내쉬었다. 제임스의 엄마가 그 그림들을 가지고 있지 않을 가능성이 커서 안도한 반면 실망스러운 마음은 여전했다. 적어도 그 그림들이 어디로 갔는지 알 수 있는 기회였는데. "어머니에게 여쭤봐 줄 수 있나요?"

토머스는 고개를 끄덕인 뒤 커피를 마셨다. 크림을 넣지 않은 블랙이었다. 그러고는 미소를 지어 보였는데 서글픈 미소였다. "넌 1년 동안 아주 많은 걸 이뤄냈구나."

나는 카페 안을 둘러보면서 주위에서 들려오는 소리들을 들었다. 주방에서 냄비들이 부딪쳐 땡그랑거렸다. 맨디가 큰 소리로 주문을 말하고 있었다. 이언은 커피콩을 갈고 있었다. 에스프레소 머신에서 쉭쉭거리는 소리와 함께 김이 나왔다. 내 손을 힐끗 본 나는 손톱 밑에서 있지도 않은 때를 긁어냈다. "난 아직도 그를 느껴요. 여기에서." 나는 가슴에 손을 댔다. "그래서 그가 죽었다고 믿기 힘들어요. 1년이 지났는데도 여전히 그런 느낌이 들어요. 혹시…" 이렇게 말을 시작한 나는 망설이면서 슬며시 그를 올려다봤다. 그리고 심호흡을 한 번 한 뒤 용기를 잃기 전에 그 질문을 해버렸다. "우리가 묻은 시신이 다른 사람의 시신일 수도 있다고 생각해요?"

토머스가 움찔했다. 그의 눈이 순간 가늘어지다가 마치 쓰나미가 몰려오기 전의 바다처럼 긴장이 서서히 풀렸다. "아니." 토머스는 지나칠 정도로 침착하게 대답했다. "제임스가 맞아."

토머스는 내 질문에 속상해했지만 그래도 내 의심은 풀리지 않았다.

"미안해요. 내가 물은 건 잊어버려요."

토머스가 고개를 저었다. "나도 너와 같은 마음이야, 에이미."

215

나는 입을 다물고 고개를 끄덕였다.

토머스는 머그잔을 한쪽으로 밀어놨다. "커피 고마워. 커피 맛이 좋아." 그는 일어서서 바지에 잡힌 주름을 폈다.

"조 아저씨가 네 신청을 재고해줘서 기뻐. 난 네가 이곳을 근사하게 비꿔놓을 줄 알았어." ·

자리에서 천천히 일어나던 나의 눈이 가늘어졌다. 조 아저씨가 내게 두 번째 기회를 준 걸 토머스가 어떻게 알고 있지? 토머스에게 조 아저씨가 처음에 내 임대 신청을 거부했단 말은 하지 않았는데. 조 아저씨는 내가 토머스에게 전화해서 연대 보증인이 돼달라고 하기도 전에 내 신청을 받아줬다.

토머스는 내 어깨 너머로 뭔가를 보다가 얼굴이 굳어졌다. 나는 그의 시선이 향한 곳을 돌아봤지만 이상한 건 하나도 보이지 않았다. 그저 주문하기 위해 줄을 선 사람들과 누군가 방금 나가서 가게 문이 닫히는 것만 보였다. 내가 돌아서니 토머스의 얼굴이 붉어져 있었다.

"괜찮아요?"

"그래. 아는 사람이 보인 것 같아서." 토머스는 딱딱하게 말했다. 그리고 의자를 테이블 아래에 밀어 넣고 내게 짧게 인사한 후 그곳을 떠났다.

나는 그의 테이블을 치웠다. 주방으로 가는데 에밀리가 나를 잡았다.

"8번 테이블에 앉아 있던 여자가 사장님에게 이걸 전해달라고 했어요." 에밀리가 내게 엽서 한 장을 건넨 뒤 서둘러 다른 테이블의 손님을 접대하러 갔다.

8번 테이블은 비어 있었다. 그 자리에 누가 있었던 간에 이제 그 사람은 가고 없었다. 엽서를 힐끗 보는 순간 세상이 무너지는 것 같았다. 그것은 멕시코에 있는 '엘 에스투디오 델 핀토르'라는 화랑을 홍보하는 엽서였다. 앞쪽에는 붓을 그린 그림이 나와 있었는데, 그 붓의 끝이 제임스가 그림에 서명할 때 썼던 낯익은 캐리비언 블루 물감으로 흠뻑 젖어 있었다. 그리고 그 밑에는 제임스의 사라진 그림 중 하나가 나와 있었다. *이게 대체 무슨?*

주방에서 요란하게 뭔가 깨지는 소리가 들렸다. 사람들이 고개를 돌려서 소리가 난 쪽을 바라봤다. 나는 엽서를 앞치마 주머니에 넣고 얼른 주방으로 달려갔다. 내가 맨디를 도와 주방 바닥에 쭈그리고 앉아서 깨진 접시의 파편들을 줍는데 손이 벌벌 떨렸다. 그래서 내가 쓰레기통에 넣는 조각보다 다시 바닥에 떨어뜨리는 조각이 더 많았다.

그걸 보고 조바심이 난 맨디가 혼자 치우겠다며 나를 쫓아냈고 나는 화장실로 갔다. 화장실 문을 잠그고 문에 기대어 축 늘어지는 순간 충격이 덮쳐 와 나는 거칠게 숨을 몰아쉬었다. 나는 떨리는 손가락으로 천천히 주머니에서 엽서를 꺼내 뚫어져라 들여다봤다. 이마에 땀방울이 송골송골 맺혔다. *어떻게 이런 일이?*

"사장님!" 에밀리가 노크를 했다. "안에 계세요?"

나는 흠칫했다. "응, 잠깐만 기다려."

"주방에서 맨디가 찾아요."

"금방 간다고 해줘." 내가 소리쳤다.

나는 엽서를 다시 앞치마 속에 넣고 복잡하고 무거운 마음도 같이 밀어 넣었다. 당장은 오늘 하루를 무사히 보내는 것에 집중 해야 했다.

❖

도나토 가의 서재에 있는 75인치 플라스마 화면에서는 뉴욕 메츠 팀의 투수가 샌프란시스코의 AT&T 야구장 마운드에서 와 인드업을 하고 있었다. 자이언츠를 상대로 9회 말 만루인 상황이 었다. 메츠가 3점 앞서고 있었다. 투수가 본루를 향해 공을 던졌 다. 공이 시속 148킬로미터 속도로 공기를 가르며 날아가 배리 본즈의 방망이에 정통으로 맞았다. 딱! 공이 야구장 위로 날아올 랐다가 떨어지는 순간 외야석의 벽 쪽에서 두 번째 줄에 앉아 있 던 한 팬이 가죽 장갑을 낀 손으로 그 공을 받아냈다. 홈런!

제임스와 토머스가 소파에서 펄쩍 뛰어 일어났다. 둘은 와 하 고 함성을 지르면서 하이 파이브를 하고 난리였다.

"게임 끝!" 토머스가 박수를 쳤다. "이제 돈을 주실 시간입니 다."

에드거 도나토가 투덜거렸다. 그는 가죽 의자에서 몸을 옆으 로 기울여 지갑을 꺼낸 뒤 거기서 100달러 지폐 두 장을 꺼냈다.

"내 아들 둘 다 메츠 팬으로 남아 있지 않아서 내가 얼마나 실 망했는지 말했던가, 에이미?"

"네, 아저씨, 여러 번 말씀하셨어요." 우리는 마주 보며 미소를 지었다. 도나토 가족이 뉴욕에서 로스가토스로 이사 왔을 때 토머스와 제임스 둘 다 재빨리 응원하는 팀을 샌프란시스코 포티 나이너스와 자이언츠로 바꿨다.

에드거 아저씨가 아들들에게 100달러 지폐를 한 장씩 주자 토머스와 제임스는 서로 주먹을 쾅 부딪쳤다. 제임스가 허리를 숙여서 두 손으로 내 얼굴을 감싼 뒤 요란한 소리를 내며 키스했다.

"이번 주말에 내가 저녁 살게."

"좋은 계획 같은데." 나는 그와 입술을 맞댄 채 생긋 웃으며 말했다.

제임스는 허리를 펴고 일어서면서 돈을 앞주머니에 넣었다.

"우린 팰로앨토(캘리포니아 주 샌프란시스코 동남쪽에 위치한 도시─옮긴이)에서 만나야 할 거야. 난 이번 주에 시험이 있어서 여기로 돌아올 수 없거든."

에드거 아저씨가 시거에 불을 붙이자 담배 끝이 환한 오렌지색으로 빛났다. 아저씨는 담배를 뻑뻑 빨아서 그 불꽃을 키웠다. "에이미." 아저씨가 연기를 가득 들이마시면서 말했다. "고등학교를 졸업한 후에 어떻게 할지 생각해봤니?"

"네, 아저씨, 생각해봤어요." 소파에 앉아 있던 나는 자세를 바꿔 내 옆 의자에 앉은 아저씨를 마주 봤다. 6주 후에 내 졸업식이 있었다. 나는 긴장도 됐고, 불안하면서 설레기도 했다. "이미 알고 계신 것처럼, 고트에서 부모님을 계속 도울 수 있도록 일단 디안자 대학에서 2년 동안 공부할 거예요. 하지만 그 후엔 샌프란시스코에 있는 캘리포니아 요리 아카데미에 들어가서 학위를 딸

계획이에요."

"잘 생각했다." 아저씨는 주먹 쥔 손을 무릎 위에 놓은 채 고개를 끄덕였다. 시거 연기가 위로 구불구불 올라가서 우리 사이에 흐릿한 막을 만들었다. "너희 부모님이 은퇴하실 때면 넌 거길 인수할 준비가 돼 있을 거야."

제임스가 눈동자를 굴렸다. 에드거 아저씨는 항상 같은 이야기만 했다. 부모들은 자식들에게 유산을 남길 책임이 있고, 자식들은 그 유산을 이어받을 책임이 있다는 이야기였다.

"네, 그런 것 같아요." 나는 잠자코 동의했다.

"제 생각엔 에이미는 졸업 후에 자기 레스토랑을 열어야 할 것 같아요." 제임스는 내 빈 잔을 집어 바로 갔다. 내 뒤에서 뻥 소리가 나면서 제임스가 새 캔을 따 내 잔에 새 콜라를 따르는 소리가 들렸다.

"나도 잘 모르겠어. 언젠간 나도 내 가게를 갖게 되겠지. 하지만 지금은 부모님께 내가 필요하니까." 나는 어깨를 으쓱하며 말했다.

토머스가 제임스를 따라 바로 가서 자신이 마실 위스키를 또 한 잔 따랐다.

"네가 레스토랑을 열면 나는 매일 거기 가서 먹을 텐데."

나는 웃으면서 고개를 뒤로 돌려 토머스를 봤다. "그러다 뚱보가 될 텐데."

토머스가 에드거 아저씨를 향해 위스키 병을 들어 보이자 아저씨가 고개를 끄덕였다.

"너희 부모님 음식 솜씨가 좋으시던데." 에드거 아저씨가 말했다.

나는 얼빠진 얼굴로 아저씨를 봤다. "우리 식당에서 드셔보셨어요?"

"몇 번 먹었다."

우리 부모님은 제임스의 부모님이 식당에 왔었다는 말을 한 번도 한 적이 없는데. 나는 우리 레스토랑의 음식이 도나토 가의 입맛에 미치지 못한다는 느낌을 갖고 있었다.

클레어 아줌마가 방에 들어와서 말했다. "몇 분 후에 저녁이 준비될 거라고 마리가 그러네."

"좋아요." 토머스가 손목시계를 힐끗 봤다. "난 집에 가서 차하야 티크에 제출할 제안서를 준비해야 해요. 화요일에 인도네시아에 갑니다."

토머스는 최근에 스탠퍼드 대학을 졸업한 참이었다. 스물두 살인 그는 벌써 도나토 기업의 중요한 거래처들 몇 곳을 관리하고 있었다.

복도에서 발소리가 울려 퍼졌다.

"필, 얘야! 네가 올 줄 몰랐구나." 클레어의 얼굴이 순간 환해지면서 외쳤다. "우리와 같이 저녁 들겠니?"

모두 일제히 고개를 돌려 막 방에 들어온 필을 바라봤다. 그는 클레어와 포옹하면서 그녀의 귀에 대고 뭐라고 속삭였다. 필은 방 안을 훑어보다가 에드거 아저씨를 봤다.

"이야기 좀 해요, 고모부." 그는 클레어의 품에서 나오면서 말했다.

에드거 아저씨가 일어서면서 바지에 생긴 주름을 잡아당겨 폈다.

"저녁 먹고 이야기하자."

"고모부가 코스타스 거래를 파투 냈잖아요." 에드거 아저씨의 말을 무시하고 필이 다짜고짜 대들었다. "왜 그랬어요?"

아저씨의 얼굴이 순식간에 붉어졌다. 그는 눈을 가늘게 뜨고 필을 봤다. "오늘은 일요일이야. 이 문제는 이따가 이야기하자고 했잖아."

"아뇨! 지금 이야기해요." 필이 폭발했다. 나는 놀라서 움찔했다. 제임스는 경직돼서 허리를 쭉 폈다. 토머스는 눈을 가늘게 떴다.

필이 방 안으로 더 깊숙이 들어와 내가 앉은 자리 바로 앞에서 멈췄다. "고모부는 이번 주 내내 내 전화를 씹었잖아요."

필이 고함치는 목소리가 내 귀에 울렸다. 나는 벌떡 일어나 허겁지겁 바로 갔다. 제임스와 나는 걱정스러운 눈길을 주고받았다.

"코스타스 건은 수익성이 아주 좋은 거래였다고요. 우리 회사가 어마어마한 이익을 봤을 텐데."

"어떤 대가로 말이냐?" 에드거 아저씨도 고함을 질렀다. "그 회사는 브라질 개암나무로 가구를 제작하고 있어. 우리가 조사해 보니까 그 목재는 지속 가능한 방법으로 관리되는 숲에서 베어 온 게 아니야. 불법으로 들여온 거란 말이다."

"그건 개소리예요. 그 사람들과 이야기해봐요. 내가 그 회사 회장을 전화로 연결해줄 테니까."

"시간 낭비 하지 마. 도나토는 친환경 가구 제조사들하고만 거래한다. 코스타스는 그런 회사가 아니야. 이걸로 이야기 끝내자." 에드거 아저씨는 들고 있던 시거를 재떨이에 거칠게 눌러 끈 뒤 토머스가 다시 채운 위스키 잔을 집어 들었다. 그리고 방 한가운데 필을 남겨두고 문으로 걸어갔다.

"그냥 이렇게 가지 마세요! 내 말 아직 안 끝났어요!" 에드거 아저씨가 문간에 다다랐을 때 필이 고함을 질렀다. 나는 옆에 선 제임스를 힐끗 봤다. 나는 이 대화에서 단순히 거래를 취소한 것 이상의 다른 문제가 있다는 걸 감지했다.

필이 에드거 아저씨를 향해 삿대질을 했다. "나와 의논도 하지 않고 거래를 취소할 권리는 없어요."

"나는 CEO니까 그럴 권리가 있어!"

"고모부가 날 얼간이처럼 보이게 만들었잖아요."

에드거 아저씨가 웃었다. "그건 너 스스로 그렇게 하고 있잖아. 도나토 사람들이 너에 대한 생각을 바꾸도록 하고 싶냐? 회장 자리에 널 고려해주길 원해? 그럼 그런 식으로 경솔하게 일 처리하지 마. 위험한 거래들을 중단하란 말이다. 그럼 그때 너와 이야기를 하마. 나는 네가 이 회사를 망치게 놔두지 않을 거다. 아니면…"

"아니면 뭐요?" 필이 비웃었다. "회사를 토머스에게 줄 건가요? 토머스는 회장이 될 만한 근성이 없어요. 우리 고객들은 모

223

두 토머스를 밟고 지나가 버릴 거예요. 이 회사의 수준을 한 단계 더 끌어올리고 싶다면 그런 위험한 거래들을 해낼 만한 배짱이 있는 리더가 필요하다고요." 그는 제임스를 향해 손가락질을 했다. "물론 여기 제임스도 해당 안 되는 이야기고. 제임스는 사업보다는 꽃을 그리고 여자 친구랑 노닥거리는 데 시간을 허비하는 걸 더 좋아하겠죠."

나는 그의 굴욕스러운 말에 숨이 턱 막혔다. 제임스는 들고 있던 음료수 캔을 으스러뜨렸다. 제임스에게서 그토록 화난 표정을 보기는 처음이었다.

필은 가슴을 들썩이면서 우리의 경악한 표정을 하나씩 둘러봤다. 그의 시선이 제임스에게 가자 제임스가 노려봤다. 필의 흥분한 표정이 믿을 수 없다는 표정으로 변했다. "식구들이 아직 모르는 거야? 그 오랜 세월 동안 숨겨온 거야?" 필은 귀에 거슬리는 굵직한 목소리로 껄껄 웃었다. "놀랍네. 넌 생각보다 훨씬 더 비밀을 잘 지키는구나. 브라보, 제임스." 그는 과장된 몸짓으로 박수를 쳤다.

"필, 하지 마…" 내가 입을 열었다.

"그렇다면…" 필이 내게로 홱 고개를 돌렸다. "네 여자 친구도 아직 우리 관계에 대해 모르겠구나." 그는 손가락으로 제임스와 토머스를 가리켰다가 다시 자신의 가슴을 가리켰다.

"그 빌어먹을 입 닥쳐." 제임스가 경고했다.

"제임스, 필이 대체 무슨 소리를 하는 거냐?" 클레어 아줌마가 물었다. 그녀의 얼굴이 창백해졌다. "네가 그림을 그리다니 무슨 말이냐고?"

"고모 아들이 도나토 기업과는 아무 관계도 맺고 싶지 않아 한다는 뜻이죠. 제임스는 예쁜 그림을 그리고 싶어 해요. 에이미가 준 선물을 다시 돌려주라고 고모가 명령한 그날 이후로 계속 그림을 그렸다고요." 필이 제임스를 대신해 대답했다. 그러고는 팔짱을 꼈다. "사실 제임스는 상당한 재능이 있어요. 내 말은, 그림에 재능이 있다는 거죠. 여자 친구를 얼마나 잘 후리는지는 모르겠지만."

순간 피가 발끝으로 몰리며 나는 그 자리에 못 박힌 듯이 서 있었다. 필은 왜 저렇게 잔인하고 천박한 짓을 하는 걸까? 그리고 어떻게 제임스가 재능이 있다는 걸 알고 있을까? 제임스의 그림들을 봤나? 나는 기억을 뒤지며 필이 우리 집에 온 적이 있는지 생각해봤다. 필이 우리 집에 왔었다고 부모님이 말한 기억은 없는데.

필의 갑작스러운 공표가 충격을 안겨주긴 했지만 그의 냉혹한 말 이면에서 그의 마음이 엿보였다. 그는 화가 나고 속상해서 우리에게 분풀이를 하고 있는 것이었다.

필은 조롱하는 표정으로 고개를 갸웃하며 나를 봤다. "너의 성생활이 어떤지 우리에게 알려줄 수 있겠어?"

"필!" 질겁한 클레어 아줌마가 소리를 질렀다.

제임스가 필을 향해 달려들었지만 토머스가 제임스의 허리를 잡아서 붙들었다. "그럴 가치가 없어. 처음부터 그럴 가치가 없는 놈이었어, 제임스."

"내 집에서 당장 나가." 에드거 아저씨가 필에게 말했다.

필이 아저씨에게 홱 돌아섰다. "도나토는 내 것이어야 했다고 요!" 그가 소리를 질렀다. 그의 입에서 나온 침이 사방으로 튀었 다. "그건 내 생득권이에요. 내 거라고!" 쿵쿵거리며 걸어 나간 그 가 서재 문을 얼마나 세게 닫았던지 반동으로 문이 다시 열렸다.

"필!" 클레어 아줌마가 그를 쫓아갔다.

제임스는 격노했다. 그는 자신을 붙잡고 있는 토머스를 밀어 냈다. 나는 제임스가 너무나 불쌍했다. 그의 그림들은 이 집의 벽 들을 장식한 미술 장식품들과 견줄 수 있을 만큼 뛰어났다. 그런 데 소중히 간직한 재능이 이렇게 모욕적인 방식으로 밝혀져서 그는 깊은 상처를 입었을 것이다. 제임스는 절대 필을 용서하지 않을 것이다.

에드거 아저씨는 창가에서 왔다 갔다 하다가 두 손을 옆 주머 니에 넣고 뒷마당 너머를 빤히 바라봤다. "그럼 넌 화가냐?"

제임스는 잔뜩 긴장해서 입을 다물고 있었다.

"제임스의 그림들은 화랑에 걸기에 손색이 없어요." 제임스가 아무 말도 하지 않자 내가 말했다. 제임스가 내게 고개를 홱 돌려 활활 타는 눈으로 노려봤다. "그건 사실이잖아, 제임스." 나는 격 렬하게 속삭였다.

"넌 그림을 그리면서 살고 싶니?" 에드거 아저씨가 제임스에 게 물었다. 좌절한 목소리였다.

"제가 원하는 게 뭔지 저도 모르겠어요." 제임스는 방에서 뛰 쳐나갔다.

"아무래도 저 아이는 그림을 그리게 놔뒀어야 했나 보다." 에드거 아저씨는 유리창에 비친 자신의 모습에 대고 중얼거렸다. 그러다 한쪽 어깨를 으쓱하면서 나를 바라봤다. "클레어는 그 일을 마음에 들어 하지 않았다. 아들들이 도나토 말고 다른 일을 하고 싶어 하게끔 바람 불어넣는 취미를 갖는 걸 원치 않았지. 나도 아들들의 의사에 상관없이 아내의 뜻을 지지해주었고. 얘들의 고조부가 그 회사를 설립하셨다. 각 세대마다 아들들은 다 그 회사에서 일했지. 그러니 클레어의 아들들도 마찬가지고." 그는 유리창으로부터 돌아섰다. "내가 짊어지고 살아야 할 후회가 하나 더 늘어난 거지."

토머스가 다가와 내 팔을 문질렀다. "너 괜찮니?"

나는 토머스를 봤다가 서재 너머 복도를 봤다가 다시 토머스를 봤다.

"필은 멍청한 놈이야." 이어서 토머스는 필이 최근에 회사에서 실적을 내려고 애쓰다가 스트레스를 많이 받았다고 설명했다. "그랜트 삼촌, 그러니까 필의 아버지가 돌아가신 후로 우리 아버지가 회장을 맡으셨다가 이제 물러나시는데, 그 자리를 놓고 우리 둘 다 후보로 뛰고 있어. 네가 들은 것처럼 필은 최근에 사업상 현명하지 못한 결정을 여러 번 내렸고."

나는 사실 토머스가 하는 말을 듣는 둥 마는 둥 했지만 그래도 고개는 끄덕였다. "제임스가 어쩌고 있는지 가봐야겠어요."

나는 토머스에게 양해를 구하고 서재에서 나와 제임스를 찾아다니다가 그가 시동을 건 채 차에 앉아 있는 걸 발견했다. 나는 조수석에 올라탔다. 제임스가 기어를 바꾸는 순간 내가 문을 닫았다. 타이어들이 아스팔트 위를 거세게 미끄러져 갔다. 나는 허겁지겁 좌석 벨트를 맸다.

제임스는 뒷길로 가서 우리의 목초지가 있는 언덕 위로 향했다. 그곳은 우리끼리만 있고 싶을 때 가는 특별한 장소였다.

거칠게 기어를 다루는 제임스의 손짓에서 분노가 뿜어져 나왔다. 제임스는 속도를 높이면서 급커브 길을 거칠게 올라갔다. 나는 문손잡이를 꽉 움켜쥐었다. "목초지에 도착하기도 전에 차 사고로 죽는다면 거기에 섹스 하러 갈 필요도 없잖아."

제임스가 저속 기어로 바꿨다. 그가 입 가장자리를 씰룩이며 살며시 미소를 지었다가 욕설을 내뱉었다. 그러고는 한 손으로 핸들을 쾅 내리쳤다. "그 자식이 대체 어떻게 알고 있는 거지?"

"누구, 필? 우리 쪽지 때문에 안 것 같은데."

"우리 뭐?"

"우리가 같은 학교 다닐 때 주고받았던 쪽지들 있잖아. 필이 네 책상 속을 뒤지다 너에게 들켰던 거 기억나? 그때 네가 의심했던 것처럼 필이 그 쪽지들을 읽은 것 같아." 나는 몇 년 전 필이 걸어서 나를 집에 데려다준 이야기를 다시 했다.

제임스가 나를 흘겨봤다. "너 그 이야기는 한 번도 안 했잖아." 그가 나를 비난했다. 그리고 스카이라인 교차로에 멈춰 서서 백미러를 힐끗 봤다. 차 한 대가 우리 뒤에 와서 섰는데 상향등을 켜놓고 있었다.

"이야기했거든. 네가 필이 얼간이라고 투덜거리면서 필 이야긴 하고 싶지 않다고 했잖아. 넌 필에 대해 이야기하는 걸 항상 싫어하잖아. 게다가 그때 넌 그보단 날 만지는 데 더 관심이 많았지. 기억나? 우리가 첫 키스를 한 직후였잖아."

제임스가 싱긋 웃었다. 그리고 열띤 표정으로 나를 바라봤다. "그래, 기억난다."

내 얼굴이 붉어졌다. "어쨌든 네가 그림을 그린다는 사실을 내가 절대 인정하지 않았는데도 필은 너의 비밀을 지켜주겠다고 약속했어."

"하지만 빌어먹을 그 주둥이를 도무지 닥칠 수가 없나 보군." 제임스는 스카이라인 대로로 진입했다. "다음에 그 자식을 보면 묵사발을 만들어주겠어."

우리 뒤에서 따라오는 차의 상향등이 등대 불빛처럼 제임스의 차 안을 환하게 밝혔다. 제임스는 욕을 하면서 얼른 백미러를 봤다.

"저 빌어먹을 얼간이는 상향등 좀 손봐야겠는데."

나는 사이드 미러를 흘끗 봤다. 그 차는 딱 차 한 대 끼어들 공간을 사이에 두고 우리 차를 바짝 붙어서 따라왔다.

"내가 알 수 없는 건, 필이 어떻게 네가 재능이 있다는 걸 아느냐는 거야."

"필이 내 그림을 봤을까?"

나는 고개를 흔들었다. "필은 한 번도 우리 집에 들어온 적 없어. 적어도 내가 집에 있을 땐 그랬어. 우리 부모님도 별다른 말씀 없었고. 하지만 너희 아버지가 고트에서 식사하신 것도 내게 말 안 하시긴 했지. 그 얘기도 오늘 처음 들었으니까."

제임스가 한숨을 쉬었다. "뭐, 이제는 우리 부모님도 알게 되셨네."

나는 손을 뻗어서 그의 허벅지를 문질러줬다. "넌 이제 열다섯 살도 아니잖아. 부모님이 너에게 그림을 그만 그리라고 할 수는 없어."

"나도 알아. 그냥…부모님이 이런 식으로 알게 되는 건 싫었는데." 그가 자기 팔뚝을 문지르며 말했다.

이건 처음 듣는 말이었다. "그럼 부모님께 말할 계획이었어?"

그는 어깨를 으쓱했다. "갤러리 전시회에 부모님을 초대해서 놀라게 해드리는 상상은 했지. 그건 내 전시회일 것이고, 어쩌면 부모님이 내 그림을 한 점 사서 서재에 걸어놓을지도 모른다고. 뭐, 내가 선물로 하나 드릴 수도 있고."

아, 제임스. 제임스가 너무나 가여웠다. 그는 자신의 작품을 인정받는 것 이상을 원했다. 부모님이 자신의 그림을 한때의 취미 이상으로 받아들이길 원했던 것이다.

"바보 같은 생각이었지."

"아주 근사한 생각 같은데."

"이젠 너무 늦었어." 제임스는 툴툴거렸다. 그는 우리의 목초지로 가는 감속차선을 지나쳤다.

내가 길을 돌아봤다. "길을 지나쳤잖아."

"나도 알아." 그의 시선이 도로에서 백미러로 왔다 갔다 했다. 그는 거기서 몇백 미터를 더 간 후에 재빨리 도로를 빠져나와 뒤 따라오는 차가 지나가도록 했다.

나는 헉 숨을 쉬었다. "방금 그 차, 필의 차 같은데."

제임스는 그 차가 도로의 굽이를 지나 사라질 때까지 기다렸다가 유턴해서 다시 우리 목초지로 가는 갈림길을 향해 달렸다.

제임스는 갈림길로 들어서서 자동차 등을 다 껐다. "혹시 모르니까."

"맙소사. 필이 우리를 따라왔다면, 이유는 모르지만 무지하게 화가 난 모양인데."

"그 차에 누가 탔는지 모르겠지만 그래도 조심해야지. 우리가 여기 있는 걸 누군가 알게 하고 싶지 않아."

"아까 필이 너희 셋에 대해 한 말은 뭐야?" 나는 그와 토머스와 필에 대해 필이 한 말의 의미를 물었다.

어둠 속에서 옆에 있는 제임스가 순간 긴장하는 게 느껴졌다.

"괜찮아. 불편하면 말 안 해도 돼."

제임스는 시동을 껐다. "별거 아니야. 걱정하지 마."

제임스는 아무렇지 않은 척하고 있었다. 그의 얼굴에서 격노와 내가 짐작할 수 없는 또 다른 감정이 퍼져나가고 있었다. 나보고 걱정하지 말라면서 본인은 분명 걱정하고 있었다. 나는 제임스가 준비되면 말할 거라고 판단했다.

제임스가 차 문을 열자 실내등이 켜졌다. 나는 눈을 깜박거리다 서서히 불빛에 적응됐다. 제임스가 씩 웃었다.

"어서 가자. 우리 부모님은 우리가 저녁 식사에 빠져서 실망하시겠지만, 난 오늘 밤 스탠퍼드로 돌아가서 공부해야 해." 그의 미소가 짓궂어졌다. "가서 신나게 놀아보자고."

제임스는 담요와 조본 스피커와 아이팟을 집어 들었다. 나는 그를 따라 차에서 나와 낮은 울타리를 넘어갔다. 나무들 사이를 걸어가자 별빛이 반짝이고 사방이 탁 트인 곳이 나왔다. 우리가 좋아하는 자리는 샌터크루즈 산이 내려다보이는 산등성이에 있었다. 서늘한 봄밤의 하늘은 구름 한 점 없이 맑았다.

제임스가 아이팟을 켜서 아웃캐스트(그래미상을 수상한 랩 듀오—옮긴이)의 〈The Way You Move〉를 틀었다.

나는 눈을 크게 떴다. "그거 참 흥미로운 선곡이네. 오늘 밤 힘 좀 쓰겠다 이거야?"

제임스는 어깨를 돌리면서 천천히 섹시한 미소를 지었다. 내 뱃속이 뜨거워졌다.

"이리 와, 자기." 그는 나를 끌어안고 고개 숙여 키스했다. 그의 입술이 내게 닿기 전에 갑자기 그의 몸이 뻣뻣해졌다. 그는 고개를 들고 날카로운 눈으로 내 뒤쪽을 봤다.

순간 소름이 돋았다. "뭐야?"

그는 눈을 가늘게 떴다가 이윽고 고개를 흔들더니 다시 나를 내려다봤다. "무슨 소리를 들은 것 같아서."

"동물일까?" 나는 힐끗 뒤를 돌아봤지만 달빛에 괴괴하게 얼어붙은 그늘밖에 보이지 않았다.

"아마도." 제임스가 말했다. 그는 내 코에 키스했다. "우리 자기 예쁘다."

나는 생긋 웃으며 그의 포옹을 풀고 나온 뒤, 얇은 스웨터를 목

위로 잡아당겨 벗어서 땅에 떨어뜨렸다. 제임스는 킬킬 웃다가 내가 스커트 지퍼를 내리는 소리가 밤공기를 가르자 웃음을 멈췄다. 그의 표정이 심각해지면서 그의 시선이 내 발치로 떨어지는 스커트를 따라갔다. 나는 단화를 벗고 스커트 밖으로 걸어 나왔다.

촉촉한 솔잎의 향기와 장작을 태우는 연기의 냄새가 섞인 부드러운 산들바람이 내 몸을 스치자 피부가 움츠러들었다. 나는 주먹을 쥐었다. "여기 좀 춥다."

"넌 너무나 아름다워."

제임스가 내게 다가와 거세게 키스했다. 그는 두 손으로 내 허리를 안았고 그의 손가락이 내 팬티 끈 밑으로 들어갔다. 그는 내 팬티를 벗기고 나서, 무릎을 꿇고 내 다리에 키스했다. 나는 거칠게 숨을 들이쉬면서, 축축한 공기와 그의 축축한 키스가 차가워 몸을 덜덜 떨었다.

제임스는 내 팬티를 한쪽에 내버려둔 내 옷 뭉치를 향해 던진 뒤 나를 담요 위로 끌어당겼다. 그는 내 브래지어의 고리를 풀고 드러난 내 살에 키스했고, 나를 담요 위에 눕힌 뒤 남은 담요 한 장으로 덮어줬다. 그리고 자신도 후다닥 옷을 벗고 담요 밑으로 기어들어 나를 꼭 안았다.

"사랑해." 제임스가 내 입술에 대고 속삭인 후 키스했다.

"나도 사랑해."

그는 내 위로 올라와서 움직였고, 잠시 후 포장지를 뜯는 소리가 났다. 제임스가 자세를 바꿔서 제대로 자리를 잡더니, 이제 내 안으로 밀고 들어와 내 안에서 움직이고 있었다. 나는 그의 목을 끌어안고 그의 허리를 다리로 감으면서 그의 리듬에 맞춰 움직였다.

"날 놓지 마." 그는 내 귀에 대고 속삭였다. 그는 깊이 밀고 들어오면서 격렬하게 움직였다.

"절대 놓지 마."

15장

제임스가 멕시코로 떠난 지 14개월이 흘렀고 그의 장례를 치른 지 1년이 됐다. 어떤 면에서 나는 내 인생을 살기 시작했다. 어떤 면에서는 별로 그렇지 않기도 했고. 우리 집 옷장에는 아직도 제임스의 옷들이 걸려 있었다. 그가 화실로 썼던 방에는 그의 미술 용품들이 먼지를 뒤집어쓴 채 남아 있었다.

나는 책상에 앉아 크리스틴이 그날 아침 개업식에서 찍어 이메일로 보내준 사진들을 클릭하고 있었다. 다시 보게 되리라 예상하지 못했던 한 여자를 찾을 수 있기를 바라면서 나는 사진을 하나하나 살펴보았다. 거기에는 가족과 친구들, 이웃들과 직원들의 사진이 있었다. 바리스타들과 주방에 있는 맨디를 찍은 사진도 있었다. 에스프레소 머신 뒤에 있는 이언. 우리 부모님과 같이 있는 이언. 나디아와 같이 있는 이언. 벽에 걸린 자신의 사진 액자들 옆에 서 있는 이언. 나는 사진들을 더 클릭했다. 이언이 또 나왔다. 망할, 크리스틴, 이언 사진을 이토록 많이 찍다니. 그리고 이언 당신도 망할, 어쩌면 이렇게 잘생겼을 수가 있어.

나는 다음 사진을 클릭했다가 헉하고 숨을 멈췄다. 거기에 그녀가 있었다. 제임스의 그림과 이언의 사진 액자가 같이 걸려 있는 벽의 한쪽 구석, 8번 테이블에 앉아 있었다. 그녀는 웨이트리스 에밀리에게 준 그 엽서를 들고 크리스틴의 카메라를 똑바로 보고 있었다. 기이한 파란 눈을 크게 뜬 채. 크리스틴이 자기에게 카메라를 들이대리라고는 예상치 못했겠지.

그녀는 왜 엽서를 주고 그렇게 서둘러 가버렸을까? 왜 나에게 직접 엽서를 주지 않았을까? 크리스틴과 그녀의 카메라 때문에 겁을 먹고 나간 걸까? 아니면 뭔가, 아니면 누군가를 보고 두려워서 나간 걸까? 토머스? 그는 누군가 카페를 나가는 걸 보고 아는 사람이라고 생각했다. 그때 토머스의 행동이 싹 변했다. 화가 난 것처럼 보였다. 아마 그가 봤다고 생각한 사람은 레이시였을 것이다.

나는 뒷주머니에 넣어둔 화랑 엽서를 꺼냈다. 엘 에스투디오 델 핀토르는 멕시코의 푸에르토 에스콘디도에 있었다. 그 엽서는 3.5×5인치밖에 안 되는 작은 크기였고 아크릴 그림의 섬네일(페이지 전체의 레이아웃을 검토할 수 있게 페이지 전체를 작게 줄여 화면에 띄운 것—옮긴이) 이미지는 그보다 더 작았다. 나는 손가락으로 내 이를 톡톡 치면서 그 그림을 자세히 살펴봤다. 몇 년 전 우리 부모님 집의 일광욕실에서 제임스의 이젤에 이 그림이 올려져 있는 걸 본 적이 있었다. *있을 수 없는 일이야.* 엽서에 나온 이미지는 제임스가 자기 부모님 집 뒤에 있는 보호구역의 나무들을 그린 아크릴화 〈시들어가는 오크 나무〉의 복사판이었다.

나는 엽서를 뒤집었다. 그 화랑은 1년 전 내 지갑에서 발견된 명함에 적혀 있던 카사 델 솔과 같은 마을에 있었다. 나는 책상의 가운데 서랍을 홱 연 뒤 종이 나부랭이들을 뒤져서 레이시가 내 지갑에 넣었다고 믿어지는 그 명함을 찾아냈다.

그리고 인터넷 창을 새로 열어 카사 델 솔의 홈페이지를 띄웠다. 지난번 본 후로 바뀐 건 하나도 없었다. 그 리조트와 관련해서 이상하게 보이는 것도 없었다. 그다음에 엘 에스투디오 델 핀토르를 검색해봤다. 아무것도 나오지 않았다. 웹 사이트도, 페이지 링크도 없었다. 나는 다른 검색 엔진을 몇 개 더 써봤다. 그 어디에도 멕시코의 푸에르토 에스콘디도에 있는 '엘 에스투디오 델 핀토르' 화랑은 나오지 않았다. 그래서 구글에 그곳의 주소를 입력해봤다. 그랬더니 어떤 가게의 정면을 보여주는 이미지가 떴다. 나는 그 링크를 클릭했다. 부동산 중개 사이트에 올라가 있는 그 건물은 오래돼서 페인트가 벗겨지고 치장 벽토도 여기저기 깨져 있었다. 거기엔 그 어떤 표지도 없었다. 그 건물이 그 사이트에 올라온 지는 적어도 2년이 됐고, 이미 매매된 것으로 나와 있었다. 누가 그곳을 샀건 최근에, 그러니까 지난 24개월 사이에 거기에 스튜디오를 연 모양이었다.

왜 레이시는 나를 푸에르토 에스콘디도로 이끄는 걸까? 제임스는 비행기를 타고 칸쿤으로 갔다. 그는 플라야 델 카르멘 호텔에 체크인했고 코수멜 해안에서 낚시를 했다. 토머스는 멕시코의 킨타나로오 주에서 제임스의 시신을 찾았다고 했다. 오악사카 주가 아니라.

만약 그게 사실이 아니었다면, 왜 제임스는 자신의 출장 계획에 대해 내게 거짓말을 했을까? 어쩌면 거짓말을 한 사람은 토머스인지도 모른다. 그렇다면 처음부터 내게 진실을 말한 사람은 레이시였다는 뜻이 된다.

제임스는 아직 살아 있다.

가슴이 철렁 내려앉았다. 나는 크리스틴에게 전화했다. "너희 집에 가도 돼?"

❖

크리스틴과 닉 가너 부부는 우리 집에서 차로 10분 거리인 새 러토가에서 살고 있었다. 테리직(타월처럼 수분 흡수가 잘 되도록 짠 천─옮긴이) 반바지에 헬로키티 셔츠를 입은 크리스틴이 문을 열어줬다. 하나로 높이 묶은 머리를 흔들며 크리스틴은 나를 집 안으로 데려갔다.

"닉은 부엌에 있어. 닉까지 이 일에 끌어들여서 기분 상한 건아니지?"

나는 고개를 저었다. "닉은 우리보다 토머스를 훨씬 더 잘 알잖아."

"그럴 줄 알았어, 에이미." 크리스틴이 복도에서 멈춰 서서 나를 바라봤다. "난 좀 미심쩍어. 네가 전화로 말한 모든 게 좀…"

"미친 소리라고? 나도 알아." 나는 메고 있던 핸드백의 끈을 고쳐 멨다. 손가락이 덜덜 떨렸다. "하지만 난 무슨 일이 일어나고 있는 건지 알아내야만 해."

크리스틴이 내 팔뚝에 손을 얹었다. "그래서 제임스가, 어, 실종된 이후로 데이트를 안 한 거니?"

"항상 마음 한구석엔 그 생각이 남아 있었어."

그녀는 짧게 고개를 끄덕였다. "그래, 닉이 뭐라고 하는지 한번 들어보자."

닉은 조리대 옆에 서서 브라운 에일 맥주를 반투명 유리잔에 따르고 있었다. 티셔츠와 운동복 바지를 입은 그는 머리가 젖어 있었다. 닉은 성인 축구 동호회 회원인데 막 게임을 마치고 돌아온 것처럼 보였다.

닉이 맥주를 마시겠냐고 물었고 나는 사양했다. "오늘 개업식 축하해."

"고마워. 뭐 주문했어?"

"지중해식 오믈렛." 그가 배를 두드렸다. "내가 좋아하는 새 메뉴가 생겼어."

나는 피식 웃었다. 염소젖으로 만든 치즈, 소금에 절인 올리브, 신선한 회향과 딜을 넣은 오믈렛은 인기가 많았다.

"카페에서 다시 보겠네."

"당연하지." 그는 맥주를 마신 뒤 두 손을 문질렀다.

"그래, 할 이야기가 뭐야?"

나는 핸드백에서 갤러리 엽서와 명함을 꺼내 아일랜드 조리대 위에 늘어놨다. "레이시가 내 지갑에 이 호텔 명함을 슬쩍 넣어 놨더라고."

닉이 한쪽 눈썹을 치켜 올렸다.

"사연이 길어." 나는 이렇게 말하고 갤러리 엽서를 가리켰다. "그 여자가 나에게 전해달라며 우리 가게 웨이트리스인 에밀리에게 이걸 줬다는 거야."

닉이 고개를 홱 쳐들었다. "그 여자가 오늘 아침에 거기 있었어?"

"그런 모양이야."

"에이미 말이, 내가 그 여자 사진을 찍었대." 크리스틴이 설명했다.

닉은 허리를 쭉 펴서 아내에게 좀 더 가까이 다가섰다.

"그 여자가 당신에게 뭐라고 했어?"

크리스틴은 고개를 흔들었다. "거기 사람이 워낙 많았어. 난 그 여자를 한 번도 만나본 적이 없으니 그 여자가 누군지도 모르고."

"그 여자가 어떻게 생겼는지 보여줄게." 나는 핸드폰을 켠 뒤 사진들을 스크롤해서 레이시의 사진을 찾았다.

"기억난다. 내가 사진을 찍었을 때 이 사람이 겁을 먹은 것 같더라고. 그러고는 곧바로 나가버렸어." 크리스틴이 말했다.

"이 여자 이름은 레이시 손더스야. 내 생각엔 토머스를 보고 가버린 것 같아. 이 여자는 미해결 사건과 실종 사건을 전문으로 다루는 심령 프로파일러야." 나는 닉을 위해 설명했다.

닉이 그 사진을 찬찬히 바라봤다. "크리스틴에게 들으니, 제임스 장례식에서 이 여자를 처음 만났다면서."

"정확히 말하면, 만났다고 할 수는 없지." 내가 말했다.

"레이시가 교회 주차장으로 에이미를 쫓아와서 제임스가 아직 살아 있다고 말했대. 나디아는 이 여자가 사기꾼이라고 생각했고 나도 그 의견에 동의했지." 크리스틴이 설명했다.

"나도 제임스의 그림들 대부분이 사라진 걸 알아차리기 전까지는 그렇게 생각했어. 그다음에 이걸 받았고." 나는 엽서에 나온 그림을 툭툭 쳤다. "레이시가 진실을 말하고 있었던 것 같아." 내가 말했다.

닉이 자신의 오른쪽 어깨를 문질렀다. "속단은 하지 말자고. 적어도 아직은 말이야." 닉이 충고했다. "도난 신고를 했을 때 경찰에선 뭐라고 했어?" 닉이 물었다.

그림들이 사라진 걸 처음 발견했을 때 경찰에 도난 신고를 했다고 내가 크리스틴에게 말한 적이 있었다. 크리스틴이 닉에게 그 이야기를 해준 게 분명했다. "경찰에서 할 수 있는 게 별로 없었어. 차고에는 나와 제임스의 지문 말고 다른 지문은 없었어. 강제로 침입한 흔적도 없으니 그 그림들이 도난당했는지조차 의심스러웠지. 내가 할 수 있는 최선은 신고하는 것뿐이었어. 경매나 암시장에 수상쩍은 그림이 나오면 경찰이 내가 신고한 그림과 맞는지 확인해볼 수 있겠지."

"그 그림들은 지금 어디엔가 가 있겠네." 크리스틴이 추측했다.

"아마 멕시코?" 내가 슬쩍 던져봤다.

닉은 어깨를 으쓱했다. "유럽, 아시아. 옆 도시. 네 이웃집 거실." 그는 엽서에 나온 그림을 톡톡 쳤다. "만약 이게 제임스 작품이라면 갤러리 주인이 출처가 불분명한 곳에서 캔버스를 샀을 가능성도 있지. 이걸 준 여자에 대해 더 알아보고 싶군. 너희 둘 중 누구든 이 여자와 만나는 건 좋은 생각이 아닌 것 같아. 수상쩍은 여자야."

"그 여자가 캠벨에 살고 있다는 거 말고는 달리 보탤 정보도 없어. 그 여자네 집 잔디밭에 심령 상담을 한다는 표지판이 있었어. 그리고 다른 광고도." 나는 말을 멈추고 둘을 힐끗 봤다.

"무슨 광고인데?" 닉이 캐물었다.

"손금과 타로 카드도 읽는다고."

닉은 초조해하는 소리를 내다가 눈빛이 날카로워졌다.

"그 여자 집에 직접 갔단 말이지?"

"집 안에는 들어가지 않았어. 그 여자를 보니까 소름이 끼쳐서." 나는 서둘러 변명했다.

"아마도 그 여자는 가까이하지 않는 게 최선일 것 같아." 닉이 말했다.

"그때 한 번만 빼고 언제나 그 여자가 내게 접근했어. 제임스에 대해 말도 안 되는 소리를 했지. 어쨌든 그때는 말도 안 된다고 생각했지."

닉은 맥주를 더 마셨다. "들어보니 정신 나간 여자 같은데."

"그 여자는 왜 그렇게 신비주의를 고수하지?" 크리스틴이 물었다.

나도 같은 생각이라 고개를 끄덕였다. "그냥 와서 다 설명해주면 좋겠는데."

"왜 그러지 않는지에 대해선 이유가 많을 수 있지. 누군가 너에게 정보를 전해달라고 그녀를 고용했을 수도 있고. 아니면 너를 유혹해서 그들에게 인도하려는 것일 수도 있고. 이유가 뭐건 그 여자에게 일을 맡긴 사람이 자신의 정체를 드러내고 싶지 않아서일 수도 있지만, 이번 경우는 그건 아닌 것 같고." 닉이 말했다.

"그럼 가장 그럴듯한 이유는 뭔데?" 내가 물었다.

"그 여자가 사기꾼인 거지. 그 여자가 너에게 미끼를 던진 거야." 닉이 엽서를 흔들었다. "그렇게 해서 네 신뢰를 얻고 자신에게 더 많은 정보가 있다는 걸 암시한 거지. 그다음부터는 돈을 받기 시작할 거고. 그 여자가 너에게 자주 연락해?"

나는 고개를 저었다. "내게 돈을 요구한 적은 한 번도 없었어."

"아직은 그렇게 요구할 만큼 널 설득하지 못했으니까. 그 여자를 무시해, 그럼 그냥 가버릴지도 몰라."

"그 여자가 계속 에이미를 귀찮게 하면 어떻게 해?"

"접근 금지 명령을 받아내야지."

나는 아랫입술을 잘근잘근 씹었다. "만약…" 나는 수납장을 신발로 톡 차면서 말했다. "그 여자가 진실을 말하는 거라면?"

닉이 심각한 표정으로 나를 바라봤다. "난 네가 가여워, 에이미. 정말 그래. 제임스의 죽음은 우리 모두에게 힘들었어. 특히 토머스에게 그랬지. 토머스는 동생을 사랑해서, 보호해주려는 마음이 아주 컸거든. 그런 부모 밑에서 크는 게 쉬운 일은 아니었 잖아."

"나도 알아." 나는 고개를 끄덕이며 제임스와 토머스가 지난 세월 동안 감내했던 수많은 희생을 떠올렸다.

"토머스는 엉망이 된 회사를 물려받았는데 그게 토머스가 원한 건지도 난 잘 모르겠어. 그리고 회사를 운영하느라 토머스는 진이 다 빠지고 있어." 닉이 이야기를 계속했다.

"솔직히 말해서 오늘 아침에 네 개업식에서 토머스를 보고 충격을 받았어. 토머스는 사실 밥 먹을 시간도 없거든. 만약 제임스의 죽음에 단 하나의 의문이라도 있다면 토머스는 절대 그냥 넘어갈 사람이 아니야. 착하고 정직한 사람이니까. 정말 추호라도 수상한 점이 있었다면 답을 찾기 위해 제일 먼저 멕시코행 비행기를 탔을 거야."

닉은 한숨을 쉬면서 좀 더 부드러운 표정을 지었다. 그리고 양쪽 팔뚝을 조리대에 걸쳤다. "제임스가 죽지 않았다는 말은 나로선 믿기 힘들어. 왜 제임스가 자기 가족을 떠나겠어? 왜 제임스가 널 떠나겠어? 미안해, 에이미. 제임스는 죽었어."

눈 뒤쪽이 이글이글 타는 것같이 아팠다. 나는 눈물을 참으려고 눈을 깜박였다. 닉은 내가 그동안 계속 스스로에게 했던 바로 그 질문들을 했다. 토머스에 대한 내 의견은 닉만큼 관대하진 않았지만. 더 이상은. 레이시는 여전히 미스터리로 남아 있었다. 나는 명함과 엽서를 챙겨서 핸드백에 넣었다.

닉이 내 손에 자신의 손을 올려놨다.

"혹시 도움이 된다면 내 민사 소송 사건을 조사해준 사립탐정을 소개해줄 수 있어. 레이 마일스라는 사람인데, 좀…" 닉이 얼버무렸다. "뭐, 그냥 솔직하게 말하는 수밖에 없군. 약간 불법적인 면은 있지만…실력 하나는 끝내주게 좋아. 게다가 그 사람을 고용하려면 비용도 만만치 않아. 내가 그 사람 연락처를 문자로 보내줄게. 한번 전화해봐. 그 사람이 레이시란 여자의 뒷조사를 하고 갤러리를 알아봐줄 수 있을 거야. 어쩌면 그 그림을 그린 화가의 이름과 그 그림의 판매가 이루어진 곳도 알아낼 수 있을지 모르지." 닉이 자신의 핸드폰을 톡톡 치더니 몇 초 후에 내 핸드폰에서 띵 소리가 났다.

나는 좀 더 이야기를 나누다 나왔다. 카페 공식 개업일 준비를 위해 다음 날 일찍 일어나야 했다.

다음 날 오전 느지막이 나는 카페 사무실로 들어가 레이에게 전화를 했다. 우리는 내 상황에 대해 간단하게 이야기를 나눴다. 나는 레이시가 누군지, 그리고 제임스가 정말로 칸쿤으로 출장을 갔는지, 푸에르토 에스콘디도에 있는 갤러리는 그의 그림을 어디서 샀는지 알아봐주길 원했다. 레이가 자신의 수수료를 말했는데 닉의 말이 맞았다. 이 사립탐정은 어마어마하게 비싼 사람이었고, 도급업자들과 하도급업자들에게 최종 공사 대금을 치른 후로 내 금고에 남은 현금은 빠르게 줄어들고 있었다. 내 문제는 시간을 다투는 급한 것이 아니라 단순한 호기심에서 비롯된 것인 만큼 레이는 내게 현금이 생겼을 때 내 사건을 조사하기로 합의했다. 게다가 이미 진행 중인 다른 사건들이 있어서 그는 두 세 달 정도는 나를 도울 수 없는 형편이었다. 그 정도면 내가 돈을 모을 수 있는 충분한 시간이었다.

나는 다시는 레이시를 보지 못했다. 마치 그녀가 내 인생에 한 번도 나타난 적이 없는 것 같았다. 왜 우리의 행로가 겹쳤는지 내가 이해하기도 전에 내 삶에 불쑥 들어왔다가 나가버린 것 같았다. 토머스는 에이미네를 개업한 첫 달에 일주일에 몇 번씩 커피를 마시러 들르다가 점점 횟수가 줄어들더니 어느 순간 발길을 뚝 끊었다. 카페에 왔을 때 그는 전보다 더 내성적으로 변하고 뺨도 홀쭉해지고 살도 더 빠져 있었다. 도나토 기업을 운영하는 게 힘든 모양이었다. 에드거 도나토가 체중이 불었던 반면 토머스는 눈에 띄게 수척해졌다.

10월 중순경 스물여덟 번째 생일을 보낸 직후에 나는 레이를 고용하기에 충분한 자금을 모았다. 레이의 조사는 설령 별다른 소득이 없다 해도 적어도 내 인생에서 이번 장을 완전히 닫을 수 있도록 도와줄 것이다. 나는 마침내 정신적으로나 육체적으로나 새 인생을 향해 나아갈 수 있을 것이다. 레이는 몇 주 내로 보고서를 보내겠다고 했다. 그다음에 나는 어떻게 할지 결정할 수 있을 것이다.

레이와 소소한 것들을 함께 의논해 결정한 뒤 나는 거실의 셔닐 소파에 앉았다. 놀랍게도 느닷없이 이언이 생각났다. 이언이 지난 1년간 변함없이 나를 지지해주면서 우리의 우정도 깊어갔다. 그의 미소는 내 마음속 깊은 곳에 있는 뭔가를 흔들어놨고, 그가 옆에 서 있을 때마다 그의 살결의 온기가 느껴졌다. 레이의 도움으로 나는 마침내 이언이 원하는 걸 줄 수 있을 것이다. 나도 그에게 같은 걸 원하는 걸까?

그래!

하지만 레이가 제임스를 찾아내면 어쩌지?

나는 우리의 약혼 사진으로 시선을 돌렸다. 저물기 전에 마지막으로 오렌지색과 붉은색으로 활활 타오르는 해를 배경으로 제임스와 내가 포옹하고 있었다. 손과 무릎이 덜덜 떨렸다. 기대해서가 아니라 두려워서였다. 만약 제임스가 살아 있다면, 그건 내 주위에서 뭔가 더 큰 일이 일어나고 있었는데 내가 아둔할 정도로 순진해빠져서 그걸 볼 수 없었다는 뜻이었다.

16장

11월

11월 둘째 주 화요일에 레이가 마침내 보고서를 보냈다. 내가 잠자리에 든 지 한참 후 새벽에 그의 이메일이 들어와 있었다. 나는 카페에 출근하기 전에 그 메일을 읽었고, 그 후로 열일곱 번이나 더 읽었다.

그 이메일 때문에 나는 내게 작업을 거는 앨런 캐시디를 상대해줄 마음이 없었다. 게다가 나는 앨런과 데이트할 생각이 전혀 없었다.

"여기 있어요, 앨런. 평소 주문대로 저지방에, 휘핑크림은 빼고, 샷 세 개, 헤이즐넛 시럽 두 개 넣은 바닐라 라테예요. 더 필요한 거 없어요?" 나는 의도한 것보다 더 많이 짜증스러움과 초조함을 드러내는 목소리로 물었다.

앨런은 그래도 애써 미소를 지었다. "당신은 정말 놀랍다니까, 에이미." 그는 맞춤 양복의 주머니 속으로 손을 넣어서 티켓 두 장을 꺼내더니 그것을 손가락 사이에 끼우고 부채처럼 흔들어 보였다. "오늘 밤 샤크스 팀의 하키 경기예요. 같이 갈래요?"

나는 그 티켓들을 힐끗 봤다. 그가 이런 식으로 물어본 게 처음이 아니었고, 앨런이 어떤 사람인지 잘 알기 때문에 짐작건대 자리도 특등석일 터였다. 나는 고개를 흔들었다.

"미안해요, 앨런. 하지만 물어봐줘서 고마워요."

그의 환한 표정이 흐려졌고 티켓은 재빨리 그의 재킷 속으로 사라졌다.

"언젠가는 당신을 데리고 갈 곳을 찾아낼 겁니다. 그때는 당신도 싫다고 하지 못할 거예요." 그는 내게 테이크아웃 잔으로 경례를 한 뒤 느긋하게 걸어 나갔다.

이언이 내 뒤에서 툴툴거렸는데, "아이고, 인간아"라고 중얼거리는 것 같았다.

내가 하우스 블렌드 커피를 새로 한 포트 내리기 시작했을 때 이언과 에밀리 사이에 지폐가 오가는 게 보였다. 이언이 에밀리에게 받은 5달러 지폐를 접어서 뒷주머니에 밀어 넣었다. 그리고 내게 씩 웃어 보였다.

"좀 전에 그건 대체 뭐래요?" 내가 톡 쏘았다.

그의 눈이 동그래졌다. 그걸 보자 미안해져서 내가 사과했다.

"사장님 때문에 5달러 날아갔어요." 에밀리가 장난스럽게 내 팔뚝을 주먹으로 때리고 휙 가버리더니, 플라스틱 통 하나를 들고 아침에 몰려왔던 손님들이 떠난 테이블을 청소하기 시작했다.

나는 경계하는 표정으로 이언을 봤다. 그는 돌아서서, 벨트 고리에 차고 있던 축축한 수건을 잡아당겨서 에스프레소 머신을 닦았다. 그러면서 휘파람을 불기 시작했다. 나는 입술을 꽉 다물었다. 그의 휘파람 소리에 승자의 미소가 어려 있었다. "이언?" 내가 그를 찔러댔다.

그는 출구를 향해 턱짓을 했다. "앨런은 당신에게 적어도 한 주에 한 번은 데이트 신청을 하잖아요. 에밀리는 언젠가는 당신이 무너질 거라고 확신하고 있어요."

나는 팔짱을 꼈다. "어떻게 무너진다는 거죠?"

"당신이 그 불쌍한 얼간이와 데이트를 하러 나갈 거라는 거죠." 이언은 그런 생각 자체가 웃긴 것처럼 킬킬 웃었다.

"앨런은 얼간이가 아니에요. 그 사람은 좋은 사람이에요. 그 사람은…"

"그저 손이 좀 많이 가는 사람이라고요?" 이언이 느긋하게 말했다. 내가 얼굴을 찌푸리자 그가 장난기 어린 눈으로 날 내려다봤다.

"닥쳐요." 내가 툴툴거렸다. 앨런이 여자들처럼 까다롭게 커피를 주문한들 뭐 어때? 내 남자도 아닌데. 갈아놓은 커피가 든 봉지를 뜯자 사방으로 퍼지는 진한 향기에 기분이 좋아졌다. 나는 눈을 감은 채 그 향기를 깊이 들이마셨다. 다섯 시간 동안 서 있느라 팽팽해져 있던 아킬레스건의 긴장이 풀렸다.

"벌써 지친 거예요?"

나는 눈을 번쩍 떠서 잘난 척하는 이언의 얼굴을 바라봤다. 이틀 동안 깎지 않은 턱수염도 제멋에 사는 표정을 감추지 못했고, 미소의 매력을 반감시키지 못했다. 걷어 올린 셔츠 소매 밑으로 드러난 팔뚝의 황금빛 털은 야성적으로 구불거리는 그의 머리와 똑같은 색깔이었다. 그는 한쪽 어깨를 으쓱했다.

"어쨌든 상관없어요. 난 이미 내기에서 이겼으니까."

나는 커피를 떠서 필터에 넣었다. "당신은 내가 앨런과 데이트하지 않을 거라고 생각했단 말이죠?"

"절대 안 하죠. 당신은 데이트하지 않을 거니까. 나하고든 다른 누구하고든." 그의 시선이 내 약혼반지로 갔다.

나는 엄지손가락으로 그 반지를 돌려서 다이아몬드를 손바닥 쪽으로 감췄다.

"나도 데이트할 거라고요." 언젠가는.

이언이 팔짱을 꼈다. "증명해봐요. 나와 데이트해요."

나는 숨이 턱 막혔다. 지금까지 그와 알고 지내는 동안 그가 이처럼 단도직입적으로 데이트 신청을 한 건 이번이 처음이었다.

"이언, 내가 할 수 없다는 건 당신도 알잖아요." 아직은 아니다. 게다가 나는 아직도 레이가 보낸 이메일로 인한 충격 때문에 동요하고 있다.

"하지 않겠다는 거겠죠." 이언은 다시 에스프레소 머신으로 돌아갔다.

"이언의 말이 맞다는 거 너도 알잖아." 나디아가 내 뒤에서 말했다. 그녀는 페이스트리와 샐러드로 가득한 진열장에 기대서서 손가락을 흔들며 "안녕" 하고 인사했다. 크리스틴이 옆에 서 있었다. 둘 다 운동복을 입고 아침에 달리기를 하고 온 터라 바람을 정면으로 맞은 뺨이 발갛게 달아올라 있었다.

나는 두 손을 비벼서 손에 남은 커피 가루를 털어냈다.

"그러니까 넌 내가 꼭 데이트를 해야 한다고 생각하는 거야?"

나디아가 이언을 향해 고갯짓을 했다. 이언은 다른 손님을 접대하고 있었다. "이언은 정말 널 아끼잖아."

나도 그건 알고 있다. 이언은 자신의 감정을 아주 솔직하게 여러 번 표현했다. 진도가 안 나가는 건 나 때문이지.

"이언은 친구이자 직원이야."

"네가 그렇다면 그런 거겠지."

나는 얼굴을 찡그렸다. 나조차 전혀 설득되지 않는 변명이라는 걸 알고 있었다.

"어서 가. 오늘은 커피 못 줘." 나는 싱크대로 돌아서서 물을 틀었다. 설거지할 머그잔들이 쌓여 있었다.

"평소 마시던 대로 금방 대령할게요, 나디아."

"고마워요, 이언." 나디아는 카운터에서 물러났다.

배신자, 내가 소리는 내지 않고 입 모양으로 이언에게 말하자 그가 킥킥 웃었다.

나디아는 잡지와 신문을 비치해둔 선반에서 신문을 한 부 낚아채더니, 자리로 가면서 1면에 나온 칼럼들을 훑어봤다.

크리스틴이 카운터 뒤로 쪼르르 와서 싱크대 가장자리에 기대

섰다.

"나디아는 널 걱정해서 그러는 거야. 우리 모두 그래." 크리스틴은 내가 커피잔을 씻는 걸 지켜보며 말했다. 커피잔 가장자리에 아주 진한 립스틱 자국이 남아 있었다. 나는 수세미의 거친 면으로 평소보다 더 힘을 줘서 빡빡 문질러댔다.

"무슨 일 있어? 너 불안해 보여." 내가 아무 대답도 하지 않자 크리스틴이 물었다.

나는 화가 치밀어서 숨을 내쉬었다. "오늘 아침에 레이에게서 이메일을 받았어."

"그 사립탐정? 그 사람이 뭐래?"

내가 물기를 빼려고 커피잔을 흔드는 순간 커피잔이 내 손 밑으로 쓱 미끄러져 싱크대에 떨어지면서 산산조각이 났다. 내가 욕설을 내뱉자 이언이 휙 돌아봤다.

"괜찮아요?"

"난 괜찮아요." 내가 소리를 질렀다.

이언이 이마를 문지르며 잠시 날 지켜봤다.

"난 괜찮아요. 고마워요." 내가 좀 더 부드러운 목소리로 안심시켰다.

그는 잠시 기다렸다가 다시 커피 만드는 일로 돌아갔다.

"미안해." 나는 크리스틴에게 중얼거리고 싱크대를 치웠다.

그녀가 나를 도와 깨진 도자기 조각들을 주웠다.

"제임스가 정말 칸쿤으로 비행기를 타고 갔다고 레이가 확인해줬어." 나는 목소리를 낮춰서 이언이 들을 수 없게 했다. "제임스는 내게 말한 대로 플라야 델 카르멘 호텔에 체크인했어. 배에서 떨어져 실종된 미국 남자에 대한 지역 신문 기사, 보트 여행을 예약해놨던 거, 그의 사망증명서 모두 다 맞는 걸로 나왔어. 레이가 그 투어 회사 사장과 이야기를 해봤는데 토머스가 내게 말한 것과 다 일치했어."

내 머리핀에서 곱슬머리 한 가닥이 탈출했다. 나는 성가시게 하는 그 머리카락을 얼굴에서 밀어냈다. 입술이 덜덜 떨렸다.

크리스틴이 내 등을 문질렀다. "넌 제임스의 죽음에 대해 거의 2년 동안이나 의문을 품었잖아. 레이가 도울 수 있었다니 기뻐. 네가 그 일을 마침내 정리하게 됐잖아."

"레이는 레이시에 관한 한 아무것도 찾아내지 못했어. 그 어떤 기록도 없었어. 그 여자도 사라져버렸어. 나가버렸다고. 그 집은 더글러스 친이란 사람의 소유로 돼 있었어. 임대한 거야. 그 명함, 엽서, 레이시의 사진 말고는 레이에게 줄 수 있는 단서가 하나도 없었어. 난 너무나 바보였어. 난 너무나 화가 나…아니, 난…" 나는 고개를 저었다. "난…나 자신에게 실망했어. 난 제임스의 실종과 장례식이 다 가짜이길 바라면서 잔뜩 흥분해 있었어."

"그 엽서에 있는 그림은 어떻게 된 거래?" 크리스틴이 물었다.

"엘 에스투디오 델 핀토르 갤러리의 주인이 그 그림을 그린 화가래. 그는 그 그림이 자기 거고, 다른 화가의 스타일과 닮았다면 우연의 일치라고 했대. 내가 그 갤러리를 직접 찾아가지 않는 한 레이가 하는 말을 믿을 수밖에. 레이를 거기까지 보낼 돈은 없으니까."

"이제 어떻게 할 거야?"

몇 달 전에 했어야 할 일을 하는 거지. "이제 과거는 그만 접어야지."

"흠, 난 네가 아주 잘하고 있다고 생각해. 넌 레스토랑을 열었고 그게 아주 잘되고 있잖아." 그녀는 이렇게 용기를 북돋워준 뒤 고갯짓으로 이언을 가리키며 말했다. "그리고 네가 데이트할 준비가 된다면 너에게 관심이 지대한 근사한 남자도 있고."

나는 억지웃음을 웃었다. "하하."

이언은 크리스틴이 마실 모카커피에 휘핑크림을 올려서 건넸다.

나는 손님들이 있는 곳을 가리켰다. "나디아에게 커피 금방 가져다준다고 해. 새 포트가 거의 다 준비됐어."

크리스틴이 웃었다. "결국 커피 줄 거야?"

나는 머리 위에 있는 선반에서 머그잔을 하나 집었다. "내가 안 주면 여기 와서 따라 마실 애잖아. 나디아를 무시해봤자 아무 소용 없지."

그날 밤 나는 늦게 집에 왔다. 카페 바닥과 카운터와 수납장들을 몇 시간씩 청소하면서 실망스러운 내 마음도 그렇게 박박 문질러 씻어버릴 수 있기를 바랐다. 하지만 아무 효과도 없었다. 여전히 우울했다.

낮에 배달된 박스가 도어매트 위에 놓여 있었다. 그걸 겨드랑이에 끼고 집으로 들어간 나는 지갑과 열쇠들을 평소 두는 자리에 둔 뒤 부엌으로 가서 그 소포를 살펴봤다. 반환 주소는 없었고 그저 우리 집 주소와 국제 우편 요금 딱지만 붙어 있었다. 멕시코. 우편 요금 위에 찍힌 봉인의 잉크 밑에 '멕시코, 오악사카'라고 적혀 있었다.

순간 심장이 멈추는 것 같았다. 나는 박스를 찢다시피 해서 열었다. 그 안에 에어캡으로 포장된 그림이 한 점 들어 있었다. 우리 집 식탁 뒤 벽에 걸려 있는 〈목초지〉라는 아크릴화의 작은 버전으로, 이 캔버스가 원본이었다. 나는 이 그림의 색조와 키 큰 풀들이 이른 아침 햇살을 받아 빛나는 모습이 너무나 맘에 들어서, 제임스를 설득해 우리의 비밀 장소를 그린 이 그림을 더 크게 그리게 했다. 그림의 오른쪽 아래 구석에는 제임스가 내 눈 색깔과 같은 캐리비언 블루 물감으로 적은 그의 이니셜 JCD가 있었다. 그것은 제임스가 자신의 그림에 서명할 때 항상 쓰는 그 물감이었다.

내 손이 덜덜 떨리기 시작했다. 나는 캔버스를 뒤집었다. 캔버스 뒷면에 쪽지가 테이프로 붙여져 있었다. 호텔 로고가 인쇄된 작은 종이에 손으로 쓴 쪽지였다. 카사 델 솔 호텔 메모지에 쓴 쪽지였다.

친애하는 에이미,

여기 당신이 원하는 증거가 있어요. 마침내 위험이 지나갔고 제임스는 안전해요. 난 당신을 찾아달라는 부탁을 받았어요. 이제 제임스가 진실을 알 때가 됐어요. 오악사카로 와요.

레이시.

제임스가 살아 있다고? 오 마이 갓! 제임스가 살아 있어.

온몸이 걷잡을 수 없이 떨려서 나는 그림을 놓칠 뻔했다. 땀방울이 내 윗입술과 이마에 송골송골 맺히기 시작했다. 뱃속에서 신물이 요동쳤다.

대체 무슨 일이 일어나고 있는 거지?

제임스가 아직 살아 있다고 믿을 만한 증거는 하나도 없습니다.

레이의 이메일은 이렇게 시작했다.

시간과 돈을 낭비하지 마세요. 제가 조사를 더 해야 할 이유가 없습니다. 조사를 이만 끝내는 게 좋을 듯합니다.

레이가 알아낸 사실들은 제임스의 서류나 기록들과 일치하는 것이었다. 제임스의 죽음은 토머스가 말해준 그대로 진짜였다.

그런데 대체 왜 제임스의 그림이 멕시코에 있지?

나는 눈물이 비 오듯 흘러내리고 있다는 걸 깨닫고 눈물을 닦으면서 전화기를 들었다. 그리고 나를 이해해줄 수 있는 유일한 사람에게 전화를 걸었다.

"여보세요?" 자다가 받았는지 그녀가 아주 졸린 목소리로 말했다.

"크리스틴, 제임스가 살아 있어."

❖

푸에르토 에스콘디도에 호텔 방을 예약한 후 나는 남은 밤을 천장을 빤히 보거나 방 안을 서성이며 보냈다. 잠을 잘 수가 없었다. 제임스가 살아 있다.

다음 날 새벽 네 시에 나디아가 우리 집 문을 쾅쾅 두드려 나를 깨웠다. 나는 두 시간밖에 못 자서 게슴츠레한 눈으로 비틀거리며 문으로 나갔다.

"드디어 열어주네." 내가 문을 열자 나디아가 씩씩거리며 말했다. 그녀는 날 밀치고 안으로 들어왔다. "하지만 이런 처참한 시간에 날 볼 거라고는 예상 못했겠지." 나디아는 거실 한가운데 있는 가죽 의자들 사이에서 멈췄다. 진한 핑크색 운동복을 입고 모직 스카프를 목에 두른 그녀가 날 노려봤다.

내가 문을 닫았다. "크리스틴이 말했구나."

"크리스틴이 몇 시간 전에 전화했어. 네가 무슨 멍청한 짓을 할까 봐 밤새 한숨도 못 잤다고 하더라." 나디아의 눈이 내가 짐을 꾸려 현관문 옆에 놓아둔 여행 가방을 향했다. "예를 들어 너 혼자 비행기를 타고 멕시코로 날아가 버린다든가 하는 거 말이야."

나는 턱을 치켜 올렸다. "넌 날 막을 수 없어."

"오악사카라고? 멕시코라고? 거긴 여행하기에 안전한 곳이 아니야."

"그건 캘리포니아 주 전체가 안전하지 못하다는 말이나 같아." 나는 고개를 흔들면서 부엌으로 들어갔다. 차라리 커피라도 내리는 게 낫겠다 싶었다. 비행기 타기 전에 다시 잠을 자긴 틀렸으니까.

나디아가 날 따라왔다. "크리스틴이 무지 걱정하고 있어. 크리스틴은 네가 가지 않길 바라고 있어."

"그래서 내 마음을 바꾸게 하라고 널 보냈구나."

"자기 말을 듣지 않으리라는 걸 아는 거지."

"너희 두 사람 말 다 안 들을 거야." 나는 갈아놓은 커피를 떠서 포트에 넣고 스위치를 켰다. "오늘 오후 비행기야. 너희 둘이 뭐라 하건 상관 안 해. 난 갈 거야." 나는 침실로 향했다.

"좋아."

나는 멈췄다. "뭐라고?"

그녀가 내게 다가오더니 화장 안 한 눈을 가느다랗게 뜨고 날 바라봤다.

"내가 '좋다'고 했잖아. 난 네가 가면 좋겠어."

"왜?"

나디아가 어깨를 쭉 폈다. "넌 제임스가 죽은 후로 진창에 빠져 있었으니까."

"내가 언제…"

"네 주위를 둘러봐!" 나디아가 폭발했다. 나는 그녀에게 한 방 맞은 것처럼 움찔했다. 나디아는 좀처럼 흥분하지 않는 편인데. 내게 단단히 화가 난 게 분명했다.

"사방에 제임스가 있잖아. 제임스 옷이 아직도 네 옷장 안에 있어. 그의 그림들이 망할 벽마다 걸려 있고. 넌 그만 잊고 새 출발을 해야 한다고."

"나도 노력해봤…"

"그 정도론 부족해."

"레스토랑…."

나디아는 손을 흔들어 내 말을 묵살했다. "오케이, 그래 넌 레스토랑을 열었어. 잘했어. 겉보기엔 아주 큰 발전이지. 하지만 여기에…" 그녀는 내 가슴을 쿡쿡 찔러댔다. "넌 꼼짝 없이 갇혀 있어. 넌 사랑하는 사람을 잃고 비탄에 빠진 전형적인 경우야. 넌 모든 단계를 힘들게 거쳐 왔어. 한 단계만 빼고. 사람들은 죽어, 에이미. 거기에 대해 네가 할 수 있는 일은 없어. 그저 일상으로 돌아가 다시 살아갈 수밖에 없다고. 넌 왜 제임스가 죽었다는 사실을 받아들이지 못하니?"

"제임스는 죽지 않았어." 나는 격렬하게 반박했다.

나디아는 허리 양쪽에 주먹을 대고 눈을 질끈 감았다. 그녀의 속눈썹 위에 맺힌 눈물방울이 반짝였다. "있잖아, 나도 네가 왜 이러는지 이해해. 우리 아빠가 엄마를 떠난 후에 나도 정말 정말 힘들었어. 아빠가 우리를 떠났다는 사실을 받아들이고 극복하기까진 그랬지. 아빠 우릴 버리고 간 거야. 그래서 나도 아빠를 마음에서 내려놨어. 완전히. 내 마음에서 끊어냈지." 그녀는 한 손으로 허공을 갈랐다. "하지만 그랬을 때 문제가 뭔지 알아?"

나는 천천히 고개를 저으면서 나디아가 대체 무슨 이야기를 하려는 건지 이해하려고 애썼다.

"그 후로 나는 나와 가까워지려고 노력하는 남자는 누구든 다 아주 쉽게 버렸어. 그들을 믿지 않았거든. 그들도 날 떠날 거라고 믿었어. 아마도 그날이나 한 달 뒤는 아닐지라도 결국엔 떠날 거라고 믿은 거야. 그들이 내게 질려서 새로운 인생을 찾아갈 거라고 생각했어. 그래서 그들에게 그럴 기회가 오기 전에 내가 먼저 차버린 거지." 나디아가 숨을 들이쉬자 숨소리가 커졌다. "그랬을 때 단점이 뭔지 알아?"

"뭔데?"

나디아는 보란 듯이 팔짱을 꼈다. "난 외로워. 자. 인정할게. 난 정말 외로워. 그리고 너도 외롭다는 걸 난 알아. 네가 제임스를 놔주기 전까지는 너도 항상 외로울 거야."

나는 사정없이 눈을 깜박이면서 바닥을 물끄러미 봤다. 나는 외롭지만 내 상황은 나디아와 달랐다.

"제임스의 옷들을 상자에 넣고 제임스의 미술 용품들을 정리할 뻔했던 게 대체 몇 번인지 셀 수도 없어. 그것들은 다 먼지를 흠뻑 뒤집어쓰고 있지. 내가 그것들에 손댄 지도 아주 오래됐어." 나는 제임스가 화실로 썼고 이제는 내가 사무실로 쓰고 있는 방을 손으로 가리켰다.

"그런 것들을 없애려고 할 때마다 뭔가가 날 막아. 그게 제임스가 살아 있다는 직감인지, 아니면 언젠가 그가 우리 집 문 앞에 나타날 거라는 희망인지 나도 모르겠어. 하지만 그런 느낌이 여기 있는데 도저히 무시할 수가 없단 말이야. 그러니 무슨 말인지 알겠지? 우리 상황은 같지 않아. 넌 아버지가 다시는 돌아오지 않으리라는 걸 알아. 하지만 제임스는 바깥 어딘가에 살아 있을 가능성이 있어. 난 그걸 알아내야 해. 확실히 알아야 한다고."

"그래서 난 네가 멕시코에 가길 원해." 나디아는 날 향해 삿대질을 하면서 말했다. "그 심령술사 마녀가 어떻게 네 마음을 가지고 놀았는지 네 눈으로 직접 봤으면 좋겠어. 그럼 그때는, 그 여자가 널 놀리고 제임스에 대해 거짓말을 했다는 걸 알게 되면 그때는 너도 제임스의 죽음을 실컷 슬퍼하게 될 테니까. 그리고 마침내 빌어먹을 새 출발을 하게 되는 거지."

나는 꼼짝도 하지 않고 서 있었다. 나디아의 말이 옳을 가능성도 정말 있었다. 레이시가 내 마음을 가지고 놀고 있는지도 몰랐다. "내가 그를 발견하면 어쩔 건데?"

"진심으로 하는 소리야?" 나디아는 눈을 치켜떴다. 나는 그에 맞서 팔짱을 꼈다. 그녀의 표정이 진지해졌다. "제임스가 살아 있다고 치고, 그가 왜 그동안 멀리 떨어져 있었는지에 대해 의심해 봤어?"

나는 고개를 끄덕였다. *내내 그랬지.*

"어쩔 계획이야?"

나는 그녀의 어깨 너머로 제임스의 〈목초지〉를, '우리의 비밀

장소'를 그린 그 그림을 뚫어져라 바라봤다. 여러 색조의 초록색
을 써서 겨울에서 봄으로 바뀌는 시기의 어느 청량한 아침에 본
우리의 비밀 장소를 그린 풍경화였다. 그것은 부드럽고 따뜻하
고 매력적인 그림이었다. 내가 기억하고 싶어 하는 그곳의 모습
그대로 아주 깨끗해 보였다. 우리가 그곳을 떠났던 때처럼 더럽
혀진 곳이 아니라.

제임스가 청혼한 다음 날 나는 그 그림을 벽에서 내렸다. 제임
스는 격노하면서 그 자리에 그대로 두라고 우겼다. 우리는 그곳
에서 아무 일도 일어나지 않은 척해야 했다. 필이 우리의 꿈을 박
살 낼 뻔했던 일이 일어나지 않은 척해야 했다. 제임스가 우겨서
그 그림은 계속 벽에 걸려 있었다. 레이시가 이보다 작은 사이즈
의 원본을 내게 보냈을 때, 어떻게 알았는지는 몰라도 우리의 이
런 사연을 알고 보낸 게 아닌가 하는 생각이 들었다.

"제임스에게 내가 그를 얼마나 사랑하는지 말할 거야. 난 그가
그리워. 그를 데리고 집에 오고 싶어."

"제임스가 집에 오고 싶지 않다면 어떻게 할 건데?"

나는 바닥으로 시선을 떨어뜨렸다.

나디아는 거칠게 숨을 들이쉬었다. "너 거기 계속 있을 계획은
아니지? 카페는 어쩔 건데? 넌 지금 이 자리까지 오려고 무지 힘
들게 노력했잖아. 그걸 그냥 포기해버릴 거야?"

"아니야! 난…" 난 어떻게 해야 할지 알 수 없었다. 내 카페와
내가 일군 새 인생을 사랑하는데 그걸 외면하고 가버릴 순 없었
다. 하지만 제임스를 외면하고 가버릴 수도 없었다. 아직은. 난

그를 찾아야 했고, 왜 그가 떠났는지 알아야 했다.

"난 멕시코로 가야 해."

나디아는 오랫동안 날 지켜봤다. 그녀는 두 손으로 허리를 짚은 채 씩씩거리다가 고개를 젓더니 나를 안아줬다. 그녀는 내 어깨에 턱을 대고 말했다.

"네가 가야 한다는 거 알아. 하지만 혼자 가지 마. 여기서 기다려." 그녀는 거실을 가로질러 가 현관문을 열더니 눈에 보이지 않는 누군가에게 손짓을 했다. 이언이 더플백 하나와 카메라 가방을 들고 들어왔다. 그는 내 여행 가방 옆에 그 가방들을 내려놓고 조심스럽게 나를 쳐다봤다.

나디아가 문을 닫고 이언 옆에 섰다. "이언은 가방을 쌌고 갈 준비가 됐어. 하지만 너의 비행기와 호텔 정보가 필요해." 내가 얼굴을 찌푸리자 나디아가 자신을 변호하기 위해 두 손을 들었다. "이건 내 생각이 아니라 이언 생각이야. 이언이 먼저 나서서 너와 같이 가겠다고 했어."

나는 끙 소리를 냈다. 이건 말도 안 된다.

이언이 두 손을 들어 올렸다. "걱정하지 말아요. 카페 일은 다 어떻게 할지 처리해놨어요. 우리가 가게를 비우는 동안 트리시가 봐줄 거예요. 트리시가 벌써 카페에 가 있어요. 맨디도 도와줄 거고."

트리시는 우리 식당에서 일하는 또 다른 매니저지만 한 번도 그녀에게 가게를 다 맡겨본 적이 없는데, 내가 없을 때는 이언이 가게를 맡기로 돼 있었다. 이언이 나와 함께 가버리면 카페는 어쩌란 말인가?

"카페를 열고 닫는 건 크리스틴과 내가 할 거야. 다른 일이 생기면 그것도 처리하고." 나디아가 자원했다. 그녀는 긴장돼서 미소를 지어 보였다.

"그저 우리가 꺼야 할 불이 너무 많이 나지 않기만을 바랄 뿐이야."

나는 아랫입술을 잘근잘근 씹었다. 그러면서 나를 빤히 보는 두 사람을 번갈아 쳐다봤다. 이언이 청바지 주머니에 두 손을 찔러 넣고 내게 걸어왔다. 그리고 내 귀에 대고 속삭였다. "그 사람을 찾으러 갑시다."

나는 그의 목소리에서 낙담한 기색을 느끼고 얼굴을 찌푸렸다. 가끔씩 그의 표정에서 보이던 나에 대한 갈망이 사라졌다. 그것을 다시 보고 싶었다. 내 가슴속에서 허허로운 마음이 퍼져 갔다.

제임스를 뒤쫓는 건 실수야.

커피메이커에서 울리는 삑삑 소리에 나는 화들짝 놀랐다. 내가 무슨 생각을 하고 있었건 나의 생각은 허공으로 흩어져버렸다. 나는 두 팔을 내려뜨렸다.

"흠, 그렇다면…여권은 잊지 않고 챙겨 왔길 빌어요."

마법사가 소매에서 카드를 꺼내는 것보다도 빠르게 이언이 뒷주머니에서 여권을 꺼냈다. "난 이거 없이는 집에서 나오지 않아요."

2부

멕시코

푸에르토 에스콘디도의

에메랄드 해안

17장

비행기를 두 번이나 갈아타며 열아홉 시간 동안 비행한 후에 나는 푸에르토 에스콘디도의 시카텔라 해변이 내다보이는 바닷가 비즈니스 리조트인 카사 델 솔에 체크인하고 로비에서 이언이 탄 비행기가 도착하길 기다렸다. 이날은 목요일 오후로 국제 서핑 대회가 열리기 이틀 전이었는데, 급하게 예약하느라 나는 미처 모르고 있었다. 그 대회는 지역 문화와 전통을 예찬하기 위해 11월 한 달간 개최되는 수많은 축제 행사 중 하나였다.

개방식 로비는 관광객들과 서퍼들로 북적거렸고, 서퍼들의 보드가 벽에 나란히 기대어져 있거나 다른 짐들과 함께 바닥에 놓여 있었다. 바닥엔 아도비 점토로 만든 타일이 깔려 있었고 그 위를 바퀴 달린 여행 가방들이 굴러갔다. 떠들썩한 웃음소리에 소금기 짙은 공기가 진동했다. 아치 모양의 출입구 너머에서 천둥처럼 큰 파도 소리가 들려왔다. 바다 냄새가 바람을 타고 로비로

둥둥 떠밀려 와 온몸을 선크림으로 떡칠한 채 여행에 지쳐 있는 여행자들의 매캐한 체취와 충돌했다. 내가 사람들 속에 혼자 서 있는 동안 이 모든 것들이 배경으로 희미하게 사라졌다.

온몸의 모든 신경에서 폭죽이 터지듯이 펑펑 소리가 나는 것 같았다. 나는 새너제이에서 비행기에 탑승하는 순간 불안해졌고, 내가 탄 택시가 이 호텔의 주차장으로 들어오는 순간 속이 울렁거리고 피부가 차가워지며 축축해졌다. 제임스를 찾고 싶은 반면, 그를 발견하게 될까 봐 두렵기도 했다. 그의 죽음과 장례식은 가짜였다. 토머스는 그동안 내게 거짓말을 했고 제임스는 계속 숨어 있었다. 그들은 나와 다른 사람들 모두가 제임스가 죽었다고 믿도록 내버려뒀다.

지금까지의 일들에도 불구하고, 이 모든 거짓말에도 불구하고 내가 그를 되찾고 싶을까?

나는 이에 대한 답이 없었다.

어지러워진 나는 로비 기둥에 몸을 기대고 계속 이언을 기다렸다. 내가 탄 비행기는 예약이 완료돼서 이언은 다른 비행기를 타고 오기로 했다. 이언이 보낸 마지막 문자에 따르면 그는 택시를 타고 여기로 오는 중이었다.

녹색 눈동자에 광대뼈가 도드라진 여자가 내게 다가왔다. 구불구불한 짙은 갈색 머리가 날씬한 어깨 위로 멋지게 흘러내려 옷깃에 단 호텔 매니저 배지의 가장자리를 스쳤다. 이름표에 이멜다 로드리게스라고 씌어 있었다. 그녀가 내게 물을 한 잔 건넸다.

"올라, 세뇨리타(안녕하세요, 손님). 카사 델 솔에 오신 걸 환영합니다." 그녀가 얼굴을 찌푸리며 물었다. "괜찮으세요?"

나는 고마운 마음으로 그 물을 받아서 게걸스럽게 마셨다. "네, 이젠 좀 괜찮아요. 고맙습니다."

"이곳의 습기는 사악하죠. 살금살금 다가와서 몸에 파고든다 니까요. 계속 수분을 보충해주는 게 최선이에요." 그녀는 미소를 짓고 나를 한번 훑어봤다. "여기는 서핑 대회 때문에 오셨나요?"

"뭐라고요?" 나는 눈을 깜박였다. "아, 아니에요. 전 파도타기 는 하지 않아요. 한 번도 타본 적이 없어요. 전 바다 가까이 살지 만, 바다에 가지 않은 지 오래됐어요. 그때 이후." 그러니까 제임 스가 죽은 이후로. 나는 물컵에 얼굴을 묻고 남은 물을 다 마시면 서 제임스의 그림을 떠올리지 않으려고 애썼다. 레이시가 언급 한 위험이란 말이 맴돌았다.

이멜다는 내게서 빈 잔을 받았다. "그럼 여기는 뭣 때문에 오 셨나요?"

"예술이죠."

"아, 그렇군요. 잘됐네요." 그녀가 말했다. 그녀의 영어는 분명 하고 딱 부러지면서도 스페인어 억양이 진하게 묻어났다.

"오악사카에는 예술 방면의 볼거리가 많아요. 우리 마을엔 낚 시와 서핑을 할 곳도 많지만 갤러리도 몇 개 있답니다."

"이 갤러리는 어디 있는지 말해줄 수 있나요?" 나는 레이시한 테 받은 엽서를 핸드백에서 꺼내 이멜다에게 보여줬다.

"근사한 곳이죠. 아주 가까워요. 여기서 걸어갈 수도 있어요." 그녀는 호텔 밖 도로로 통하는 정문 로비의 아치형 출입구를 가리키며 말했다. "제가 보여드릴게요. 잠깐만요." 그녀는 손가락 하나를 들어 올렸다. 나는 그녀를 따라 안내 데스크 옆에 있는 팸플릿 진열대로 갔다. 그녀는 푸에르토 에스콘디도의 지도를 펼쳐서 마리네로 해변과 시카텔라 해변 사이에 있는 한 장소를 가리켰다. "우린 여기 있고, 손님이 가시려는 곳은 여기예요. 그 갤러리는 엘 아도킨이라고 관광객들이 좋아하는 거리에 있죠."

그녀는 그 지도에서 또 다른 장소를 톡톡 쳤다. "여기가 우리 시청이에요. 관심 있으신지 모르겠지만, 여기서 오늘 밤 음악회가 열릴 거예요. 그리고 며칠 후엔 축제와 퍼레이드가 열릴 거고요. 그때까지 여기 머무르실 거라면 말이죠. 축제들은 다 재미있답니다."

나는 지도를 받아서 거기까지 가는 경로와 그 주위의 도로들을 외운 뒤 지도를 접었다.

"이건 그 스튜디오의 브로슈어예요." 이멜다가 진열대에서 표면이 매끄러운 엽서를 하나 뽑아 들었다. 그것은 레이시가 내게 전해준 것보다 더 큰 엽서였다. "카를로스의 작품은 대단히 뛰어나죠."

엘 에스투디오 델 핀토르의 주인인 J. 카를로스 도밍게스의 사진은 거기 나와 있지 않았다. 하지만 그 갤러리에 있는 아크릴화가 몇 점 나와 있었다. 그것들은 제임스의 사라진 그림은 아니었지만 화풍이 비슷했다.

"카를로스가 자기 갤러리에서 다른 화가들의 작품도 전시하나요?" 내가 물었다.

"우리 지역 조각가가 그의 갤러리를 한 번 이용하긴 했지만 대부분 카를로스의 작품을 전시해요. 아크릴화와 유화죠. 우리 예술가 중 몇 명은 오악사카 예술계에서 꽤 유명해졌어요. 특별히 찾으시는 사람이 있나요?"

"오랜 친구를 찾고 있어요."

이멜다의 미소가 흔들렸다.

갑자기 로비가 시끄러워져서 그녀의 관심이 그쪽으로 쏠렸다. 새로 도착한 손님들이 숙소에 대해 불만을 나타냈다. 그들은 주니어 스위트룸이 아니라 방갈로를 예약했다고 했다.

이멜다가 다시 내게 돌아섰다. "그럼 친구 분을 찾으실 수 있도록 행운을 빕니다. 여기 계실 동안 즐겁게 지내시고요. 전 이만 가보겠습니다."

그녀는 내가 고맙다는 말을 하기도 전에 가버렸다.

핸드폰 진동음이 울리면서 문자 메시지가 들어왔다. 이언이 도착했다. 나는 로비 출입구 밖에서 그를 맞았다. 그는 옷이 여기저기 구겨지고 면도도 하지 못한 모습이었다. 비행기를 두 번이나 갈아탔는데 그때마다 지연되는 통에 여기까지 오는 데 22시간이 넘게 걸렸다. 그는 트럭에 묶여 몇 블록을 끌려 다닌 몰골이었다. 나를 보자 지친 얼굴에 환한 미소를 띠면서 그가 손을 흔들었다.

나도 미소를 지으며 손을 흔들었다.

이언은 택시 기사에게 요금을 지불한 뒤 카메라 가방을 사선으로 올려 어깨에 멘 채 여행 가방을 들고 왔다.

"비행은 어땠어요?" 그가 내게 다가와 물었다.

"한도 끝도 없이 길었죠." 나는 신음하며 말했다.

"동감 또 동감이에요." 이언도 투덜거렸다. 그는 예약 데스크에 한 팔을 걸쳤다. "체크인부터 할게요. 내 가방 좀 봐줘요." 그는 가방들을 내 발치에 떨어뜨렸다.

몇 분 후 그가 룸 키를 들고 돌아왔다.

"난 맥주가 필요해요."

나는 코를 찡그렸다. "당신에겐 샤워가 필요해요. 저기 테라스에 바다가 보이는 카페가 있어요. 가서 씻고 와요. 거기서 만나죠."

그는 셔츠 자락을 끌어 올려 가슴에 부채질을 하듯이 흔들었다. "좋은 생각이네요."

20분 후 나는 해변을 내려다보며 테이블 앞에 앉아 있었다. 리조트 양쪽으로 큰 파도가 하얀 모래 해변에 쓸려 왔다가 부서지고 있었다. 카페 주위에 서 있는 야자나무들이 바람에 살랑거렸다. 주문한 아이스티가 도착했을 때 이언도 왔다. 그는 내 음료를 보고 코를 찡긋했다. "여기까지 와서 이러기예요?" 그는 웨이터를 향해 손가락 두 개를 들어 올렸다. "도스 세르베사스(맥주 두 개)."

"시, 세뇨르(알겠습니다. 손님)." 웨이터는 테이블 위에 컵받침 두 개를 놓은 뒤 주문한 맥주를 가지러 바로 갔다.

이언은 리넨 반바지에 구겨진 옥스퍼드 셔츠를 입고 플립플롭을 신고 있었다. 샤워를 해서 아직 축축한 머리가 귀 주위에 동글동글 말려 있었다. 그는 내 맞은편에 앉아서 우리 사이에 있는 의자에 카메라 가방을 놓고 심호흡을 했다. "와우, 멕시코 좋은데."

나는 멕시코의 공기를 들이마셨지만 이언의 체취만 느껴졌다. 순간 온몸이 후끈 달아오르면서 갈망이 일었다. 이언을 원하는 강렬하고도 순수한 욕망. 나는 깜짝 놀라 이언에게서 시선을 거두고 테라스 밑에 있는 수영장만 바라봤다.

"괜찮아요?"

"네, 난 괜찮아요." 나는 목에 달라붙은 머리카락을 들어 올렸다. 그래봤자 별로 시원해지진 않았다.

웨이터가 우리의 맥주를 가지고 돌아왔다. 이언이 자신의 맥주를 들어 올릴 때 나는 내 맥주를 옆으로 밀어놓고 찻잔을 들었다. 이언이 얼굴을 찡그렸다. "난 찻잔에 대고 건배하진 않는데."

"제임스를 만났을 때 술 냄새를 풍기고 싶지 않아요."

"그를 만나게 된다면 말이죠." 그는 한참 맥주를 마신 뒤 내 얼굴을 찬찬히 살펴봤다.

나는 곤혹스러움에 표정이 조심스러워졌다. 내가 제임스를 찾고 싶어 하는 만큼 이언은 나를 원하고 있었다. 그리고 나는 제임스를 찾아야 했다. 적어도 그의 죽음에 대한 의문들을 풀어야 했다. 그것만이 과거와 작별할 수 있는 유일한 방법이었다.

나는 이언에게 새 엽서를 보여줬다. 그는 한쪽 눈썹을 치켜 올렸다. "이게 그 스튜디오예요?"

나는 고개를 끄덕였다. "이 그림들, 제임스 그림 같아 보이지 않아요?"

"당신은 정말 제임스가 그때부터 지금까지 내내 여기서 그림을 그리고 있었다고 생각해요?" 이언은 엽서를 살펴보더니 어깨를 으쓱했다. "화풍은 비슷해 보여요. 판단하긴 힘들지만. 그림들이 너무 작아서."

나는 엽서를 자세히 들여다봤다. "난 판단할 수 있어요."

그는 또다시 맥주를 한 모금 마셨다. "그림은 다 그게 그거 같아 보여요."

"당신의 사진들이 다른 사진작가들의 작품들과 똑같아 보이는 것처럼?"

이언은 맥주를 테이블에 올려놓고 얼굴을 찡그렸다. "무슨 말인지 알겠어요."

나는 엽서를 다시 이언에게 밀었다.

"예전에 제임스가 모든 화가는 그림을 그릴 때 자신만의 독특한 특징을 넣는다고 했어요. 반 고흐는 색들을 얼룩지게 해서 그렸죠. 모네는 빛의 인상을 만들어내기 위해 색들을 철저하게 분해했고요. 킨케이드는(미국의 현대 화가 토머스 킨케이드—옮긴이) 빛을 너무나 사실적으로 그려서 그림 자체에서 빛이 나는 것처럼 보였죠. 제임스에게도 그만의 특징이 있어요."

이언이 테이블 위로 몸을 기울였다. "그래서 어떤 특징을 찾아봐야 하는 거죠?"

"아크릴은 제임스가 선호하는 표현 수단이었어요. 유화보다 훨씬 빨리 마르거든요. 큰 프로젝트를 할 때는 물감을 한번에 아주 많이 섞어서 색의 일관성을 유지했어요. 그가 자주 섞은 색 중 하나가 파란 기가 도는 초록색이었어요. 그는 그걸 '마이 베이비스 블루스'라고 불렀…"

이언이 코웃음을 쳤다. "내 연인의 파란색이라고요?"

나는 손을 내저어 비꼬는 그를 무시했다. "그 색깔은 내 눈 색깔과 똑같아요."

이언이 눈동자를 굴렸다.

나는 그를 무시했다. "제임스는 모든 그림에 서명할 때 그 물감을 사용했어요. 이 화가가 여기 이렇게 한 것처럼." 나는 엽서에 나온 이미지 중 하나에 있는 캐리비언 블루 얼룩을 가리켰다.

이언은 눈을 가늘게 뜨고 나와 이마를 부딪칠 정도로 가까이 머리를 맞댄 채 우리 사이에 놓인 엽서를 같이 들여다봤다. 그러다 몸을 뒤로 젖히면서 한숨을 쉬었다. "지금 안 보이는 걸 억지로 보려고 하는 거 아니에요? 난 잘 모르겠는데."

"여기 봐요. 여기 제임스의 그림 중 하나를 보란 말이에요." 나는 내 핸드폰의 사진들을 스크롤해서 내 파밸리를 그린 사진을 찾아냈다. 거기에 그림의 노란 겨자색 들판과 대비되는 서명이 나와 있었다. 내가 이언에게 핸드폰을 줬다.

그의 얼굴이 창백해지면서 곧바로 나를 바라봤다.

"이 사진은 어디서 찍었어요? 카페에서 찍은 건가요?"

내 얼굴이 빨개졌다. "당신은 이 그림을 본 적이 없죠. 내 침실에 있으니까."

"이건 그림 사진이 아니에요." 그는 재빨리 화면을 보여줬다. 순간 금발머리가 보였다.

"아, 미안해요." 내가 실수로 다른 사진을 보여준 모양이었다.

"다시 찾아줄게요."

"이 여자는 누구죠?" 그가 내게 화면을 보여줬다.

그것은 카페의 비공식 개업일에 크리스틴이 카페에 와 있던 레이시를 찍은 사진이었다. "그 여자가 바로 내게 제임스에 대해 말해준 심령술사예요. 이름은 레이시예요."

"레이니겠죠. 이 여자가 카페에 있었나요?"

"비공식 개업일에요. 크리스틴이 이 사진을 찍었어요."

이언은 한 손으로 자신의 입을 덮었다. 그리고 눈을 가늘게 뜬 채 그 사진을 뚫어져라 바라봤다. "내가 레이니를 못 봤다니 믿을 수 없군."

"그 여자는 금방 가버렸대요." 나는 무슨 일인지 궁금해하면서 그를 바라봤다. "그건 그렇고, 그 여자 이름은 레이시 손더스예요."

그는 고개를 흔들었다. "레이니 손더스예요. 이 사람은 우리 아버지가 고용한 심령술사였어요. 난 수년간 그녀를 찾으려고 애썼는데."

나는 숨이 턱 막혔다. "이 여자가 당신의 천사였군요. 왜 이름을 바꿨을까요?"

"간단하죠. 남들이 못 찾게 하려고 그런 거죠." 그는 사진을 돌려줬다. "그 사진 좀 내게 보내주겠어요?"

나는 고개를 끄덕이고 몇 개의 아이콘을 두드렸다. "적어도 그 여자에 대해 우리가 아는 게 한 가지 있군요."

"그게 뭐죠?" 이언이 물었다. 그의 핸드폰에서 띵 소리가 나면서 내가 보낸 메시지가 들어갔다.

"레이시가 여기 왔었다는 거. 그녀가 보낸 쪽지는 이 호텔 메모지에 쓴 것이었어요. 여기 있는 누군가는 틀림없이 그녀를 봤을 거예요. 분명 여기에 그녀의 주소가 있을 거예요."

"어쩌면요." 그는 딴생각을 하는 사람처럼 말했다. 그는 바다의 수평선을 향해 고개를 돌리고 생각에 빠져 있었다.

손도 대지 않은 맥주병이 거의 마시지 않은 아이스티 잔 옆에서 땀을 흘리고 있었다. 에라 모르겠다. 나는 맥주병을 낚아챘다.

"건배해요."

그는 다시 억지로 내게 시선을 돌렸다. "무엇을 위해서?"

"우리를 위해서. 그리고 우리 둘 다 자기가 찾고 있는 것을 발견하기 위해서."

이언이 내 얼굴을 찬찬히 뜯어봤다. 그 표정은 내가 찾고 있는 걸 발견하게 되기를 바라지 않는다고 말하고 있었다. 그렇다면 나와 관계를 발전시킬 기회를 잃게 될 테니까. 나는 불편하게 침을 삼켰다. 그는 맥주를 다 마시고 일어나, 테이블 위에 멕시코 지폐 몇 장을 던졌다.

"좋아요, 그럼. 당신의 화가를 찾으러 갑시다."

18장

아베니다 알폰소 페레스 가스가의 포석 깔린 보도는 해변과 평행을 이루며 길게 뻗어 있었다. 거리에는 밝고 화려한 가게들이 줄줄이 늘어서 있었고 축제를 알리는 현수막들이 휘날렸다. 거리 공연을 하는 사람들이 길모퉁이마다 서서 철제 드럼을 두드리고 있었다. 우리는 관광객들 사이를 요리조리 빠져나왔고, 걸으면서 내 속도가 점점 빨라졌다.

"왜 이렇게 서둘러요?" 이언이 물었다. 그는 저물어가는 해가 길게 드리운 그림자로 줄무늬가 진 청록색 건물을 카메라로 찰칵 찍었다.

"시간이 늦었잖아요." 나는 고개를 휙 젖혀서 이언에게 따라오라는 몸짓을 한 뒤 계속 걸었다. 주말에 열리는 대회 때문에 전 세계 서핑 팬들이 몰려왔다. 남아프리카 억양이 오스트레일리아 억양과 섞여서 들렸다. 관광객들이 거리에 몰려들었다. 그들은 먹고, 웃고, 춤을 췄다. 거기다 내가 가는 길을 막고 있었다.

이언이 내 팔을 홱 잡아서 뒤로 끌어당겼다. 그는 관광객들이 몰려서 옴짝달싹할 수 없는 곳에서 나를 빼내면서 잠시 멈춰 두 노인의 사진을 찍었다. 그들은 담배 가게 문간에 서서 시거를 뻐끔뻐끔 피우고 있었다. 땀에 얼룩진 셔츠 아래로 축 늘어진 배가 드러나 있었다. 둘 다 별다른 매력이 없어 보였고 아마 냄새는 더 끔찍할 것이었다.

이언은 그들의 어떤 점에 그렇게 매료돼서 굳이 사진까지 찍었을까? 그런 사진들은 전시회에 내놓지도 않을 텐데.

이언은 내 팔을 풀어주고 걷는 속도를 늦췄다.

"숨 좀 쉬어요. 주위도 돌아보고. 볼거리가 아주 많아요."

"여기 관광하러 온 거 아니에요." 내가 불평했다.

그는 카메라로 얼굴을 가리고 버튼을 눌렀다. 눈이 멀 것 같은 빛이 번쩍 터졌다. 순간 별들이 보였다.

"젠장." 그는 카메라 세팅을 다시 조정했다. "이러려고 한 게 아닌데. 초보 같은 짓을 했네요." 그는 그 사진을 확인하면서 킬킬 웃더니 내가 볼 수 있게 화면을 내게 돌렸다. "헤드라이트 불빛을 보고 놀란 예쁜 사슴 같네요. 당신에게 어울려요."

"사진은 그만 찍어요." 내가 쏘아붙였다. 이멜다가 보여준 지도에 따르면 스튜디오는 두 블록 앞에 있었다. 어서 빨리 거기에 가고 싶었다.

"왜요? 늦은 오후의 빛이 사진 찍기엔 그만이에요."

내가 초조해서 씩씩거리자 그는 카메라를 목에 걸었다.

"긴장 풀어요, 에이미. 당신은 지금 너무 뻣뻣해서 금방이라도 부러질 것 같아요. 스튜디오가 이미 문을 닫았을 가능성도 커요." 그가 내 어깨를 문지르며 말했다.

그는 저물어가는 태양을 향해 고갯짓을 했다. "아무래도 내 여행 계획을 잘 바꾼 것 같아요. 다음번 전시회 주제는 멕시코의 푸에르토 에스콘디도로 해야겠어요. 이번 주말에 열릴 서핑 대회도 찍고. 이 지역 랜드마크들과 문화도 찍고 싶고."

"하지만 당신은 인물이 들어간 사진은 전시하지 않잖아요."

"이번에는 선택의 여지가 없을 것 같은데요." 그는 그 생각에 마음이 동요된 것처럼 말했다.

이언은 그동안 모아놓은 자금으로 코스타리카 밀림에 가서 사진을 찍을 계획이었다. 그런데 그 계획을 희생시키고 나를 따라 멕시코로 왔다.

그는 나를 무척 아끼니까.

그 생각이 내 머릿속에서 이리저리 돌아다녔다.

나는 얼굴을 문지른 뒤 두 손에 대고 한숨을 쉬었다. "미안해요."

"그러지 말아요. 하지만 제임스를 찾지 못한다 해도 이 여행을 즐기겠다고 약속해요. 내가 돈을 잘 썼다는 걸 알고 싶으니까."

나는 고개를 끄덕이고 두 팔을 내려뜨렸다. 이언의 말이 옳았다. 제임스의 그림들이 여기 있다고 해서 그가 여기 있다는 뜻은 아니다.

나는 이언이 권한 대로 심호흡을 하면서 시거 연기와 거리 맞은편에 있는 타코 좌판에서 풍기는 생선 구이 냄새를 들이마셨다. 그리고 카페의 봄 메뉴에 멕시코의 맛을 추가해야겠다고 마음에 새기면서 드럼의 템포에 맞춰 몸을 움직였다. 내 입술에서 작은 미소가 새어 나왔다.

"봐요, 훨씬 낫네." 이언은 미소로 화답한 뒤 카메라를 눌러 그 순간을 보존했다. 이번에는 플래시가 터지지 않았다.

"지금 우리 입장부터 분명히 합시다. 오늘의 목표는 스튜디오를 찾는 거예요. 오늘 밤 푹 자고 나서 내일 카를로스에게 가면 돼요. 오늘처럼 그렇게…"

"뻣뻣하게 굴지 말라고요?"

"맞아요." 그는 고개를 숙여 손에 든 카메라를 내려다봤다. 그러면서 재미있어 하는 표정을 감추려고 애썼다.

나는 그를 노려봤다. "당신은 내가 그를 못 찾을 거라고 생각하죠?"

그가 고개를 들었다. "난 그런 말 하지 않았어요."

"당신은 이 모든 게 농담이라고 생각하잖아요."

그는 자신을 방어하기 위해 두 손을 들어 올렸다. "이봐요, 잠깐만. 그렇게 속단하지…"

"당신은 내가 그를 찾는 걸 원하지 않잖아요."

그는 땅이 꺼져라 한숨을 쉬더니, 거리를 봤다가 다시 날 봤다.

"나도 내가 뭘 원하는지 모르겠어요. 난…" 그는 입술을 꽉 다물었다.

"뭐요?"

그는 머리를 손가락으로 헤집었다. 내가 계속 노려보자 그가 한쪽 어깨를 으쓱했다. "난 당신이 행복한 걸 보고 싶어요. 당신이 지금 이 순간에 집중해서 살면서 마음에서 우러난 미소를 짓는 걸 보고 싶어요. 당신의 얼굴 전체가 환하게 빛나는 거. 그거 되게 아름다워요."

나는 눈을 깜박였다. 그 말을 듣자 할 말이 없어졌다.

"또 아까처럼 헤드라이트 불빛 속 사슴 같은 표정을 하고 있군요." 그는 이렇게 중얼거린 뒤 스튜디오가 있는 쪽으로 걷기 시작했다.

나는 멍하니 그를 바라봤다. 몇 발짝 앞서가던 그가 걸음을 멈추고 돌아섰다. "안 갈 거예요?"

"음…가요."

이언은 나와 같이 걸어가면서 사진을 찍었다. 나는 그와 보조를 맞춰 그가 멈출 때 멈추면서 주위에 있는 것들을 애써 유심히 바라봤다. 이언은 카메라 세팅을 조정하고 오래된 건물에 렌즈를 겨눴다. 여기저기 금이 간 아도비 점토 건물이 뭐가 흥미로운지 궁금해서 그에게 물어봤다. 대답으로 그는 내 사진을 찍었다.

"그만해요!" 나는 꽥 소리를 내며 카메라 끈을 잡으려고 손을 뻗었다.

이언은 몸을 돌려 피하면서 웃었다. "난 사진을 찍기 시작한 후로 멈춘 적이 없어요. 뭣 때문에 오늘은 멈출 거라고 생각해요?"

그가 한눈을 팔면서 길을 건널 때면 나는 그의 옆에서 보조를 맞추며 걸었다. "사진은 어떻게 시작했어요?" 아주 어렸을 때부터 사진에 관심을 가졌다고 그가 전에 말한 적이 있었다.

"우리 아버지는 스포츠 사진작가셨어요. 난 아버지에게 물어보지도 않고 카메라를 갖다 쓰곤 했죠. 뒷마당에 있는 곤충들 사진을 찍었어요." 그는 멋쩍어하는 표정으로 날 봤다. "사진을 아주 많이 찍었죠. 아직 디지털 카메라가 흔하지 않던 때여서 아버지가 필름을 현상해야 했는데 필름의 절반이 곤충 사진이었죠. 아버지가 그걸 알게 됐을 때 난 엄청 혼날 줄 알았어요. 그런데 아버지는 당신의 카메라를 내게 주셨죠."

"아버지가 카메라를 주셨다고요?" 나는 스포츠 사진작가들이 쓰는 비싼 카메라들, 아주 커다란 렌즈가 달린 카메라들을 마음속에 그려봤다.

"그때 몇 살이었어요?"

"여덟 살이요. 맞아요, 카메라를 주셨어요. 그걸로 아버지가 눈여겨보시던 새 카메라를 장만할 구실이 생겼고." 그는 설명했다. 그러고는 발을 멈추며 말했다. "도착했어요." 그는 우리 옆에 있는 건물의 페인트로 쓴 간판을 가리켰다.

나는 엘 에스투디오 델 핀토르의 앞 유리창에 비친 내 얼굴을 빤히 바라봤다. 스튜디오 안은 어두웠다. 이언이 생각했던 것처럼 갤러리는 닫혀 있었다. 내가 그의 손을 찾아 아무 생각 없이 손을 뻗었을 때 다리가 떨리기 시작했다.

유리창에서 이언의 시선이 나의 시선과 만났고 그는 내 손을 꽉 잡았다.

"괜찮아요, 에이미. 내가 당신 옆에 있잖아요." 그는 목을 길게 빼서 갤러리 모퉁이를 돌아봤다. "내 생각에 출입구는 저쪽 뜰 옆에 있는 것 같아요."

그는 나를 그쪽으로 끌고 가서 연철 문에 달린 걸쇠를 젖혔다. 비바람에 시달린 경첩들이 낡아서 삐걱거렸다. 화분에 심은 식물들과 열대 지방의 꽃들이 작은 뜰을 가득 채우고 있었다. 부겐빌레아가 벽을 타고 올랐고, 빨간색 종이 같은 꽃들이 핀 덩굴 식물들이 하늘을 향해 높이 뻗어 있었다. 윤이 나는 도자기 분수에서 똑똑 떨어지는 물이 거리의 소음을 잠재웠다.

세련된 도자기 공방과 부동산 중개소가 뜰을 나눠 쓰고 있었는데 중개소의 문이 하나 열려 있었다. 스튜디오의 유리문 위에 무슨 표지판이 걸려 있었는데, 나는 그 위쪽의 유리를 톡톡 치며 말했다. "여기 뭐라고 적혀 있어요?"

"영감을 받았습니다. 낚시를 하거나 그림을 그리거나 달리러 갑니다. 곧 돌아오겠지만 어쩌면 늦어질지도 모르겠어요." 이언은 툴툴거렸다. "이 남자랑 나는 잘 통하겠는데요."

나는 아이들이 사탕 가게 앞에서 그러는 것처럼 유리에 이마를 딱 붙이고 두 손으로 눈 주위를 받쳐 빛이 반사되지 않게 하면서 안을 들여다봤다. 스튜디오는 웬디스 햄버거 매장의 절반도 안 되는 크기였지만 전시된 작품들이 숨 막히게 아름다웠다. "그림들이 아름다워요." 내가 문에 대고 한숨을 쉬어서 유리에 김이 서렸다. 여러 소재의 그림들(유화, 아크릴화, 수채화)이 벽 두 개를 다 덮었다. 바다 풍경, 일몰, 그리고 이 지역 랜드마크로 짐작되는 것들을 그린 그림들이었다. 그중에 초상화 몇 개가 섞여 있었다. 내가 있는 각도에서는 내 옆에 나란히 있는 그림들은 보이지 않았고, 대로 쪽으로 전면 유리창이 있었다. 갤러리 바닥에는 착색된 목재 받침대 위에 조각들이 당당하게 서 있었다.

저쪽 구석에 있는 작은 목재 테이블 위에 물감 튜브들, 붓들과 종이가 어질러져 있었고 작은 이젤이 세워져 있었다. 그걸 보자 어렸을 때 내 방에 있었던 작은 미술용 테이블이 생각났다. 어질러진 책상 뒤에는 신문 더미와 책들이 벽에 기대어 쌓여 있었다.

"오늘 카를로스가 돌아올지 궁금하네요." 나는 또다시 유리가 있다는 걸 잊고 문에 대고 말을 했다. 그러고는 팔뚝으로 유리를 닦았다.

이언이 뜰 주위를 둘러봤다. "잠깐만 기다려요. 내가 확인해볼게요." 그는 부동산 중개소로 사라졌다.

나는 다시 갤러리로 관심을 돌려서 그 안에 있는 그림들을 살펴봤다. 그림의 재료는 달랐지만 스타일은 비슷했다. 모두 같은 작가가 그린 것이었다. 내가 있는 곳에서는 캔버스에 적힌 화가의 서명을 읽을 수 없었다.

나는 문에서 물러나면서 목 뒤를 문질렀다. 긴장도 되고 공기도 습해서 목덜미가 축축하게 젖어 있었다. 부동산 중개소 사무실 유리창으로 이언이 직원과 이야기를 나누는 모습이 보였지만 뜰에 있는 분수 소리 때문에 둘의 목소리는 들리지 않았다. 나는 카를로스가 언제 돌아올지 알고 싶었고 저 그림들을 그린 화가의 이름을 알고 싶었다. 특히 갤러리 팸플릿에 나온 작품들에 쓰인 파란 물감의 색조를 확인하고 싶었다.

　나는 다시 갤러리 앞으로 돌아와 진열창의 작품들을 살펴봤다. 파도 속으로 뛰어드는 갈매기의 조각상도 있었고, 화가가 떠오르는 태양을 그리고 그 태양과 같은 회색으로 서명을 한 수채화도 액자에 담겨 있었고, 파란색으로 서명이 된 아크릴화도 한 점 있었다. 나는 그림에 나타난 붓놀림을 뜯어봤다. 제임스가 그 작품을 그렸다고 믿고 싶긴 했지만 확신이 서지 않았다. 비슷한 점들도 있었지만 다른 점들도 있었다. 집에 있는 그림들이 기교를 최대한 자제한 반면 이 캔버스의 붓놀림은 불규칙적이면서 자유분방했다. 그 그림을 보자 '자유로워졌다'는 표현이 떠올랐지만 최종 결과물은 우리 집 벽에 있는 그림들만큼이나 훌륭했다. 파란 색소에 초록색이 너무 많이 들어갔거나 유리창에 입힌 색 때문에 그림의 색이 왜곡됐는지도 모른다. 안에 들어가서 좀 더 자세히 봐야 알 수 있을 것 같았다.

　이언이 연철 문을 통과해 건물 쪽으로 오면서 말했다. "부동산 중개인 말로는 카를로스는 갤러리 문을 일찍 닫는 습관이 있다네요. 마라톤에 나갈 훈련을 하고 있대요. 그 중개인은 셀린이라는 여잔데, 카를로스가 요렇게 짧은 마라톤용 반바지를 입고 일찍 나가는 걸 봤대요." 그는 두 손을 들어서 손가락을 좍 벌리고 마치 빵을 으깨는 것처럼 허공을 꼬집는 시늉을 했다. 내 눈이 동그래지자 그가 헛기침을 했다. "셀린이 이렇게 했어요. 내가 아니라. 난 그냥 보여주는 거고."

　나는 눈동자를 굴렸다.

288

"셀린은 카를로스가 오늘 갤러리로 돌아오지 않을 거라고 생각하던데요. 그래서 내일 다시 찾아오라고. 일찍. 알았죠? 여기 문에 걸린 표지판을 보면 '열 시경에' 문을 연다고 돼 있어요." 그는 허공에서 인용 부호를 해 보이며 말했다.

나는 입을 꾹 다물고 멍하니 고개를 끄덕였다. 내가 열의 없이 대꾸하자 그의 얼굴에 실망한 표정이 떠올랐다. 그가 내 오른쪽 소매를 잡아당겼다. "이러지 말아요, 에이미. 지금은 기뻐해야죠. 실종된 약혼자 사건을 푸는 데 한 걸음 더 가까워졌잖아요."

나는 그를 화난 표정으로 쳐다봤다.

그는 엄지로 유리창을 가리켰다. "하지만 여기가 그 갤러리라는 건 내가 알아냈잖아요. 카를로스의 스튜디오 위층에 아파트가 있어요. 거기서 미술 수업을 한다는데요."

나는 이언이 나를 지켜보고 있는 걸 느꼈지만 유리창을 통해서 보이는 아크릴화에서 좀처럼 눈을 뗄 수 없었다. 죽어라 노려보면 그 서명의 색깔이 변하기라도 할 것처럼. 조명이 이상한 걸까? 아니면 내가 거기 있지도 않은 뭔가를 보려고 억지를 부리는 건가?

이언이 잠시 머뭇거렸다. "무슨 문제 있어요?"

나는 유리창 아래쪽 구석을 툭툭 쳤다. "이 파란색은 색조가 맞지 않아요. 내가 바란 건…" 내 목소리가 작아졌다. 뭘 바랐는데? 제임스가 미친 듯이 그림을 그리고 있는 걸 발견해서 그를 찾아낸 걸 감사하고 그를 집으로 끌고 가는 거?

그 얼마나 비현실적인 몽상이었나?

나는 유리창 아래 있는 나무 벤치에 털썩 주저앉았다.

이언이 옆에 앉아서 내 어깨에 팔을 둘렀다.

"내일 당신이 원하는 답을 찾게 될 거예요."

그는 시계를 힐끗 보고 반 블록 떨어진 시장을 향해 고갯짓을
했다.

"가서 먹을 것과 맥주를 삽시다. 그걸 해변으로 가져가서 일몰
을 보면서 먹어요."

나는 어느새 미소를 짓고 있었다. "또 사진 찍게요?"

그는 씩 웃었다. "물론이죠."

"당신이 가서 사 와요. 난 여기서 기다리고 있을게요." 나는 아
직 그곳을 떠날 준비가 돼 있지 않았다. 나는 유리창에 기대며 선
글라스를 꼈다.

이언이 내 다리를 토닥였다. "금방 갔다 올게요." 그는 일어서
서 출발했으나 거리를 반쯤 건너갔을 때 뛰어서 되돌아왔다. "바
보 같은 짓은 하지 말아요." 그가 소리를 질렀다.

나는 어서 가라고 손짓한 뒤 선글라스에 숨긴 눈으로 지나가
는 사람들을 바라봤다. 핸드폰에서 메시지 수신을 알리는 소리
가 났다. 지난 24시간 동안 내가 답장하지 않은 무수한 문자들과
음성 메시지 중 하나였다. 나는 숄더백에서 핸드폰을 꺼냈다. 크
리스틴이 또 문자를 보냈다.

전화해!

나는 지금까지 들어온 메시지들을 죽 훑어봤다. 음성 메시지
는 대부분 크리스틴이 보낸 것이었다. 우리 말을 들었어야지. 내
말을 듣고 멕시코에 가지 말았어야지. 너 그러다 실망한다니까?
그녀가 보낸 문자들을 스크롤하면서 가장 최근에 들어온 것들
을 훑어봤다.

네가 멕시코로 날아가고 있다니 믿을 수 없어.

잘 도착했어?

너 어디서 묵고 있니?

푸에르토 에스콘디도는 어때?

뭐 좀 알아냈어?

그를 찾았어?

엄마가 보낸 음성 메시지도 한 통 있었다. 멕시코엔 왜 갔니,
에이미? 제임스는 죽었다. 넌 유령을 쫓고 있는 거야. 우린 네가
걱정된다. 제발 집으로 돌아오렴.
나는 크리스틴에게 전화했다. 두 번째 전화벨이 울렸을 때 그
녀가 받았다. "오 마이 갓! 네가 정말 가버렸다니 믿을 수가 없다.

대체 무슨 생각을 한 거야? 으악. 네 손님들이 날 이상한 눈빛으로 보고 있어. 잠깐만, 사무실에 가서 받을게."

그녀의 옷이 바스락거리는 소리가 나면서 사무실로 들어가 문을 닫는 소리가 들렸다. "너도 무사하지?" 그녀가 다시 전화를 받자 내가 말했다.

크리스틴이 심호흡을 했다. "네가 나디아 말을 안 들어서 나 화났어. 넌 레이시를 너무 많이 믿었어. 맙소사, 넌 그 여자가 어떤 사람인지도 모르잖아. 그 여자가 살인자면 어떻게 하려고? 네가 그 여자의 새 피해자가 될 수도 있어. 거긴 왜 갔어?"

"내가 여기 와야 했다는 걸 너도 알잖아. 게다가 나디아도 동의했어."

"걔가 뭘 했다고? 원래는 널 설득해서 못 가게 하기로 했던 건데." 크리스틴이 욕을 했다.

"나디아가 너한테 말 안 했어?"

"안 했어! 우리가 카페 일을 도와야 한다고 말하면서 그 세부는 빼놨단 말이야." 그녀는 잠시 입을 다물었고, 나는 그녀가 뭔가를 생각할 때면 항상 그러듯이 콧날을 손가락으로 꼭 쥐고 있는 모습을 상상했다.

"맙소사, 너 괜찮아?"

"괜찮아."

"지금 어디야?"

"엘 에스투디오 델 핀토르 앞의 벤치에 앉아 있어."

"그리고?"

"아무것도 없어. 갤러리는 닫혔어. 내일 아침에 다시 와야 해. 이언이 저녁을 사 온다고 해서 기다리는 중이야. 카페는 어때?"

"손님들로 북적거려! 완전 정신없지만 좋은 일이잖아, 그렇지?"

"당연히 좋지." 나는 그곳의 일상을 갈망하며 말했다.

"내일 전화할 거지? 아니야, 잠깐만, 내가 할게. 계속 연락하자. 네가 걱정된다."

나는 작별 인사를 하고 다시 핸드폰을 집어넣었다. 그리고 사람들이 한가로이 걸어가다가 갤러리 유리창 앞에 멈춰서 안을 들여다보는 모습을 지켜봤다. 주위에 흘러넘치는 축제의 활기를 무시하며 고개를 푹 숙인 채 앞만 보고 서둘러 가는 사람들도 있었다.

좀 천천히 가요. 주위를 둘러봐요. 볼 것도 많고 느낄 것도 얼마나 많은데.

이언의 말이 맞았다. 나는 결승선까지 달음박질을 하느라 거기까지 달리는 재미를 만끽하지 못했다. 내가 제임스 때문에 얼마나 많은 시간을 낭비했던가.

엽서와 그림만으로는 그가 살아 있다는 걸 입증하지 못하기에 나는 답이 없는 곳에서 답을 찾으려고 노력해왔다. 예를 들어 서명에 쓴 그 파란 물감과 제임스의 스타일을 닮은 그림에서. 모든 것이 어딘가 살짝 어긋나 있었다.

나를 향해 달려오는 그 남자처럼. 달려오다가 점점 속도를 늦추어 마침내 빠른 걸음으로 걷고 있는 그 남자는 제임스와 비슷해 보였다. 그는 차고 있는 스포츠 시계로 시간을 확인했다. 민소매 셔츠가 땀에 흠뻑 젖어서 가슴에 찰싹 달라붙었다. 팔뚝에는 아이팟을 차고 있었고, 헤드폰 선이 등을 따라 그의 귀까지 연결돼 있었다.

그가 다가오자 나는 후들거리는 다리로 일어섰다.

"올라." 그가 지나치면서 미소를 지으며 말했다.

나는 입을 떡 벌린 채 멍하니 그를 바라봤다.

그가 멈춰 서더니 오른쪽 귀에서 헤드폰을 뗐다.

"에스타 우스테드 비엔(괜찮으세요)?"

나는 아무 말도 하지 않았다. 그냥 멍하니 보기만 했다.

그의 눈이 내 전신을 훑어봤다. "미국인이세요?" 그는 강한 스페인 억양으로 물었다. "괜찮아요? 방금 유령을 본 것 같은 얼굴이에요."

유령을 쫓고 있는 중이에요.

내 심장이 쿵쿵 뛰는 소리가 들렸다. 얼굴의 피가 순식간에 발로 쏠렸다. 현기증이 일어서 살짝 몸이 흔들렸다.

그가 가까이 다가오더니 허리를 살짝 숙여 자신의 선글라스 너머로 나의 선글라스 쓴 눈을 들여다봤다. "도와드릴까요?" 그의 말은 따뜻하고 이국적이었다. 혀에서 데구르르 구르는 것 같은 발음이었다.

이건 미친 짓이야! 그는 바로 여기 있었어. 지금까지 내내. 처음부터. 빌어먹을 19개월 동안이나.

폭풍 같은 질문들이 내 마음속에서 부글부글 끓어올랐지만 내 입 밖으로 나온 것은 그의 이름뿐이었다. "제임스."

그가 허리를 쭉 펴고 서자 정확히 1미터 85센티미터가 됐다. 그의 얼굴에 너무나 친숙한 미소가 활짝 피어올랐다. "알겠어요. 내가 그 유령이군요." 그는 땀으로 번들거리는 손바닥을 내밀었다. "난 카를로스예요."

19장

　나는 벤치에 허물어지듯 쓰러졌다. "왜 떠났어? 빌어먹을. 제임스, 난 당신을 땅에 묻었단 말이야." 내가 소리를 질렀다.

　그를 냅다 후려치고 싶은 충동과 그를 와락 끌어안고 싶은 어마어마한 충동이 내 안에서 전쟁을 벌이고 있었다.

　그는 내게서 1미터 정도 떨어져 서서 마치 누군가를 찾는 것처럼 고개를 돌렸다. 그러고는 손등으로 이마에 흐르는 땀을 닦으면서 얼굴을 찌푸리며 날 쳐다봤다.

　"왜, 왜 날 그런 식으로 보죠?" 그는 마치 나를 처음 보는 사람처럼 바라봤다.

　날 만져줘.

　나는 딸꾹질을 했다.

　날 안아줘.

　난 다시 딸꾹질을 했는데 그러다 숨이 막히기 시작했다. 나는 숨을 들이쉬고 또 쉬었다. 짧게 경련하는 호흡 때문에 폐에 무리가 가기 시작했다. 나는 숨을 쉴 수가 없었다.

오 마이 갓. 숨을 못 쉬겠어!

나는 주먹으로 가슴을 퍽퍽 쳤다.

그 남자가 쭈그려 앉았다. 그의 입술이 움직였지만 뭐라고 하는지 이해가 되지 않았다. 나는 그의 어깨를 손톱으로 할퀴었다.

날 만져줘, 제임스!

그는 정말 내 양 손목을 움켜쥐었다. 그의 입술이 다시 움직였다.

뭐라고?

진정해요. 그의 입 모양이 말했다.

나는 그의 입술, 그 아름다운 입술에 정신을 집중했다.

"제발, 아가씨, 진정해요."

내 머리 뒤로 손이 다가와서 힘을 주어 내 무릎 사이로 고개를 숙이게 하는 게 느껴졌다. 눈꺼풀 뒤에서 별들이 터지는 것 같았다. 갑자기 내 폐가 다시 움직이기 시작했다. 나는 소금기가 배어 있는 바닷바람과 그의 향기를 빨아들였다. 맙소사, 그의 체취. 나의 제임스.

그의 손이 내 머리에서 멀어졌다. 그는 선글라스를 올렸고 내 호흡도 올라갔다. 제임스는 내 눈을 뚫어져라 봤다. "바로 그거예요. 호흡에 집중해요." 그는 미소를 지었다. 제임스의 미소.

"제임스." 내가 속삭였다. 내 안에서 행복감이 폭발했다. "내가 당신을 찾았어."

그는 고개를 저었지만 미소는 사라지지 않았다. "나에게 집중해요. 내 말을 들어요. 숨을 들이쉬어요." 그는 코를 벌름거리면서 숨을 들이쉬었고 나는 그를 따라 했다. "잘했어요. 이제 숨을 내쉬어요. 천천히." 그의 엄지가 내 오른손의 손목 안쪽, 바로 자정맥 위를 스치고 지나갔다. 그 나비 같은 손길에 내 팔이 흐늘흐늘해지는 것 같았다.

"눈을 감고 내 숨소리를 들어요." 그는 그렇게 지시했고 내 눈이 감겼다. 세상이 어두워지고 거리의 소음이 희미해지다가 사라졌다. 세상에 우리 둘만 있었다. 예전처럼. 나를 잡고 있는 강하고 넓적한 손이 제임스의 손처럼 느껴졌다. 그의 숨소리가 제임스의 숨소리처럼 들렸다. 아침에 그가 내 옆에서 잠에서 깰 때 그랬던 것처럼 규칙적이고 느긋한 리듬의 숨소리.

하지만 그가 내게 눈을 뜨라고 했을 때 그의 목소리는 제임스의 목소리 같지 않았다. 그의 목소리는 부드럽고 그윽했지만 목소리 톤은 나의 너덜너덜해진 신경에 거슬렸다. 그 짙은 스페인 억양 밑에 흐르는 목소리는 제임스의 목소리보다 더 굵고 거칠었다. 나이 든 목소리. 그의 짙은 갈색 머리는 뒤로 넘겨서 고무 밴드로 묶여 있었다. 그의 몸은 제임스보다 날씬했지만 내 얼굴을 뜯어볼 때 고개를 갸웃하는 버릇은 제임스와 똑같았다.

나는 침을 꿀꺽 삼켰다. "제임스?"

그는 미소를 지었다. "아니에요. 미안해요."

내 입술이 덜덜 떨렸다. "나야, 제임스. 에이미라고. 날 못 알아보겠어?"

"알아봤으면 좋겠군요. 당신은 쉽게 잊을 수 있는 사람이 아닌데." 그가 킥킥 웃었다.

나는 그를 노려보면서 선글라스를 밀어 올렸다. "빌어먹을. 제임스, 날 보라고."

그는 그렇게 했다. 그의 눈에 잠시 혼란스러운 기색이 스쳤다가 사라졌다. 그의 눈에는 나를 알아보는 기색은 전혀 없고 걱정스러운 표정만 있었다.

"제임스?" 내가 훌쩍이며 말했다.

"내 이름은 카를로스예요. 당신이 날 다른 사람과 착각한 것 같아요."

나는 입을 딱 벌리고 내 앞에 무릎을 꿇고 있는 남자를 바라봤고, 그 남자도 무표정한 눈으로 날 바라봤다. 그는 나에게 어떤 감정도 느끼고 있지 않았다. 날 모르는 것이었다.

눈물이 흐르자 카를로스가 부드럽게 내 뺨에 엄지를 대고 눌러서 닦아냈다. 그의 손길이 혐오스럽게 느껴졌다. 이 남자는 모르는 사람이다.

그는 내 뒤에 있는 스튜디오를 향해 고갯짓을 했다.

"여기가 내 갤러리예요. 물이나 뭐 다른 거 필요해요? 전화기?"

나는 거기서 벗어나야 했다. 마음을 가다듬고 이제 뭘 할지 생각해야 했다.

집에 가.

가슴이 무너져 내렸다.

"같이 온 사람 없나요?"

"아뇨." 나는 기계적으로 대답했다. 그러다가 고갯짓으로 시장 쪽을 가리켰다. "내 친구 이언이요. 그 친구가 장을 보고 있어요."

그는 일어서서 손을 내밀었다. "시장까지 같이 걸어가줄까요?"

"아니요. 고마워요." 나는 그의 손을 잡지 않고 일어섰다.

"괜찮겠어요?" 그의 눈길이 내 주위를 맴돌았다.

나는 그에게 대답을 하지 못했다. 대답할 말이 없었기 때문에. 나는 패배감과 상실감과 혼란스러운 마음을 안고 제임스에게서 멀어졌다. 혹은 카를로스에게서. 그가 누구건 간에.

이언은 농산물을 파는 곳에서 나를 발견했다. 나를 보자 놀란 것처럼 눈을 깜박였고, 내가 왜 거기 있는지 영문을 몰라 했다. 나는 양손에 딸기를 하나씩 든 채 손가락 사이로 딸기를 굴리고 있었다. 이언의 시선이 내 손에서 얼굴로 홱 올라왔다. 걱정스러운 마음에 그의 눈이 흐려졌다.

"무슨 일이에요, 에이미?"

나는 입을 비쭉거렸다.

그는 들고 있던 음식 바구니를 다른 손으로 바꿔 들었다.

"무슨 일이 있었어요?"

아랫입술이 덜덜 떨리면서 나는 두 손을 내려뜨렸다. 딸기가 바닥으로 굴러 떨어졌고 나는 무너졌다.

이언이 음식 바구니를 내려놓고 나를 두 팔로 잡았다. 나는 그의 가슴에 기대어 엉엉 울었다. 그가 나를 놓지 않기를 바랐다.

❖

마리네로 해변에서 우리는 이언이 노점상에게서 산 모직 담요 위에 누워 해가 지는 풍경을 보았다. 불타는 구체가 오렌지색과 핑크색으로 물든 하늘을 배경으로 수평선 가까이로 기울어지고 있었다. 파도가 부드럽게 해변에 입을 맞췄다.

이언은 생선 타코를 걸신들린 듯이 먹으면서 그것을 한 입 베어 물 때마다 얼마나 배가 고팠는지 모른다고 중얼거렸다. 그러다 중간중간 카메라를 들어 우리 앞에 펼쳐진 장관을 찍었다. 나는 오래전에 식욕이 사라져서 샐러드를 깨작거리며 콩과 아보카도를 포크로 이리저리 밀기만 했다.

"이 타코, 정말 끝내줘요. 우리 카페 메뉴에도 이런 걸 추가해야겠어요. 맛의 비결은 소스인 것 같아요. 치파틀 페퍼가 강한 맛을 내는 것 같아요." 이언이 생선과 토르티야를 입안 가득 넣고 우물거리면서 말했다. 그러다 내가 테이크아웃 용기의 뚜껑을 닫자 얼굴을 찡그렸다. "안 먹어요?"

"나중에요." 나는 구부린 무릎에 턱을 얹고 모래에 파묻은 발을 꼼지락거렸다. 모래 윗부분은 햇볕을 받아 따뜻했지만 밑은 서늘했다. 모래가 발가락 사이로 파고들면서 간지러웠다. 나는 살갗을 스치는 모래 속에서 제임스의 손길을 느껴보려고, 산들바람 속에서 그의 목소리를 들어보려고 애썼다. 그를 묻은 후 처음으로 아무것도 느껴지지 않았다. 이렇게 완벽하게 혼자라는 느낌은 처음이었다.

이언이 바다를 향해 턱짓을 했다. "여기 파도는 그렇게 심하지 않네요. 1미터 정도 되겠죠? 저 밑에, 내일 서핑 대회가 열릴 우리 호텔 옆의 시카텔라 해변에서는 파도가 10미터 정도로 치솟을 거라고 읽었어요." 그는 타코의 3분의 1을 입에 집어넣고 중얼거렸다. "어마어마하죠."

"음." 나는 눈을 감고 오늘의 마지막 햇볕에 온몸을 내맡겼다. 내 심장이 너무나 차갑게 느껴져서.

그때 이언이 내 앞으로 팔을 뻗어서 내 얼굴에 그늘을 만들어주는 게 느껴졌다. "저 아래 프린시팔 해변에 있는 저 낚싯배들 보이죠? 시장에서 어떤 여자한테 들었는데, 저 배들에서 곧바로 생선을 골라서 살 수 있대요. 어부들이 그 생선을 씻고 다듬는 걸 지켜본 뒤 그들을 따라서 레스토랑에 들어가면 거기서 우리에게 그 생선을 요리해주는 거죠. 그러니 신선도 최고라는 거 아닙니까. 집에 돌아가기 전에 우리 꼭 들러봐요."

집. 제임스가 없는 집.

이언이 말없이 마지막 타코를 먹는 동안 나는 머릿속에서 오늘 저녁에 있었던 일을 되새겨봤다. 식사를 마친 이언이 그가 손을 닦고 음식 용기를 옆에 내려놓는 소리가 들렸다. 그리고 나서 그가 내 얼굴을 살펴보는 게 느껴졌다.

"그 사람이 제임스인 거 확실해요?" 그는 벌써 몇 번째 물어보는 건지 모를 질문을 또 했다.

"그래요." 아니. 나는 어깨를 으쓱한 뒤 무릎에 대고 중얼거렸다. "나도 모르겠어요. 카를로스는 제임스처럼 생겼어요. 흠…어느 정도는. 그의 얼굴엔 흉터가 있어요." 나는 손가락으로 내 관자놀이를 따라 광대뼈로 선을 그었다.

이언은 검은 바다가 어두워지는 하늘과 만나면서 은빛 선이 반짝이는 풍경에 카메라 렌즈를 들이대고 셔터를 눌렀다. "그 사람이 제임스라면 당신을 알아봤을 텐데. 그 사람이 분명 어떻게든 반응을 했을 거라고요."

"당신은 그렇게 생각하겠죠. 어쩌면 기억상실증에 걸렸는지도 몰라요." 나는 맥 빠진 목소리로 말했다.

"그럼 당신에 대해 좀 더 궁금해했을 텐데. 당신이 자기가 과거에 알던 사람인지 궁금해했을 거라고요."

"그는 전혀 기억을 잃지 않은 것처럼 행동했어요. 마치 완전히 다른 사람처럼."

이언은 가만히 있었다. 그의 시선이 날 꿰뚫었다.

나는 몸을 뒤로 젖혔다. "왜요?"

그는 고개를 흔들었다. "아무것도 아니에요."

그는 다시 수평선으로 고개를 돌리고 카메라를 얼굴에 댔지만 아무것도 찍지 않았다. 그는 생각에 잠겨, 푸에르토 에스콘디도의 모래사장에서 수마일 떨어진 곳에 있는 것 같았다.

20장

엘 에스투디오 델 핀토르가 문을 열려면 두 시간이나 남았지만, 나는 지난 20분 동안 전날 카를로스의 그림을 살펴봤던 것처럼 그를 뜯어보고 있었다. 나는 거리 맞은편에 서서 그가 갤러리 앞쪽 커다란 유리창 안쪽을 지나가는 모습을 지켜봤다. 그는 벽에 걸린 액자들을 다시 배치하고 있었다. 그러다 자주 멈춰 서서 두 손으로 뒷목을 잡거나 멍하니 생각에 잠겨 팔뚝을 문지르면서 바꾼 그림들을 다시 살펴봤다. 제임스와 똑같았다.

그러다 어느 순간 그가 뒷방으로 들어가 버려서 나는 가로등에 기대서 갤러리가 문을 열길 기다렸다. 관광객들이 선크림 냄새를 풍기며 수건을 들고 해변으로 몰려들었다. 나는 문고본 책을 읽는 척했다.

20분이 또 지났는데 이제 카를로스는 아예 보이지 않았다. 빛의 속도로 넘긴 책은 이제 285페이지 끝에 도달해 있었다. 내 인내심도 끝이 났다. 나는 책을 가방에 넣고 길을 건너 갤러리로 갔다.

어제 이언이 '닫았다'는 뜻으로 번역한 표지판이 아직도 앞 유리창에 걸려 있었지만 그래도 나는 들어갔다. 문 위에 달린 종이 땡그랑 소리를 냈고, 나는 숨죽이며 카를로스를 기다렸다. 하지만 그는 나오지 않았고, 나는 갤러리 안을 돌아다녔다. 여기서 제임스의 도난당한 그림을 찾게 될까?

나는 반대편 벽에 걸린 아크릴화 앞에 멈춰 서서 화가의 이니셜인 JCD를 살펴봤다. 일몰을 그린 그 그림은 제임스의 〈하프문 베이〉를 연상시켰지만 그 서명은 제임스의 서명과 똑같진 않았다. 이니셜의 각도가 너무 급격하게 꺾여 있었다.

나는 실내를 빙빙 도는 걸 끝내고 뒤에 있는 책상에서 멈췄다. 벽에 기대어 쌓여 있는 책들은 스티븐 킹부터 셰익스피어까지 여러 장르와 여러 세대에 걸친 것들이었고, 스페인 제목이 붙은 소설들과 영어로 제작된 미술책도 있었다.《러너스 월드》,《아웃사이드》,《스포트 피싱》 같은 잡지들도 각기 세 개의 탑으로 쌓여 있었다.

책상 위에는 주문서들, 지역 신문들 몇 부와 커피가 담겼던 머그잔들이 흩어져 있었다. 초급반부터 고급반까지 카를로스의 아트 워크숍들을 열거한 브로슈어도 한 부 있었다.

"야 세라모스." 뒤에서 목소리가 들렸다. 문 닫았는데요.

나는 홱 돌아섰다가 카를로스와 마주 보게 됐다.

그는 또 다른 방으로 가는 문간에서 그대로 얼어붙었다. 그러다 천천히 미소를 띠었다. "올라, 세뇨리타." 그가 갤러리로 들어왔다.

"당신을 다시 보게 될지 궁금했는데. 에이미, 맞죠?" 그는 영어로 바꿔서 물었다.

나는 고개를 끄덕이며 그 브로슈어를 내 뒷주머니에 슬쩍 밀어 넣었다.

우리 사이에 테레빈유와 동유의 냄새가 떠돌았다. 카를로스가 손가락에 말라붙은 물감을 닦아낸 수건에서 나는 냄새였다. 그는 청바지와 작년 서핑 대회에서 받은 스크린 인쇄가 된 셔츠를 입고 있었고 맨발이었다.

맨발에, 햇볕에 그을렸고, 섹시하군.

내 가슴과 목에서 열기가 피어올라 들불보다 더 빠른 속도로 번져갔다.

나는 지난 45분 동안 그를 염탐했지만 이렇게 내 앞에 서 있는 그를 보게 될 것에는 미처 대비하지 못했다. 그의 구불거리는 머리에서 동그란 이마와 콧날까지 다. 그의 코뼈는 한번 부러졌다가 다시 맞췄을 때 제대로 맞추지 못한 느낌이 들었다.

"내가 아직도 당신의 제임스라고 생각해요?" 그가 가벼운 말투로 물었다.

나는 눈을 깜박였다. "미안해요. 당신이 그와 너무 닮아서."

카를로스의 눈이 순간 반짝였다. "그 사람은 분명 아주 미남이겠군요."

"그랬어요. 내 말은, 그렇다고요."

그의 표정에 걱정이 어렸다. "오늘은 기분이 어때요?"

"나아졌어요. 고마워요." 나는 갤러리를 둘러봤다. "재능이 대단한데요. 어디서 공부했어요?"

"주로 독학이죠. 얼마 전에 여기서 북쪽에 있는 학교에서 수업을 몇 개 들었어요."

"이 갤러리를 연 지는 얼마나 됐나요?"

"몇 년 됐죠." 그는 오른쪽 손바닥에서 아무리 해도 지워지지 않는 물감 자국을 세게 문질렀다.

날 봐! 날 기억하란 말이야!

"푸에르토 에스콘디도에는 얼마나 있을 거예요?" 그가 물었다.

"며칠이요."

"여긴 왜 왔어요?"

"친구를 찾으러요. 우린 연락이 끊겼거든요."

그는 수건을 벨트 고리에 걸었다. "그 친구를 찾았어요?"

그 질문이 밤새 머릿속을 마구 휘저어놔서 나는 잠을 이루지 못했다.

"아뇨, 아직은."

그가 내게 미소를 지어 보였다. "그 사람을 찾길 바라요."

그 사람이 날 기억하길 바라요.

"저도요."

카를로스의 어깨 너머에서 제임스가 완성하지 못했던 그림처럼 보이는 어떤 그림이 얼핏 눈에 띄었다. 바닷가에서 한 여자가 더없이 행복하게 포즈를 취하고 있었다. 카를로스의 풍경은 집에 있는 그림에 비해 밝고 색이 다채로웠다. 제임스의 아크릴화는 회색과 갈색 배경이었고 여자가 절망에 빠져 있었다.

"내가 뭐 하나 보여줘도 될까요?" 나는 핸드폰을 찾으려고 숄더백을 뒤졌다. 제임스의 그림을 찍은 사진을 찾아서 그의 화풍과 카를로스의 화풍을 비교하고 싶었다. 사진을 뒤지던 나는 약혼식 때 찍은 사진을 찾았다. 그 사진을 보자 내 손이 흔들렸다.

"뭐죠?" 카를로스가 내 어깨 너머로 들여다봤다.

뭐, 될 대로 되라지. 나는 그에게 핸드폰 화면을 보여줬다.

"이 사람이 제임스예요. 당신과 그가 얼마나 닮았는지 보이죠?"

카를로스는 얼굴을 찌푸리더니, 내 손을 동그랗게 모아 쥐어서 핸드폰을 자신의 얼굴 가까이 가져갔다. 그는 화면을 찬찬히 살펴봤고, 나는 그런 그를 보면서 반응을 기다렸다. 그는 얼굴을 찌푸리고 한쪽 눈썹을 치켜 올렸고, 눈동자가 살짝 커졌다. 그가 내게 뭔가 숨기고 있다는 걸 보여줄 만한 단서가 하나라도 있을까.

그는 아무것도 드러내지 않았다.

오, 제임스. 대체 자기에게 무슨 일이 있었던 거야?

그는 핸드폰에서 고개를 들고 내게 슬픈 미소를 지어 보였다.

"제임스는 당신에게 중요한 사람이었군요."

나는 고개를 끄덕였는데 목구멍이 꽉 막히는 느낌이었다.

"닮긴 했어요, 그렇죠? 하지만 우리는 코가 달라요. 난 이마도 더 넓고." 그의 눈가에 주름이 졌다. "아니면 내 머리가 빠져가는 중인지도 모르고."

308

나는 사진을 봤다가 카를로스를 봤다. 그의 말이 맞았다. 그의 코는 부러져서 그랬을 수도 있지만 제임스의 코보다 가늘었다. 코를 지나서 머리선과 흉터를 보면 카를로스는 다른 사람이었다.

그는 다른 방으로 고개를 홱 돌렸다. "난 액자 작업을 끝내야 해요. 주문 들어온 걸 처리해야 해서. 당신이 내 다른 작품들을 보고 싶은 게 아니라면…" 그는 말끝을 흐리면서 얼굴을 찌푸렸다. "우리 다시 만나게 될까요?"

그러는 편이 좋을 것이다. 나는 그가 작업하는 모습을 보고 싶었다. 제임스가 작업하는 걸 지켜보았듯이. 그래서 여기에 드나들 이유가 필요했다.

그의 워크숍! 그 아이디어가 갑자기 머릿속에 떠올라 나는 주머니에서 브로슈어를 꺼냈다. "당신이 진행하는 미술 수업을 듣고 싶어요."

그의 입 가장자리가 씰룩였다. "정말요?"

"아주 흥미로울 것 같던데요."

"전에 그림 그려본 적 있어요?"

나는 아랫입술을 씹었다. "손가락으로 그려본 것도 쳐주나요?"

그가 웃었다. "아뇨. 그건 아니에요. 게다가 내 워크숍은 평일에 해요. 내일은 토요일이고 당신은 여기 며칠만 있을 거라고 했잖아요."

내 어깨가 축 처지면서 화가 났다. 그를 다시 만날 이유, 믿을 만한 이유가 필요했다. 자신의 죽은 약혼자와 닮은 남자를 스토킹하는 미친 여자처럼 보이지 않을 만한 이유.

카를로스가 뒷주머니에 넣었던 수건을 꺼내서 손가락 사이에 끼우고 문질렀다. "이렇게 하죠. 내일 여기서 열 시에 만나요. 수업 끝나고 나와 점심을 먹겠다고 약속하면 기본적인 워크숍을 해보죠. 어떻게 생각해요?"

나는 미소를 지었다. "좋아요." 내 몸속에서 훈훈한 기운이 번져나갔다. 내일 점심때가 되면 카를로스가 제임스인지 알게 될 것이다.

❖

나는 호텔의 해변 카페에 빈틈없이 몰려 있는 사람들을 훑어봤다. 이언이 거기서 만나자고 했는데 안 보였다. 핸드폰이 진동하더니 새 문자가 들어왔다.

뒤를 봐요.

나는 돌아섰다. 이언이 테라스 가장자리에 있는 2인용 테이블에서 손을 흔들었다.

"당신이 내 옆을 바로 지나가더군요." 내가 그의 맞은편에 앉았을 때 이언이 말했다.

나는 의자에 앉은 채 주위를 둘러봤다. 아래쪽 해변은 사람들로 바글바글했는데, 특히 햇볕을 즐기는 사람들이 용감하고 능

숙하게 파도 타는 사람들을 보려고 몰려와 있었다.

"우리가 이 난리 한복판에 도착하게 될 거라곤 생각 못했어요."

"나도 그랬어요. 근사하지 않아요?"

나는 고갯짓으로 테이블 위에 있는 노트북을 가리키며 말했다. "이렇게 시끄러운 곳에서 어떻게 일을 해요?"

"나에겐 소음을 완전히 차단할 수 있는 놀라운 능력이 있죠. 이것 좀 봐요." 그는 자판의 키 몇 개를 두드리더니 노트북을 돌려서 모니터가 나를 향하게 했다. 화면에 집채만 한 파도가 솟구쳐 오르고 그 밑에서 서퍼 하나가 간신히 그 파도를 피하는 장면이 보였다. 이언은 그 사진을 편집해서 강렬한 색채가 눈에 확 들어오도록 만들었다. 선명한 청록색 물속에서 햇빛이 눈부시게 빛났다. "난 이 사진에 '멕시칸 파이프라인'(푸에르토 에스콘디도의 별명─옮긴이)이라는 제목을 붙였어요. 이유는 말 안 해도 알겠죠?"

"환상적인데요. 언제 찍었어요?"

"오늘 아침에 햇빛이 너무 강해지기 전에요. 그 파도를 당신도 봤어야 해요, 에이미. 정말 미친 파도였어요. 아마 4미터 내지 6미터쯤 될 거예요. 그런 곳에서 서핑하기 정말 쉽지 않을 텐데." 이언은 흥분해서 눈을 크게 뜬 채 두 손을 휘둘러가며 이야기했다. 그는 파도의 움직임과 그 파도가 해변에 와서 어떻게 부서지는지를 손으로 보여줬다. 그리고 노트북을 다시 돌려서 자판을 빠르게 쳤다. "다음 번 전시회에 뭘 쓸지 보면서 내가 찍은 사진들을 수정하는 중이었어요."

나는 그의 접시에 있는 식은 감자튀김을 하나 집어 들었다. 그는 컴퓨터 화면 너머로 나를 바라봤다. "지금까지 뭐 했어요? 앗, 말하지 말아요." 그는 한 손을 들었다. "카를로스를 찾아내서 그가 제임스란 사실을 자백하게 했죠."

"하하. 안 웃기거든요. 하지만 맞아요. 그를 만났어요." 나는 튀김 하나를 또 입에 넣었다.

이언이 접시를 내게 밀어줬다. "내게 말하지 그랬어요. 같이 가고 싶었는데."

오늘 아침 내가 일어났을 때 그는 이미 해변에 나가고 없었다. 아침을 다 먹은 후에도 그가 돌아오지 않자 초조해진 내가 혼자 스튜디오까지 걸어간 것이었다.

"난 완벽하게 안전해요."

이언이 날 노려봤다. "어떻게 그렇게 확신할 수 있어요? 당신도 어젯밤 카를로스가 제임스인지 확신이 안 선다고 인정했잖아요. 그 카를로스가 여러 사람을 죽인 살인자인지 알게 뭐냐고요."

나는 눈동자를 굴렸다. "크리스틴과 당신 말대로라면 난 내일 아침이면 시체가 돼 있겠어요."

"계속 그렇게 혼자 달아나서 낯선 사람들을 만난다면…"

"이언."

그는 두 손을 들어 올렸다. "내 신중함에 대해 사과하진 않겠어요. 조심하겠다고 약속해요. 최소한 언제 가는지는 알려줘요…혹시 모르니까."

나는 눅눅해진 감자튀김을 씹었다. "좋아요."

"고마워요." 이언은 안도해서 한숨을 쉬었다. "자, 무슨 일이 있었는지 말해봐요."

"난 길 건너에서 45분 동안 카를로스 엿보기 놀이를 하다가 안에 들어가서 그와 이야기를 나눴어요."

"그리고…?"

"그리고 아무것도 없어요. 그 사람 정체를 파악할 수 없었어요. 카를로스는 제임스보다 더 말랐고 햇볕에 더 그을었어요. 심지어 머리색도 제임스보다 더 환하더군요."

"이유야 간단하죠. 햇볕에 타고 나이가 들어서."

"맞아요. 그의 향기도 비슷하고, 손동작도 비슷했어요. 얼굴은 코가 더 가늘고 광대뼈도 더 좁은 게 다르지만." 마치 제임스가 마스크를 쓴 것 같았다. "어쨌든…" 나는 어깨를 으쓱했다. "며칠 더 시간이 있으니까 그를 알아가는 데 시간을 쓰려고요. 그의 미술 수업에 등록했어요."

이언이 코웃음을 쳤다.

"왜 웃어요?"

"당신이 그림이라니." 그는 자판을 치면서 웃었다.

"닥쳐요." 나는 투덜거리면서 감자튀김을 하나 더 먹었다. "만약 그가 제임스라면 왜 날 몰라보는지 이유가 있을 거예요. 그렇게 생각하지 않아요? 기억상실증에 걸린 게 분명해요. 그거 말고 또 뭐가 있겠어요? 내 직감으론…"

"배고파요?" 이언이 웨이트리스를 불러서 날 가리키며 말했다.

"햄버거 하나 주세요. 감자튀김도 아주 많이 주시고요." 나는 이언에게 생긋 웃어 보였다.

"음료는요?" 그녀는 메모지에 연필로 휘갈겨 쓰면서 서두르는 목소리로 물었다.

"아마 맥주로 할걸요." 이언이 말했다.

"마이타이(럼을 베이스로 한 트로피컬 칵테일—옮긴이) 주세요."

이언이 폭소를 터트리더니 테이블을 손으로 찰싹 때렸다. "그거 두 잔 주세요."

"더 시키실 건 없나요?" 웨이트리스가 물었다. 그녀가 이언의 노트북을 슬쩍 보더니 연필 끝으로 화면을 가리켰다.

"그 사람 루시인가요?"

이언은 동작을 멈추고 나를 봤다가 웨이트리스를 봤다. 그녀의 이름표에 안젤리나라고 적혀 있었다. "이 사람을 알아요?" 그가 허리를 똑바로 펴고 앉으면서 물었다.

"이 사람을 보니까 이멜다 로드리게스의 친구가 떠오르는데요. 로드리게스 부인은 이 호텔 매니저예요." 그녀의 설명을 듣고 이언이 얼굴을 찡그렸다.

"루시는 몇 주 전에 여기 묵었어요. 사진의 그 여자가 루시 같아 보이는데요. 루시는 여기 자주 와요." 바에서 누군가 소리를 질렀다. 안젤리나가 고개를 뒤로 돌려 바를 힐끗 봤다. "주문하신 음료 가지고 곧바로 돌아올게요."

"대체 무슨 일이에요?" 웨이트리스가 가고 나서 내가 물었다.

이언이 노트북 화면을 보여줬다. 거기에 내가 보내준 레이시의 사진이 있었다. 그는 그 이미지를 수정해서 레이시-레이니, 루시, 혹은 이름이 뭐든 그 여자의 이미지를 선명하게 만들어놨다. 이언이 수정하고 있던 건 서평 사진들만이 아니었다. 그는 감정이 사무치는 표정으로 나를 바라봤다. "당신의 직감이 하는 말을 계속 들어봐요."

내 뱃속이 울렁거리면서 이언의 말이 메아리쳤다.

21장

점심을 먹은 뒤 이언은 이멜다를 찾으러 가고 나는 해변으로
갔다. 이언은 레이시에 대한 정보를 구할 수 있길 바라면서 혼자
이멜다를 만나겠다고 고집을 피웠다. 왜 레이시를 찾아야 하는
지에 대해선 설명하지 않고, 다만 자기가 잃어버린 것을 찾는 일
을 그녀가 도울 수 있을 거라고만 했다. 그는 레이시를 레이니라
고 불렀고, 레이시의 소재를 알게 된다면 그녀의 연락처를 내게
알려주겠다고 약속했다. 나는 그녀가 어디서 제임스의 〈목초지〉
를 손에 넣었는지, 그리고 누가 그녀에게 나를 찾아달라고 부탁
했는지 알아내고 싶었다.

젊은 커플이 긴 의자에 앉아 있다가 내가 다가가자 일어났다.
신혼부부였다. 햇빛에 여자가 낀 다이아몬드 반지가 반짝였다.
그녀는 미소를 지으며 남자의 허리에 팔을 두르고 지나갔다. 나
는 그들이 가는 걸 지켜보다가, 내가 손가락에 낀 약혼반지를 빙

글빙글 돌리고 있었다는 걸 의식했다. 반지를 낀 지 좀 됐고 비누를 사용해서인지 내 반지의 다이아몬드는 흐릿해졌다.

나는 남아 있는 의자에 비치백과 여분의 수건을 던져서 나중에 이언이 올 경우에 대비해 자리를 맡아놓았고, 파라솔을 조정해서 다리는 파라솔 밖으로 드러나고 얼굴은 가려지게 했다. 11월은 미국에서는 추운 계절이지만 멕시코에서는 오후의 태양이 따뜻하고 유혹적으로 느껴졌다.

아래쪽 해변에서 열리는 대회를 보려고 사람들이 몰려들었다. 몇 분마다 확성기에서 지지직거리는 소리와 함께 방송이 나왔고 '레드 핫 칠리 페퍼스'(미국의 록 그룹―옮긴이)의 노래가 배경 음악으로 나왔다. 둘 다 해변을 쾅쾅 거세게 내리치는 파도 소리에는 상대가 되지 않았다. 파도는 천둥 같은 소리를 냈다.

웨이터가 시야에 들어와 태평양을 가렸다. 나는 아이스 워터 한 주전자와 잔 두 개, 그리고 또 한 잔의 마이타이를 주문했다. 그러고는 의자에 편하게 자리를 잡고서 시간을 때우려고 책을 읽었다. 이언의 미팅은 금방 끝날 것이고 내일 아침까지는 카를로스를 못 만나겠지.

웨이터가 물과 칵테일을 가지고 돌아와 의자들 사이에 있는 목재 테이블 위에 내려놨다. 계산서에 내 방 번호를 적었을 때 핸드폰에서 띵 소리가 나면서 문자가 들어왔다.

"그라시아스, 세뇨리타(감사합니다, 손님)." 내가 계산서를 돌려주자 웨이터가 말했다. 그는 이글이글 타는 모래 위로 발을 끌면서 근처에서 일광욕을 하고 있는 다른 투숙객에게 다가갔다.

나는 마이타이를 홀짝홀짝 마시면서 메시지를 확인했다. 크리스틴이 또 메시지를 보냈다.

나한테 전화하는 거 잊지 마. 안 그러면 내가 비행기 타고 멕시코로 간다! 셋 셀 때까지 안 하면 예약한다.

나는 크리스틴에게 전화했다. 그녀는 벨이 울리자마자 전화를 받았다.

"아, 다행이다. 너 아직 살아 있구나."

"팔팔하게 살아 있거든. 내 카페는 아직 안 망했어?"

"당연하지. 왜 안 그렇겠니." 그녀가 씩씩거리며 말했다. "모든 게 다 잘되고 있어. 나도 잘 있고. 나디아도 잘 있고. 그러니까 앨런까지 포함해서 우리 모두 잘 있어."

커피 취향이 여자 같은 앨런. 나는 이마를 문질렀다. "앨런이 왜?"

"오늘 아침에 평소처럼 카페에 왔다가 네가 없으니까 실망하더라. 그 남자, 정말 너한테 관심 있나 봐."

"그거 좋네. 내가 그 남자한테 관심이 없는 게 너무 안타깝다." 나는 느릿느릿 말했다.

"아마도 네가 이언에게 관심이 있어서 그런가? 아, 이런! 이언은 너와 같이 있잖아. 와우, 둘이 같이 있는 그림이 떠오르는데." 크리스틴이 헉 소리를 내며 호들갑을 떨었다.

"크리스틴…" 내가 경고했다.

"이언이 널 얼마나 생각하는지 몰라. 그런데 넌 모르는 척 시치미 뚝 떼고 있잖아."

"나도 알아." 나는 무심코 불쑥 내뱉었다.

"그랬어? 그럼 어떻게 좀 해봐."

"그럴 수 없어. 제임스…"

크리스틴이 과장되게 신음 소리를 냈다.

"있잖아, 에이미, 모든 이상한 점들은 차치하고, 난 레이시가 거짓말을 하고 있다고 확신해. 집으로 돌아와. 그 여자가 멕시코에서 제임스의 그림을 보냈다고 해서 그가 거기 있다는 뜻은 아니잖아."

"하지만 그는 여기 있어. 내가 찾아냈어."

"뭐라고?" 크리스틴은 꺽꺽거리는 목소리로 말했다.

"내 말은, 찾은 것 같다고. 그 사람은 카를로스라고 그 갤러리 주인인데 생김새가 약간 달라."

"지금 그게 말이 된다고 생각하니?"

"그래서 시간이 좀 더 필요해. 며칠만 더."

크리스틴은 아무 말도 하지 않았다. 나는 서퍼들이 좀처럼 잡히지 않는 큰 놀을 쫓아갔다가 다시 보드로 돌아와 또다시 시도하는 모습을 지켜봤다.

"집에 언제 올 거야?" 크리스틴이 물었다.

"월요일 아침 비행기로 갈 거야." 나는 그때 제임스가 나와 같은 비행기를 타고 있을지 궁금했다. 우리가 헤어진 곳에서 다시 시작할 수 있을까? 어림없는 소리다. 나는 사실 제임스와 같이하는 삶이 예전과 같지 않으리라는 걸 알고 있었다. 그 생각을 하자 제임스가 죽었을 때만큼이나 슬퍼졌다.

"몸조심해." 크리스틴이 말했다.

나는 한숨을 쉬었다. "그럴게."

"아!" 내가 전화를 막 끊으려는데 크리스틴이 외쳤다.

"잊어버릴 뻔했어. 토머스가 오늘 아침에 카페에 왔었어. 너에 대해 묻더라. 네가 푸에르토 에스콘디도에 갔다고 말했어."

순간 온몸이 긴장됐다. 나는 선베드에서 다리를 휙 치켜들며 벌떡 일어나 앉았고, 이마를 한 대 치고 싶은 심정이 들었다. 토머스에겐 아무 말도 하지 말라고 일러놓고 왔어야 했는데.

"왜 갔는지도 말했어?"

"그냥 네게 휴가가 필요했다고 했어. 그런데 토머스도 아주 이상하게 굴면서 온갖 걸 꼬치꼬치 물어보더라고. 네가 하필 왜 그곳을 골랐는지 궁금해하면서, 미리 계획했던 휴가인지 아니면 그냥 충동적으로 떠난 것인지 물어보더라고."

"그냥 궁금해서 물어보는 것 같았어?"

"그럴 수도 있지만 너도 토머스를 알잖아. 요즘 토머스가 아주 이상했던 거."

이언이 와서 내가 통화 중인 걸 보고 미소 지었다. 내가 앉으라고 손짓하자 그는 내가 걸쳐놓은 수건을 옆으로 치우고 의자에 앉아 다리를 쭉 뻗었다.

"이언이 왔어. 그만 끊어야겠어." 내가 크리스틴에게 말했고, 비행기 타기 전에 전화하라는 말에 그러겠다고 대답했다.

태양이 수평선으로 더 낮게 떨어지면서 날이 더 뜨거워졌다. 나는 눈을 가늘게 뜨고 이언을 봤다. "이멜다에게서 뭐 좀 건졌어요?"

이언은 고개를 흔들면서 컵에 물을 따랐다. 물주전자 바깥쪽에 맺혀 있던 물방울이 모래로 떨어졌다.

나는 레이시에 대해, 그리고 이언이 뭘 잃어버렸는지에 대해 묻고 싶었다. 이언이 그동안 나를 도와줬던 것처럼 나도 그렇게 해주고 싶었고, 이언이 나를 믿어주길 원했다. 나는 그의 가장 깊고 개인적인 비밀을 소중하게 간직할 텐데.

나는 그를 원했다.

내 폐에서 쉭 소리를 내며 공기가 빠져나갔다. 지금 왜 이런 기분을 느끼는 거지? 대체 너 어디가 잘못된 거야? 네가 원하는 남자는 제임스라고. 제임스 때문에 여기 왔잖아.

"이멜다는 나와 이야기할 시간이 없었어요. 그래서 내일 아침 느지막이 만나기로 약속을 잡았어요." 이언이 이렇게 말하면서 잔에 따른 물을 두 번 만에 절반이나 마셨다. "그런데 이멜다가 당신에 대해 묻더군요."

나는 눈썹을 치켜 올렸다. "나요?"

"당신이 카를로스의 갤러리에 대해 어떻게 생각하는지 알고 싶어 하던데요."

"당신이 나와 같이 여기 온 걸 그녀가 어떻게 알죠? 우리가 같이 있는 걸 봤나?" 나는 머리카락을 빙빙 돌려 대충 틀어 올리면서 말했다.

이언이 어깨를 으쓱했다. "이멜다에게 물어봐요. 내일 당신에게 점심을 대접하겠다고 그녀가 제안했으니까."

"난 카를로스와 점심을 먹기로 했는데."

이언이 도끼눈으로 날 보면서 말했다. "그럼 점심 먹은 후에 그녀랑 음료를 한잔 하든가."

"참 이상한 요구를 하네." 나는 수건 가장자리로 이마에 맺힌 땀을 닦아내며 말했다. "난 어제 그 사람과 몇 마디 안 했는데."

"그 사람은 호텔 매니저니까 손님을 융숭하게 대접하는 차원에서 그러는지도 모르죠."

나는 날카로운 눈빛으로 이언을 바라봤다. "진심으로 그렇게 믿는 건 아니죠?"

"맞아요." 그는 주저하지 않고 곧바로 대답했다.

우리는 한동안 서로를 찬찬히 뜯어봤다. 나는 이언이 뭔가 할 말이 있다는 걸 감지했지만 그는 아무 말도 하지 않았다. 잠시 후에 나는 파라솔을 조정했고, 이언은 노트북을 켜놓고 작업을 시작했다. 조사를 한다고 말했다. 나는 책 읽기로 돌아갔다.

30분쯤 지난 후에 그는 햇빛이 너무 강하다고 불평하면서 목에 흐르는 땀을 닦았다. "바다는 너무 위험하니 난 수영장에 있을게요." 그는 툴툴거리면서 일어나 수건을 접었다. 그리고 건너편에 있는 서퍼들을 보고 손으로 가리키며 말했다. "저거 봐요! 심지어 프로들도 파도가 너무 심한 지역에선 끌어내 줘야 하잖아요."

나는 손으로 눈 위를 가리고 제트스키를 타고 가는 사람들을 바라봤다. 해양 구조 보트들이 해안에서 멀리 떨어진 큰 놀 쪽에 몰려들어 있었다. 그들은 해변행 셔틀을 기다리는 서퍼들을 데리러 가는 중이었다.

이언이 노트북을 덮어 가방에 넣었고 수건을 어깨에 걸쳤다.

"수영장으로 올래요?"

"좀 있다가요."

그가 떠난 후에 나는 다리에 선크림을 발랐다. 웨이터가 새 물주전자를 가지고 돌아왔고, 나는 마이타이를 한 잔 더 주문했다. 나는 의자에 편하게 누워 눈을 감으면서 책이 내 허벅지 위에 펼쳐지게 내버려뒀다.

"에이미."

나는 눈을 번쩍 떴다. 강렬한 햇빛 때문에 눈을 가늘게 뜨고 의자 끝에 서 있는 사람의 윤곽을 흘낏 봤다. 거친 소재의 직물이 내 다리를 스쳤다. "당신, 피부에 화상 입었어요."

카를로스.

그는 태양을 가리면서 허리를 숙여, 방금 내게 덮어준 수건의 위치를 다시 조정했다.

나는 벌떡 일어나 앉아 다리를 파라솔 그늘 밑으로 옮겼다. 카를로스는 돌아서서 물가에 서 있는 세 남자에게 스페인어로 뭐라고 소리쳤다. 그는 그들에게 먼저 가라고 손짓했다. 그들은 손을 흔들고 해변을 따라 마을 쪽으로 갔다.

카를로스가 내 테이블을 향해 고갯짓을 했다. "페드로가 마이타이를 끝내주게 만들죠. 마이타이 맛이 어때요?"

테이블 위의 내 음료는 그새 잔에 맺힌 물방울이 잔뜩 흘러내리는 바람에 웅덩이를 만들어놓고 있었다. 나는 얼굴을 찡그렸다. 내가 얼마나 잤지? 햇볕에 통구이가 될 정도로 잔 모양이다. 정강이에 화상을 입었다.

"페드로는 카사 델 솔의 바텐더예요." 내가 이제 막 잠이 깬 어리둥절한 상태라서 말을 하지 못하는 것으로 오해한 카를로스가 설명해줬다. 그리고 내 의자 가장자리를 손으로 가리켰다. "앉아도 될까요?"

"그럼요." 그가 앉자 나는 자세를 바꿔 그의 체중과 균형을 맞춰서 의자가 넘어지지 않게 했다. 그는 미소를 지으며 몸을 숙여 모래바닥에 떨어진 내 책을 집었다. 내가 자는 사이에 그 문고본이 떨어진 모양이었다. 그는 책을 흔들어 모래를 턴 뒤 내가 읽던 부분을 표시해 테이블 위에 올려놨다.

아까 모였던 군중은 흩어졌고 오늘의 대회는 끝났다. 카를로스는 여전히 작년 대회의 셔츠를 입고 있었지만, 하의는 청바지 대신 보드 탈 때 입는 반바지를 입고 있었다. 그의 이마는 햇볕에 타서 반짝거렸다.

"당신도 대회 나갔어요?" 내가 물었다.

"잠깐요. 올해는 선수들이 아주 잘하는데요."

"서핑하세요?"

"지난 2년간은 안 탔어요." 그는 왼쪽 눈 주위에 있는 흉터를 가리키며 말했다. "난 꽤 크게 다쳤어요. 광대뼈와 코뼈를 다시 세워야 했죠. 이 지역의 의술은 아직 20세기 수준이라 회복하는

데 한참 걸렸어요." 그는 입 한쪽이 처지게 씩 웃었다.

나도 모르게 입이 떡 벌어졌다. 맙소사! 이이는 기억을 잃을 정도로 머리를 세게 부딪친 게 분명해. 완전히 기억을 상실한 거야. 왜 제임스의 얼굴 골격이 달라졌는지는 그 사고와 얼굴 수술로 설명이 됐지만 기억 상실은 아직도 이해가 되지 않았다. 그는 왜 자신이 누군지 알아내려고 노력하지 않았을까? 왜 집으로 돌아오지 않았을까? 그는 사고가 나기 전 자신의 정체성에 대해선 완전히 모르는 것처럼 보이는데.

내가 막 카를로스에게 뭔가를 물어보려고 하는데 이언이 다가왔다. 그는 이번엔 노트북 대신 카메라를 소지하고 있었다. 이언이 내 의자 옆에서 멈추자 카를로스가 일어섰다. 이언의 허벅지가 내 팔 위쪽을 스쳤다. 나는 이언에게 기대지 않도록 자세를 바로잡아야 했다.

"방해하려던 게 아닌데." 이언이 말했다.

"괜찮아요. 난 그만 가야 해요." 카를로스가 엄지손가락으로 친구들이 간 방향을 가리켰다.

이언이 카를로스에게 손을 내밀었다. "그건 그렇고, 난 이언이라고 해요."

"그렇군요, 이언. 난 카를로스예요." 그는 이언의 손을 꽉 잡았다.

"만나서 반가워요." 이언은 날 힐끗 보더니 카를로스에게 말했다. "당신 갤러리의 전단지를 봤어요. 그림들이 근사하더군요."

"감사합니다."

"거기 있는 그림들은 다 당신 작품인가요?"

카를로스는 옆 주머니에 손을 찔러 넣었다.

"그림들만 제 거고, 조각들은 제 친구 호아킨의 작품이에요."

이언이 팔짱을 끼면서 말했다. "왜 당신 그림에 JCD라고 서명했는지 궁금하네요. J는 뭐의 약자죠?"

"이언…"

카를로스가 반쯤 미소를 지었다. "솔직한 질문이네요. 내 정식이름은 제이미 카를로스 도밍게스예요."

나는 순간 숨을 들이쉬었다. 제임스 찰스 도나토. 내 귓속에서 맥박이 뚝뚝 뛰는 소리가 아주 크게 들렸다. 이 이니셜들은 우연의 일치라고 하기엔 너무 공교로웠다.

카를로스가 내게 미소를 지었다. "그럼 내일 열 시?"

나는 표정이 굳어진 채 고개를 끄덕였다. 카를로스는 씩 웃더니 친구들이 간 쪽으로 달려갔다.

"당신 괜찮아요?" 이언이 이렇게 묻고 얼굴을 찌푸렸다. "어서 그늘로 갑시다. 당신 안색이 창백해요."

나는 그를 멍하니 바라봤다. "난 괜찮아요." 내가 일어나서 수영복 위에 가운을 걸치는데 다리가 휘청거렸다.

이언이 내 어깨를 눌러 내렸다. "앉아요. 물 좀 마셔요." 이언이 내 컵에 물을 따라줬는데 걱정스러운 표정이었다. "천천히." 내가 햇볕에 따뜻해진 물을 벌컥벌컥 들이켜자 이언이 말했다.

내가 어지럼증이 가라앉길 기다리는 동안 이언은 내 수건을 접고 비치백을 챙겼다. 같이 호텔로 걸어갈 때 그가 내 어깨에 한 팔을 둘렀다. "저녁때가 다 됐고 당신은 뭘 좀 먹어야 해요. 가서 씻고 저녁 식사 합시다. 내가 살게요."

그가 달로 날아가자고 제안했어도 나는 받아들였을 것이다. 카를로스와 햇볕 때문에 내 머릿속은 엉망이 돼 있었다. 내가 그에게 몸을 기대고 그가 내 몸을 부축하면서 우리는 같이 호텔로 돌아왔다.

22장

이언이 내 방에 도착할 때쯤 나는 이언이 좋아하는 파란색 선드레스(여름용 원피스—옮긴이)를 입기로 결정했다.

원피스 상체 부분의 작은 단추들을 잠글 때 손이 덜덜 떨렸다. 나는 맨 위의 단추 두 개를 풀어놨다가 하나를 더 풀기로 결정했다. 그리고 거울에 비친 내 모습을 마지막으로 한 번 더 확인했다. 심장은 정신없이 뛰는데 거울에 비친 내 모습은 너무 침착해서 경이로웠다. 오후의 강렬한 햇볕 때문에 약간 어지럽긴 했지만 오늘 밤의 저녁 식사가 데이트처럼 느껴진다는 생각을 하지 않을 수 없었다. 내 첫 데이트라고도 할 수 있었다. 남자 친구와 여자 친구로서 제임스가 나를 데리고 영화를 보러 갔을 때 우리는 이미 너무 편해져버린 사이였다. 우린 오랫동안 알고 지냈고 그동안 수많은 영화를 같이 봤으니까.

이언이 노크를 하자 나는 화들짝 놀라 휙 돌아서서 문을 봤다.

그리고 문손잡이를 잡고 돌려서 문을 열었다. 너무 세게 여는 바람에 문이 벽에 쾅 부딪쳤다.

"어이쿠." 문이 다시 닫히면서 내 엉덩이를 치지 않도록 이언이 손바닥으로 문을 막았다. 그는 몸에 딱 맞는 검은색 브이넥 셔츠와 카키 바지를 입고 플립플롭을 신고 있었다. 그에게서 아주 근사한 향기가 났다. 샤워를 해서 상쾌하면서도 해변의 냄새가 섞인 그런 향기였다.

그는 한쪽 입을 치켜 올리며 씩 웃었다. 친구끼리 허물없는 저녁 식사에 임하는 것치고는 너무 섹시해 보였다.

사선으로 그의 가슴을 가로지르고 있는 카메라 끈이 눈에 들어왔다. 끈이 꼬여 있어서 내가 떨리는 손가락으로 풀어줬다.

그는 내 손바닥을 자신의 가슴에 대고 꼭 눌렀다. "긴장 풀어요."

"그게 안 돼요." 방이 빙빙 돌기 시작했다. 나는 그의 가슴을 빤히 보다가 그의 품에 기댔다.

"날 봐요." 이언이 쉰 목소리로 말했다. 우리의 눈이 마주쳤다.

"카페와 다음 전시에 대해선 잠시 잊자고요. 레이니인지 레이시인지도 잊고, 우리가 여기 온 이유도 잊어요. 오늘 밤은 다른 사람들은 없고 우리 둘만 있는 겁니다. 그렇게 할 수 있어요?"

나는 고개를 끄덕였고 그에게서 눈을 뗄 수 없었다. 그의 목소리, 부드러운 그 억양엔 뭔가가 있었다. 나는 그가 나에게 키스하는 것 이상을 생각했고, 벌거벗은 그의 몸이 내 위에서 어떤 느낌일지 궁금했다. 셔츠 밑 그의 살결은 어떤 느낌일까? 내 손가락이 구부러지면서 그의 셔츠를 파고들었다.

맙소사, 이런 생각을 하다니 일사병에 걸린 게 분명해.

이언이 내 손가락에 자신의 손가락을 깍지 끼면서 날 복도로 끌어당겼다.

"당신 얼굴이 빨개졌어요. 어서 밥부터 먹어야겠네."

그는 리조트 2층 레스토랑의 테라스 자리를 예약해놨다. 거기 서는 수영장이 내려다보였다. 우리는 주문을 했고, 웨이트리스가 돌아간 후에 침묵에 빠졌다. 나는 그가 포크로 냅킨을 쿡쿡 찌르고 나이프의 날이 얼마나 날카로운지 시험하면서 계속 만지작 거리는 모습을 지켜봤다. 그도 나만큼이나 긴장하고 있는 걸 보니 놀라웠다. 나는 그가 날 아주 좋아한다는 걸 알고 있었다. 그런데도 그는 다른 남자를 쫓아간 나를 따라 지구의 반 바퀴나 돌아온 것이다.

지구 끝까지 찾아볼 겁니다.

이언이 했던 말이 머릿속에서 메아리쳤다. 그는 아주 바보거나 아니면 사랑에 깊이 빠진 게 분명했다. 나와.

나는 그에게서 시선을 돌렸다.

"무슨 생각 해요?" 그가 조용히 물었다.

내 얼굴이 다시 붉어졌다. 나는 헛기침을 했다. "당신 생각을 하고 있었어요. 우리 생각. 당신이 왜 여기 있나, 그런 생각." 나는 대담하게 털어놨다. "왜 나와 같이 왔죠?"

그는 아주 길게 느껴지는 시간 동안 나를 지켜봤다. "예전에 난 아주 소중한 사람을 잃었어요. 내가 그녀를 뒤쫓아 가지 않았기 때문에. 난 화가 나고 속이 상해서 그녀가 그냥 떠나도록 놔뒀어요. 하지만 화가 수그러들자 그녀가 날 다치게 한 게 그녀의 잘못이 아니란 걸 깨달았어요. 그녀 자신도 스스로를 어찌할 수 없었던 거죠. 하지만 그땐 너무 늦어버렸어요. 그녀가 떠난 지 너무 오래돼서 그녀가 어디 있는지 알 수 없었죠."

그는 바다로 시선을 돌렸다. 산들바람이 그의 머리카락을 부드럽게 쓰다듬었다. 그의 마음을 사로잡은 그 여자를 질투할 생각은 나지 않았다. 그의 고통이 너무나 깊고 오래돼 보였기 때문에. 오히려 그의 구불구불한 머리카락 속에 손을 넣어 쓸어내리며 위로해주고 싶어 견딜 수 없었다. "그 사람이 누구죠?"

"우리 엄마요." 그는 내 쪽으로 몸을 기울이며 자기 손으로 내 손을 덮었다. "엄마 때문에, 내 인생에서 소중한 사람들을 너무 쉽게 놓지 말아야 한다는 걸 배웠어요. 친구들, 내가 아주 좋아하는 사람들." 그는 엄지손가락으로 내 손가락들을 쓰다듬었다. "난 당신을 아끼고 있어요, 에이미. 당신이 아는 것보다 훨씬 더."

나는 그가 하는 말을 온몸으로 느꼈다. 그 말들이 그가 만진 내 손에서부터 올라오면서 내 살에 전기가 퍼지는 것 같았다. "당신이 여기 있어서 기뻐요. 그리고 날 저녁 식사에 초대해줘서 기쁘고. 오늘 저녁 식사는 참 근사해요."

그는 한 가닥 삐져나온 곱슬머리를 내 귀 뒤로 넘겨줬다. "여기서 나오는 음식이 당신이 만든 음식만은 못할 거라고 장담하지만 그래도 당신과 같이 여기 있어서 기뻐요."

"저녁 식사가 아직 나오지도 않았는데 당신은 벌써 공격을 하고 있군요."

그가 빙그레 웃었다. "난 여행 다니느라 외식을 많이 해요. 하지만 요 몇 달간은 매일 오후 내가 집에 가져갈 수 있게 당신이 음식을 만들어 줬죠. 이미 최고의 음식이 있으니 다른 식당의 음식을 먹어보려는 생각은 하기 힘들죠." 그의 표정이 어두워지면서 촛불의 부드러운 빛 속에서 슬픈 기색이 드러났다. "당신이 카페로 돌아가지 않는다면 안타까울 거예요. 당신의 재능은 낭비하기엔 너무 뛰어나요. 그런 재능은 널리 알려야 해요."

"당신의 사진들처럼?"

그는 고개를 끄덕였다. "당신의 레시피엔 마법이 있어요. 난 당신이 하려고 했던 일들을 다 이뤘다고 생각해요. 당신은 커피를 마시는 독특한 경험을 만들어냈어요. 고객들이 당신의 카페를 다시 찾는 건 당신의 음식과 음료가 그들을 행복하게 만들어주기 때문이에요. 〈벨리즈 일출〉을 보면서 당신이 거기 가고 싶어 하는 것과 같아요. 진정한 예술가들은 자신의 작품을 통해 사람들의 정서적 반응을 이끌어내요. 에이미, 당신은 예술가예요."

나는 얼굴이 붉어지면서 고개를 살짝 숙였다. 이언의 칭찬을 듣자 춤을 추며 노래를 부르고 싶어졌다. 하지만 그의 우려에 나도 걱정이 됐다.

"난 내 카페를 버리지 않을 거예요."

"카를로스는 어쩌고요? 십중팔구 그가 제임스일 것 같은데. 만약 그가 멕시코를 떠나고 싶어 하지 않는다면? 그렇다면 그와 같이 여기에 남을 거예요?" 그가 물었다.

이언은 두려움을 감추지 않았다. 그의 표정에서, 잔뜩 굳어 있는 그의 어깨에서 그걸 볼 수 있었다. 그는 나를 잃을까 봐 두려워하고 있었다.

"그렇게까지는 되지 않길 빌어요." 하지만 나는 결국엔 선택을 해야 한다는 걸 알고 있었다.

웨이트리스가 음식을 내왔고, 우리가 음식을 먹은 후에 이언이 계산했다. 그는 카메라를 점검하면서 렌즈와 세팅을 조정했다. 나는 바다에서 넘실거리는 달빛을 바라봤다. 이언의 카메라에서 찰칵찰칵 소리와 삑 소리가 계속 났다. 내 입가에 희미한 미소가 떠올랐다. 이 소리를 들으면 항상 이언이 떠오르겠지. 오늘 밤 카페나 그의 사진에 대해 이야기하지 않기로 해놓고 또 카페 이야기를 했지만 상관없었다. 난 그가 자신의 일에 열정적인 면을 사랑했다. 사랑했다…

이언이 순간 내 사진을 한 장 찍었다. 플래시가 터져서 머릿속 생각들이 다 흩어져버렸다.

나는 눈을 깜박였다. "왜 찍었어요?"

"당신이 아름다워서." 그는 카메라에 뜬 디지털 이미지를 살펴봤다. "당신이 감탄하며 바다를 보는 표정이 맘에 들었어요. 아주 고요한 표정이었어요."

"아." 나는 무릎에 놓인 냅킨을 접었다.

"전에는 그런 표정을 못 봐서 꼭 포착하고 싶었어요." 그는 내게 그 이미지를 보여줬다. 내가 흘낏 보자 그가 바로 카메라를 꺼버려서, 마치 낯선 사람을 본 것 같은 느낌만 남았다.

"당신 사진은 어떻게 돼가요?" 이언은 여기 와서 풍경 사진보다는 주로 지역 문화와 활동들, 사람들 사진을 찍었다.

"생각만큼 나쁘진 않아요."

"당신 실력이 정말 좋아서 그렇죠."

그는 한쪽 어깨를 으쓱했다. "나라고 항상 내 작품이 마음에 드는 건 아니에요."

그의 얼굴에서 여러 가지 감정이 보였다. 그의 광대뼈 위에 있는 주름에 불안이 깃들었다. 나는 엄지손가락으로 그의 손가락을 쓰다듬었다.

"당신의 작품은 당신을 마음에 들어 할 거예요. 당신은 다른 사람들이 못 보는 것에서 아름다움을 찾아내잖아요. 사람들이 무시하기로 한 것에서 그러기도 하고. 당신에겐 재능이 있어요."

이언은 끙 소리를 냈다. 그는 렌즈에 뚜껑을 다시 씌웠다.

"여기 사람들 몇 명이 피사체가 돼서 자기 사진을 전시하는 걸 허락해줬어요. 내가 찍은 당신 사진들을 전시해도 괜찮아요?"

나는 몸을 뒤로 뺐다. "내 사진이요?"

"팔진 않을 거예요. 당신을 팔 순 없어요." 그는 뒤늦게 생각나서 덧붙이듯 말했다. 그리고 카메라를 옆으로 치웠다.

"집에 가면 당신에게 양도 계약서를 보내라고 웬디에게 말할게요." 그는 내 빈 접시를 가리켰다. "다 먹었어요?"

나는 고개를 끄덕였다.

"좋아요. 이제 우리가 어떤 문제를 일으킬 수 있는지 봅시다."

그가 짓궂은 미소를 지어서 나는 웃었다.

우리는 칵테일을 한잔 하러 라운지로 갔다. 수영장 테라스 쪽으로 개방된 작은 무대 위에서 마리아치(멕시코 전통 음악을 연주하는 유랑 악사—옮긴이) 밴드가 연주를 하고 있었다. 무대는 하얗게 반짝이는 전등들을 설치한 차양 밑에서 은은하게 빛났다.

이언이 내 팔을 잡아서 무도장으로 끌어내자 내가 꺅 소리를 질렀다.

"춤 싫어한단 말을 하기엔 너무 늦었어요." 그는 트럼펫 소리 너머로 말했다.

"난 춤추기 싫어한다는 말은 안 했어요." 나는 그의 귀에 대고 소리 질렀다. "난 춤추는 거 좋아해요. 음악이 문제지. 그게 너무…너무…"

"기운이 넘쳐서?"

"폴카(19세기에 유행한 빠른 춤곡—옮긴이) 같아서."

그는 올린 두 팔을 구부려서 자신의 왼쪽 어깨를 친 뒤 다시 오른쪽 어깨를 치면서 과장된 동작으로 춤을 췄다. 나는 낄낄 웃으며 그를 따라 두 팔을 든 채 빙빙 돌았다. 내 스커트가 허벅지 위에서 빙그르르 돌았다. 내가 빙빙 돌 때 이언이 내 사진을 한 장 찍었다.

"그만해요!" 나는 야단을 치고 카메라를 잡으려 했다. 그는 몸을 뒤로 쑥 뺐다. 나는 주먹 쥔 손으로 허리를 짚고 말했다. "약속 했잖아요. 그거 치워요."

"여기서 기다려요." 그는 바로 가서 바텐더와 이야기를 한 뒤 카메라와 현금을 건넸다. 바텐더가 카메라를 치우고 돈은 자신의 주머니에 집어넣었다.

음악이 느려졌다. 트럼펫에서 유혹적인 선율이 흘러나왔다. 기타에선 엉덩이를 흔들고 싶어지는 리듬이 나왔고. 이언이 다가왔고, 무도장을 가로질러 우리의 시선이 마주쳤다. 내 입술이 벌어졌다. 그의 눈에 서린 강렬함과 결단을 보자 그 자리에서 꼼짝도 할 수 없었다. 그는 거리를 좁혀와 나를 그러안았다. 온몸에 전율이 흐르면서 갈망 같은 느낌이 들었다. 나는 그에게 좀 더 가까이 몸을 갖다 댔다.

그의 손이 고통스러울 정도로 아주 천천히 내 몸을 타고 올라와서 내 얼굴을 두 손으로 받쳤다. 그는 엄지손가락으로 내 입술을 쓸어내린 뒤 키스했다. 그것은 뜨겁고 필사적이면서 동시에 아주 부드러웠다.

우리는 같이 리듬에 맞춰 춤을 췄다. 음악 소리가 점점 커지고 우리의 입술이 점점 더 대담해지고 우리의 혀가 엉켰다. 그러다 우리가 어디에 있는지, 내가 왜 여기 있는지 기억이 났다. "지금 우리 뭐 하고 있는 거죠?" 나는 그의 입에 대고 헉 소리를 내뱉으며 말했다. "지금 내게 뭘 하고 있는 거예요?" 나는 내가 무슨 생각을 하고 있는지도 잘 알 수 없었다.

"당신에게 키스하는 중이죠. 당신을 사랑하는 중이고." 그는 내 입술에 대고 중얼거렸다.

그는 다른 어떤 남자도 하지 않았던 방식으로 키스했다. 나는 지금까지 나에게 중요한 단 한 남자하고만 키스해봤다. 하지만 그건 오래전 일이고, 나는 그 키스들의 느낌이 어땠는지 기억하는 것조차 힘든 시간을 보냈다.

내 생각들이 뒤죽박죽이 됐다. 이언이 뭘 하려는 건지 혼란스러웠다. 그에 대한 내 감정이 뭔지 혼란스러웠다. 그리고 이언도 혼란스러웠다. 당장 그를 밀어내야 하는데. 오히려 나는 그를 꼭 붙잡고 그에게 매달려 있었다.

그의 손이 내 등에서 정신없이 움직였다. 그의 입술이 사방에 있었다. 내 턱, 내 목, 내 얼굴. 그의 혀가 내 맥박이 뛰는 곳을 지날 때 나는 그 움직임을 극도로 민감하게 느꼈다. 너무 심한 자극이었다. 나는 그에게서 억지로 입술을 떼어냈다.

"왜 이러는 거예요? 왜 지금?" 나는 헐떡거리며 말했다.

그의 입술이 내 뺨 위를 스치며 지나갔다. 그가 내 귀를 살짝 물었다.

"난 죽은 남자와 경쟁할 순 없었어요. 당신이 그를 숭배했으니까."

"그를 잊지 않기 위해서죠." 나는 절망해서 외쳤다. 더 이상 내 자신을 통제할 수 없다는 걸 느꼈다.

이언이 내 머리카락 속으로 손가락을 넣으면서 이글이글 타는 눈으로 나를 바라봤다.

"그는 살아 있어요, 에이미. 완벽하게 살아 있죠. 그렇다면 난 그와 경쟁할 수 있어요."

"이건 게임이 아니에요, 이언. 난 그런 종류의 포상이 아니라고요."

그의 눈이 완고해졌다. "당신은 결코 포상이 될 수 없어요. 당신은 내게 그보다 더 많은 의미가 있으니까. 당신은 좀 더 많은 걸 느낄 자격이 있어요."

이래도 괜찮다는 느낌이 들었다. 나는 이언이 시선만으로, 그가 내 피부를 만지는 방식은 말할 것도 없고, 그의 입이 내 입술 위에서 움직이는 느낌만으로 내 안에 불러일으킨 감각 때문에 온몸이 터질 것만 같았다. 나 왜 이러는 거지?

그를 밀어내. 네가 여기 온 이유에 집중하란 말이야.

"당신은 내 직원이에요." 나는 너무나 형편없는 이유를 댔다.

"그럼 일을 그만두죠." 그의 입술이 내 입술을 세게 눌렀다. 그가 신음했다. 아니면 내가 신음한 건가?

나는 내가 추락하는 걸, 모든 것을 놓아버리는 걸 느끼면서 그의 가슴을 손가락으로 쓸어내렸다. 나는 안전하고 익숙한 모든 걸 놓아버리고 있었다. 맙소사, 난 제임스 때문에 여기 왔잖아. 나는 그를 밀어내며 우리의 키스를 중단시켰다.

어둡고 폭풍 같은 눈이 뚫어져라 내 눈을 바라봤다. 그는 내게 모든 걸 보여줬다.

"이언…"

"사랑해요."

"…그러지 말아요."

"날 사랑해요, 에이미."

내 세계가 허물어졌다. "그럴 수 없어요." 나는 울음을 터트리며 라운지에서 달려 나갔다.

나는 로비의 어두운 구석을 발견하고 거기 있는 고리버들 의
자에 주저앉았다. 내 피가 툭툭 소리를 내며 흘렀고 심장이 사정
없이 뛰었다. 이언은 내가 내 주위에 쌓아 올린 장벽에 금을 낸
게 아니었다. 그는 다이너마이트로 그 벽을 폭파해버렸다. 완전
히 산산조각 냈다. 그는 그 벽을 부수고 내가 자기를 보도록 만든
것이다.

로비 건너편의 움직임에 눈길이 갔다. 이언이 참담한 표정으
로 엘리베이터를 향해 가고 있었다. 그는 카메라를 맡겨놓은 걸
깜박한 채 방으로 올라가는 중이었다.

나는 의자에서 벌떡 일어나 바로 돌아갔고, 웨이터를 설득해
카메라를 받아냈다. 그리고 로비 구석으로 다시 돌아왔는데 카
메라에 담긴 디지털 사진들을 보고 싶은 충동을 이기지 못했다.
그 사진들은 경이로웠다. 몇 초간의 삶이 화려한 색으로 포착되
었다. 나를 포함해 모든 이미지에 이야기가 담겨 있었다.

저녁 식사 때 이언이 찍은 내 사진도 봤는데 나는 그 사람을 알
아볼 수가 없었다. 사실 아주 오랫동안 보지 못했던 사람이었다.
나. 아주 기분 좋고 편안하게 있는 나. 모든 경계를 풀고 있는 나.
사랑에 빠진 여자.

내 폐에서 공기가 몰려나왔다. 배가 죄어왔다. 나는 아니라고
고개를 흔들었지만 사진 속에서 진실이 나를 빤히 바라보고 있
었다. 이언이 그 사진을 찍었을 때 나는 자신의 일에 열정적인 이
언의 면모를 내가 얼마나 사랑하는지 생각하고 있었다. 그리고
내가 그를 얼마나 사랑하는지.

아, 이언.

나는 카메라를 끈 뒤 서둘러 그의 방으로 가서 시끄럽게 노크했다. 이언이 문을 홱 열자 숨이 턱 막혔다. 그는 셔츠도 입지 않고 파자마가 흘러내려 엉덩이에 걸쳐 있는 모습으로 나를 노려봤다. 상황이 아주 안 좋았다.

"들어가도 되나요?" 내가 그에게 카메라를 보여줬다.

이언은 문을 좀 더 열었고 내가 들어온 후에도 계속 열어놨다. 나는 카메라 끈을 머리 위로 올려 벗었지만 그에게 카메라를 주지 않았다. 아직은.

"당신이 찍은 사진들을 봤어요." 나는 실토했다.

복도에서 요란하고 시끌벅적한 웃음소리가 흘러들었다. 늦게까지 파티를 한 사람들이 방으로 돌아오고 있었다. 이언은 문이 닫히게 놔두고 팔짱을 끼었는데 목 근육이 사정없이 움직이고 있었다. 그는 기분이 몹시 나빠 보였다.

나는 침을 꿀꺽 삼켰다. "미안해요. 하지만 일단 보기 시작하니까 멈출 수 없었어요. 당신이 인물 사진은 전시하고 싶어 하지 않는다는 걸 알아요. 뭣 때문인지 불편해하더군요. 그건 이해해요. 하지만 당신 작품은 정말 경이로워요. 잘 찍었다는 것 이상이에요."

나는 침으로 입술을 축인 뒤 대담하게 한 발 더 나아갔다. "그 사진들에 감동받았어요."

그가 카메라를 달라는 몸짓을 했다.

나는 한 발 더 가까이 다가갔다. "당신이 날 감동시켰어요."

"에이미." 그가 으르렁거리듯 말했다. "이렇게는 못해요. 당신과 시작했는데 당신이 날 번번이 밀어내는 이런 관계는 계속할 수 없다고요. 당신이 날 그런 식으로는 원하지 않는다면 차라리 친구로 남겠어요. 카메라 줘요."

나는 카메라를 내 옆에 있는 의자 위에 놓았다. "당신을 밀어내지 않을게요."

우리의 시선이 부딪쳤다. 그의 턱에 힘이 들어갔다. 그것이 내가 받은 유일한 경고였다. 그는 바로 전까지만 해도 문 옆에 서 있었는데 어느새 내 몸에 찰싹 달라붙어 있었다. 그는 내 머리카락 속에 손을 집어넣은 채 내 입술에 세게 키스했다. 아까 내가 그의 몸속에서 일깨웠던 폭풍이 그를 정복한 것이다.

내 두 손이 그의 가슴을 쓰다듬다가 목을 따라 머리로 갔다. 이언이 이 키스를 끝내지 않았으면 싶었다. 그의 손이 내 어깨를 쓰다듬다가 등으로 넘어가 내 원피스의 지퍼를 내렸다. 원피스가 나풀거리며 바닥으로 떨어졌고 이어서 그가 내 팬티를 끌어 내렸다. 그리고서 그가 내 앞에 섰는데 나는 그를 만지는 손길을 멈출 수 없었다. 그의 매끄럽고 평평한 가슴, 잘록한 허리. 나의 부드러운 부분이 그는 딱딱했고, 나의 약한 부분이 그는 강했다. 그는 내 친구인데 그를 향해 가는 마음이 멈춰지지 않았다.

그가 내 젖가슴을 두 손으로 받쳐 올리자 내 입에서 헉 소리가 새어나왔다. 그가 나를 밀면서 침대로 가, 마침내 나는 침대 가장자리에 앉았다. 이언은 무릎을 꿇고 내 허벅지에 두 손을 올린 채 내 다리를 벌렸다. 내 몸은 그에게 열린 채 노출돼 있었고, 그의 눈이 내 눈과 마주쳤다. 이걸 멈출 마지막 기회였다. 이건 내가 원하는 게 아니라고 말할 마지막 기회. 그는 내가 원하는 사람이 아니라고.

하지만 나는 그를 원했다. 그의 모든 걸.

나는 고개를 끄덕였다. 그는 거친 신음을 내뱉으며 고개를 숙였다. 나는 그의 혀의 감촉에, 그가 입으로 하는 애무에 탄성을 질렀다. 나는 그의 머리카락을 움켜쥔 채 내게 끌어당기며 부서졌다. 그러다 그가 사라졌다.

나는 눈을 퍼뜩 떴다. 이언이 내 앞에 서서 바지를 벗고 있었다. 그가 얼마나 나를 원하는지 도저히 부인할 수 없었다.

그는 매트리스 위로 올라가 나를 베개들 쪽으로 끌어 올리고 내 위로 몸을 밀착시켰다. 그리고 사이드 테이블로 손을 뻗어서 서랍을 열었다.

"이언." 내가 소리를 질렀다.

"나 여기 있어요." 그가 내 귀에 대고 속삭였다.

포장지를 뜯는 소리가 들렸다. 그는 몸을 움직여 그걸 낀 뒤 내 속으로 완전히 들어왔다. "사랑해요." 그는 이렇게 말하고 움직이기 시작했다. 내 위로, 내 안으로 미끄러져 오는 황홀감을 주체하지 못해 나는 그에게 힘껏 매달렸다.

"내게 떨어져요, 에이미. 내가 잡아줄게요." 그는 좀 더 세게 찔러 넣었고 그가 내 영혼을 어루만지는 게 느껴졌다.

"다 놔버려요."

나는 그렇게 두 손을 놓고 한없이 떨어지면서 전율했고, 이언이 나를 받아줬다.

❖

나는 천천히 눈을 뜨고 방 안을 둘러봤다. 이언의 방이었다. 나는 그의 침대에 엎드려서 그의 숨소리를 들었다. 규칙적인 숨소리를 듣자 마음이 편해지면서 매일 아침 그의 옆에서 잠이 깨는 상상을 했다. 부드러운 미소가 내 입가에서 춤을 췄다.

아직 이른 시간이었다. 한 줄기 빛이 살짝 열린 발코니로 스며들었고 나는 잠이 완전히 깼다. 간밤엔 푹 잤다. 그렇게 달게 자보긴 몇 달 만에 처음이었다. 이언은 밤이 깊을 때까지 나와 사랑을 나누며 내가 상상도 하지 못했던 방식으로, 꿈도 꾸지 못했던 방식으로 나를 사랑해줬다. 그것들을 떠올리자 이불 밑에서도 내 온몸이 발갛게 물드는 것 같았다.

그러다 현실이 방 안으로 밀려오면서 어젯밤 사랑을 나눴던 희열이 마치 뜨거운 번철 위에 닿은 물방울처럼 소멸돼버렸다. 나는 제임스에 대한 내 마음을 배신했다. 나 스스로를 배신한 것이다.

매트리스를 흔들지 않으려고 조심스럽게 침대에서 나오는데 눈물이 났다. 감히 이언을 볼 수도 없었다. 그가 아침에 얼마나 근사하게 보일지 내가 상상했던 그 모습을 훔쳐볼 수도 없었다. 마구 헝클어졌어도 섹시한 모습을. 무방비의 모습을.

나는 조용히 옷을 입고 샌들을 집어 든 후 방을 나왔다. 그러나

문이 닫히기 전에 얼핏 보고 말았다. 그가 당황스러운 표정으로 나를 보고 있었다. 나는 심장이 둘로 갈라지는 것만 같았다. 하나는 제임스를 위한 것이었다. 다른 하나는 이언에게 남겨두었다.

23장

나는 해변을 돌아다니는 데 지쳐서 수업 시간보다 15분 일찍 엘 에스투디오 델 핀토르에 도착했다. 이언이 나를 찾으러 오기 전에 호텔을 나왔다. 나는 그에게 상처를 줬고, 아직 어젯밤 일과 대면할 준비가 돼 있지 않았다.

하지만 모든 것이 우리가 한 일을 일깨워줬다. 내 스커트는 그의 손길이 닿았던 곳, 아직도 간밤의 일로 민감한 부분을 연신 스쳤다. 짭짤한 공기에선 그의 피부 맛이 났고 내 목을 어루만지는 산들바람은 그의 키스처럼 느껴졌다.

이언은 내가 다른 사람과는 감히 오를 수 없는 높은 곳까지 날 밀어 올렸다. 그러고 나서 나는 그가 요구한 대로 모든 경계를 풀고 그를 내 마음속에 불러들였다.

나는 멕시코에 오기 아주 오래전부터 내가 그를 마음속에 들였음을 알고 있었지만 거기는 그가 있을 곳이 아니었다. 내 마음은 제임스를 위해 따로 놔둬야 했다. 내가 여기 온 것은 제임스 때문이니까.

갤러리에 들어오는 나를 어떤 젊은 여자가 맞아줬다. 그녀는 에스프레소 빛깔의 눈을 들면서 읽고 있던 문고본 소설을 옆에 놨다. "올라, 코모 에스타(안녕하세요, 오늘 기분 어떠세요)?"

"무이 비엔, 그라시아스(아주 좋아요, 고맙습니다)." 나는 미안해하는 미소를 지으며 그 질문에 대답했다. "미안해요. 난 스페인어를 못해요."

그녀의 눈이 휘둥그레졌다. "카를로스가 말한 아름다운 미국 여자가 당신이군요."

나는 눈썹을 치켜 올리며 내 가슴을 손으로 가리켰다. "저요?"

그녀는 킥킥 웃었다. "네! 이 말을 하면 안 되겠지만, 오늘 아침에 당신이 온다고 카를로스가 몇 번이나 말했는지 몰라요." 그녀는 책상 옆으로 돌아 나와서 나와 악수했다. "난 피아라고 해요. 토요일에 근무하죠. 카를로스는 토요일엔 절대 안 나오거든요." 그녀는 '절대'라는 말을 하면서 손을 막 흔들어서 강조했다. "맞아요, 당신은 그에게 중요한 의미가 있는 사람이 분명해요."

흥미롭군.

"왜 그렇게 생각하죠?" 나는 백을 다른 쪽 어깨로 고쳐 멨다. 내 손가락들이 떨리고 있었다. 카를로스를 만나는 것이 긴장되기도 하고 불안했다.

"토요일은 원래 그림을 그리고…" 그녀는 코를 찡긋했다. "달리는 날이거든요. 그는 달려요. 아주 많이."

"마라톤에 나가려고 훈련하는 거 아니에요?"

"카를로스가 말했어요?" 그녀가 믿을 수 없다는 표정으로 물어보더니, 나를 머리부터 샌들 신은 발까지 훑어봤다. "카를로스는 당신을 이해할 수 없대요. 당신이 그림 그리는 걸 좋아하지도 않으면서 미술 수업을 받고 싶어 한다고요. 카를로스가 당신을 이해할 수 없어 하는 건 당신이 계속 뇌리에서 떠나지 않기 때문인 것 같아요." 그녀는 한 손가락으로 자신의 관자놀이를 톡톡 쳤다. "왜죠?"

나는 그녀를 멍한 표정으로 바라봤다. "무슨 말인지 이해가 안 되는데요."

그녀는 눈을 가늘게 떴다. "왜 그림을 그리고 싶어 하죠? 당신, 카를로스를 좋아하죠? 그렇죠?"

"그는 훌륭한 화가죠." 그리고 나는 그를 좋아한다. 아니, 사랑한다.

나는 이언의 카메라를 바에 놔뒀어야 했다. 그랬다면 이언의 방에 가지 않았을 것이다. 맙소사! 나는 아직도 약혼반지를 끼고 있었다.

"카를로스는 훌륭한 화가죠. 하지만 토요일엔 절대 그렇지 않아요. 맞아요, 그는 당신을 좋아해요. 그래서 기뻐요. 그 일이 있고 나서 아주 슬퍼했는데…" 피아는 자신의 이마를 툭 치며 킥킥 웃었다. "아, 아, 아…내가 말이 너무 많았네요, 평소처럼. 하지만 당신이 마음에 드니까 그만 입을 다물게요. 카를로스는 이층에 있어요."

347

그녀는 문을 가리켰다. "뜰로 돌아가서 왼쪽에 있는 문을 열고 계단을 올라가세요."

"고마워요. 만나서 즐거웠어요." 내가 말했다.

"재미있는 시간 보내요." 문이 홱 닫힐 때 그녀가 말했다.

나는 피아가 알려준 대로 그 문을 지나서 좁은 계단을 올라갔다. 계단이 끝나자 자연광이 비쳐 아주 환한 방이 나왔다. 천장 여러 곳에 채광창이 뚫려 있었다. 그리고 커다란 유리창으로는 밑에 있는 거리가 보였고, 위에서 보니 바다도 얇고 파란 한 줄로 보였다. 각기 다른 소재의 그림들이 벽을 장식하고 있었다. 파스텔화, 유화, 아크릴화, 잉크화, 목탄화. 여러 줄로 늘어선 이젤들이 교실처럼 방을 가득 채우고 있었고 맨 앞에는 하나의 이젤이 놓여 있었다. 카를로스의 자리.

나는 그의 이름을 불렀다. 그는 대답하지 않았다. 어디 있는 거지?

나는 뭘 예상해야 할지 알 수 없었다. 그림 그리는 건 즐기지 않지만 그와 시간을 보내고 싶었다. 그와 그가 그림 그리는 모습을 살펴볼 것이다. 카를로스도 왼손잡이일까? 그가 굵기와 촉감으로 붓들을 정리할까? 제임스는 그랬는데.

남쪽 벽을 따라 문이 세 개 있었는데 하나는 활짝 열려 있었다. 그 방에서는 물감 튜브들, 붓들, 테레빈유 깡통들과 텅 빈 캔버스들이 가득 들어 있는 벽장이 보였다. 가운데 문을 열어보려고 했지만 꿈쩍도 하지 않았다. 카를로스가 있는 '맞는' 방을 찾으려는 골디락스가(《골디락스와 곰 세 마리》 이야기에 나오는 골디락스—옮긴이) 된 듯한 기분을 느끼면서 세 번째 문을 열어봤다. 문이 홱 열렸다. 그 방은 교실보다 훨씬 더 밝아서 나는 눈을 가늘게 떴다.

방 한가운데 이젤이 하나 놓여 있었고 그 옆에 물감 튜브들과 더러워진 헝겊들이 잔뜩 놓인 테이블이 있었다. 빈 깡통들, 식품 저장용 유리 용기와 머그잔들 속에 붓과 팔레트 나이프가 꽂혀 있었다. 캔버스도 쌓여 있었는데, 완성된 것들도 있고 반쯤 그리다 만 풍경화도 있었다. 모두 가까운 벽에 기대어 있었다. 스타일이 제임스와 아주 비슷했다. 나는 그 그림들을 카를로스가 그렸다는 걸 금방 알아봤다. 이 방은 그의 개인 스튜디오였다.

나는 방 안으로 더 깊이 들어갔다가 우뚝 멈춰 섰다. 갑자기 찬 기운이 뱃속 한가운데를 강타하면서, 얼음 조각을 한꺼번에 너무 많이 삼켰을 때 식도가 따가운 것처럼 배가 따끔거렸다. 테이블 뒤쪽이나 문간에서는 보이지 않는 위치에서 제임스의 사라진 그림들이 뒤쪽 벽에 기대어 있었다.

맙소사!

어떻게 저 그림들이 여기 와 있지? 대체 언제 여기로 온 거지?

나는 고개를 홱 돌려 방을 둘러봤다. 내 옆에 있는 카를로스의 좀 더 최근 그림들을 뺀 나머지 그림들은 다 제임스가 그린 것이었다. 방 저쪽 구석에 있는 캔버스에 그려진 여인 그림만 빼고. 그녀는 캐리비언 블루의 눈동자로 날 유혹했다.

나의 눈.

방에 깊숙이 들어오지 않는 한 보이지 않는 곳에 이 여자의 그림들이 적어도 한 다스는 있었다. 카를로스가 자신의 개인 스튜디오에 다른 손님들을 초대했을 거라는 생각은 들지 않았다. 그는 사람들이 이 그림들을 보는 걸 원하지 않았다.

나는 첫 번째 캔버스에 있는 그 여자를 자세히 살펴봤다. 아몬드 모양의 눈과 등고선 모양의 눈썹은 날 닮았지만 파란 홍채 빛깔이 미묘하게 달랐다. 나는 다음 캔버스를 젖혀봤다. 마치 카를로스가 그녀를 내려다보고 그린 것처럼 다른 각도로 그려져 있었다. 머리와 눈 색깔은 여전히 나와 비슷했다.

나는 서류 캐비닛의 폴더들을 훑어보듯 캔버스들을 훑어봤다. 모여 있는 캔버스들 속으로 더 깊이 들어갈수록 모델의 눈 색깔은 내 눈 색깔과 달라졌고, 그림에 적힌 날짜들 역시 더 오래전으로 거슬러 올라갔다. 각각의 그림은 그다음 번 그림과 조금씩 달랐는데, 마치 카를로스가 그 여자를 머릿속으로 계속 떠올렸지만 캔버스에 그릴 때는 완벽한 색을 찾을 수 없었던 것처럼 보였다. 이 그림들은 나의 모습을 엉성하게 그린 복제품들이었다. 마치 카를로스의 서명에 쓴 물감이 제임스의 파란색과 완전히 똑같지는 않은 것처럼.

카를로스는 왜 나를 기억하지도 못하면서 그동안 나를 그리고 있었을까? 왜 자신이 제임스가 아니라고 부인하는 걸까?

온몸에서 땀이 솟아났다. 땀에 젖은 머리카락 몇 가닥이 뒷목에 찰싹 달라붙었다. 머릿속이 뒤죽박죽이 된 가운데 방 안을 정신없이 두리번거리던 나는 이젤에 고정된 캔버스에서 눈길을 멈췄다. 그것은 또 다른 나였는데 이번에는 눈 색깔과 형태가 완벽하게 나와 똑같았다.

카를로스가 내 눈을 봤으니까!

카를로스를 처음 만난 날 내가 선글라스를 벗고 나를 기억해 달라고 호소했을 때 그의 눈에 혼란스러운 표정이 떠오른 것처럼 보였던 게 기억났다.

테이블 위에 그가 직접 섞은 물감을 넣은 플라스틱 용기가 있었다. 내가 그 용기의 뚜껑을 여는 순간 울음이 터져 나왔다. 카를로스가 마침내 해냈다. 제임스의 캐리비언 블루였다.

오, 제임스! 내가 당신을 찾아냈어.

나는 방에 있는 물건들을 눈여겨봤다. 치약 튜브처럼 중간부터 짠 물감 튜브들이 있었다. 깨끗한 붓들은 굵기와 촉감에 따라 정리돼 있었다. 도구와 장비 들은 이젤 왼쪽에 가지런히 놓여 있었다. 그는 왼손잡이니까. 제임스처럼.

옆방에서 물 흐르는 소리가 들렸다. 잠겨 있던 바로 그 방이었다. 문손잡이가 돌아가고 바닥에서 삐걱거리는 소리가 나더니 카를로스가 문간에 나타났다. 그는 멈칫하며 눈을 깜박였다.

나는 이젤에 놓인 캔버스를 손으로 가리켰다. "괜찮다면 이 그림 좀 설명해보겠어요?"

그는 턱에 힘을 주고 눈을 가느다랗게 뜬 채 내가 들고 있는 물감 통을 바라봤다. 그의 스튜디오는 아마 학생들에게는 출입 금지일 텐데 내가 멋대로 들어와서 허를 찔렀을 것이다. 하지만 마침 문이 열려 있어서 내가 들어왔고, 그가 기억하지 못하거나 잊기로 한 삶에서 그를 쫓아다니는 이미지를 보게 된 것이다.

물감 통을 든 내 팔이 뻣뻣해졌다. 만약 제임스가 나와 결혼하길 원하지 않았다면? 만약 내가 아닌 예술을 선택했다면? 만약 가업을 이어가길 원하는 가족 때문에 어쩔 수 없이 나를 포함해 모든 걸 포기한 거라면? 그는 자신의 그림들을 훔치고, 자신의 죽음을 조작하고 떠나버렸다. 그리고 여기서 새 삶을 시작했다.

어느 정도는 나도 이런 내 생각이 말이 안 된다는 걸 알았다. 이런 생각들은 단 하나만 빼고 이치에 맞지 않았다. 제임스가 나를 원하지 않았다는 것.

나는 그걸 깨닫고 눈이 동그래졌다. 그러다 지난 19개월 동안 지고 온 짐이 내 뺨 위로 크고 굵은 눈물이 되어 쏟아졌다.

카를로스가 두 손으로 자신의 얼굴을 벅벅 문질렀다. 그리고 나를 피해 방 안 이곳저곳을 보다가 마침내 나를 봤다. "뭐 잘못됐나요?"

"아니요. 그래요. 모든 게 잘못됐어요! 난 혼란스러워요." 나는 미친 듯이 퍼부으면서 내 뺨을 어깨에 거칠게 문질러 닦았다.

"난 당신을 찾아서 기쁘고 당신이 날 떠나서 슬퍼요. 빌어먹을! 대체 왜 당신이 여기 있는 거야, 제임스?" 나는 그를 노려봤다.

그의 몸이 뻣뻣하게 굳었다. "난 제임스가 아니에요."

"그럼 이걸 설명해봐요." 나는 이젤 위에 있는 내 얼굴을 손가락으로 가리켰다. "그리고 이것들도." 나는 벽에 기대어 세워진 제임스의 캔버스들을 가리켰다.

"왜 여기 있는 풍경들이 멕시코에 없는지 나에게 말할 수 있어요? 이곳들이 다 캘리포니아에 있다는 걸 당신은 알았어요? 그게 이상하다는 생각 안 들었어요?"

그의 눈이 활활 타올랐다. "우선 여기는 내 스튜디오예요. 내 사적인 공간이라고요. 그리고 이 그림들은 당신이 참견할 일이 아니에요."

"당신이 날 그리고 있었다면 그건 내가 참견할 일이 된다고 요!" 나는 폭발했다.

"저건 당신이 아니야! 난 이틀 전까지만 해도 당신이란 사람이 있는 줄도 몰랐어요. 저 여자는…" 그가 쏘아붙이면서 이젤 옆으로 가더니, 손가락으로 그 캔버스를 가리키며 말했다. "난 거의 매일 밤 이 여자 꿈을 꿔요. 빌어먹을 같은 꿈을 꾸고, 꾸고, 또 꾸고…" 그의 목소리가 작아지더니 그가 고개를 돌렸다.

그는 당황한 것 같았고, 아마도 수치스러워하는 것 같았다. 아마 이것이 내가 상관할 일이 아니란 게 떠올라 자신에게 화가 난 것 같았다.

"난 그녀에 대해 누구에게도 말한 적 없어요. 심지어…" 그는 말을 멈추고 고개를 절레절레 흔들었다.

"당신이 왜 저 여자 꿈을 꾸는지 궁금해한 적 있어요?" 내가 물었다.

"항상 그렇죠."

"그녀를 찾으려고 해본 적 있어요?"

화가 난 그의 콧구멍이 벌름거렸다. "그녀는 현실에 존재하지 않아요."

"현실에 존재해요!" 나는 내 가슴을 퍽퍽 쳤다. "바로 여기 있잖아요."

그의 눈빛이 굳어졌다. 나는 그의 단단한 외면과 달리 그의 내면에서 내가 자신의 사적인 공간에 들어온 것에 대한 분노와 내 말에 반신반의하는 마음이 섞여 요동치는 걸 감지할 수 있었다. 나는 그 감정에 달라붙은 채 그의 시선을 따라갔다. 그는 이젤 위의 그림을 뚫어져라 보았다. 그 여자 때문에 그는 혼란스러워하고 있었다.

나는 파란색 물감 통을 들어 올렸다. "당신은 스탠퍼드 대학에 다닐 때 이 물감을 처음 만들었어요. 내 눈과 정확히 똑같은 색으로 섞은 거죠. 당신은 그림을 그릴 때마다 날 떠올리게 하는 뭔가를 그림에 넣고 싶어 했어요. 나도 알아요, 지나치게 감상적인 짓이라는 거. 하지만 우린 며칠 이상 서로 떨어져 지낸 적이 없는 사이였어요. 당신이 대학에 다닐 때 떨어져 있어야 했던 게 우리로선 아주 힘들었죠. 당신은 이 색깔로 그림에 서명했어요. 아래층에 있는 당신 그림들에 당신이 남긴 서명처럼. 이게 바로 당신이 그동안 만들어보려고 시도했던 바로 그 색깔이에요." 내가 통을 흔들자 안에서 걸쭉하고 찐득찐득한 물감이 흔들려 흐물흐물해졌다. "당신이 이 색조를 만들 수 있었던 이유는 단 하나, 당신이 마침내 내 눈을 봤기 때문이에요."

그는 나를 처음 보는 것처럼 바라봤다. 그의 시선이 내 몸의 모든 곳을 훑어보다가 얼굴로 올라왔다. 그는 아무 말도 하지 않았다. 나는 물감 튜브를 테이블 위에 떨어뜨렸다.

카를로스가 침을 꿀꺽 삼켰다. "그 사람에게 무슨 일이 있었죠?"

나는 목재 테이블을 손톱으로 긁으면서 심호흡을 했다.

"제임스는 고객을 낚시 여행에 데려가기 위해 칸쿤으로 출장을 갔어요. 그랬다가 배에서 사고가 나서 실종됐죠. 제임스의 시체가 발견된 후에 그의 형이 고국으로 가져왔지요. 우리가 잡아놨던 결혼식 날에 장례를 치렀고요. 그게 17개월 전이었어요."

나는 창가로 돌아서서 낮은 지붕 너머의 바다를 물끄러미 바라봤다.

"그가 죽었다면 왜 아직도 그를 찾고 있는 거죠?" 카를로스가 내 뒤에서 물었다. "그는 멕시코 반대편에서 죽었는데 당신은 왜 여기 있고요?"

"당신이 죽지 않았다고 믿을 이유가 있었으니까요. 그러다… 당신이 여기 있다는…정보를 받았어요."

나는 그에게 돌아섰다. "나도 무슨 일이 있었기에 당신 얼굴이 지금처럼 달라졌는지 그 이유는 모르겠어요. 그리고 당신의 기억에 무슨 일이 일어나서 당신이 날 잊었는지 모르겠지만 내가 당신을 찾아냈어요. 내가 사라진 그림들을 찾아냈고, 당신이 날 그린 그림들도 봤어요. 당신이 제임스예요. 난 당신이 스스로를 다시 찾는 걸 어떻게 도와야 할지 모르겠어요. 우리에 대한 기억은 하나도 없어요? 단 하나도?"

그는 고개를 흔들었다.

"그럼 나와 같이 집으로 돌아가겠어요? 낯익은 환경에 돌아가면 기억이 돌아올지도 모르잖아요?"

그는 입을 굳게 다문 채 아무 말도 하지 않았다. 하지만 그의 머릿속이 무시무시하게 빨리 돌아가고 있다는 걸 나는 알았다. 그가 기억해내려고 하는 걸까? 나에 대해 익숙한 뭔가를 찾고 있는 걸까?

"제발 뭐라고 말 좀 해봐요." 내가 애원했다.

그는 잠시 눈을 감고서 혼란스러운 마음과 그의 눈에 떠올랐던 여러 의문들을 지웠다. "당신이 사랑하는 사람을 잃은 건 안타까워요. 하지만 난 제임스가 아니에요. 그럴 리가 없어요. 난 여기에 인생이 있고, 친구들도 있어요. 가족도 있고. 누나인 이멜다가…"

나는 숨이 턱 막혔다. "이멜다 로드리게스?"

"누나를 알아요?"

"그녀가 누군지 알아요." 나는 으르렁거리듯이 말했다. 그리고 의미 없어 보이던 점들이 이렇게 연결되는 것에 경악했다. 대체 무슨 일이 일어나고 있는 것인가?

생각해, 생각해, 생각해. 나는 관자놀이를 사정없이 문질렀다.

카를로스가 팔짱을 끼고 거칠게 숨을 들이쉬었다. "그만 가줘요."

"뭐라고요? 왜요?"

"당장 나가요." 그가 명령했다.

나는 잠시 그 자리에 버티고 서 있었다. 그는 항상 그랬던 것처럼 완고하게, 꿈쩍도 하지 않았고, 마음을 바꾸지도 않았다. 그가 더 이상 아무 말도 하지 않자 나는 방을 가로질러 가서 문간에 멈춰 섰다.

"이멜다가 당신에게 뭐라고 했는지 모르지만 그 사람은 당신 누나가 아니에요. 당신에겐 형이 있어요. 이름은 토머스예요. 당신에겐 약혼녀도 있어요."

"당신 말이 틀렸어요."

"이 경우에는 내 말이 전적으로 맞아요."

나는 카를로스를 떠나 해변으로 달려갔다. 머리를 비워야 했다. 모래에 발을 묻은 채 얼굴을 바람에 대고, 이 바람이 내 고통을 날려버리길 빌었다. 거부당한 고통, 배신당한 고통, 우리에게 소중한 모든 것을 잃어버린 고통을 날려버리기를.

24장

　잠시 후 나는 리조트로 돌아와 해변에 있는 바에서 마이타이 한 잔과 테킬라 투 샷을 주문했다. 그 세 잔을 다 마신 뒤 물가의 의자에 쓰러져, 정신이 멍해지길 기다렸다. 나는 카를로스도 망가뜨리고 이언도 망가뜨렸다. 카를로스는 다시는 나를 보고 싶어 하지 않고, 이언은 미치도록 걱정하면서 나를 찾아다니고 있을 게 분명했다. 내가 저지른 대형 사고에 대처하는 것보다는 자는 게 훨씬 나을 것 같았다.

　나는 엎드려서 손가락으로 모래를 훑어 내리다, 모래 속으로 점점 더 깊이 손을 넣어서 밑에 있는 서늘한 모래를 움켜쥐었다. 빵을 굽기 위해 밀가루를 반죽할 때의 리듬과 패턴으로 부드러운 모래를 주먹으로 꾹꾹 누르고 있으니 알코올로 가득 찬 뇌가 나를 에이미네 주방으로 데려다줬다. 나와 맨디가 함께 아침에 내놓을 빵들의 반죽을 하고 있는 가운데 내가 맨디 옆에 서서 웃으며 그날의 메뉴를 짜고 있었다. 해변의 소금기 섞인 바람이 우리가 페이스트리 위에 뿌리는 바다 소금 냄새를 일깨워줬고, 내 손가락 사이로 빠져나가는 모래는 내 손바닥 밑에서 미끄러지는 밀가루의 비단 같은 감촉처럼 매끄러웠다. 엄마가 밀가루 섞는 방법을 처음 가르쳐줬던 때의 그 반죽처럼. 엄마를 생각하자 내 마음은 훨씬 더 과거로 돌아갔다. 갓 구운 애플파이 냄새가 떠도는 엄마의 부엌에서 내가 과거에 알았던 한 소년 옆에 앉아 있었던 그때로. 그 소년은 내 머리 위에 설탕 가루를 뿌리고 있었다. 마법의 기억 가루. 그는 내가 자기를 절대로 잊지 않을 거라고 말했다.

그도 그랬더라면 얼마나 좋을까.

내가 주먹을 꽉 쥐자 밀가루 반죽처럼 손가락 사이로 모래가 흘러내렸고 나는 울었다. 곧 흐느낌이 잦아들었고, 정신이 멍해지면서 나는 잠에 굴복했다.

머리가 멍한 상태로 여기가 어딘지 어리둥절해하며 깨어났을 때 나는 단 몇 시간이라도 내 방에서 자보려고 호텔로 이어지는 계단을 터벅터벅 올라갔다. 나는 생각을 제대로 할 수 없었고, 바로 그 순간 내 문제들을 회피하는 것이 최선처럼 느껴졌다.

나는 수영장을 가로질러 메인 로비를 향해 걸어갔다.

"에이미!"

정신이 번쩍 들었다. 이언이 테라스를 가로질러 나를 향해 걸어오고 있었다. 나는 더 빨리 걸었다. 그가 달려와서 내 앞을 가로막았다. "그렇게 가버리다니."

나는 그의 가슴을 빤히 바라봤다. "어젯밤 일은 일어나지 말았어야 했어요."

"개소리!" 그는 거칠게 자신의 머리를 두 손으로 쓸어내리면서 목소리를 낮췄다. "날 봐요. 제발."

나는 고개를 들었다. 내게 거부당한 괴로움에 고통스러워하는 그의 얼굴을 보며 마음속으로 흐느껴 울었다. 내가 그에게 이런 짓을 저질렀다. 나는 그에게 손을 내밀 뻔했지만 애써 참았다. "그건 실수였어요, 이언. 미안해요. 그 일은 잊어줘요."

"그건 최고의 밤이었어요…" 이언은 침을 꿀꺽 삼키고 내 뒤쪽을 바라봤다. 그의 콧구멍이 벌름거리더니 그가 다시 나를 봤다. 그의 얼굴에 있는 주름들이 깊어졌다. "난 절대 잊지 않을 거예요."

나도 그랬다. 하지만 내가 시작한 일을 끝내야 했다. 제임스에 대한 답이 필요했다.

"그와 같이 있었어요?"

"지금은 이럴 수 없어요, 이언." 둘 사이의 공간을 손짓하며 내가 말했다. "난 제임스 때문에 여기 왔어요. 내게 항상 중요한 사람은 제임스였어요."

"언제쯤 에이미 자신이 중요해질 건가요?"

나는 이를 악물었다. 이건 내가 중요하기 때문에 벌인 일이었다.

"이리 와봐요. 당신에게 보여줄 게 있어요." 그는 내 손을 꽉 잡고 파라솔 밑의 테이블로 이끌었다. 그의 노트북이 열려 있었다.

그는 나를 위해 의자를 끌어내 준 뒤 내 옆의 의자에 앉았다. 그리고 노트북을 옆으로 밀어놓고 자신의 의자를 돌려 나를 마주봤다.

"내가 제임스의 사라진 그림들을 찾아냈어요." 내가 불쑥 말했다.

그가 헉 숨을 멈췄다.

"갤러리 2층에 있는 카를로스의 개인 스튜디오에 있었어요." 나는 의자 팔걸이에서 떨어져 나온 페인트칠 조각을 손톱으로 집어내며 말했다.

"그는 날 기억하지 못하는 데다 기억을 잃지 않은 것처럼 행동했어요. 내가 도와주겠다고 했더니 나보고 가라고 했어요. 이멜다가 자기 누나란 말도 했고. 그에게 무슨 일이 일어나고 있는 건지 도무지 이해가 안 돼요."

이언은 손바닥으로 자신의 턱을 문질렀다. "내가 우리 엄마에 대해 말한 적 있나요?"

나는 몸을 뒤로 뺐다. "당신 엄마가 제임스와 무슨 관계가 있죠?" 이언이 나를 뚫어져라 봤다. 나는 의자에 늘어지듯이 앉았다. "별 얘기 하지 않았어요. 그냥 어머니에게 정신적 문제가 있었다고만 했죠."

"엄마는 DID, 즉 해리성 정체성 장애를 가지고 있었어요. 예전에는 다중인격이라고 알려져 있었던 병이죠. 엄마에겐 두 개의 정체성이 있었어요. 주된 정체성은 세라, 우리 엄마였죠. 또 하나는 재키였고요." 이언은 손으로 자신의 반바지를 쓸어내리면서

361

자세를 고쳐 앉았다.

"재키는 너무너무 무서웠어요. 어떤 면에서 엄마는 지킬 박사와 하이드 같았죠. 학교 끝나고 집에 왔을 때 누가 날 기다리고 있을지 짐작도 할 수 없었어요."

"재키가 당신을 해쳤나요?"

"육체적으로 그러진 않았지만 재키는 날 증오했고, 우리 아버지도 증오했어요. 재키는 자신이 결혼했다고 생각하지 않았기 때문에 종종 집을 나갔어요. 어떤 때는 한 번에 며칠씩 사라지기도 했죠. 때마침 아버지가 출장이라도 가면 난 혼자 지내야 했어요."

"당신을 그런 식으로 놔두고 가다니 어머니 마음이 끔찍했겠어요."

"엄마가 무슨 짓을 했는지 내가 말해주거나 그때 찍은 사진을 보여주면 끔찍해하셨죠."

나는 얼굴을 찌푸렸다. "어머니가 기억을 못 하셨나요?"

"세라는 재키가 주된 인격일 때 있었던 일을 전혀 기억 못하고, 재키는 세라가 주된 인격일 때 있었던 일을 전혀 기억 못하죠. 둘 다 완벽하게 기억을 잃어요. 간단히 말하면 세라와 재키는 완전히 다른 사람이에요. 둘은 말투도 달라요."

나는 이언의 손을 잡았다. "당신 정말 무서웠겠어요."

이언은 내게 씁쓸하면서도 달콤한 미소를 지어 보였다.

"엄마 때문에 내가 인물 사진을 찍지 않는 거예요. 엄마는 재키가 나타날 때마다 사진을 찍어달라고 부탁했어요. 재키가 어떻게 생겼는지, 어떻게 옷을 입고 어떤 헤어스타일을 하는지 알고 싶었던 거죠. 그리고 뭘 했는지도. 내 사진에는 항상 최악의 상태에 있는 재키가 찍혔죠. 엄마는 그 사진들을 증오했어요. 나는 그 사진들에 나타난 사람을 증오했고요. 섬네일 사진 클립보다 확대해서 벽에 걸어놓은 사진으로 보면 훨씬 더 많은 면들이 보이잖아요. 사람들이 숨기고 싶어 하는 끔찍한 면까지도. 사람들 눈에 다 드러나요."

"어머니는 어떻게 되셨죠?"

"나도 모르겠어요." 내 뒤쪽을 바라보는 이언의 눈빛이 강렬했다.

"레이니가 날 발견한 건 내가 혼자서 지낸 지 1주일이 되던 날이었어요. 그 전에 엄마와 나는 쇼핑을 하러 가고 있었죠. 그 당시 우리는 아이다호에서 살았어요. 몇 마일씩 차로 달려도 들판 말고는 아무것도 안 보이는 곳이죠. 그런 허허벌판 한가운데 있는 교차로 일단 정지 지점에서 세라가 사라지고 재키가 나타났어요. 재키가 백미러로 날 보더니 딱 한마디 했어요. '내려.' 더 이상 뭐라고 할 필요도 없었죠. 나는 집에 갈 방법이 없다는 건 생각도 하지 않고 쏜살같이 내렸어요. 그저 그녀에게서 도망쳐야 한다는 생각뿐이었으니까. 우리 아버지와 경찰이 만나서 그 지역 지도를 살펴보고 있던 작은 식당에 레이니가 있었어요. 그들은 아직 찾아보지 않은 곳이 어디인지 알아내려고 애쓰고 있었죠. 레이니는 그 식당에 자기 가족과 같이 있다가 우리 아버지에게 도와주겠다고 제안했어요. 레이니가 자신이 심령술사라고 주장하자 경찰들은 웃었지만, 아버지는 받을 수 있는 도움은 다 받자는 생각이었죠. 레이니가 아버지를 내게로 인도해줬어요. 난 온몸이 더러운 데다 아사 직전인 상태로 배수로에 숨어 있었죠. 재키가 날 찾아내는 걸 원치 않았거든요. 내가 집에 돌아오고 나서 이틀 후에 엄마가 돌아왔어요."

"아버지는 재키 인격을 억누르려는 희망을 품고 전문가를 찾아냈죠. 엄마는 어렸을 때 심각한 학대를 당했는데 그것 때문에 DID가 생긴 것 같다고 의사가 설명했어요. 그 트라우마에서 벗어나기 위해 재키라는 인격을 만들어낸 거죠. 내가 태어나고 몇 달 후에 재키가 왔어요. 그 후로 엄마의 인격은 점점 더 자주 바뀌었죠. 엄마에겐 육아 스트레스가 너무 컸다고 의사가 아버지에게 말했어요. 조금이라도 희망이 있는 한 엄마는 우리를 떠나야 했어요. 그 후로 난 엄마를 보지 못했지요."

"그래서 당신이 레이시를 찾고 있는 거군요…내 말은, 레이니요. 그녀가 어머니를 찾는 걸 도와주길 바라는 거죠?" 내가 물었다.

이언이 고개를 끄덕였다. "난 엄마가 그리워요."

나는 그의 손가락을 꼭 쥐었다. "어머니를 꼭 찾길 바라요."

"언젠가는." 그는 손을 빼서 손가락으로 테이블을 두드리며 말했다. "어쨌든 당신이 어제 한 말을 생각해봤어요. 카를로스가 자기가 기억을 잃었다는 걸 눈치 채지 못한 것처럼 보였다는 그 말. 그 말을 듣자 우리 엄마가 떠올랐어요." 이언은 노트북을 자기 쪽으로 끌어당겼다. "카를로스는 기억상실증에 걸린 게 아닌 것 같아요."

"그럼 당신은 그가…뭐라고 했죠? 다중인격…?"

"아니, 난…"

"그럼 대체 그 사람은 뭐가 잘못된 거죠?" 나는 점점 짜증이 나서 물었다. "그건 기억상실증이 분명해요. 그는 날 기억 못해요."

"그리고 자신의 본명도 기억 못하고 자신의 과거의 삶에 대해서도 전혀 기억 못하죠. 친구들, 가족들, 아무것도. 내 장담하는데, 카를로스는 제임스에 대해선 아무것도 모르고 있을 거예요, 그렇죠?"

"그런 것 같아요."

이언은 손가락으로 테이블을 톡톡 쳤다. "내 생각에 그는 해리성 둔주예요."

"해리성 뭐요? 난 도무지…"

이언이 한 손을 들어 올렸다. "내 말 끝까지 들어봐요. 나도 그게 이유인지는 입증할 수 없어요. 그냥 짐작만 할 뿐이에요. 의사와 상담하거나 카를로스 본인에게 물어봐야 하겠지만, 내가 보기엔 그래야 말이 돼요. 그런 인격 분열은 심각한 정서적 트라우마로 인해 생기죠. 제임스가 멕시코에 왔을 때 무슨 일이 일어났을 겁니다. 그게 뭐였든 그의 마음이 닫혀버리면서 모든 걸 지웠어요." 이언이 노트북을 톡톡 쳤다. "컴퓨터가 갑자기 고장 나서 하드 드라이브에 있던 모든 정보가 날아가 버리는 것과 비슷하죠."

"그럼 내가 어떻게 그를 도와야 하죠?"

이언의 눈이 부드러워졌다. "당신이 도울 수 없을 거예요."

나는 카를로스에게 했던 요구를 생각해봤다. "익숙한 환경에 있으면 도움이 될 거예요, 그렇죠?"

"해리성 둔주에서 회복되는 건 장담할 수 없어요. 대부분의 경우 기억을 잃은 지 몇 시간 안에 다시 기억을 찾아요. 때로는 며칠 후에 기억이 사라질 때 그랬던 것처럼 갑자기 돌아오기도 하죠." 이언은 손가락을 부딪쳐서 딱 소리를 냈다.

"하지만 그 사람은 이런 식으로 지낸 지 거의 2년이 됐어요."

"그런 식으로 몇 년씩 세월이 흐른 경우들도 있어요. 그리고 그 증상들이…끝없이 지속된 극단적인 경우들도 있고. 미안해요, 에이미." 그는 노트북을 나에게 밀어줬다.

나는 노트북 화면이 희미해지다가 까맣게 변해서 수면 모드로 들어가는 걸 지켜봤다. "그 사람이 영영 기억을 못 찾을지도 모른다고요?"

이언이 한숨을 쉬며 말했다. "제임스가 영원히 가버릴 수도 있다는 걸 각오해야 할 것 같아요."

나는 세차게 고개를 흔들었다.

"DID 경우에는 두 개 혹은 그 이상의 인격이 존재하지만 그 인격들이 번갈아가며 나타나죠. 해리성 둔주는 그렇지 않아요. 기존의 정체성은 사라지고 새 정체성이 만들어져요. 누군가 그 사람에게 잘못됐다고 말해주지 않는 한, 새 정체성은 자신이 예전의 정체성을 대체했다는 걸 전혀 몰라요. 그래서 제임스가, 즉 카를로스가 자신의 기억을 회복하려고 노력하지 않았을 수 있어요. 그는 자신이 제임스라는 사실을 모르고 있고, 아무도 그에게 그 사실을 말해주지 않았을 겁니다."

이언이 부드럽게 내 무릎에 손을 얹었다. "에이미, 이제 제임스는 존재하지 않는 거나 마찬가지예요. 어떤 면에서 그는 죽었어요."

나는 그의 손을 밀어냈다. 그는 손가락을 벌렸다가 다시 테이블에 놨다. 그의 마음속에서 여러 가지 감정이 전쟁을 벌이고 있었다. 그가 주먹을 쥐고 심호흡을 몇 번 하는 모습으로 알 수 있었다. 그는 나를 만지고 싶었지만 거리를 지켰다. 나는 생각하기 위해 그 거리가 필요했다.

나는 이마를 문질렀다. "카를로스 안에 제임스의 흔적들이 남아 있는데 어떻게 제임스가 사라져버릴 수 있죠?" 나는 카를로스가 서명에 사용한 물감과 그가 밤마다 꾸는 꿈에 대해 설명했다. 그는 몇 달 동안 나를 그리려고 애썼다.

"난 전문가가 아니에요. 그에 대한 답을 줄 수 없어요."

이언의 이론은 너무 비현실적이고 비극적으로 들렸다. 나는 아직 희망을 포기할 준비가 돼 있지 않았다. "만약 그가 기억을 되찾으면요?"

"거기서 문제가 복잡해지는 거죠. 만약 그렇다면, 이 상태로 아주 오래 지냈으니 그 가능성이 희박하긴 하지만, 그는 아주 극단적으로 혼란스러워할 거예요. 특히 시간차가 너무 크니까."

"무슨 시간차요?"

"제임스가 돌아올 때 말이죠. 그가 돌아오면 카를로스는 그동

367

안 카를로스로 지낸 기억을 다 가지고 사라져버리는 거예요."

나는 헉하고 숨을 멈췄다. "멕시코에서 카를로스로 살았던 걸 모조리 잊어버리게 된다고요?"

"그에겐 어제 당신을 떠난 것 같을 거예요. 당신에게 달리 뭐라고 해야 할지 모르겠지만, 아무튼 이 자료들을 당신이 꼭 읽어봐야 해요. 내가 웹 사이트 몇 개를 찾아서 열어놨어요." 그는 노트북을 다시 작동시켜서 터치 패드를 몇 번 두드렸다. "그리고 에이미?"

나는 노트북 화면을 보다가 고개를 들었다. 이언은 극히 신중한 표정으로 호텔 로비 쪽을 힐끗 봤다. "아주 조심스럽게 행동해야 해요. 해리성 둔주는 마음이 스스로 처리할 수 없거나 그렇게 하려면 너무 고통스러운 일로부터 스스로를 보호하기 위한 정신 작용이에요. 제임스가 가족과 친구들을 떠나 여기 있는 데는 이유가 있을 거예요. 누군가 그가 기억해내길 바라지 않는 거죠. 하지만 내 생각에 그는 이미 질문을 하고 있을 것 같아요."

"그게 무슨 뜻이죠?"

"나와 이멜다의 만남은 갑자기 중단됐어요. 카를로스가 찾아오는 바람에. 지금 카를로스가 이멜다와 이야기하고 있어요."

❖

이언은 의자를 밀고 일어나 그만 가겠다고 했다.

나는 벌떡 일어섰다. "어딜 가려고요?"

그는 엄지손가락으로 자신의 어깨 너머를 가리켰다.

"로비에요. 카를로스가 대화를 마치고 나면 내가 이멜다를 붙잡고 얘기를 해볼 수 있을지도 몰라요."

나는 내 가방을 움켜쥐었다. "나도 같이 가요."

그는 내 앞을 막아섰다. "그건 좋은 생각이 아니에요."

"왜요?"

이언이 내 팔을 잡았다. 그가 나를 막는 느낌이 들었다.

"난 방금 당신에게 아주 많은 정보를 풀어놨어요. 당신은 잠시 시간을 가지고 그 정보들을 소화해야 해요."

"난 이멜다를 만나고 싶어요."

"서두르지 말아요. 지금 당신은 너무 흥분했어요."

"개소리! 그 여자가 제임스를 망쳐놨잖아요."

내 격노에 충격을 받아 이언의 눈이 동그래졌다. 나는 개의치 않았다. 그녀는 제임스의 삶에서, 우리 두 사람의 삶에서 거의 2년이란 시간을 훔쳤다.

이언이 나를 잡은 손에 힘을 줬다. "이멜다가 그런 짓을 했는지 당신은 모르잖아요."

"당신도 모르잖아요!" 난 그렇게 소리를 지르면서 그를 떨쳐내려고 애썼다.

"당신은 지금 비이성적으로 굴고 있어요. 생각해봐요, 에이미. 제임스를 속인 사람이 이멜다 하나뿐일까요?"

나는 입술을 굳게 다물었다. "토머스." 토머스도 이 일에 관련된 게 분명했다. 토머스가 그동안 내내 제임스와 그의 그림들의 행방을 알고 있었다는 데 내 카페를 걸 수 있었다.

이언이 나를 똑바로 봤다. 그도 나와 같은 생각을 하고 있었다.

내 몸에서 아드레날린이 솟구쳤다. 온몸이 부들부들 떨렸다. 나에겐 답이 필요했다. "이멜다와 얘기해야 해요. 당장."

"이멜다를 겁줘서 도망치게 할 위험을 무릅쓰지 말아요. 당신이 진정됐을 때 그때 그녀와 얘기해요." 그의 손가락들이 내 어깨로 파고들면서 그의 얼굴에 복잡한 감정이 떠올랐다. 나는 이언이 나를 으스러져라 껴안고 여기서 나를 홱 채가서 떠나고 싶어 한다는 걸 감지했다. 날 자신에게서 떼어놓는 그 남자로부터 머나먼 곳으로.

이언은 바로 내 앞에서 내 어깨를 붙잡은 채 간신히 나와 거리를 두고 서 있었지만 마음으로는 내게 엄청난 거리감을 느끼고 있었다. 그는 이미 날 놔주고 있었다. "힘든 거 알아요. 하지만 카를로스가 그녀와 같이 있게 시간을 줘요. 당신이 나타나기 전에는 카를로스는 자신이 속고 있다고 의심할 이유가 전혀 없었겠죠. 지금 이 시간을 이용해서 당신이 처한 이 상황을 이해해봐요. 기사들을 읽어봐요. 그리고 이멜다에게 물어볼 질문 목록을 만들어요. 다음에 토머스를 만나면 무슨 말을 할지 생각해봐요."

나는 제자리에서 빙빙 돌았다. 이언은 조심스럽게 나를 지켜봤다.

"물 좀 마실래요? 한 잔 갖다줄게요."

"아뇨. 물은 됐어요." 나는 마지못해 그의 컴퓨터를 슬쩍 봤다. 내 머릿속의 정상적인 부분은 이언이 조언한 대로 해야 한다는 걸 이해했다. 정신 바짝 차리고, 저것들을 읽은 후에, 질문들을 하란 말이야.

"알았어요, 그렇다면…" 이언은 손가락으로 자신의 머리를 쓸 어내렸다. 햇볕에 구릿빛으로 보이는 머리카락들이 일어섰다.

"준비되면 날 찾아와요. 내가 이멜다의 사무실까지 같이 가줄 게요."

나는 이언이 사라지는 것을 보면서 그를 쫓아가고 싶은 마음 을 애써 참았다. 그의 아낌없이 베푸는 넉넉한 마음에 풍덩 빠져 서 이런 미친 상황으로부터 도망치고 싶었다. 동시에 당장 이멜 다에게 쫓아가서 대체 제임스에게 무슨 짓을 했는지 따지고 싶 기도 했다.

하지만 오늘 아침에 이미 입증된 것처럼 그래봤자 아무 도움 이 되지 않을 것이다. 이언이 말한 대로 나는 성급하게 행동하지 않을 것이다. 나는 아무런 조사도 없이 이미 멕시코까지 쫓아왔 다. 그러니 지금은 조사를 해야 한다. 이멜다와 이야기하고 토머 스에게 맞서기 전에 모든 걸 이해해둬야 했다. 특히 카를로스에 게 다가가기 전에 만반의 준비를 해두고 싶었다. 그러지 않으면 그는 또 나에게 가라고 하겠지.

나는 의자에 앉아 이언의 노트북을 다시 작동시켰다. 순간 내 눈썹이 홱 치켜 올라갔다. 이언이 셀 수 없이 많은 창을 열어서 팬케이크처럼 쌓아놨던 것이다.

이언의 말에 따르면 제임스의 기억 상실은 육체적인 외상 때 문에 일어난 것이 아니었다. 그것은 정신적인 것이었다. 그가 직면할 수 없을 정도로 고통스러워서, 그의 마음이 모든 걸 지워버려림으로써 그 상황에서 그를 내보낸 것이다. 그런 다음 마치 텅 빈 하드 드라이브처럼 새로운 정체성이란 형태로 새로운 데이터들을 받아들인 것이다.

카를로스.

더 정확하게 말하면 제이미 카를로스 도밍게스를.

누군가 그를 위해 새로운 인생을 만들어냈다. 그의 이니셜이 같은 건 우연의 일치가 아니었다. 제임스가 기억을 잃고 혼란스러워하고 있을 때 이멜다가 그에게 무슨 말을 했을지 생각해봤다. 그때 그의 머릿속은 텅 비어 있어서 어떤 정보건 주는 대로 받아들였을 것이다. 또한 나는 토머스에 대해 생각해봤다. 그는 왜 동생의 죽음을 연출하는 비열한 짓을 했지?

당신에게 무슨 일이 있었던 거야, 제임스?

나는 기사들을 훑어보면서 내 눈이 먹어치울 수 있을 만큼의 단어들을 최대한 빨리 소화했다. 링크들을 계속 클릭해 더 많은 페이지들을 열면서 한편으로는 중요한 페이지들을 저장했다. 이언에게 이 링크를 이메일로 보내달라고 해서 나중에 다 읽어볼 생각이었다.

나는 이언이 설명해준 것과 같은 해리성 둔주에 대한 글을 읽었다. 이언은 제임스가 해리성 둔주가 일어난 기간에 완전한 기억상실증에 걸렸다고 했고, 만약 그의 기억이 돌아온다면 카를로스로 살던 때의 일은 다 잊어버릴 거라고 했다.

만약 그의 기억이 돌아온다면.

그런 식으로 몇 년간의 기억을 잃어버린 환자들이 원래의 정체성을 회복하기 위해 계속 노력했다는 글도 읽었다. 그들은 자신이 해리성 둔주를 앓고 있다는 사실을 인지하고 있었다. 제임스는 아니다.

아니면 내가 나타나기 전까지 그랬거나.

그에게는 그의 진짜 정체성이 밝혀지지 않았다. 나는 그가 멕시코 시민으로 푸에르토 에스콘디도에서 쭉 살았고, 심각한 부상을 입었다는 말을 들었을 것이라고 짐작했다.

예를 들면 서핑하다 사고를 당했다는 그런 말.

왜 그를 속였을까? 그리고 그는 어떻게 원래 있어야 할 곳에서 몇백 마일이나 떨어진 곳에 오게 됐을까? 그의 여행 기록은 그가 칸쿤 남쪽에 있는 플라야 델 카르멘 호텔에 묵었음을 확인해주었는데.

그 서류들은 위조된 게 분명했다. 그의 가족과 친구들이 지금 그가 살고 있는 이곳에서 아주 멀리 떨어진 곳으로 그가 출장을 갔다가 죽었다고 믿고 있는 것처럼. 아무도 그를 찾지 않았을 것이다.

노트북 배터리가 10퍼센트밖에 안 남았다고 경고하는 팝업 창이 떴다. 잠시 후에 화면이 까매졌다. 나는 노트북을 쾅 닫고 호텔 로비로 갔다. 이언은 이멜다와 있는지 보이지 않았다. 프런트 데스크의 직원이 내게 리조트 지도를 주면서 매니저의 사무실이 있는 건물을 동그라미 쳐서 알려줬다.

나는 메인 로비의 복도 끝에서 이언을 발견했다. 그는 이멜다 옆에 서 있었고 그녀는 울고 있었다. 이언의 입술이 움직이고 있었지만 이멜다가 통곡하는 소리에 묻혀 아무 말도 들리지 않았다. 카를로스는 그 옆에서 조금 떨어져 혼자 서 있었다. 고개를 푹 숙이고 벽에 팔을 댄 채, 마치 방금 뒤집힌 세상에서 균형을 잡기 위해 애를 쓰고 있는 것처럼 보였다.

나는 그에게 서둘러 갔다. 그가 홱 고개를 들자 나는 멈춰 섰지만, 그에게서 흘러나오는 격노를 피할 수 없었다. 마치 명치에 주먹을 맞은 듯한 느낌이었다. "제임스?"

"그건 내 이름이 아니야." 그가 성난 목소리로 말했다. 그리고 허리를 펴고 똑바로 서더니 내 어깨를 툭 치고 가버렸다.

나는 그를 쫓아갔다. "미안해요! 카를로스, 내 말 좀 들어요."

누군가 내 팔꿈치를 잡아서 뒤로 잡아당겼다. "에이미, 그러지 말아요."

나는 홱 돌아서서 팔을 뺐다. "지금 뭐 하는 거예요? 날 놔줘요, 이언!"

"지금은 안 돼요." 그는 내 다른 팔꿈치를 잡았다. "지금은 때가 좋지 않아요." 그는 벽에 기대어 어깨를 움츠리고 있는 이멜다를 향해 고갯짓을 했다. "이멜다가 카를로스에게 다 말했어요."

"전부 다요?" 대체 전부 다가 뭔데? 나는 이멜다를 노려봤다.

"당신이 그에게 무슨 짓을 했는지 말해." 나는 이언에게 붙들린 두 팔을 빼내려 안간힘을 썼다.

"빌어먹을, 이언. 날 좀 놔요." 나는 벼랑 끝에 서 있었고, 홱 뛰어내려 그녀의 목을 조를 준비가 돼 있었다. 내 손가락이 허공

374

을 할퀴었다. 내 마음속 한구석은 내가 이성을 잃어가고 있다는 걸 알고 있었다. 제임스, 이멜다, 토머스, 레이시…제임스의 사라진 그림들, 연출된 죽음…이언과의 하룻밤, 그에게 내 마음을 연것…이 모든 게 나로선 감당할 수 없을 정도로 벅찼다.

이언이 나를 꽉 붙들어서 내 팔 밑의 부드러운 살을 그의 뭉툭한 손톱이 파고들었다. 나는 절망스러워서 소리를 질렀다.

이멜다는 그 소리에 흠칫 놀라서 벽으로 돌아섰다.

"진정해요." 이언이 소리를 질렀다. 그리고 '쉬' 소리를 내면서 나를 달래려고 애썼다.

"내게서 손 떼! 난 여기 퍼질러 앉아서 모두 다 진정할 때까지 기다리려고 여기까지 온 게 아니야. 예의를 차려야 할 단계는 오래전에 지나갔어. 저 여자가 제임스에게 진실을 말해줄 시간은 차고도 넘쳤다고. 무려 19개월이란 말이야! 나는 대체 지금 무슨 일이 일어나고 있는 건지 알아야겠어!" 나는 소리를 지르면서 내팔을 비틀고 잡아당겼다. 이언이 나를 꽉 잡고 이멜다에게서 멀어지도록 복도 저쪽으로 끌고 가기 시작했다.

"빌어먹을, 이언. 놔! 놓으란 말이야!"

"그녀 말이 맞아요."

이언과 내가 몸부림을 멈췄다. 우리 둘은 일제히 얼빠진 표정으로 이멜다를 바라봤다. 이언의 팔에서 힘이 빠진 사이에 내가 쏙 빠져나와, 그에게 붙잡혀 있느라 빨개진 화끈거리는 피부를 문질렀다.

이멜다가 벽에서 몸을 뗐다. "그에게 몇 달 전에 말했어야 했어요. 내가 그에게 상처를 줬어요. 그는 지금 끔찍하게 고통 받고 있어요. 그는 날 증오해요." 그녀는 이언을 힐끗 봤다. 그는 언제라도 나를 잡을 수 있게 내 어깨에 손을 올려놓고 있었다. 나는 아직도 이멜다에게 달려들고 싶은 충동에 미칠 것 같았다. 그녀가 이언에게 고개를 끄덕였다.

"괜찮아요. 그녀도 알아야 해요. 그리고…" 그녀의 시선이 이언에게서 내게로 왔다. "당신이 올 거라고 예상하고 있었어요."

"뭐라고요?" 이언과 내가 동시에 말했다.

이언이 손을 뗐고 나는 그에게서 떨어졌다. 이멜다는 슬픈 눈으로 나를 뚫어져라 바라봤다. "절 따라오세요."

그녀가 내 옆을 스쳐 지나갔고, 나는 이언의 가슴팍에 노트북을 거칠게 들이밀면서 돌려줬다. 그가 내 팔에 남긴 손자국에 대한 보복이었다. "배터리 다 됐어요." 나는 그렇게 투덜거리고 이멜다를 따라갔다.

"에이미." 이언이 조용하지만 강한 목소리로 말했다. 나는 걸음을 멈췄지만 돌아보지 않았다. "난 해변 카페에 있을게요." 나는 그를 보지 않은 채 고개를 살짝 끄덕이고 걸어갔다.

25장

이멜다가 앞장서서 바닷가로 갔다. 나는 그녀를 따라 군중 사이를 헤치고 가면서 그녀를 시야에서 놓치지 않으려고 최선을 다했다. 서핑 대회 지역에 이르러서 나는 거리를 좁혀 그녀 옆에서 걸었다. 우리는 시카텔라 해변을 따라 걸었다. 그러다가, 그해변의 한쪽 끝에 있는 바위투성이 해변인 라푼타까지 걸어가려는 건가, 내가 생각할 때쯤 그녀가 갑자기 멈춰 서서 바다를 바라봤다.

"여기서 내가 그를 발견했어요."

나는 그녀의 시선을 따라 밀려오는 파도 저편을 봤다. "저 바다에서요?"

"아니요. 여기." 그녀는 자신의 발치에 있는 모래를 가리켰다. 그녀의 이국적인 억양에 감정이 진하게 배어 있었다.

"저녁 산책을 하다가 우연히 그를 발견했어요. 그는 물에 흠뻑 젖어서 해변을 헤매고 있었어요. 멍한 표정으로, 여기가 어딘지도 모르는 채, 기진맥진해서."

그녀는 번민에 찬 표정으로 날 바라봤다.

"온몸에 베이고 긁힌 상처들이 있었어요. 싸운 사람처럼 얼굴은 통통 부은 데다 피투성이였죠. 하지만 싸운 건 아니라고 생각했어요."

"그가 서핑을 하고 있었던 건 아니죠?"

그녀는 고개를 저었다. "시카텔라의 파도는 서핑 보드들과 인간의 허리도 부러뜨릴 수 있어요. 아주 힘이 세요. 이 바다를 경외해야 해요." 그녀가 라푼타를 가리키며 말했다. "그가 어디서 헤엄을 쳐서 왔건, 해류에 떠밀려 여기까지 와서 저기 바위들에 부딪쳤다고 생각해요."

순간 소름이 오싹 끼쳤다. 내 마음속에서 해변으로 올라가려고 애쓰는 제임스가 계속 파도에 떠밀려 저 바위에 부딪치는 모습이 보였다. 그러다 여자 화장실에서 레이시를 본 직후 기절하기 전에 봤던 기이한 환영이 기억났다. 그게 정말 일어난 일이었단 말이야?

"그에게 무슨 일이 있었던 거죠?" 내가 물었다.

"몰라요. 나도 몰라요." 이멜다의 입술이 아래쪽으로 처졌다.

그녀는 다시 리조트를 바라봤다. "저 호텔이 들어선 곳은 내 죽은 남편 집안에서 대대로 내려온 땅이에요. 우리가 결혼한 후에 남편이 그 땅을 상속받아서 호텔 지을 계획을 세우기 시작했어요. 리조트는 그의 꿈이었고 결국 내 꿈이 됐어요. 우리는 이 호텔을 짓기 위해 3년 동안 대출 받을 곳을 찾고 저축을 늘려갔어요. 그건 아주 멋진 일이었어요. 정말 근사했어요." 그녀의 입이 커지면서 희미하게 미소를 짓더니 그녀의 눈이 슬퍼졌다.

"리조트를 연 지 반년 만에 남편이 심장마비를 일으켰어요. 남편은 내 품에서 죽었죠. 난 모든 걸 물려받았어요. 나 혼자서 어떻게 운영해야 할지 모르는 호텔과 무시무시하게 독촉을 해대는 채무자들까지."

그녀는 팔짱을 낀 채 팔꿈치를 문질렀다. "남편이 죽은 지 넉 달 후에 난 결정을 해야 했어요. 호텔을 팔 것이냐 아니면 사라질 것이냐. 그래서 생각 좀 하려고 여기 왔죠. 난 우리 꿈에 대한 희망을 포기할 준비가 돼 있었어요. 호텔은 죽은 남편이 내게 남긴 전부였는데. 그때 우연히 카를로스를 발견한 거예요."

"그를 발견했을 때 그가 뭐라고 하던가요?"

"그는 자기 이름도 몰랐고, 자기가 어디서 왔는지도 몰랐고, 어떻게 해변에 오게 됐는지도 몰랐어요. 오래전에 카를로스는 자신의 첫 기억이 날 본 것이었다고 말했어요. 나는 그를 우리 병원으로 데려갔어요. 그의 코와 뺨이 부서져 있었어요. 그는 얼굴을 대대적으로 수술해야 했어요. 우리 의사들에겐 그런 기술이 없었죠. 의사들은 그를 어떻게 해야 할지 몰랐어요. 그에겐 아무 기억이 없었거든요."

"하지만 그는 실종 신고가 돼 있었어요. 누군가는 그가 누군지 알아냈을 텐데요." 내가 말했다.

그녀의 시선이 밑으로 떨어졌다. 그녀는 긴장해서 떨리는 손으로 자기 팔꿈치에 동그랗게 원을 그리고 있었다.

"그는 코수멜 해변에서 실종됐다고 보도됐기 때문에, 아무도 우리 병원에 있는 남자와 거의 천 마일이나 떨어진 곳에서 실종된 그 남자가 동일인일 거라고 생각하지 못했어요. 그의 실종이 보도됐을 때는 병원과 내가 침묵을 지키는 대가로 이미 돈을 받은 뒤였죠."

"누가 당신에게 돈을 줬죠?" 나는 짚이는 데가 있었지만 그래도 물었다.

그녀는 입술을 축였다. "내가 카를로스를 병원에 입원시킨 지 몇 시간 후에 한 미국인이 도착했어요. 그는 자신이 카를로스의 친구라고 했지만 난 그가 친척이라고 믿었어요. 둘의 눈이 닮았거든요."

나는 그 말에 놀라지 않았지만 어쩔 수 없이 온몸이 떨리기 시작했다. "토머스."

"그는 내가 거부할 수 없는 제안을 했어요."

나는 모래 위에 허물어졌다. 토머스는 이멜다처럼 내게도 제임스를 잊고 즐겁게 살라고 돈을 줬다. "수표를 현금으로 바꿔." 그는 내게 한 번도 아니고 여러 번 말했다. "레스토랑을 열어." 그는 내게 강력하게 권했다. 나는 그렇게 했다. 그것 때문에 그가 감춘 진실에서 멀어졌다.

이멜다가 내 옆에 앉았다. "이 일은 당신에게 분명 아주 고통스럽겠죠. 그와 결혼했나요?"

"그의 장례식 날이 바로 우리가 결혼하기로 한 날이었어요."

"아, 로 시엔토(미안해요)." 그녀가 중얼거렸다. 그녀의 말투에 진심으로 미안해하는 기색이 비쳤다.

나는 모래만 바라봤다.

"처음에 토머스는 내게 카를로스를 보살펴달라고 부탁했어요. 나는 그를 안전하게 지키면서 수상쩍은 일이 일어나면 뭐든 토머스에게 보고하기로 했죠." 그녀는 이야기를 계속했다.

나는 고개를 휙 들었다. "예를 들면 어떤 거요? 그는 출장 중이었는데."

"그의 목숨이 위험에 처해 있었어요. 누군가 그를 죽이려고 했어요."

내 심장이 미친 듯이 날뛰었다. 레이시도 쪽지에서 위험에 대해 뭐라고 언급하긴 했지만 나는 터무니없다고 생각했다. 제임스는 아주 평범한 삶을 살고 있었으니까. "누가 그를 죽이려고 했죠?"

"나도 몰라요. 토머스와 맺은 계약 조건 중 하나는 질문하지 않는다는 거였어요."

"왜 낯선 사람과 그런 거래를 맺었죠?" 그녀의 입술이 덜덜 떨리는 걸 보고 나는 놀랐다. "토머스가 호텔의 채무를 갚아줬군요, 그렇죠? 그만한 가치가 있는 일이었나요? 내 약혼자의 인생을 희생해 채무에서 벗어나는 게?"

"난 그에게 새 인생을 줬어요. 전보다 더 나은 인생을." 그녀가 스스로를 변호했다.

"토머스가 그렇게 말하던가요? 제임스에게 물어보지도 않았잖아요. 그는 좋은 인생을 살았어요! 행복한 인생이었다고요."
내가 소리를 질러댔다.

"여기서 그는 자유로워요. 여기서는 비밀을 지킬 필요가 없어
요."

"무슨 비밀이요? 그에겐 비밀이 없어요."

그녀는 날 단호한 표정으로 바라봤다. "정말 그렇게 믿어요?"

나는 바다 너머를 바라봤다. 내 마음은 거센 파도만큼이나 혼
란스러웠다. 마음속 깊은 곳에서 의심의 씨앗들이 싹을 틔우고
이내 가시 돋친 덩굴로 자라나 내 뼈를 빙글빙글 감기 시작했다.
아니, 확신할 수 없다. 더 이상은. 우리가 약혼한 날 밤에 있었던
필과의 일을 이야기하는 게 제임스에게 힘든 일이었다면, 그가
터놓지 않은 다른 일들이 더 있었을 것이다.

"내 친구 이언은 제임스가 해리성 둔주를 앓고 있다고 생각해
요." 내가 말했다.

그녀는 눈썹을 치켜 올렸는데 감동받은 표정이었다. "그 친구
말이 맞아요. 의사들은 카를로스의 기억 상실이 심리적인 이유
에서 비롯됐다고 했어요. 토머스는 카를로스가 과거의 삶에 대
해 아무것도 기억하지 못하길 바랐어요. 그래서 우리가 새 인생
을 조작해냈죠. 토머스가 전문의들을 데려왔어요. 그들이 카를
로스의 얼굴을 뜯어고쳤어요. 아무도 그를 알아보지 못하게. 모
두 입을 다물도록 두둑한 보수를 받았죠. 여기선 말보다 돈이 더
힘이 세요. 미국 달러는 더 그렇고요. 내가 우리 집에서 카를로스
를 보살피는 동안 토머스는 카를로스의 인생을 만들었어요. 그

가 카를로스의 출생증명서, 신분증 같은 서류들을 만들었어요."
그녀는 순간 내 눈치를 봤다. "그리고 미국에 있는 카를로스의
그림들도 가져왔죠. 토머스는 카를로스가 우리 마을에 자신의
갤러리를 열려고 최근에 이곳에 온 것처럼 보이게 만들었어요.
그는 내가 오래전에 입양으로 잃어버린 동생이 되었어요. 세상
의 눈으로 보면 카를로스는 멕시코 시민이었어요. 토머스는 우
리가 카를로스를 위해 만든 인생이 견고할수록 그의 기억이 돌
아올 가능성이 적을 거라고 믿었어요. 맞아요, 우리가 지어낸 이
야기엔 여기저기 허점이 있었죠. 하지만 카를로스는 입양으로
헤어진 누나를 최근에야 찾아낸 것이기 때문에 자기 인생에 대
한 그의 질문들에 내가 대답할 수 없다 해도 상관없었어요. 우리
는 서핑 사고가 일어나기 직전에야 서로를 다시 알아가기 시작
한 것이었으니까."

그녀는 자신이 한 거짓말이 혐오스러운지 서핑 사고라는 말을
내뱉듯이 말했다.

나는 거미줄처럼 촘촘하게 엮인 그 거짓말들을 머릿속에서 이
해해보려고 애썼다. 하지만 도저히 내가 아닌 사람인 척하는 나
자신이 상상이 되지 않았다. "어떻게 그토록 오랫동안 거짓말을
할 수 있었죠?"

그녀는 입술을 힘주어 다물었다. "처음엔 아주 힘들었어요. 항
상 카를로스가 내 거짓말을 간파할 거라고 생각했지만 토머스의
수표가 계속 왔어요." 그녀는 나를 한번 힐끗 보더니 발밑의 모
래로 시선을 떨어뜨렸다. "아직도 수표가 와요."

나는 얼굴을 문질렀다. 맙소사. 토머스가 아직도 그녀에게 돈을 주고 있다니.

"제임스에게 진실을 말하려고 해본 적 있어요?"

그녀는 얼굴을 붉히더니 손을 내려다봤다. 나는 그 표정이 뭘 의미하는지 알아차렸다.

"그를 사랑하게 됐군요!"

"단지 누나가 남동생을 사랑하는 그런 마음이에요! 내게는 아무도 없다는 걸 부디 이해해줘요." 그녀가 두 손을 벌리고 애원하면서 말했다. "내 남편은 죽었어요. 부모님은 그 선해에 돌아가셨고, 입양된 동생은 아이였을 때 잃었어요. 난 혼자였는데 마침내 가족이 생긴 거죠. 그래서 그에게 내 동생의 이름을 줬어요. 카를로스 도밍게스. 카를로스는 '자유인'이라는 뜻이에요. 난 그 이름이 그에게 어울린다고 생각했어요. 토머스는 첫 번째 이름이 J로 시작돼야 한다고 했어요. 그 그림들의 서명 때문에. 제이미는 우리 아버지 이름이에요."

"왜 토머스가 제임스에게 그의 과거를 숨기고 싶어 하죠? 왜 이런 짓들을 하는 거죠?" 토머스는 설명할 일이 아주 많았다. 먼저 내 손에 죽지 않는 한.

"토머스에게 화내지 말아요. 그는 그저 동생을 보호하고 있는 것뿐이니까."

이멜다는 일어서서 바다를 등지고 섰다. 강풍에 휘날린 그녀의 머리카락이 그녀의 갈색 피부를 후려쳤다. 그녀는 머리카락을 쓸어 넘기며 손바닥에 휘감았다.

"카를로스를 돌봐줘요. 그는 내게 화가 아주 많이 났어요. 그에 겐 누군가가 필요해요. 그에게 당신이 누군지 말했어요. 그리고 그만큼이나 당신도 피해자라고 말했고."

나는 그를 마지막으로 봤던 때를 마음속에 떠올렸다. 내가 그를 제임스라고 불렀을 때 복도에서 그가 나를 어떤 표정으로 봤는지를.

"제임스는 나도 보고 싶어 하지 않는 것 같아요."

"그에게 시간을 좀 줘요. 당신은 우리 호텔에 얼마든지 머물러도 좋아요. 숙박비는 받지 않을게요. 그게 내가 지은 죄에 대해 속죄할 수 있는 최소한의 방법이니까."

"당신은 내가 올 걸 예상하고 있었다고 했죠." 그녀가 몸을 돌려서 걸어가기 시작했을 때 내가 말했다.

그녀는 멈춰 서서 날 바라봤다. "난 기독교 신자인데 아주 큰 죄를 지었어요. 난 토머스가 또 무슨 짓을 할지 두려웠어요. 토머스는 내 호텔에 대한 어음을 가지고 있고, 난 토머스가 내 호텔을 뺏어가는 걸 원치 않아요. 하지만 카를로스를 속인 것에 죄책감을 느껴서 루시에게 카를로스가 예전에 알았던 사람들을 찾아봐달라고 부탁했어요."

"루시?" 나는 얼굴을 찡그리면서 물었다. 그러다 기억났다. 레이시.

"루시가 카를로스의 친구나 가족에게 그가 살아 있음을 납득시키되 내가 부탁했다는 건 들키지 않길 바랐어요. 토머스가 알면 안 되니까." 그녀는 몸을 동그랗게 웅크리면서 내게서 몸을 돌렸다.

"레이시는 누구죠? 그러니까, 루시 말이에요."

그녀의 눈이 환해졌다. 그녀는 가슴을 한 손으로 눌렀다.

"카사 델 솔에 자주 오는 손님인데, 내가 그녀를 가장 필요로 할 때 오는 것처럼 느껴져요. 가끔은 그녀의 지혜를 빌릴 수 있겠다는 걸 내가 알아차리기도 전에요. 그녀는 내 친구예요."

이멜다가 더 이상의 말을 하지 않자 나는 머릿속에 쌓여 있던 의문들을 불쑥 내뱉었다. "그 여자는 어디서 왔죠? 어떻게 하면 찾을 수 있죠?" 이언은 알고 싶어 할 것이다. 나도 알고 싶었다.

"그녀는⋯영어로는 뭐라고 말하죠? 이니그마? 맞아요, 그녀는 이니그마예요. 수수께끼." 이멜다는 라푼타 쪽으로 거꾸로 걷기 시작했다. 그녀의 에스프레소 빛깔의 얼굴에 촉촉한 미소가 어렸다. 평생에 걸쳐 저지른 비행을 고백했지만 그걸 바로잡을 희망은 없을 때 보이는 그런 미소였다. "루시는 신비로운 사람이죠, 안 그래요?" 그녀는 돌아서서, 나를 해변에 홀로 두고 떠났다.

호텔로 돌아오는 길은 거기까지 갈 때보다 훨씬 더 멀게 느껴졌다. 나는 모래 위로 발을 끌며 걸어왔다. 이언이 테라스에 있는 테이블에서 나를 지켜보는 게 보였다. 그의 표정은 무척이나 고통스러워 보였다. 나는 심장이 뒤틀리는 것 같았다. 그에게 가서 토머스가 저질러놓은 이 엉망진창의 상황을 뒤로하고 떠나고 싶은 마음도 있었다. 하지만 제임스를 놔두고 갈 순 없었다. 이제 진실을 알았으니까. 나는 이언의 시선을 피해 카페를 지나쳤다.

방에 들어가니 전화벨이 울리고 있었다. 나는 침대 주위로 돌아가 침대 옆 탁자 위에서 더듬더듬 수화기를 들었다. "여보세요?"

"마침내 받았네! 오늘 오후 내내 전화했어."

"크리스틴?"

그녀가 코웃음을 쳤다. "나 말고 또 누가 있냐? 왜 핸드폰은 안 받아?"

나는 핸드폰을 꺼내 들었다. 부재중 전화가 네 통 와 있었다. "미안해, 핸드폰을 무음으로 해놨어."

크리스틴이 웃었다. "그림 그리기 수업이 그렇게 재미있었단 말이지? 말해봐, 그 카를로스가…"

"제임스냐고? 그래, 그가 제임스야. 토머스가 이 사달을 일으켰어." 내가 그녀의 말을 끊으며 설명해줬다.

크리스틴은 숨을 헉 들이쉬더니 찰진 욕을 쏟아냈다. 나는 수화기를 어깨와 귀 사이에 끼고 팔을 문질렀다. 팔에서 소름이 돋았다. 나는 토머스가 전화했던 때, 카페에서 커피를 주문했던 때를 떠올렸다. 오늘 하루는 어떻게 보냈는지 그가 물어봤던 걸 생각했다. 완벽하게 평범한 대화였지만, 그러는 내내 그는 제임스를 포함해 모두에게 거짓말을 하고 있었다. 뱃속에서 분노가 치밀었다.

"할 말이 없다. 토머스가 왜 그렇게 꼬치꼬치 캐물었는지 이제 알았네." 크리스틴이 말했다.

"이멜다가 그러는데…"

"이멜다가 누구야?" 그녀는 초조해하는 소리를 냈다. "처음부터 다 말해봐. 하나도 빼지 말고."

나는 그렇게 했다.

"이언은 이 일에 대해 어떻게 생각하는데?" 내가 이야기를 마치자 크리스틴이 물었다.

나는 엄지손톱을 잘근잘근 씹었다.

"나에게 말 안 한 거 있지?"

"이언과 잤어."

크리스틴이 헉 소리를 냈다. "누구? 이언?" 내가 대답하지 않자 그녀는 낮고 사악한 소리로 웃었다. "너 완전 망했다."

"내가 모르는 걸 좀 말해주지 않을래?" 나는 다른 손톱을 물어뜯으면서 말했다.

"이언은 정말 좋은 남자야. 그는 널 아껴. 장담하는데, 그는 널 사랑해."

"맞아." 내가 인정했다.

"이언이 그렇게 말했어? 그에게 상처 주지 마." 크리스틴이 충격을 받으며 말했다.

"너무 늦었어."

크리스틴이 실망한 소리를 냈다. "내 충고를 원해?"

"상관없어. 어쨌든 할 거잖아."

"에이미, 내 말 진지하게 들어." 크리스틴이 애원했다. "네가 제임스를 찾겠다고 작심했던 거 알아. 하지만 이언의 말이 맞을지 몰라. 제임스의 정체성은 어쩌면 다시는 돌아오지 않을지 몰라. 넌 최악의 경우에 대비할 필요가 있어."

"그를 포기해야 한다는 거야? 이제 막 찾았는데. 그가 기억을 되찾을 수 있게 도와줘야 해."

"너는 이틀 후에 비행기를 타야 해. 어떻게 48시간 안에 그를 돕겠다는 거야?" 나는 아랫입술을 씹으면서 말없이 욕을 했다. "너 설마 거기 계속 머물 계획은 아니지? 네 카페는 어쩌고? 네 가족은 어쩌고? 나는!" 그녀가 소리를 질렀다. "우린 다 여기 있어."

"제임스는 여기 있어." 나는 머리카락을 잡아당겨서 손가락으로 머리채를 비틀면서 말했다. 이제 그가 정교한 사기극의 피해자라는 걸 알았으니 그를 여기 두고 갈 수는 없었다. 내가 도와야 했다.

"이멜다가 필요한 만큼 계속 호텔에 있어도 된다고 했어."

"에이미…그게 네가 정말 원하는 일이야?" 크리스틴이 애원하듯 내 이름을 부르며 말했다.

"만약 죽은 줄만 알았던 닉이 살아 있다는 걸 알게 됐는데 그가 너와 같이한 인생을 단 1분도 기억하지 못한다면, 너는 그를 두고 떠나겠니?"

"아마 아니겠지." 그녀는 잠시 후에 덧붙였다. "아니, 난 그럴 수 없어."

"그러니 내가 왜 여기 남아서 그를 도우려고 하는지 알겠지?"

"네가 왜 그러고 싶은지 그건 이해할 수 있지만 카를로스에게 다른 사람이 되라고 강요할 순 없어. 제임스의 부모가 평생 그에게 했던 짓을 너도 하진 마. 너와 제임스는 완벽한 한 쌍이었지만 너와 카를로스는 이야기가 달라. 그에게 다가가기 전에 네가 뭘 원하는지 그것부터 생각해봐." 그녀가 조언했다. "카를로스는 멕시코에서의 삶을 포기하지 않을지도 몰라. 그러니까, 캘리포니아로 가는 게 좋겠다고 그를 설득하려다가 널 사랑하는 남자마저 잃을지도 모른다는 말이야."

나는 이미 이언을 잃었다는 걸 천천히 인정하고 있었다. 이언을 생각해도 마음이 아팠고 제임스를 생각해도 그랬다. 하지만 나를 더 필요로 하는 사람은 제임스였다.

나는 크리스틴에게 작별 인사를 하고 전화를 끊었다. 노크 소리가 났고 나는 긴장했다. 이언일 텐데. 그는 이야기를 하고 싶어 했고, 내가 계속 그를 피하는 것은 온당치 않았다.

나는 문으로 가서 문구멍으로 밖을 내다봤고, 그 순간 붙잡았던 문손잡이를 불에 덴 것처럼 후다닥 놔버렸다. 문 저쪽에 서 있는 사람은 이언이 아니었다. 카를로스였다.

26장

저이가 여기서 뭘 하고 있지?

나는 진정하기 위해 숨을 찬찬히 두 번 쉰 뒤, 스커트를 반듯하게 펴고 문을 열었다.

카를로스는 복도에 혼자 서 있었다. 그가 고개를 들자 천장의 조명이 그의 턱선을 따라 팽팽한 근육을 비췄다. 그는 헛기침을 한 뒤 복도 쪽을 힐끗 봤다. "미안해요. 아까 일 말이에요."

내 눈이 화끈거리며 눈물이 솟구치는 게 느껴졌다. 그에게서 고통이 뿜어져 나오고 있었다. 그는 최악의 방법으로 배신당했다.

"아, 음⋯그건 걱정하지 말아요."

그는 목을 문질렀다. 그의 팔이 떨리고 있었다.

"내가 어떻게 당신을 도울 수 있을지 말해줘요." 내가 복도로 나가자 방문이 찰칵 소리를 내며 닫혔다. "제발. 돕고 싶어요."

그는 손을 주머니에 넣은 채 주먹을 쥐었다. 그러자 어깨가 귀까지 올라갔다. 그는 아침에 본 그대로 여전히 물 빠진 청바지에 몸에 딱 붙는 리넨 셔츠를 입고 플립플롭을 신은 모습이었다. 나는 아침에 샤워하고 입은 블라우스와 스커트를 아직 갈아입지 않고 있었고.

나는 그 생각은 한편으로 밀어두고 표정을 가다듬었다.

"날 믿어도 돼요." 나는 그에게 좀 더 가까이 다가섰다.

그의 뺨에서 근육 하나가 툭툭 튀어 올랐다. 금방이라도 폭발할 것 같은 얼굴이었다.

"날 믿어요." 나는 거듭 말했다. 그리고 아주 부드럽게 그의 손목을 만졌다.

그의 눈이 내 손을 따라가면서 속눈썹이 내려왔다. 그의 턱에서 긴장이 풀렸다.

아마도 이멜다의 말이 맞을 것이다. 카를로스는 우리 둘 다 피해자라는 걸 알게 되었다. 토머스는 우리를 장기판의 졸처럼 가지고 놀았고, 나는 그 대국이 아직 끝나지 않았다는 게 두려웠다. 나와 인생을 같이해야 한다고 카를로스를 설득해서 제임스를 되찾아야 했다.

그는 몸을 빼서 나와의 접촉을 끊어냈다. 나는 내 손바닥에 손톱을 힘주어 박았다. 그가 침을 꿀꺽 삼켰다. "원래 오늘 당신과 점심을 먹기로 했었는데…"

"아! 그거." 나는 허리를 똑바로 펴고 섰다.

"당신이랑 저녁을 먹었으면 해서."

"아, 좋아요. 음…" 나는 긴장이 돼서 자세를 바꿨다.

"지갑 좀 가져올게요." 나는 문손잡이를 더듬거렸다. 방문이 잠겨 있었다. 제기랄.

"내가 프런트 데스크에서 키 카드를 가져올게요." 그가 말했다.

"아뇨! 아뇨, 괜찮아요. 나중에 가져와도 돼요." 내가 허겁지겁 말했다. 그가 잠시라도 내 앞을 떠나는 게 싫었다. 그랬다가 저녁 식사에 대한 생각마저 바뀌면? "돈은 오늘 밤에 갚을게요."

그의 입가가 씰룩였지만 미소에 온기는 없었다.

"상관없어요. 내가 살 거니까."

그는 걸어가기 시작하다가, 돌아서서 손을 내밀었다. 그의 큰 손을 잡자 나는 울고 싶었다. 우리가 이렇게 나란히 손을 잡고 걸은 게 마치 전생에서의 일 같았다.

엘리베이터 안으로 들어가자 카를로스가 로비 버튼을 눌렀다. 그는 벽에 기대서 팔짱을 낀 채 나를 봤다. 나는 서둘러 반대쪽 구석으로 가서 그를 지켜봤다. 우리 사이에 흐르는 긴장된 공기 속에 미처 하지 못한 말들과 대답을 듣지 못한 질문들이 떠돌았다. 노골적으로 날 살펴보는 그의 시선이 불편했다. 그에게서 어마어마하게 참고 있는 격노가 뿜어져 나와 물결치듯 내게 흘러오고 있었다. 그의 분노가 날 겨냥한 건 아니었지만. 나는 치맛자락을 비틀면서 이 손으로 토머스의 목을 조르고 싶다고 생각했다.

나는 아무렇지 않은 목소리로 물었다. "저녁은 어디서 먹어요?"

"원래 점심때 차를 타고 리코나다로 가려고 했었지만 지금은…" 그는 말을 멈추고 팔뚝을 문질렀다. "좀 더 가까운 곳이 낫겠죠."

그의 이마에 깊은 주름이 잡히더니 그가 입을 열었다. 하지만 아무 말도 나오지 않았다. 그는 자신의 발을 내려다보다가 양쪽 발목을 엇갈리게 하고 섰다.

"음, 그래서…프린시팔 해변에서 저녁을 먹어도 괜찮을 것 같아요. 먹고 나서 산책도 할 수 있고."

땅 소리가 나면서 엘리베이터 문이 느릿느릿 열렸다. 카를로스가 벽에서 몸을 일으켜 나갔고, 나는 그를 따라서 로비를 거쳐 바닷가로 갔다. 오후에 불던 바람은 잠잠해졌고 태양은 수평선에 낮게 내려앉아 하늘을 다양한 색채로 불태우고 있었다. "황홀한 풍경이네요."

"하루 중 내가 가장 좋아하는 시간이죠." 그가 내 옆에서 말했다. 그는 제임스처럼 느긋하면서도 큰 걸음으로 성큼성큼 걸었다. 하지만 말을 할 때는 완전히 카를로스였다. 그는 간간이 스페인어가 섞인 억양 강한 영어로 말했다. 그는 이곳의 어부들이 어떻게 일하는지 설명해주었다. 그들은 미끼가 달린 낚싯바늘들을 뱃전 너머로 늘어뜨린 채 밤새 배를 앞바다에 정박해놓았다가 다음 날 물고기들을 잡아들인다는 것이었다. 어부의 아내들은 바로 바닷가의 야자나무 밑에서 근처 레스토랑들과 지역 시장에 내다 팔기 위해 잡은 생선들을 깨끗이 씻고 손질한다. 그는 줄줄이 늘어선 야자나무들을 가리켰는데, 나무의 몸통들이 모래 위로 마치 아치처럼 휘어져 있었다.

그는 우리와 오늘 오후에 자기가 알게 된 사실들만 빼고 다른 주제에 대해선 뭐든 활기차게 이야기했다. 이야기하는 내내 두 손을 우아하게 움직였다. 다시 한 번 나는 내가 그와 제임스를 비교하고 있다는 걸 깨달았지만 도저히 비교를 멈출 수 없었다. 카를로스의 모든 것, 그의 움직이는 방식이나 자신이 묘사한 뭔가를 강조하기 위해 내 팔을 건드리는 동작 하나하나가 완전 제임스였다. 그가 자신이 푸에르토 에스콘디도를 얼마나 사랑하는지 말했을 때, 그리고 다른 곳에서 사는 건 상상도 할 수 없다고 말했을 때, 나는 행복하면서도 동시에 슬픈 것이 과연 가능할까 하는 생각을 했다.

"내가 뭐 기분 나쁜 말을 했나요?" 그가 물었다.

나는 희미해져가는 햇빛을 향해 돌아서서 흘러내리는 눈물을 슬쩍 닦았다. "아뇨. 당신이 한 말 때문이 아니에요. 그냥 이 모든 게 너무나…"

"벅찬가요?"

나는 울음기 섞인 소리로 웃었다. "네, 바로 그거예요."

그는 씩 웃었다. 나는 내가 그의 자제력에 감탄하고 있다는 걸 깨달았다. 그는 한때 자신의 약혼녀였지만 자신이 청혼한 기억이 전혀 없는 여자를 데리고 저녁 식사를 하러 가고 있다. 그 마음이 얼마나 복잡할까. 그는 궁금한 게 없을까? 속상하지 않나? 거의 2년 동안 자신이 가장 신뢰하는 사람들에게 거짓말을 듣고 속아왔는데.

"당신이 지금 겪고 있는 일들을 난 상상도 할 수 없어요." 내가 말했다.

"나도 생각하지 않으려고 노력 중이에요. 어쨌든 지금은." 그가 말했다.

레스토랑은 모래 위에 깐 목재 플랫폼 위에 있었다. 밧줄 모양의 조명들이 근처 야자나무들에 나선형으로 감겨 있었고 그 위에 투명 전구들이 매달려 있었다. 춤을 추는 공간을 동그랗게 둘러싼 테이블들에 파라솔들이 그늘을 드리우고 있었다. 옆에서는 라틴 재즈 4중주단이 연주를 하고 있었다.

카를로스가 단골인지, 손님들이 줄을 서서 기다리고 있는데도 여주인이 곧바로 자리를 내줬다. 그녀는 그에게 환하게 미소를 지어 보이면서 해 지는 풍경을 볼 수 있는 가장자리 테이블로 안내했다. 카를로스는 나를 위해 의자를 꺼내준 후에 내 옆자리에 앉았다. 우리는 바다를 마주 보는 자리에 있었는데, 이곳의 파도는 시카텔라 해변의 사나운 파도보다 훨씬 잔잔했다.

여주인이 메뉴판을 주고 갔다. 나는 주위를 둘러봤다. 레스토랑은 활기가 넘쳤다. 이국적이고 흥미로운 목소리들이 생기발랄한 음악 소리에 섞여 들렸다. 나는 따뜻한 저녁 공기와 구운 해산물, 망고, 물보라 냄새가 섞인 열대의 향기를 들이마셨다. 밴드가 연주하는 편안한 리듬을 듣다 보니 미소가 나왔다. 내 어깨도 자연스럽게 들썩였다. "여기 근사하네요. 아름답기도 하고."

"당신이 좋아할 거라고 생각했어요." 그는 이렇게 대답하고 얼굴을 찌푸렸다.

나는 어깨를 들썩이던 걸 멈췄다. "뭐가 잘못됐어요?"

그가 나를 빤히 보는 바람에 나도 모르게 손이 머리로 올라가서 머리카락 끝을 돌돌 말았다. "무슨 생각 해요?" 그가 아무 말도 하지 않아서 내가 다시 물었다.

그는 자세를 바꾸면서 두 손으로 허벅지를 쓸어내렸다.

"내가 궁금한 게 아주 많을 거란 건 당신도 짐작했겠죠."

"물론이죠. 뭐든 물어봐요. 돕고 싶어요." 내가 말했다. 우리를 도울 수 있는 거라면 뭐든.

"그라시아스(고마워요)." 그는 다시 바다로 얼굴을 돌렸다. 네온 오렌지 조각 같은 태양이 수평선 위에서 서서히 녹고 있었다.

"원래는 오늘 밤 이야기를 할 계획이었는데 지금은 그러고 싶지 않네요. 거 참!" 그는 신음을 토하면서, 제임스가 생각을 정리할 때 그러던 것처럼 머리를 두 손으로 받쳤다. 나는 시선을 돌렸다. 그를 내가 전에 알았던 남자와 비교하는 건 그만둬야 했다.

"이건 정말, 씨발, 정신 나간 이야기예요. 이멜다가 해준 모든 이야기가…" 그는 말을 멈추고 손가락으로 이마를 문질렀다. "미안해요."

그가 욕한 것 때문에 사과하는 건지 아니면 내가 오늘 밤 우리에 대해 이야기하며 시간을 보내고 싶었으리라고 짐작해서 그러는 건지 알 수 없었다.

사실 나는 그러고 싶었지만, 그보다 먼저 그와 같이 있고 싶었다. 그의 옆에 앉아서 저물어가는 햇살이 그의 얼굴의 날카로운 각도를 이모저모 비추는 걸 보고 싶었다. 우리의 삶이 그다지 복잡하지 않은 척 연기도 할 수 있을 것 같았다. 평범한 삶이라고. 우리 둘만 있는 삶이라고.

"그럼 당신은 뭘 원해요?" 나는 그를 만지고, 그의 따뜻하고 팽팽한 피부를 느끼고 싶은 충동에 손가락이 씰룩거렸다. 하지만 그럴 수 없었다. 우리는 타인이었다. 그 대신에 나는 그의 턱선과 날카롭게 솟은 광대뼈를 눈으로 쓸어내렸다. 그 선과 광대뼈의 각도는 제임스와 달랐지만 여전히 내 눈에 아름다워 보였다.

그는 생각에 잠겨 입을 오므렸다.

"난 그저 당신과 저녁을 먹고 싶어요. 이 이야기는 내일 해도 괜찮을까요? 난…시간이 필요해요…생각할 시간."

"좋아요." 나는 동의했다. 기다릴 수 있었다. 우리에겐 앞으로 평생이란 시간이 있으니까.

웨이트리스가 와서 우리는 음료와 식사를 주문했다. 저녁을 먹으면서 카를로스는 푸에르토 에스콘디도에서의 삶과 그림에 대한 열정과 사고를 당한 후 독학으로 그림을 배운 일에 대해서 이야기해줬다. 그는 어린 학생들을 가르치는 일을 사랑했다. 나는 내 삶에서 그와 상관없는 것들은 다 이야기해줬다. 내 카페부터 부모님과 친구들까지. 내가 제빵에 대해 열정을 가지고 있다는 것, 고급 커피로 틈새시장을 개척했다는 것. 그는 내가 뭣 때문에 자기가 사는 마을에 왔는지 묻지 않았다. 나는 그에게 무슨 일이 있었는지, 그리고 어떻게 회복할 계획인지 묻지 않았다. 우린 사실상 첫 데이트 중이었으니까. 우린 이야기를 나누고, 미소를 짓고, 큰 소리로 웃었다.

밴드가 새로운 노래를 시작했다. 색소폰 연주자가 기나긴 멜로디를 힘차게 불어댔고 드러머가 신나게 드럼을 두드렸다. 그의 몸이 리듬에 맞춰 움직였는데, 템포가 빨라지면서 그의 움직임도 더 빨라졌다. 연인들이 무도장으로 나가서 춤을 췄다. 나는 손과 발을 리듬에 맞춰 움직이면서 카를로스를 보고 킬킬 웃었다.

카를로스는 칵테일 잔을 빙빙 돌리면서 그런 나를 지켜봤다. "당신은 춤추는 걸 좋아하는군요."

"그래요. 당신은요?"

그는 밴드를 보고 입을 다물었다. "난 춤 안 춰요."

당신은 춤춘다고요!

"나와 같이 춤춰요." 내가 불쑥 내뱉었다.

그는 고개를 홱 돌려 나를 봤다. "뭐라고요?"

"자, 나와 같이 춤춰요." 나는 일어서서 그에게 손을 내밀었다.

그는 내가 뻗은 팔을 빤히 바라봤다. 그가 내 손을 잡지 않아 내 손가락이 떨리기 시작했다. 그의 시선이 내 팔을 따라 천천히 올라와 마침내 내 눈과 마주쳤다. "난 안 춘다고 했잖아요. 이젠 안 춰요."

나는 아주 오랫동안 그 자리에 서 있었다. 그는 고개를 돌려 다시 바다를 바라봤다. 그의 턱에서 미세하게 경련이 일면서 그가 의자 팔걸이를 힘껏 움켜쥐었다. 나는 팔을 내리고 의자에 털썩 주저앉았다. 내 안에서 뭔가가 움직였다. 그때 처음 나는 그를 있는 그대로 바라보게 됐다. 그는 카를로스였다.

웨이트리스가 계산서를 가져오자 카를로스는 테이블에 지폐를 던졌다. 그리고 마룻바닥에서 끽 소리가 나도록 의자를 거칠게 뒤로 빼며 자리에서 일어났다. "호텔까지 같이 걸어가죠."

27장

　우리는 카사 델 솔 호텔을 향해 마리네로 해변을 따라 걸었다. 카를로스는 양쪽 엄지손가락을 앞주머니에 걸치고 물에 젖어 단단해진 발밑의 모래를 보고 있었다. 나머지 손가락들은 멍하니 청바지를 긁었고, 이마엔 주름이 져 있었다.

　나는 손가락으로 머리의 곱슬곱슬한 컬을 빙빙 돌리면서 곁눈질로 그를 봤다. 레스토랑에서 무슨 일이 있었던 거지? 우린 즐거운 시간을 보내고 있었는데. 우리가 마음이 통한 줄 알았는데. 제임스라면 의자에서 벌떡 일어나 나를 덥석 껴안고 춤을 추러 나갔을 텐데 카를로스는 뒤로 뺐다. 그 점에 대해 물어볼까 고민했지만 오늘 밤은 가벼운 이야기만 하기로 약속했으니까.

　깊은 생각에 잠긴 카를로스는 레스토랑에서 나온 후로 한마디도 하지 않았다. 그러다 갑자기 멈춰 서서 우리 뒤를 봤다.

　"무슨 일이에요?" 내가 물었다.

"스튜디오에 내 지프를 두고 왔어요." 그는 턱을 긁으며 주위를 둘러봤다. "먼저 당신을 호텔에 데려다줄게요."

그는 걷기 시작했다가, 내가 따라오지 않자 멈춰 서서 한쪽 눈썹을 치켜 올렸다. 나는 엄지손가락으로 내 뒤쪽을 가리켰다.

"내가 같이 갈게요. 괜히 되돌아올 필요 없어요."

그는 망설였다. "그래도 되겠어요?"

"그럼요. 밤공기도 좋고." 게다가 내 방으로 돌아가서 잠도 안 오는 밤을 혼자 보내고 싶지 않았다. 내일 카를로스가 자신의 의문에 대한 답을 들은 후에 어떤 일이 생길지 짐작도 할 수 없었다. 내가 그와 같이 멕시코에 있게 될까? 아니면 집으로 날아가게 될까? 이언이 아직도 내 친구가 되고 싶어 할까? 나는 안 그러겠다고 약속까지 해놓고 그를 밀어내 버렸다.

카를로스의 지프 랭글러는 갤러리 뒤쪽 골목에 주차돼 있었다. 그는 내가 지프에 올라가는 걸 도와주고 내가 조수석에 앉는 동안 문을 잡아주고 있다가 운전석으로 갔다. 그는 차를 몰고 다시 카사 델 솔로 가서 호텔 정문 옆의 갓돌에 멈췄다. 대리 주차 직원이 다가왔지만 카를로스가 손을 흔들어서 보냈다. 그는 엔진을 계속 켜놓은 채 핸들 위에서 맞잡은 두 손을 떼지 않았다.

나는 차에서 내리고 싶지 않았고 카를로스는 내리라고 하지 않았다. 나는 카를로스를 슬쩍 훔쳐봤다.

"시내에서 축제가 열린다고 들었어요."

그는 무릎을 움직이면서 고개를 끄덕였다.

"날씨가 근사하네요." 나는 하늘을 올려다봤다. 리조트의 반짝이는 불빛들이 하늘의 별빛들을 흐리게 했다. "난 이렇게 따뜻한 밤이 좋아요."

그는 다시 고개를 끄덕였다. "나도 그래요."

내가 그에게 축제에 가자고 하지 않는다면 그는 이제 어디로 갈지 궁금해서 내가 물었다. "이 근처에 사나요?"

그는 남쪽을 가리켰다. "시카텔라에서 2킬로미터도 안 돼요."

나는 그의 옆모습과 규칙적으로 오르락내리락하는 그의 가슴을 살펴봤다. 불현듯 나는 혼자서 밤을 보내고 싶지 않았고, 북적거리는 축제에서 시끄러운 음악 소리를 듣고 싶지도 않았다. "당신 집을 보고 싶어요." 내가 말했다.

그는 나를 찬찬히 뜯어보더니 기어를 바꿨다.

우리는 시카텔라 해변과 나란히 뻗어 있는 칼레델모로 대로를 따라 레스토랑, 서핑 가게, 나이트클럽, 호텔 들을 지나친 뒤 바닷가 앞에 있는 주택가로 들어섰다. 카를로스는 진입로로 들어가 연철 문 앞에서 멈췄다. 그가 선바이저에 달린 리모컨을 누르자 문이 천천히 열렸다. 차가 지나갈 정도로 충분한 공간이 생기자 그는 안으로 진입해 폭이 좁고 위로 길쭉한 3층집 옆에 차를 세웠다. 나는 입을 떡 벌린 채 꼭대기 층을 감탄하며 바라봤다.

카를로스가 시동을 껐다. "3층은 옥상 테라스예요. 저 위에서 보면 산과 해변의 경치가 끝내줘요. 특히 맑은 날엔."

그의 땅 가장자리에 서 있는 야자나무들 너머에서 천둥 같은 파도 소리가 들렸다. "와, 해변에 사는군요." 나는 부러워서 신음하며 말했다.

그의 입술이 실룩거리다 활짝 미소를 지었다.

"이리 와요. 구경시켜줄게요." 그가 차에서 훌쩍 뛰어내리며 말했다.

그는 나를 이끌고 작은 수영장을 지나, 깔끔하게 정리되고 모래가 뿌려진 잔디밭을 지나, 집과 해변을 분리하고 있는 낮은 점토 벽의 트인 공간 안으로 들어갔다. 그러다 돌아서더니 내 양 허리를 붙잡았다. 나는 순간 놀라서 숨을 헉 들이쉬었다. 그는 킬킬 웃더니 나를 벽 위로 올려주고 자기도 옆에 올라와 앉았다. 우리의 팔이 스쳤다.

나는 그에게 기대고 싶은 충동을 참으면서 그 놀라운 장관을 향해 고갯짓을 했다.

"오케이, 인정할게요. 여기 정말 질투 나는데요."

"여기가 아닌 다른 곳에서 사는 건 상상도 할 수 없어요." 그는 숨을 내쉬느라 빰을 부풀렸다. "뭐, 오늘 오후 전까진 그랬어요. 이젠 어떻게 생각해야 할지 모르겠어요."

나는 해변으로 철썩철썩 밀려오는 파도 위로 별이 총총 빛나는 하늘을 바라보며 우리 사이의 심연이 태평양보다 더 깊지 않길 바랐다. 적어도 나는 내 앞에 있는 수평선을 볼 수 있었다. 제임스에게도 그런 수평선이 존재하는지는 알 수 없었지만. 그가 해리성 둔주에서 회복하게 될까?

"생각하지 말아요. 아직은." 나는 그에게 호소했다.

"그게 문제예요." 그는 똑바로 앉았다. "그럴 수가 없어요. 지독하게 혼란스러워요. 너무나 혼란스러워서…" 그는 내 왼손을 들어서 약혼반지를 살펴봤다. "이멜다가 그러는데 당신이…그러니까 전에…내 약혼자였다면서요."

"당신이 내게 청혼하면서 이 반지를 줬어요."

그는 의심스러운 표정으로 나를 바라봤다. "그럼 내게 그런 기억이 떠올라야 하지 않나요?"

"그 둔주 때문에 당신은…"

"내가 당신에게 뭔가를 느껴야 하는데." 그는 한동안 조용히 있다가 입술을 안으로 말아 들였다. "아니요. 아무런 감정도 느껴지지 않아요."

그 말에 나는 풀이 죽고 말았다. "내가 도울 수 있어요. 당신이 기억할 수 있도록 내가 돕게 해줘요." 순간 무시무시한 공포가 밀려와 나는 차가운 말투로 제안했다. 혹시 그가 나를 기억하고 싶지 않은 걸까?

"이건 그냥 기억 상실이 아니에요, 에이미. 당신이 사랑한 남자는 내가 아니에요. 그는 사라졌어요."

"그 입 다물어요." 나는 조용히 흐느껴 울었다. "그런 말 하지 말아요. 제발 하지 마…" 나는 그의 손을 꼭 잡았다. "그 꿈들은 어떻게 설명할 건데요? 당신은 나에 대한 꿈을 계속 꿨잖아요."

"내 스튜디오에서 당신을 그린 오래된 그림을 한 점 발견했어요. 그것 때문에 그런 꿈들을 꿨을 수도 있어요."

"당신 말은 믿을 수 없어요." 내 마음속에서 분노가 치솟았다. "오늘 진실을 다 알아놓고 어떻게 이렇게 차가울 수 있죠? 당신은 아무 감정도 느끼지 않나요?"

그는 쓸쓸하게 웃었다. "나도 느껴요. 내 형에 대해 엄청난 분노를 느껴요…토머스라고 했죠? 그리고 이멜다에게도." 그는 고개를 흔들었다. "이멜다는 자기가 내 누나라고 했고 나는 그녀를 믿었어요. 빌어먹을, 그 말을 믿었단 말이에요. 하지만 당신에겐…" 그는 나를 저울질하는 눈빛으로 봤다. "당신에겐 호기심말고는 아무것도 느껴지지 않아요. 미안해요."

나는 그의 손에서 내 손을 홱 빼내고 비틀거리며 일어섰다. 그리고 그에게 등을 돌리고 섰다.

"내 기억은 19개월 전에서 시작돼요. 그게 전부예요. 난 모든걸 그대로 남겨뒀어요. 잡지들, 책들. 모든 사진을 다 액자에 끼워놨고. 내가 다시 기억을 잃는다면 내 과거에서 나온 뭔가를 가지고 있게 되겠죠." 그가 말했다.

나는 그의 갤러리를 생각하다 거기 있던 잡지와 책 더미를 떠올렸다. 서명을 하거나 마무리를 하기 위해 놔뒀던 미완성작들. 서명은 했지만 결코 전시는 하지 않았던 그림들. 그는 모든 걸 보관하고 있었다. 카를로스에게서 나온 모든 것을. 하지만 나는 제임스에게 속한 모든 걸 가지고 있었다.

"당신에겐 진짜 과거가 있고, 그걸 보여줄 사진들도 내게 있어요. 내겐 당신 옷들과 더 많은 그림들이 있어요. 당신 스튜디오는 아직도 우리 집에 있어요. 우리에겐 집이 있어요."

"내 집은 여기예요."

나는 내 가슴을 꽉 끌어안고 터벅터벅 걷다가 그가 내 이름을 부르자 멈췄다. "내가 과거를 기억하고 싶은지도 모르겠어요."

나는 내 속에서 내가 조금씩 죽어가는 걸 느꼈다. "적어도 시도는 해볼 수 있어요?"

"왜요? 내게 익숙한 모든 걸 잃을 위험을 무릅쓰라고요? 내가 사랑하는 모든 사람들을?"

나는 눈을 질끈 감았다. 그는 자신의 상황 이면에 있는 뒤틀린 논리를 잘 이해하고 있었다. "당신은 지금 19개월의 시간을 29년의 세월과 비교하고 있어요. 당신이 무슨 권리로 내게서 제임스를 뺏어가는 거죠? 지금 당신은 그의 몸을 입고 있지 않아요. 지금 당신은 그가 아니라고요."

그가 움찔했다. "그래요, 당신 말이 맞아요. 난 그가 아니에요. 이젠 아니에요. 당신이 뭐라고 하건 난 여기 모든 걸 두고 떠날 수 없어요. 난 당신과 같이 가지 않을 겁니다. 난 당신을 몰라요."

나는 그에게 홱 돌아섰다. "날 기억하지 못하는 거죠. 그 둘은 달라요."

그는 허벅지 위에서 주먹을 쥐었다. "난 떠날 수 없어요. 난 여기서 필요한 사람이에요."

"그림은 어디서든 그릴 수 있어요." 나는 두 팔로 사방을 아우르는 몸짓을 했다. "뭣 때문에 여길 떠나지 못하는 거죠? 분명 이멜다 때문은 아닐 테고. 그녀는 당신 누나가 아니에요. 당신 가족은 캘리포니아에 있어요. 나도 캘리포니아에 있고. 대체 여기 당신을 위한 게 뭐가 있는데요?"

그는 이를 악물면서 내 뒤쪽을 바라봤다.

나는 뒤를 돌아봤다. "저 바다?" 나는 믿을 수 없어서 물었다.

그가 아무 말도 하지 않자 나는 그의 시야를 가로막았다. "당신은 내게 어떤 감정도 못 느낄지 몰라도 난 당신 때문에 감정이란 감정은 다 느끼고 있어요. 이 지옥을 겪고 있는 건 당신만이 아니라고요." 나는 쉰 목소리로 고래고래 소리를 질렀다. "이 세상에서 가장 더러운 기분은 내가 잊을 수 없는 단 한 사람이 날 기억하지 못할 때의 기분이에요. 내가 놔줄 수 없는 단 한 사람이." 목이 건조해서 목소리가 갈라졌다. 나는 온몸이 흔들리도록 마른 기침을 했고, 기침이 그치지 않아서 허리를 구부렸다.

그때 그가 내 등을 한 팔로 감싸는 게 느껴졌다. "당신, 물 좀 마셔야겠어요. 안에 들어갑시다." 그가 이렇게 말하면서 나를 앞으로 몰았다.

나는 그를 따라 부엌으로 들어갔고, 그가 불을 켜자 강렬한 형광등 불빛에 눈이 부셔서 눈을 깜박였다. 미칠 듯이 기침이 나와서 숨이 가빴다. 나는 머리가 부스스해지고 뺨이 눈물로 얼룩진 채 물었다. "화장실이 어디예요?"

"복도 끝 왼편이에요." 그가 뒤를 돌아보며 말했다. 그러고는 찬장에서 잔들을 꺼냈다.

나는 카를로스가 가르쳐준 대로 어두워진 복도를 걸어가서 욕실에 들어가 문을 잠갔다. 그리고 불을 켠 뒤, 수도를 틀어 얼굴에 물을 끼얹으면서 광대뼈 주위에 번진 거미줄 같은 마스카라 자국을 조심스럽게 씻어냈다. 그리고 아무 생각 없이 손을 뻗어 수건을 집어 들고 얼굴을 닦은 후에 거울에 비친 내 얼굴을 봤다. 창백한 피부 속에서 빨갛게 충혈된 눈이 나를 노려보고 있었다.

카를로스는 어떻게 자기가 산 19개월의 인생이 제임스가 산 29년의 인생보다 중요하다고 믿을 수 있지? 그는 제임스의 인생을 훔치고 있고, 제임스에게서 나와 같이 보낼 수 있는 세월들을 뺏어가고 있다. 그런데 그로 인해 가장 큰 영향을 받는 단 한 사람은 발언권이 없다. 제임스는 스스로를 위해 말할 수 없다. 카를로스에게 제임스의 기억에도 기회를 주라고 설득할 수 있는 사람은 나밖에 없다.

나는 구김살을 펴며 수건을 접은 뒤 욕실 카운터 위 어떤 그림책 옆에 올려놨다. 그러다 순간 멈칫했고, 내 가슴속에서 뭔가가 일그러졌다. 내가 돌아서자 변기 옆의 그림책 선반과 욕조 속의 장난감들이 보였다.

나는 훌쩍이기 시작했다. 수건과 책이 바닥에 떨어졌고, 나는 허둥지둥 욕실에서 뛰어나왔다. 나는 비틀거리며 밝은 조명이 켜진 복도에 들어섰다. 벽은 마치 서양 장기판처럼 액자들로 뒤덮여 있었다. 한 다스가 넘는 액자들이 거실 선반들을 가득 채웠다. 카를로스, 이멜다, 그리고 내가 알아볼 수 없는 사람들의 사진이 있었다. 그중에는 갈색 머리와 적갈색 피부의 어떤 여자도 있었다. 그녀는 아주 행복한 표정으로 카를로스 옆에 딱 붙어 있었고, 카를로스는 한 팔을 그녀의 어깨 위에 올리고 있었다.

대부분의 사진들은 사내아이 둘을 찍은 것이었다. 어린아이와 갓난아기. 한 사진에서 카를로스는 신생아를 부드럽게 안고 있었다. 또 다른 사진에서는 둘 중 형인 아이가 아동용 미술 테이블에서 그림을 그리고 있었다. 갤러리에서 본 바로 그 테이블이었다. 두 아이가 같이 있는 모습을 찍은 사진이 한 다스였고, 다른 사진들은 부모의 품에 안겨 있는 형을 찍은 것들이었다. 얼굴의 흉터가 벌겋게 성이 나 있는 카를로스와 만삭인 그 정체 모를 갈색 머리 여자.

나는 홱 돌아서면서 열 손가락을 머리카락 속에 집어넣고 힘껏 잡아당겼다. 두피가 불타는 것 같았지만 그 고통도 내 뱃속을 꿰뚫고 있는 고통과는 비교할 수 없었다. 나는 학교에서 찍은 사진이 들어 있는 액자 하나를 낚아챘다. 이 사내아이는 제임스가 유치원 때 찍은 사진과는 전혀 닮지 않은 모습이었다. 이 아이는 누구고 왜 이 아이 사진이 사방에 있는 것인가?

"그 아인 다섯 살이고 낚시를 아주 좋아해요." 카를로스가 내 뒤에서 말했다. "내 아들이에요."

"어떻게? 당신이 사라진 지 채 2년도 안 됐는데."

나는 그가 이동하는 소리를 들었다. "입양했어요."

내 손이 덜덜 떨렸다. "갓난아기는?" 나는 거의 속삭이는 것처럼 작고 쉰 목소리로 물었다.

"내 아들이에요."

이 아이들의 의미가 내 영혼 속으로 들어와 점점 더 낮고 깊게 자리를 잡아갔다.

난 여기서 필요한 사람이에요.

"아이들 엄마는 어디 있어요?"

"내 아내. 아내의 이름은 라켈이에요. 아내는…" 그는 말을 잇지 못하고 욕설을 뱉었다.

눈물이 내 콧날을 타고 내려왔다. 나는 짜증스럽게 눈물을 문질러버렸다.

"아내는 마르수스를 낳다가 죽었어요." 그가 잠시 후에 말했다. "그건…아주 갑작스러웠죠. 동맥류였어요. 의사들도 손쓸 수 없었죠."

나는 천천히 그에게 돌아섰다. 그는 처참한 얼굴로 물을 두 잔 들고 방 한가운데 서 있었다. 제임스의 장례식을 치른 후 이어진 나날에 나도 같은 표정을 하고 있었을 것이다. "그녀를 사랑했군요." 나는 멍하니 말했다.

"아주 많이."

나는 바짝 마른 입술을 핥았다. "당신 아들들은 지금 어디 있어요?"

"친구네 있어요. 아주 착한 아이들이에요."

"분명 그렇겠죠." 나는 액자를 다시 선반에 올려놓았고, 작은 방을 이리저리 걸어 다니면서 계속 손가락에 낀 약혼반지를 돌렸다. 손이 걷잡을 수 없이 떨렸고, 그 떨림이 온몸으로 퍼졌다.

"미안해요." 그는 거칠고 건조한 목소리로 말했다. 그는 침을 꿀꺽 삼키고 사정없이 눈을 깜박였다. 그의 눈에 흘러내리지 못한 눈물이 고여 반짝였다. "미처 생각을 못했어요…그게 얼마나…" 그는 헛기침을 하고 물 잔을 커피 테이블 위에 내려놨다. "내 아이들을 보는 게 당신에게 얼마나 기묘한 느낌일지."

"그 여자는 누구예요? 어떻게 만났어요? 언제…" 나는 내 목소리에 스며 있는 절망적인 분위기를 증오하며 입술을 오므렸다.

"아내는 내 물리치료사였어요. 그녀와 결혼했을 때 훌리안을 입양했어요. 그리고 얼마 안 가서 마르수스가 태어났고." 그는 말을 멈추고 뒷목을 문질렀다. "라켈과 내가 부부로 산 시간은 얼마 안 되지만 나는…" 그는 시선을 돌렸다. 그랬다가 다시 내게 얼굴을 돌린 그는 진지한 표정으로 나를 바라봤다. "나는 다른 사람과는 춤을 출 수 없어요. 춤은 아내의 열정이었거든요. 내겐 너무 힘들어요…젠장!" 그는 고통스러워 신음 소리를 냈다. "내가 라켈에게 느꼈던 감정을 전에 당신에게 느꼈다면 당신이 얼마나 고통스러울지 이해해요. 그 상실감은…견딜 수 없이 고통스럽죠."

내 입에서 또다시 울음소리가 터져 나왔다. 나는 미친 듯이 반지를 비틀면서 그 밑의 살을 문질러댔다. 카를로스의 눈이 내 손으로 갔다가 반지를 보고 가늘어졌다. "난 몇 달 전에 반지를 뺐어요." 그가 중얼거렸다.

"난 그럴 수 없어요." 나는 패배한 채 울었다.

그는 조심스럽게 내게 다가왔다. "안 빼려고 하는 건 아니고요?"

나는 세차게 고개를 흔들었다. 방이 점점 더 좁아지면서 사방의 벽이 날 향해 다가오고 있었다. 카를로스가 조금 더 가까이 다가왔다. 그는 부드럽게 내 손에 자기 손을 올려놓고 내 별난 짓을 멈추게 했다.

"난 라켈을 아주 많이 사랑했어요. 그동안…그녀가 세상을 떠나서…힘들었지만 그래도 새 출발을 해야 했어요. 선택의 여지가 없었어요. 시끄럽고 사랑스러운 니뇨(아이) 둘이 날 필요로 하니까."

내 아랫입술이 덜덜 떨렸다. "하지만 당신은 여기 있어요, 제임스. 당신은 죽지 않았어요. 당신은 아직 살아 있다고요. 난 당신이 필요해요."

카를로스는 슬프게 고개를 저었다. "그는 죽었어요. 당신은 그를 놔줘야 해요, 에이미."

놔줘, 에이미. 그냥 놔줘. 내 마음속에 이언의 속삭임이 흘러들어왔다.

카를로스가 내 손을 잡아끌어 나를 소파로 데려가 앉혔다. 그는 의자를 하나 끌어와서 내 맞은편에 앉아 내 손을 꽉 잡았다.

"그를 이렇게 열정적으로 사랑해준 여자가 있으니 제임스는 아주 운이 좋은 남자예요. 그 사람에 대해 말해줘요. 왜 그렇게 그가 필요한지 말해줘요."

"기억이 돌아오기 시작하면 어쩌려고요?"

그의 눈에 회한이 가득 찼다. "그런 시작은 없을 거예요. 당신과 나 둘 다 변화란 갑작스레 찾아온다는 걸 알잖아요. 만약 그런 일이 생긴다면. 하지만 그런 일은 없을 거예요."

나는 카를로스의 말을 믿지 않았다. 제임스는 아직도 우리와 같이, 그의 안 어딘가에 있었다. 나는 우리의 맞잡은 손을, 손가락이 얽히고 따뜻한 살이 맞붙은 그 두 손을 천천히 뜯어봤다. 내가 그 없이 집에 갈 수 있을 정도로 강할까? 그가 아주 먼 곳에서 나 없이 여전히 살아 있는데 내가 새 인생을 살 수 있을까?

나는 낙심해서 한숨을 쉬었다. 그리고 우울한 마음으로 이 현
실을 받아들이면서 카를로스에게 우리의 이야기를 해줬다.

28장

제임스가 실종된 날 이후로 나는 모든 걸 그대로 놔뒀다. 집에 있는 그의 화실. 벽에 걸린 그림들. 우리 옷장에 있는 그의 옷들. 내가 멕시코에 오기 전에 나디아가 말한 것처럼 제임스의 사진이 사방에 걸려 있었다.

나는 모든 것을 계속 붙들고 있었다. 그가 내 옆에 있는 미래에 대한 꿈들. 그가 아직 살아 있으며 곧 집에 올 거라는 희망. 우리가 함께한 삶에 대한 기억들. 내가 누구에게도 절대 말하지 않겠다고 맹세한 그 기억까지.

그것은 힘든 약속이었지만 제임스를 위해 지켰다. 그가 준비가 됐을 때 우리는 같이 노력해 그 트라우마를 치유할 것이었다. 그는 때가 되기 전에는 그 시련에 대해 나와 이야기하길 꺼렸는데, 이제야 그가 너무 두려워서 피했던 게 아닌가 하는 생각이 들기 시작했다.

장례식을 치른 후 나는 혼자 고통스러워하지 않게 될 날이 언젠가는 오게 될지 궁금했다. 넌 아직도 모든 걸 마음에 담아두고 있어. 크리스틴이 몇 달 전에 그렇게 말했다. 만약 그녀가 내가 가슴에 묻은 비밀을 알고 있다면.

나는 내가 어떤 기분이었는지 제임스에게 딱 한 번만 말할 수 있기를 바랐다. 그날 그 목초지에서 그가 내게 어떤 기분을 느끼게 했는지. 나는 그때 혼자 두려움에 떨었다. 이제 그가 여기 있었다. 어떤 면에선 아니기도 하지만, 그가 지금 내 앞에 앉아서 내 말을 들을 준비를 하고 있었다.

카를로스는 내 손을 꼭 잡고 있었고, 나는 그런 접촉에 안심하면서 우리가 어떻게 만났는지 이야기해줬다. 제임스가 등장하는데 정작 그는 단 한순간도 기억하지 못하는 과거를 되살리는 건 기이한 느낌이었다. 나는 그의 가족이 아니라 우리 가족이 어떻게 그의 재능을 키워줬는지 설명했다. 우리의 첫 키스와 첫 댄스에 대해서도 이야기해줬다. 제임스가 대학에서 나를 보러 왔던 때가 기억나 저절로 미소가 지어졌다. 우린 우리의 목초지로 가 별들 아래서 사랑을 나눴다. 그러다 제임스가 내게 어떻게 청혼했는지가 떠올랐다.

나는 우리의 맞잡은 손을 바라보다 카를로스의 손에서 내 손을 뺐다.

"이야기가 아직 남았죠, 그렇죠?"

나는 고개를 끄덕이며 약혼반지를 잡아당겼다.

"그때 당신에게 무슨 일이 있었죠?" 그가 조심스럽게 물었다.

기억들이 내가 놔두고 온 검은 구덩이 속에서 스르르 기어 나와 천천히 앞으로 기어 오고 있었다.

"우린 우리 둘만의 특별한 장소인 산등성이 목초지에 있었어요." 잠시 후 내가 말했다. "제임스가 풀밭 위에 담요를 깔았죠. 언덕 꼭대기 너머로 해가 지는 모습을 같이 보고 나서 그가 청혼했어요."

❖

"내가 널 위해 해 지는 풍경을 그릴 거야, 많이 많이. 네가 이걸 껴준다면." 그가 내게 말했다. 그의 손바닥에 뚜껑이 열린 검은 벨벳 상자가 있었고, 그 상자 속에 백금 프레임에 정사각형 다이아몬드를 얹은 반지가 있었다.

"오! 아름다워." 내가 소리를 질렀다.

내가 손가락을 쫙 펼치자 제임스가 첫 번째와 두 번째 손가락 사이에 키스했다. 그리고 반지를 끼워줬다. 완벽하게 맞았다. 우린 완벽한 한 쌍이었다.

"결혼해줘, 에이미 티어니. 내 아내가 돼줘."

"그래!" 내 눈에 눈물이 맺혔다. 나는 두 팔을 벌려 그를 꽉 안았다. "천 번이라도 할 거야!"

"아, 다행이다." 그는 웃으며 날 안고 빙빙 돌았다.

내가 꺅 소리를 질렀다. "내가 안 한다고 할 줄 알았어?" 나는 그를 놀렸고, 그가 날 내려놓자 어지러워서 잠시 비틀거리다가 주저앉았다.

"아니." 그가 내게 키스했다. "차에 샴페인도 가져왔는걸. 여기서 기다려."

나는 제임스가 차를 향해 달려가 나무가 별로 없는 숲속으로 사라지는 걸 봤다. 트렁크 열리는 소리가 나더니 유리가 박살 나는 소리가 들렸다.

"자기 괜찮아?" 내가 소리를 질렀다.

"어, 괜찮아." 긴장된 목소리가 들려왔다. "거기 있어."

나는 일어서서 다이아몬드 반지를 햇빛에 비춰봤다. 보석이 반짝였다.

"완벽한 반지야, 제임스." 내가 이렇게 말하는데 뒤에서 발소리가 들렸다. 돌아선 나는 필과 마주했다.

그는 희미한 미소를 지었다. "안녕, 에이미."

나는 숨을 헉 들이쉬면서 뒤로 한 발짝 물러섰다. "여기서 뭐 하는 거야?"

"너와 같이 축하하고 있지."

"무슨 말인지 모르겠네. 제임스는 어디 있어?" 나는 필의 뒤쪽을 쳐다봤다.

"제임스는…바빠." 순간 그의 손이 튀어나와 내 턱을 꽉 쥐면서 엄지손가락이 내 뺨을 눌렀다. 그는 날 꽉 잡고 놓아주지 않았다.

공포가 마치 기름이 쏟아지듯이 천천히, 걸쭉하게 전신에 퍼졌다.

"지금 뭐 하는 거야?"

그는 정상이 아닌 것처럼 보였다. 눈은 흐릿했고 이마에서는 땀이 번들거렸다. 그가 나를 자기 가슴으로 끌어당겼고, 그의 손가락들이 내 살을 파고들었다. 그에게서 술 냄새가 났다. "넌 너무나 아름다워."

"필, 지금 날 아프게 하고 있잖아." 내가 소리를 질렀다.

"미안해." 그는 내 입술에 거칠게 키스했다. 그의 입에서 진 맛이 났다.

눈물이 솟구치면서 공포가 내 목을 할퀴어댔다. 나는 그의 품에서 가까스로 빠져나와 비틀거리며 뒷걸음질 쳤다. "제임스!" 나는 소리를 질렀다.

"제임스는 좆까라고 해!" 격노한 필의 얼굴이 보랏빛으로 변했다. 그는 내게 덤벼들어서 나를 땅바닥으로 밀쳐버렸다. 나는 바닥에 얼굴을 세게 부딪쳤다. 순간 내 폐에서 공기가 쉭 밀려 나갔다.

"네 남자 친구와 그놈의 빌어먹을 형이란 새끼가 내게서 모든 걸 뺏어갔어. 모든 걸." 그는 내 귀에 대고 고래고래 소리를 질렀다. "도나토는 내 회사야. 내 거라고!"

그는 손으로 내 머리통을 잡고 내 코를 흙 속으로 밀어 넣었다. 나는 비명을 지를 수 없었다. 숨도 쉴 수 없었다. 나는 손가락으로 땅바닥을 마구 할퀴었다.

"난 토머스 거는 벌써 뺏었어. 그 새끼는 빌어먹을 얼간이야. 내가 자기의 소중한 상품을 가지고 무슨 짓을 하고 있는지 짐작도 못하고 있지." 그의 말소리와 함께 지퍼 열리는 소리가 들렸다. 그는 내 양 발목에 자신의 발을 걸어서 내 두 다리를 좍 벌렸다.

"이제 제임스 차례야. 도나토는 제임스에게 똥만큼도 의미가 없지. 하지만 너! 넌 그 새끼에게 전부니까." 그의 숨소리가 내 귀에서 마치 터널 속에 있는 것처럼 울렸다. 내 얼굴로 그의 침이 사정없이 튀었다. 그는 내 스커트를 우악스럽게 끄집어 올리고 내 팬티를 옆으로 잡아당겼다. 팬티의 고무 밴드 부분이 내 살을 파고들었다.

"그 새끼가 내 걸 뺏어갔으니까 나도 뺏을 거야."

그는 내 안으로 손가락들을 힘껏 쑤셔 넣고 그대로 밀고 들어왔다. 타는 것 같은 통증이 느껴졌다. 내 폐가 타오르는 것 같았다. 거친 흙이 내 뺨으로 파고 들어오는 동안 나는 숨을 쉬려고 몸부림을 쳤다. 내 등을 누르는 압력, 나를 침범하는 역겨운 압력과 내 가슴을 바이스처럼 죄어오는 압력은 견딜 수 없을 정도로 거셌다. 내 시야의 가장자리가 흐려지다가 까맣게 변해갔다. 그러다 모든 압력이 사라졌다.

나는 짧고 빠르게 정신없이 공기를 들이마셨다. 그러면서 손과 무릎으로 땅바닥을 짚고 기침을 했다. 입에서 침과 범벅이 된 흙이 사정없이 튀어나왔다.

"에이미." 제임스가 내 앞에서 무릎을 꿇었다. "자기야." 그의 목소리는 참담했다. 그는 손으로 내 등을 쓸어내리면서 내 옷매무새를 바로잡아 줬고, 땀으로 범벅이 된 내 얼굴에 달라붙은 머리카락을 뒤로 넘겨줬다. "내가 왔어."

담즙이 올라왔다. 나는 그의 손을 밀치고 옆으로 기어갔다. 그러고는 몸을 들썩이며 모든 걸 토해냈다. 모든 걸. 필의 더러운 손길만 빼고. 그의 손의 역겨운 느낌을 떨쳐버릴 수가 없었다.

제임스가 옆으로 와서 나를 일으켜 세웠다. 그의 손도 사정없이 떨리고 있었다.

"가자, 어서 여기서 빠져나가자."

나는 제임스 뒤쪽을 힐끗 봤다. 필이 키 큰 풀 위에서 움직이지 않고 엎드려 있었다.

"필은…?"

"살아 있어. 보지 마." 제임스는 담요를 챙겨서 나를 데리고 서둘러 차로 갔다.

"저기 그냥 저렇게 놔두고 갈 거야?"

"응, 그럴 거야." 그는 나를 조수석에 앉히고 문을 쾅 닫았다. 그러고는 운전석으로 달려와 문이 닫히기도 전에 시동을 걸었다. 차가 끼이익 소리를 내며 목초지를 떠나 언덕을 미친 듯이 달려 내려왔다.

나는 몸을 떨기 시작했다. 작은 떨림이 점점 커져서 지진이 난 것처럼 전신이 격렬하게 떨렸다.

"이제 끝났어, 에이미."

마른 풀과 잔가지들이 내 스커트에 달라붙어 있었다. 손톱마다 흙이 끼어 더러웠다. 나는 그것들을 깨끗하게 하려고 애썼다.

"난 더러워. 너무나 더러워. 우리 집에 가야 해. 날 집에 데려다 줘." 내 뱃속에 메스꺼움이 똬리를 틀었다.

"우린 그럴 수 없어…씨발!" 제임스가 핸들을 손으로 쾅 내리쳤다.

"우리 부모님이 우리를 기다리고 계시잖아. 우리가 가지 않으면 꼬치꼬치 캐물으실 거야. 특히 엄마가. 필이 집에 도착하기 전에 우리가 먼저 가야 해."

나는 구역질을 했다. "필이 집에 온다고?"

"그 자식은 분명 안 오는 게 신상에 좋겠지만 그래도 모험을 할 순 없어. 먼저 너희 부모님에게 잠깐 들렀다가 가자. 청혼한 후에 들른다고 아버님에게 약속했어."

나는 선바이저에 붙어 있는 거울을 보고 훌쩍거렸다. 나뭇잎과 풀이 머리에 엉겨 있었다. 그리고 오른쪽 뺨과 턱은 긁힌 자국 투성이였다. 거기다 턱에는 멍이 크게 들었다. 화장은 다 지워졌다. 나는 더듬더듬 마스카라를 집어서 바르려고 애썼다. 하지만 광대뼈에 얼룩이 묻었다.

제임스가 도로 옆으로 방향을 틀었고, 운동 가방에서 수건을 꺼냈다. 수건에 물을 붓는 그의 손이 덜덜 떨렸다. "날 봐." 그는 조심스럽게 내 얼굴을 닦아줬다. "필에 대해 아무에게도 말해선 안 돼. 네 부모님, 우리 가족, 우리 친구들. 그 누구도 오늘 무슨 일이 있었는지 알아선 안 돼. 내 말 이해해?" 제임스는 내 턱에 생긴 긁힌 자국에서 흙을 닦아냈다. 따끔해서 내가 몸을 움직이자 제임스가 달랬다. "도나토에 안 좋은 일이 일어나고 있는데 거기에 필이 관련돼 있어." 그는 내 핸드백에서 컨실러를 꺼냈다. 그리고 내 뺨에 파우더를 톡톡 두드려 화장을 해줬다. "필은 내가 처리할게. 그 자식은 다시는 널 해치지 못할 거야." 그는 마스카라 튜브의 뚜껑을 열었다. "자, 위쪽을 봐." 내가 그렇게 하자 그는 화가 특유의 꼼꼼한 손길로 마스카라를 발라줬다. "널 보호하는 게 내 일이야. 난 항상 널 안전하게 지켜줄 거야. 내 말 알아들었어?"

나는 숨을 들이쉬고 고개를 끄덕였다.

"날 봐, 자기야."

나는 제임스와 눈을 마주쳤고, 그의 무시무시한 분노에 더럭 겁이 났다. 그의 눈은 유리처럼 단단했고 얼굴은 강철처럼 굳어 있었다.

"필이 네 옆에 오지 못하게 내가 조치할게. 그 자식은 절대로 널 건드리지 못할 거야."

제임스의 관자놀이에서 피가 흘러내려서 내가 훌쩍훌쩍 울었다.

"자기 다쳤어." 내가 그의 머리에서 피가 엉겨 있는 곳을 만지자 그가 움찔했다.

"심각한 건 아니야. 그냥 상처일 뿐이야."

나는 그에게서 수건을 받아 물을 더 부었다. 그리고 수건으로 그의 얼굴을 부드럽고 가볍게 톡톡 치면서 하얀 수건이 피가 묻어 분홍색으로 변하는 걸 봤다. "사랑해."

"알아." 제임스는 잠시 눈을 감았다. "맙소사, 이렇게까지 해야 하다니 나도 너무 싫지만 우린 가야만 해. 너희 부모님이 우리를 기다리고 계셔. 우리가 늦으면 이것저것 물어보실 거야."

"하지만 나도 궁금한 게 있어. 필은 자기를 해치려고 이런 짓을 했어. 필이 제 입으로 그렇게 말했단 말이야. 왜, 제임스? 둘 사이에 무슨 일이 있는 건데?" 내가 울면서 말했다.

제임스가 내게 '쉬' 소리를 냈다. 그는 내 얼굴을 부드럽게 잡고 내 이마에 자기 이마를 갖다 댔다. "때가 되면 다 대답해줄게. 약속해." 그는 차마 흘리지 못한 눈물로 목이 메어 말했다. "그때까진 내가 널 안전하게 지켜주리라는 걸 믿어야 해. 제발, 제발, 날 믿어줘."

"오케이." 나는 마지못해 허락하고 억지로 필을 몰아냈다. 내 영혼의 아주 깊숙한 곳으로.

우리는 차를 타고 우리 부모님 집에 가서 억지로 미소를 지었다. 샴페인으로 건배하며 넷이서 한 병을 비웠다. 더 많이 마실수록 목초지에서 일어난 일을 잊기가 쉬워졌다.

그다음에 우리는 걸어서 제임스의 부모님 집으로 가 우리 집에서 했던 일을 다시 하려고 했다. 우리가 도착했을 때 집은 조용했다.

"집에 누구 있어?" 내가 제임스에게 물으면서 거실로 들어갔다. 수납장 위에 올려둔 은제 버킷 안에 샴페인이 차갑게 보관돼 있었다. 적어도 우리가 올 줄 알고 있었던 모양이었다.

제임스의 얼굴이 걱정으로 어두워졌다. 그는 거실을 둘러봤다. 그의 아버지는 와병 중이었다. 나는 그의 손에 내 손을 밀어넣었다. "어서 부모님을 찾으러 가자."

바로 그 순간 클레어 도나토가 두 팔을 벌리며 들어왔다. "축하한다!" 그녀는 노래를 부르듯 말하고 나서 제임스를 안았다.

그다음엔 내게로 돌아서서 내 손을 꼭 잡았다.

"우리 가족이 된 걸 환영한다. 새로운 도나토를 맞게 돼서 설레는구나."

나는 억지로 미소를 짓다가 턱에 통증이 느껴져 순간 움찔했다.

"너, 우리 성을 따를 계획이니?" 그녀가 내 반응을 오해해서 물었다. "네가 네 성을 그대로 쓰는 일은 없길 바란다. 우리 성에 네 성을 하이픈으로 연결해서 쓰는 건 더 망측한 일이고."

"음, 저는…" 내 목소리가 작아졌다. 나는 제임스를 봤다.

그는 성난 눈으로 엄마를 보다가 샴페인을 따러 갔다. 펑! 그 소리가 경직된 공기에 파문을 일으켰다. 나는 헉 소리를 냈고 클레어는 깜짝 놀랐다. 그녀는 제임스를 무시하는 눈으로 바라봤다.

"도나토라는 성을 갖게 돼서 영광이에요. 전 제임스를 사랑해요." 내가 서둘러 말했다.

"물론 그래야지, 아가."

제임스가 샴페인을 길쭉한 잔 두 개에 따랐다. "아버지는 어디 계세요?"

"아버지 방에 계신다. 오늘 밤은 몸이 안 좋으시단다." 클레어는 미안해하는 표정으로 나를 바라봤다. "오늘 그이의 폐가 말썽을 부려서 말이야."

제임스는 자기 엄마를 슬쩍 보면서 세 번째 잔에 샴페인을 따랐다.

"아버지의 다음 번 검사는 언제예요?"

"너도 아버지를 잘 알잖니. 너와 토머스를 합친 것보다 더 고집이 센 양반이니."

제임스는 엄마가 놓은 덫에 걸려 입씨름을 벌이는 대신에 그저 고개를 흔들고 말았다. 그는 엄마에게 샴페인을 한 잔 건넸다.

그녀는 우아한 어깨를 으쓱했다. "네 아버지가 시거를 포기하지 않을 작정이라면, 의사를 다시 찾아가지도 않을 거다. 의사에게 가는 걸 최대한 미루겠지. 간호사가 잡아놓은 예약도 벌써 두 번이나 취소했어."

제임스는 기분이 좋아 보이지 않았다. 그는 얼굴을 찌푸리더니 내게 한 잔 줬다.

"결혼식은 언제니?" 클레어가 물었다.

"아직 날짜는 안 정했어요. 아마도 내년 여름? 7월?" 나는 어쩌면 좋겠냐는 표정으로 그를 봤다.

"그거 좋겠네. 우리 교회에서 하렴."

"우리 계획이 있어요." 제임스는 내 손을 잡고 날 가까이 끌어당겼다. "우리는 올드 아이리시 고트에서 피로연을 할 계획이에요."

클레어의 표정이 일그러졌다. "아, 그건 안 된다. 절대 안 될 말이야. 그 레스토랑은 너무 작아."

"그 레스토랑은 에이미 부모님 거예요. 두 분이 너그럽게도 우리 피로연을 준비해주기로 하셨어요."

"우리 손님들이 다 앉기엔 턱없이 부족해. 그 사람들을 다 어디에 앉힐 거니?"

나는 손가락으로 샴페인 잔의 손잡이를 불안하게 만지작거렸다.

"사실 제임스와 저는 소박한 결혼식을 원해요. 가까운 친구들과 가족만 초대하는." 가족에 그의 사촌인 필은 포함시키지 않고. 내 뱃속이 죄어들었다.

현관문이 쾅 소리를 내며 닫혔다. 내 몸이 뻣뻣해지면서 눈이 커지는 사이에 제임스와 나는 눈빛을 교환했다. 복도에서 크게 함성이 들렸다.

"어디서 결혼식 종소리가 들리나?"

토머스가 거실 문간에 나타났다. 나도 모르게 안도의 한숨이 나왔다. 제임스가 내 손을 꽉 쥐었다.

토머스가 우리에게 다가왔다. 그는 나를 안고 내 뺨에 쪽 소리가 나게 키스했다. "축하해. 우리 가족이 된 걸 환영해, 꼬마 에이미." 그는 장난으로 내 턱을 치는 척하다가 내가 화장으로 감춘 긁힌 부분을 스쳤다. 나는 이를 악물고 숨을 들이쉬었다. 토머스는 장난스럽게 제임스의 어깨를 밀쳤다가 그를 힘껏 끌어안았다. 제임스는 재빨리 형을 밀어냈다. 가족에 대한 그의 인내심이 한계에 도달해 있었다.

"방금 에이미가 결혼식을 어떻게 할 건지 이야기하고 있었다." 클레어가 토머스에게 설명하면서 그에게 샴페인을 한 잔 줬다.

"제임스, 필을 네 들러리 중 하나로 세우는 게 어떠니?"

내 얼굴에서 핏기가 싹 가시는 게 느껴졌다.

토머스는 눈을 가늘게 뜨고 나를 봤고 제임스는 이를 악물었다.

"그러고 싶지 않아요."

"그는 우리 가족이야, 제임스."

"결혼식 파티는 나중에 의논해요, 엄마." 그가 열의 없이 말했다.

토머스는 거의 입도 대지 않은 샴페인 잔을 수납장 위에 내려놨다.

"그럼 에이미, 우리 엄마와 결혼 계획에 대해 의논하게 자리를 비켜줄게." 그는 한 손가락을 들어 제임스에게 따라오라는 시늉을 했다. "너 시간 있니? 얘기 좀 하자."

제임스의 얼굴이 굳어졌다. "그래, 얘기해." 그는 내 이마에 키스한 뒤 괜찮은지 물었다. 내가 고개를 끄덕이자 그는 곧 돌아오겠다고 중얼거리고 나갔다.

클레어는 자기 잔을 토머스의 잔 옆에 놓고 매니큐어 바른 손톱으로 내 머리를 쓸어내리면서 웨이브를 다독였다. 그러다 마른 잎 하나를 머리카락에서 떼어내며 한쪽 눈썹을 찌푸렸다.

"이 머리만 어떻게 좀 하면 넌 아주 예쁜 신부가 되겠구나." 그녀는 고개를 흔들면서 중얼거렸다. 그러더니 쯧 하고 혀를 차며 말했다. "너 화장이 너무 진하다."

❖

클레어를 상대하느라 기진맥진한 20분이 지난 후 나는 화장실에 가겠다는 핑계를 대고 간신히 클레어와 그녀의 결혼 계획에서 해방됐다. 고맙게도 집 전화의 벨이 울려서 클레어는 전화를 받았다.

나는 제임스를 찾으러 갔다. 그의 목소리가 복도로 흘러나왔다. 이중 문 밑으로 불빛이 흘러나오고 토머스의 강경한 목소리도 흘러나왔다.

"난 필을 해고할 수 없어. 그랜트 삼촌이 그건 금지해놨잖아."

빠끔히 열린 문을 통해 제임스가 한쪽 옆에 서 있는 게 보였다. 화가 난 그의 얼굴이 일그러져 있었다. 토머스는 방 안을 이리저리 걸어 다니고 있었다.

"내가 필을 처리할게." 제임스가 대꾸했다.

"필은 네 책임이 아니야."

"잘 들어봐. 내게 계획이 있어."

그들이 목소리를 낮췄다. 나는 숨을 참고 그들이 하는 이야기를 들어보려고 애썼다. 나지막하게 그들의 말소리가 들렸다.

"이 일에 마약단속국을 끌어들이면 우리 모두 감방행이야." 제임스가 설명을 마치자 토머스가 비난했다.

"그럼 내가 그를 처리할 수 있게 놔둬. 내 계획은 성공할 거야."

"개소리!" 토머스가 폭발했다. "네 계획은 쓰레기야. 필은 지금 제정신이 아니야. 그러다 네가 죽을 거라고."

나는 헉 소리를 내면서 한 손으로 입을 틀어막았다.

"맙소사! 목소리 좀 낮춰." 제임스가 순간 방문을 힐끗 봤다.

나는 문에서 얼른 물러났다. 대체 무슨 일이 일어나고 있는 거야?

"필의 사업을 제거하는 데 1년만 줘. 필을 잘라내는 데 최대 2년은 걸릴 거야." 토머스가 애원했다.

"아니야, 지금 처리해야 해. 기다리는 건 이제 질렸어." 제임스가 쏘아붙였다. "그리고 필이 더러운 돈으로 사들인 상품을 수출할 때 우리 가문 사람들처럼 모르는 척하는 것도 그만할래. 필이 저지르는 불법은 이제 멈춰야 해. 아니면 난 그만두겠어."

토머스가 얼굴을 벅벅 문질렀다. "난 시간이 필요해, 제임스. 그런데 넌 시간을 안 주…"

그때 넓적한 손 하나가 내 어깨를 잡았다. 나는 깜짝 놀라서 뒤로 돌아섰다. 에드거 도나토가 강인한 눈빛으로 나를 보고 있었다. 그러더니 입술에 집게손가락을 대고 장난스럽게 미소를 지었다. "나와 같이 가자."

샴페인을 마신 데다 방금 들은 이야기 때문에 나는 머릿속이 혼란스러웠다. 내 시선이 제임스와 그의 아버지 사이를 왔다 갔다 했다.

어마어마하게 비대한 에드거 아저씨는 지팡이를 짚고 산소 탱크를 끌면서 뒤뚱거리며 걸어갔다. 산소 탱크 바퀴가 대리석 타일 위로 덜덜 소리를 내며 굴러갔다.

나는 빠끔히 열린 문틈으로 마지막으로 한 번 더 안을 힐끗 본 후에 에드거 아저씨를 따라갔다. 토머스가 한 말이 무슨 뜻인지 나중에 제임스에게 물어봐야지. 한 가지 확실한 건 제임스만큼이나 나도 제임스가 가족 사업에서 빠지길 원한다는 것이었다.

에드거 아저씨는 나를 서재로 데려가더니 곧바로 술을 넣어둔 장식장으로 갔다. 그러고는 호박색 액체가 가득 차 있는 크리스털 디캔터의 뚜껑을 열었다. 아저씨는 한 잔에는 손가락 두 마디만큼 따르고 다른 잔에는 네 마디만큼 따랐다.

"술 드셔도 되나요?" 아저씨가 내게 더 적게 따른 잔을 건넬 때 내가 물었다.

"아가." 아저씨는 점액이 들어찬 목을 헛기침으로 가다듬으면서 입을 열었다. "내 몸은 돌아올 수 없는 곳으로 이미 넘어가 버린 상태란다. 이제 끝을 향해 가기 시작했으니 그걸 돕는 것 말고는 달리 내가 할 수 있는 게 없어." 아저씨는 잔을 들어 입술에 대고 킬킬 웃었다. "건배!" 그는 첫 모금에 잔을 절반이나 비우고 덧붙였다. "우리 가족이 된 걸 환영한다."

나는 술의 냄새를 맡아봤고, 망설이다가 한 모금 마셨다. 아저씨가 내 잔의 밑바닥을 톡톡 쳐서 잔의 각도를 높였다. 나는 재빨리 꿀꺽꿀꺽 마셔버렸다. 위스키가 내 목구멍을 태우면서 뱃속으로 들어가 구멍을 하나 판 것 같은 느낌이었다. 저절로 윽 소리가 나왔다.

에드거 아저씨는 어깨를 실룩이며 웃었다. "네가 시집오는 이집에서 살아남으려면 그게 더 많이 필요할 거다. 그러니 지금부터 시작하는 게 낫지."

아까 샴페인을 마신 데다 위스키까지 마시니 정신이 몽롱해졌다. 뱃속이 배배 꼬이는 느낌이었다.

에드거 아저씨는 등이 높고 푹신한 안락의자로 가서 앉았다. 그리고 지팡이와 탱크를 옆에 놨다. 곧바로 크고 요란하게 가래 끓는 기침이 터져 나와 도무지 그치질 않았다. 그의 몸 전체가 부들부들 떨렸다.

"걱정하지 마라." 아저씨는 기진맥진하고 숨을 잘 못 쉬면서도 입을 열었다. "넌 금방 익숙해질 거야. 술이란 마실수록 더 맛이 좋아지는 법이니까. 언젠가는…" 그는 지팡이로 스카치를 가리켰다. "조니 워커만이 이 가족과 살면서 미치지 않게 널 지켜주는 유일한 것이 될지도 몰라."

나는 순간 얼른 문을 봤다. 그 자리가 불편해진 나는 침을 꿀꺽 삼켰다. 제임스와 알고 지낸 오랜 세월 동안 그의 아버지와 단둘이 있는 건 이번이 처음이었다. 전에는 아저씨와 말을 나눠본 적이 거의 없었다.

"이리 와라, 이리. 와서 앉아." 그가 옆에 있는 의자를 톡톡 두드리며 말했다.

나는 앉아서 내 잔에 들어 있는 술의 불같은 맛을 용감하게 한 번 더 맛봤다.

"난 널 좋아한다, 에이미. 항상 좋아했지. 네 부모님도 좋은 분들이시고."

나는 놀라 이마를 찌푸렸다.

"넌 제임스에게 좋은 사람이야. 제임스에겐 네가 필요해." 아저씨는 미소를 지었지만 이내 눈빛이 슬퍼졌다.

"토머스는 제 엄마를 너무 많이 닮았다. 그 자식은 어떤 목표를 추구할 때면 가차 없이 무모해지지. 자기 혼자서 세상과 맞설 수 있다고 믿는 아이야. 하지만 제임스는…" 아저씨는 고개를 끄덕였다. "제임스를 보면 내 동생이 떠올라. 동생은 활기 넘치는 몽상가였지."

"저는 절대 그의 꿈을 막지 않을 거예요. 그가 원하지 않는 사람이 되라고 강요할 수 없…" 나는 지금 내가 누구에게 이야기하고 있는지 깨닫고 말을 멈췄다. 아저씨야말로 제임스가 원하는 인생을 살 수 없게 막았던 사람이니까. 나는 헛기침을 하고 내 잔으로 시선을 돌렸다.

"오래전에 네 충고를 들었어야 했는데. 난 두려웠다…" 아저씨의 목소리가 멀어지고, 아저씨의 시선이 허공을 배회했다.

나는 아저씨의 솔직한 말에 얼굴을 찌푸렸다. 이건 어쩌면 아저씨가 복용하는 약 때문인지도 모른다. 그래서 그가 이렇게 느닷없이 솔직해졌을 것이다. 그러다 문득 생각했다. 아저씨의 초점이 맞지 않는 시선과 자신의 몸 상태를 조용히 받아들이는 태도. 회한으로 가득한 삶을 돌이켜보면서 괴팍했던 성격도 유순해지는 인생의 말년.

에드거 도나토는 제임스가 그동안 내게 보여주지 않아서 이제야 내가 깨닫기 시작한 그의 세계에 홀로 남아 있는 아주 외로운 사람이었다.

그가 계속 아무 말이 없기에 내가 물었다. "뭐가 두려우세요, 아저씨?"

그가 고개를 홱 들었다. "응? 아, 아무것도 아니다." 그는 자신의 주먹에 대고 기침을 했다. 다시 발작이 시작되면서 기침도 더 격렬해졌다.

나는 장식장으로 가서 그를 위해 물을 따랐다. 그가 다시 평정을 찾았을 때 나는 서재를 둘러보다가 반대쪽 벽에 걸려 있는 도나토 가문의 문장이 담긴 액자 앞으로 갔다. "제임스가 학교에서 발표하는 날에 가문의 문장을 들고 왔던 게 기억나요." 나는 그와 대화하기 위해 그 화제를 꺼냈다. "몇 년 전 일이었어요. 제임스는 문장의 독수리에 대해 다 이야기해줬죠."

"무슨 독수리 말이냐?" 기침으로 목이 막힌 에드거 아저씨가 물었다.

"저기 저거 말이에요. 아저씨 가문의 문장."

그는 자세를 바꾸면서 고개를 들었다. 그리고 큰 소리로 웃었다.

"저건 내 가문의 문장이 아니다. 클레어의 가문이지." 그는 잔을 기울여 남은 술을 마저 마셨다.

나는 입을 떡 벌렸다.

"에이미? 갈 준비 됐어?"

나는 의자에서 몸을 돌렸다. 제임스가 문간에 서 있었다.

433

29장

"에이미, 당신 괜찮아요?"

나는 눈을 깜박이고 카를로스를 봤다. 그는 방의 맞은편 의자에 뻣뻣하게 앉아 있었는데 얼굴이 창백했다. 나는 멍한 얼굴로 주위를 둘러봤다. 내가 이야기를 하면서 방 안을 이리저리 걸어다닌 모양이었다. 내 손가락은 약혼반지를 꽉 움켜쥐고 있었다.

"에이미…?" 그는 아까보다 좀 더 단호한 말투로 물었다.

나는 주위에 있는 모든 걸 눈여겨봤다. 어두운 오렌지색 페인트를 칠한 벽들, 마호가니 목재 바닥, 장식용 쿠션들이 놓인 과감한 디자인의 가구들(모두 여성의 손길이 닿은 것들), 한쪽 구석에 치워놓은 장난감. 그리고 엄마를 잃기 전 완전했던 한때의 가족을 보여주는 사진들. 여기서 카를로스는 내가 제임스를 필요로 하는 것보다 더 필요한 사람이었다.

나는 이제 그 사실을 이해했다. 우리 관계를 돌이켜보니, 내가 제임스를 열렬히 사랑하긴 했지만 결점들도 보였다. 제임스는 자신을 불편하게 만들었던 문제들은 다 뒤로 미뤄놨고 나는 거기에 너무 쉽게 따랐다. 제임스는 자기 가족에게 필에 대해 말했어야 했다.

카를로스가 충격을 받은 표정으로 나를 물끄러미 보는 동안 나는 제임스와 결혼하는 것이 나에겐 최선이 아니었을지도 모른다는 사실을 깨달았다. 그가 멕시코로 떠난 뒤의 19개월 동안, 그 시간이 너무나 힘들긴 했지만, 나는 전보다 더 강해지고 자신감을 갖게 됐다. 또한 나는 내가 일궈놓은 인생을 잃고 싶지 않았다.

내 머릿속에서 목소리 하나가 속삭였다. 한동안 듣지 못했던 목소리였다.

이젠 놔줘도 괜찮아, 에이미.

내 눈이 커졌다. 지금까지 바람결에 실려 와 내게 말을 걸고 눈물로 나를 어루만진 사람은 제임스가 아니었다. 그건 나였다. 앞으로 전진할 수 있을 정도로 용감한 나의 일부였다. 내가 혼자서 잘 살아갈 수 있다는 걸 알고 있는 나.

카를로스가 방을 가로질러 내게 왔다. 나는 반지를 제임스가 끼워준 후 처음으로 손가락에서 뺐다. 그것은 내게 완벽하게 맞았지만 완벽이란 것 역시 환상일 수 있었다. 나는 반지를 벗은 내 손가락, 보드랍고 창백한 분홍색 손가락을 물끄러미 바라봤다. 그러고는 카를로스의 손을 들어 올려 그의 손바닥 한가운데 반지를 올려놨다.

"지금 뭐 하는 거예요?" 그가 반지를 감싸 쥐면서 물었다.

"오래전에 했어야 할 일이요. 나는 전에 제임스에게 절대로 그의 꿈에 간섭하지 않겠다고 약속했어요. 사실 그가 자기 부모님에게 질질 끌려다니는 게 너무 싫었어요. 나는 그가 도나토 회사를 떠나서 갤러리를 열고 화가가 되길 원했어요. 그랬다면 더 풍성하고 충만한 삶을 살았을 텐데. 그는 그러려고 했어요, 바로…" 나는 침을 꿀꺽 삼키고 서둘러 숨을 들이쉬었다. "바로 죽기 직전에요." 나는 고개를 들어서 카를로스를 봤고, 마침내 제임스를 발견했다. "그런데 당신을 봐요, 당신이 그걸 해냈어요. 당신은 당신이 이루고자 했던 삶을 살고 있어요. 그걸 내가 당신에게서 뺏어갈 순 없죠. 당신이 아닌 사람이 되라고 당신에게 강요할 순 없어요. 난 절대 당신 부모님이 당신에게 했던 것처럼 그러지 않을 거예요."

"에이미…"

"아뇨…아니요, 이건 좋은 일이에요. 당신은 자신만의 가족을 꾸리길 원했어요. 당신이 자란 가족은 너무나…"

"비정상이었으니까?" 카를로스가 말했다.

"좋게 표현해서 그렇죠." 나는 그에게 이해한다는 미소를 지어 보였다. "당신 아이들에게는 당신이 필요해요."

그리고 집에서는 내가 필요하다. 나는 내 카페와 막 내린 커피와 따뜻한 향신료들의 냄새가 그리웠다. 케이크와 스콘들의 달콤한 냄새. 새 손님이나 단골손님이 들어오는 걸 알리는 문의 종소리. 우리 가게 주방장 맨디, 항상 내기를 걸어서 푼돈 좀 벌어볼까 궁리하는 에밀리가 그리웠다. 무엇보다 이언이 그리웠다. 그가 없었다면 에이미네는 지금의 카페가 되지 못했을 것이다. 나도 그가 없었다면 지금의 이런 내가 되지 못했을 것이고. 정서적으로나 육체적으로나 모든 면에서. 나는 그를 잃고 싶지 않았다.

"맙소사, 에이미…당신이 얘기해준 모든 것." 카를로스가 다시 욕설을 내뱉으면서 뒷목을 문질렀다. "당신 괜찮겠어요?" 그는 얼굴을 찌푸렸고, 내가 고개를 끄덕여도 못 믿는 눈치였다. 나는 몇 시간에 걸쳐 그에게 내 기억들을 들려줬는데 어떤 기억들은 다른 것보다 몹시 어둡고 음울했다. "정말 괜찮아요?"

나는 내 마음을 들여다봤다. 어둠을 몰아내자 내 상황을 침착하게 받아들이는 나의 일면도 보였다. 그런 면은 내 안에 한동안 있으면서 끈기 있게 내가 알아봐주길 기다리고 있었다. 나디아가 지금 나를 보면 감동할 텐데. 나는 이제 새 인생을 향해 움직이고 있으니까.

"이번에는 정말 괜찮을 거라고 확신해요. 괜찮은 것 이상이에요."

❖

카를로스가 나를 카사 델 솔에 내려줬을 때는 새벽 세 시 반이었다. 그는 차를 몰고 되돌아갔고, 나는 그의 차 미등이 사라질 때까지 보도에 서 있었다. 언제 그를 다시 보게 될지 알 수 없었다. 만약 다시 보게 된다면 말이다. 나는 그의 장례를 치렀을 때보다 바로 그 순간에 우리 관계가 완벽하게 끝났다는 걸 더 실감

했다.

무거운 몸을 이끌고 로비를 걸어가는데 이멜다가 나를 가로막았다. 그녀의 옷은 구겨져 있었고, 머리는 부스스했다. 그녀는 기진맥진한 것처럼 보였다. "토머스가 왔어요." 그녀가 알렸다.

나는 날카로운 눈으로 그녀를 봤다. "어디 있어요?"

"바에."

나는 넓은 출입구 너머의 호텔 라운지를 바라봤다. 희미한 조명 밑에서 바텐더가 카운터를 꼼꼼하게 닦고 있었다. 라운지는 저쪽 벽 옆의 테이블에 혼자 앉아 있는 남자를 빼면 텅 비어 있었다. 그의 앞에서 술병 하나와 잔 하나가 그를 지켜주고 있었다.

내가 들어가자 바텐더가 고개를 들고 나를 따라 토머스의 테이블로 왔다. 그는 내가 도착하길 기다리고 있었던 것처럼 나무 테이블 위에 깨끗한 잔을 하나 놓고 다시 바 뒤로 물러났다.

내가 토머스 맞은편 의자에 앉자 그가 천천히 고개를 들었다. 와이셔츠의 칼라 단추를 풀어놓고 넥타이를 느슨하게 매고 있었고, 양복은 구겨져 있었다. 마지막으로 봤을 때보다 몇 년은 더 나이 들어 보였다. 그가 카페에 커피 마시러 왔던 게 불과 몇 주 전이었는데, 얼굴 주름은 더 깊어졌다. 그는 빈 잔에 술을 따랐다. 호박색 액체가 잔 바닥으로 후드득 떨어졌다.

"제임스는 널 아주 많이 사랑했어. 내 형제들 둘 다 그랬고, 나도 널 아꼈지. 우리만의 정신 나간 방법으로 말이야." 토머스가 비꼬는 투로 말했다.

나는 급히 숨을 들이쉬었다.

그는 머리를 천천히 흔들었다. "더 이상 비밀은 없어."

저건 내 가문의 문장이 아니다. 클레어의 가문이지.

뭔가가 내 머릿속에서 움직이면서 퍼즐이 맞춰졌다. "필은 당신의 형제죠."

"그랜트 삼촌과 우리 엄마의 아들이지. 우리 엄마와 엄마의 오빠인 그랜트 삼촌은 아주 가까웠어. 그러다 삼촌이 우리 아버지를 고용했는데 엄마가 아버지와 사랑에 빠진 거지. 두 분이 결혼했을 때 아버지가 엄마 쪽 성을 받았어. 그게 아버지가 도나토 기업의 회장이 되는 데 도움이 된 것 같아."

제임스가 내게 자기 가족 이야기를 웬만하면 들려주지 않은 것도 당연했다. 엄마와 삼촌이 수치스러웠을 것이다. 게다가 필이 그 결합의 산물이었으니까. 도나토 가문은 그 비밀을 잘 숨겨 왔다.

나는 테이블로 시선을 떨구어 잔에 든 위스키를 봤다가 다시 그를 봤다. 그의 말이 맞았다. 이제 더 이상 비밀은 없어야 했다.

"필이 나를 아꼈다는 말은 믿지 않아요. 제임스가 청혼하던 날 필이 나를 강간하려 했으니까."

토머스는 놀라서 몸을 뒤로 젖혔다. "망할, 에이미. 난 몰랐어." 그는 내게서 시선을 돌려 저쪽 구석을 봤다. "이제야 다 이해가 되는군. 제임스가 왜 그렇게 필을 없애려고 혈안이 됐었는지."

"그는 어디 있죠?"

토머스가 다시 내게 얼굴을 돌렸다. "필? 그는 다시는 널 괴롭히지 않을 거야."

그의 말은 어쩐지 다 끝났다는 말처럼 들렸다.

"제임스에게 무슨 일이 있었죠? 왜 우리에게 거짓말했어요?"

19개월 동안의 고통과 상실감이 그 질문들과 함께 쏟아져 나왔다. 내 눈가에 눈물이 맺혔다.

"나는 필에게서 제임스를 보호하고 있었어. 필은 도나토 기업을 전면에 내세워 뒤에서 마약 자금을 세탁하고 있었어. 그는 마약 자금으로 우리 가구를 사서 그걸 멕시코로 수출했지. 그러면 마약 카르텔이 그 가구들을 멕시코에서 페소를 받고 판 뒤 그 돈을 자기 은행 계좌에 넣는 거야." 토머스는 귀에 거슬리는 목소리로 말했다. "필은 우리를 파멸시키고 싶었던 거지. 그랜트 삼촌이 도나토 기업을 우리 아버지에게 남겼는데 우리 아버지는 그걸 필이 아닌 내게 물려줬어. 필은 자신이 회사를 맡을 권리가 있다고 여겼고."

그들은 내게서 모든 걸 뺏어갔어. 그때 필이 했던 말이 머릿속으로 다시 몰려왔다. 그때는 그가 미쳤다고 생각했는데.

"아버지와 나는 마약단속국에 협조하고 있었어. 그들은 필보다 더 큰 물고기를 잡으려고 추적 중이었지. 우리는 필이 무슨 짓을 하고 있는지 모르는 척하면서 마약단속국이 원하는 놈들을 잡을 때까지 필이 사업을 계속할 수 있게 해야 했지. 필이 어떤 놈들하고 일했는지 알아? 그들은 필이 무슨 짓을 하고 있는지 알아낸 사람은 누구든 주저하지 않고 죽여 없앨 인간들이었어."

제임스와 토머스가 말다툼을 했던 게 떠올랐다. 제임스는 마약단속국에 신고하자고 했지만 그때 이미 토머스는 그들에게 협조하고 있었던 것이다.

"제임스는 마약단속국이 그 일에 관련됐다는 걸 모르고 있었군요." 내가 추측했다.

토머스가 고개를 끄덕였다. "그때 아버지와 나는 회사에서 무슨 일이 일어나고 있는지를 사람들이 모를수록 우리와 회사에 대한 위험이 줄어들 거라는 데 동의했어. 이제 와서 생각해보면 제임스에게는 말해줬어야 했는데. 제임스는 머리가 기가 막히게 좋은 아이야. 우리 회계 장부를 조사해보고 필이 무슨 짓을 벌이고 있는지 금방 알아내더군."

"제임스가 당신에게 말했을 때 당신은 아무 조치도 취하지 않았고요." 내가 짐작했다.

"내가 손쓸 수 있는 상황이 아니었어. 이미 필에 대한 계획이 진행 중이었으니까. 그런데 제임스는 내가 아무것도 하지 않고 관심도 별로 보이지 않으니까 점점 초조해하더군. 그래서 혼자 멕시코로 가서 필과 맞선 거야. 이제 와서 필이 네게 무슨 짓을 했는지 알고 보니, 제임스는 필에 대한 분노가 머리끝까지 치밀었던 거야."

제임스는 정말 그랬다. 내가 우리의 목초지를 그린 그림을 벽에서 떼고 싶어 했을 때 제임스는 길길이 뛰었다. "그 빌어먹을 개자식이 우리 인생을 좌지우지하게 놔두면 안 돼." 제임스는 그렇게 말했다.

"제임스가 필과 만났을 때 무슨 일이 일어났는지는 나도 몰라. 제임스가 기억해내지 않는 한 우리는 결코 모를 거야. 필은 둘이 같이 낚시를 하러 갔는데 제임스가 배 밖으로 떨어졌다고 했어. 그래서 나도 그렇게 말한 거지. 내 생각엔 필이 제임스를 죽이려고 했던 것 같아." 토머스가 말했다.

나는 아무 말도 할 수 없었다. 이건 나로선 받아들이기 너무 힘든 상황이었다. 제임스는 집에서 일어난 이 모든 문제들과 싸우면서 날 보호하려고 했던 것이다.

"마약 수사 때문에 나는 모두 제임스가 죽었다고 믿게 놔둬야 했어. 그들은 필이 계속 그 돈 세탁 사업을 하길 바랐어. 제임스가 아직 살아 있다는 걸 필이 알게 돼서 필이 또다시 제임스를 죽이러 가는 사태가 벌어지지 않기를 바란 거지. 필이 또다시 제임스를 찾아내서 공격하면 제임스는 살아남을 수 없을지도 모르는 상황이었어. 그리고 멕시코 카르텔이 필을 제거해버리면 그 사건 수사도 물 건너가는 거고." 그는 엄지손가락으로 자신을 가리켰다. "나는 제임스를 보호하기 위해서 그를 계속 숨겼던 거야."

"하지만 그를 여기 내버려뒀잖아요." 내가 소리를 질렀다.

"원래는 여기 몇 주만 있을 예정이었어. 길어야 석 달. 하지만 몇 주가 몇 달이 되고, 곧 1년이 돼버렸어. 마약단속국이 수사를 마무리하는 데 예상보다 오랜 시간이 걸린 거야. 그때쯤엔 제임스가 카를로스로서 새 삶에 완전히 정착해버렸고."

"그는 아내를 만났죠."

"그때 이미 결혼해서 아이도 임신한 상태였지. 그는 라켈과 아주 빨리, 그리고 깊이 사랑에 빠져버렸어."

토머스가 손도 대지 않은 내 위스키를 마셔버리고 빈 잔을 빤히 바라봤다.

"난 네가 좀 더 일찍 알아낼 줄 알았어. 네가 고용한 사립탐정 때문에 파산할 뻔했지. 그 인간이 제임스가 어디 있는지 너에게 밝히겠다고 협박했거든. 그 자식의 입을 막기 위해 거액을 집어 줘야 했어."

이멜다를 매수한 것처럼. 나를 매수한 것처럼.

이건 받아들이기 너무 힘든 이야기였다. 게다가 이 정도면 충분히 들은 셈이었다. 이젠 집에 갈 시간이었다. 나는 일어서서 스커트를 반듯하게 폈다.

토머스가 고개를 홱 들더니 내 손목을 잡았다.

"미안해, 에이미."

나는 내 손목을 잡은 그의 손에서 그의 얼굴로 천천히 시선을 옮겼다.

"당신의 사과를 들어야 할 사람은 내가 아니에요."

"제임스는 어때? 집으로 돌아오겠대?"

"아니요. 그는 여기 있어야 해요. 하지만 그에겐 질문할 게 많아요. 여길 떠나기 전에 꼭 그를 만나봐요."

"넌 어쩌고? 집에 가는 거야?"

"거기가 내가 있어야 할 곳이죠. 내 카페."

나를 잡은 그의 손에 힘이 더해졌다. "난 네가 해낼 줄 알았어. 내가 조에게…" 내 몸이 굳어지자 토머스가 싱긋 웃었다. "그건 나였어. 리모델링 기간 동안 내가 너의 가게 월세를 냈지. 그것만이 조가 그 임대 계약에 동의할 수 있게 하는…"

나는 그가 잡고 있던 팔을 홱 빼버렸다.

"아, 뭐…난 돕고 싶었어." 그는 의자에서 일어나 바를 향해 가더니 바 앞의 의자에 털썩 주저앉았다.

나는 가려고 몸을 돌리다가 멈춰 섰다. "제임스가 정말 칸쿤에 가긴 갔어요?"

토머스는 고개를 흔들었다. "제임스는 자기가 필을 쫓으러 간 게 아니라 거기 출장 간 것으로 우리가 생각하길 원했어."

"그 관은요? 그 안엔 뭐가 있었죠?"

그는 공허한 표정으로 날 봤다.

"제임스의 장례식. 그의 관 안에 뭐가 있었냐고요?"

"모래주머니들." 그는 그건 별로 중요하지 않다는 듯이 어깨를 으쓱했다.

나는 잠시 고개를 돌리면서 눈을 감았다. 다시 고개를 돌렸을 때 토머스는 바를 향해 두 손으로 얼굴을 받친 채 앉아 있었다.

다시 돌아보지도 않고 작별 인사도 하지 않은 채 나는 바에서 나왔고, 그렇게 도나토 가문의 삶에서 빠져나왔다.

30장

"문 열어요, 에이미!" 이언이 소리 지르는 게 들렸다. 그가 문을 세게 두드렸다.

나는 열려 있는 여행 가방에 셔츠 한 장을 던져 넣고 다른 투숙객들이 뒤척이기 전에 서둘러 문을 열러 갔다. 새벽 다섯 시 반밖에 안 된 시각이었다.

내가 문을 홱 열자 그가 이글거리는 눈으로 방 안을 들여다봤다.

"맙소사! 내가 밤새 전화했잖아요. 어디 있었어요?"

"카를로스와 같이 있었어요."

그는 눈에 보일 정도로 거칠게 침을 꿀꺽 삼켰다. "내게 말했어야지. 걱정했잖아요."

"실수로 핸드폰을 방에 놔두고 갔어요. 밤새 나가 있을 거라곤 예상 못했어요. 미안해요."

"그래, 이멜다와 이야기했어요?"

나는 고개를 끄덕였다. "카를로스와도 이야기했어요. 그 사람이 내 방에 찾아와서 같이 저녁을 먹으러 나갔어요. 그다음에…"

"그 사람과 잤어요?" 그는 긴장한 목소리로 캐물었다.

"아니요! 아무 일도 없었어요." 내가 그에게 다가가자 그가 뒤로 물러났다. 나는 거기서 멈춰 섰다. "우린 이야기를 했어요. 그게 다예요."

"카를로스와 같이 집에 돌아가나요?"

나는 고개를 흔들었다. 그리고 습관적으로 손가락의 반지를 쓰다듬으려고 하다가 반지를 빼버렸다는 게 기억났다. 내 순간적인 동작에 이언의 관심이 쏠렸다. 그는 내 손을 봤다가 곧바로 내 얼굴을 봤다.

"당신 반지는 어디 있어요?"

"그에게 돌려줬어요."

이언은 자세를 고쳐서 정면으로 나를 바라봤다. 그는 내 몸을 머리부터 발끝까지 훑어봤다. 나는 억지로 긴장을 풀고 심지어 미소까지 조금 지었다. 그는 이마를 찌푸렸다. "어떻게 견디고 있어요?"

"난…괜찮아요." 나는 미소를 지으며 대답했다. 나는 그가 '우리'에 대해 뭔가 말해주길 바랐다. "…우린 괜찮은 거죠?" 나는 우리 둘 사이를 가리켰다.

그는 내 여행 가방을 힐끗 봤다. 그러더니 한쪽 눈썹을 치켜 올렸다. "짐 싸고 있는 거예요?"

"내가 여기에 있을 이유가 없잖아요." 나는 서랍장으로 갔다.

"더 이상은?" 그가 심술궂게 물었다.

"없어요. 이젠 나도 새 인생을 살 때가 됐어요." 나는 세탁할 옷을 한 무더기 집어 올렸다. "당신이 짐을 빨리 싼다면 오늘의 첫 비행기를 같이 탈 수 있을 것 같은데."

내가 그 빨랫감들을 가방에 넣는 동안 이언은 가만히 있었다. 나는 욕실로 가서 세면 용품과 화장품들을 챙겼다. 그리고 잠시 주위를 둘러본 후 방으로 돌아왔다. 이언은 발코니 문 옆에 두 손으로 허리를 짚고 서 있었다. 그는 새벽하늘을 바라보고 있었다. 내 눈이 그에게서 여행 가방으로 왔다 갔다 했다. "당신은 짐을 안 쌀 건가요?"

그는 고개를 저었다. "이멜다가 레이니 찾는 걸 도와주겠다고 약속했어요. 난 계획대로 내일 비행기를 탈래요."

나는 재빨리 코로 숨을 들이쉬면서 아랫입술을 깨물었다. 레이니-레이시에 대한 그의 관심을 까맣게 잊어버리고 있었다. 나는 세면 용품을 가방에 넣고 반지를 뺀 손가락을 잡아당겼다. "내가 도와줄까요?"

그는 나를 한참 지켜보다가 고개를 저었다.

가슴이 갑갑해졌다. "음…좋아요. 그럼 수요일에 카페에서 볼까요?"

그는 침착한 표정으로 나를 바라봤다. "나 거기 그만뒀잖아요. 기억나요?"

"아, 그렇죠. 맞아요." 나는 맥이 빠졌다. "음, 행운을 빌어요.

어머니를 찾을 수 있길 바라요. 뭐든 내가 도울 수 있는 게 있다면…알려줘요, 알았죠?"

이언은 천천히 고개를 끄덕이고 발코니로 다시 돌아섰다. 그는 머리를 살짝 틀었을 뿐이지만 그 동작만으로도 우리 사이에 머나먼 거리가 생겨났다. 내가 자기와 함께 여기 머무는 걸 그가 원하지 않았기 때문에 나는 우리 사이에 대해 다시 묻고 싶은 충동을 참았다. 그는 아무 말도 하지 않았다. 아마도 내가 망친 우리 우정을 회복하기엔 너무 늦은 것 같았다. 그는 마음을 열어 보였는데 나는 침대에 그를 혼자 두고 가버렸다. 그리고 우리에게 일어난 일이 일어나지 말았어야 했다고 말했다. 그것은 내가 할 수 있는 최악의 짓이었다. 그는 단지 나를 사랑해서 돕고 싶어 한 것뿐인데.

계속 짐을 싼 뒤 가방을 덮고 지퍼를 닫는데 지퍼가 옷에 걸리면서 나도 모르게 욕이 튀어나왔다.

"자, 내가 도와줄게요." 이언은 부드럽게 내 손을 밀어낸 뒤 옷이 걸린 부분을 정리하고 지퍼를 끝까지 채워줬다. 그러고는 돌아서서 손등으로 내 뺨을 스쳤다. 나는 숨을 헉 들이쉬었다. 그는 팔을 내리고 가방을 침대에서 들어 내렸다. "택시까지 바래다줄게요."

갓돌에서 그는 작별 인사로 나를 포옹했다. 키스도 없었고, 나중에 다시 만나자는 약속도 없었다. 그는 기사에게 내 택시비를 준 뒤 내가 자리에 앉자 문을 닫았다. 내가 뒷좌석 창문을 열었다. "이언." 그가 뒤로 물러날 때 내가 애타게 불렀다. "당신을 다

448

시 만나게 될까요?"

그는 헝클어진 머리를 거칠게 손으로 빗어 내리며 조심스러운 표정으로 말했다. "어디로 가면 나를 만날 수 있는지 당신도 알잖아요."

그의 다음 전시회 때 웬디의 갤러리에서. 거기서 우리는 공손하게 예의를 차리며 서로를 타인처럼 대하겠지. 나는 속으로 움찔했다.

택시가 서서히 출발했고, 택시가 도로에 들어설 때까지 나는 창문에 기대어 이언을 지켜봤다. 공항에 도착하고 나서야 나는 내가 제임스만 놔준 게 아니라는 걸 알게 되었다. 나는 이언도 놓아버린 것이었다.

두 곳의 경유지를 거치는 열아홉 시간의 비행 끝에 나는 밤늦게 새너제이 공항에 도착했다. 사람들로 붐비는 터미널에서 나는 수하물 벨트 앞에 혼자 서서 내 짐이 나오길 기다렸다. 나는 덜덜 떨면서 여름 원피스 위에 걸친 코트를 여미며 빗물에 젖은 창문을 바라봤다. 수하물이 올라간 회전식 원형 컨베이어가 돌아갔고, 얼마 후 내 여행 가방이 나타나 앞으로 쓰러졌다. 나는 그걸 들어 내리다가 나디아와 부딪쳤다.

그녀는 툴툴거리면서 내 어깨를 움켜쥐었다. "돌아온 걸 환영해."

"어떻게…?"

"이언이 전화했어." 그녀는 한 팔을 내 허리에 감았다.

"가자, 집에 데려다줄게. 너 안색이 완전 똥색이야."

"참 나, 고맙다." 나는 그녀를 따라 주차장으로 갔다.

그녀가 운전하는 동안 나는 제임스의 상태, 토머스의 고백, 이언의 사랑 고백, 그리고 내가 어떻게 세 남자를 거기 놔두고 왔는지를 이야기했다.

"맙소사." 그녀는 전방의 도로를 보며 말했다. 그러다 슬쩍 나를 봤다. "너 정말 끝내주는 주말을 보냈구나. 그러니까 제임스는 정말 사라진 거야? 하나도 안 남았어? 정말 대단한 여행이었구나."

"카를로스는 아이들도 있고 자기 일도 있는 완전히 다른 남자야. 나도 카를로스가 제임스가 아니란 걸 받아들이는 데 며칠 걸렸어. 어떤 면에선 어딘가 다르다는 걸 나도 알고 있었어. 그의 손길이 내가 알던 그게 아니라고 할까. 몸은 제임스인데 그 안에 있는 사람은 제임스가 아니야. 내 말이 말이 되는지 모르겠다만."

나디아는 이마를 찡그렸다. "뭐, 묘한 이야기이긴 하지만 그런 대로 말이 되는 것 같아. 와, 그거 정말 황당하다. 너 제임스 없이도 괜찮겠어?"

나는 그녀의 손을 꼭 잡았다. "그는 아내를 잃은 것 빼고는 멕시코에서 행복하게 살고 있었어. 생각보다 그를 놓아주는 게 훨씬 쉽더라고."

나디아는 내게 여자 친구만 지어줄 수 있는 그런 미소를 지었다. "내 생각에 너는 그동안 바라던 종지부를 마침내 찍은 것 같다. 이야기하고 싶으면 내게 전화한다고 약속해. 난 널 잘 알아. 넌 지난 며칠 동안 일어난 일을 계속 곰곰이 생각해보겠지. 그걸 또 그냥 마음속에 묻어두지 마. 이야기해서 다 풀어야 해. 내가 옆에 있을게."

"약속할게." 나는 그녀의 손을 다시 잡았다. 이제 과거를 마음속에만 묻어두는 건 그만해야지.

우리 집 앞에 도착하자 나는 뒷좌석에 실어둔 가방을 내렸고, 나디아는 시동을 켜놓은 채로 물었다. "이언은 어떻게 할 거야?"

내 입이 축 처졌다. "아무것도 안 해. 난 그에게 상처를 줬어. 그는 이제 내게 관심 없어."

"내 말 믿어. 이언은 너에게 관심 이상의 마음을 갖고 있어. 그 사람이 나한테 전화해서 네 걱정을 얼마나 했는데. 바보가 아닌 이상, 이언이 널 미친 듯이 사랑하고 있다는 건 누구나 알 수 있어. 그가 이미 사랑한다고 했다며. 너야말로 사람이 한번 사랑에 빠지면 금방 마음을 털어버리는 게 불가능하다는 걸 잘 알 거 아니야." 그녀는 손가락을 딱 부딪쳤다. "사랑을 너무 쉽게 놔주는 버릇은 들이지 마. 이언에게 한 번 더 기회를 줘."

"좀 두고 보자." 나는 어깨를 으쓱하고 차 문을 닫았다.

내가 집으로 들어오자 나디아는 차를 몰고 떠났다. 거의 2년 전 제임스가 떠난 뒤로 한 번도 뭔가를 바꾸거나 새롭게 해본 적이 없는 집. 나는 가방을 침실로 끌고 간 뒤 벽장문을 열었다. 제임스의 옷들이 빤히 날 보고 있었다. 나는 그 옷들을 손가락으로 쓸어보다가 소매를 하나 붙잡았다. 그러고는 거기다 얼굴을 박고 숨을 들이쉬었다. 코가 따끔거렸다. 아무것도 느껴지지 않고 먼지 냄새만 났다.

나는 옷걸이를 한 움큼 집어다가 제임스의 옷들을 벽장에서 꺼내 손님용 침실로 가져갔고, 그 방 침대 위에 그 옷들을 내려놨다. 내일 저 옷들을 다 박스에 담아서 토머스더러 가져가라고 해야지. 제임스의 물건들을 어떻게 처리할지는 토머스가 결정하면 될 일이었다.

내 방으로 돌아오던 나는 수납장 위에 놓인 사진 액자들을 보고 멈춰 섰다. 제임스의 사진 네 개가 있었다. 나는 그것들을 다 들고 가서 옷더미 위에 뒀다. 토머스가 그 사진들을 카를로스에게 보내줄 수 있을 것이다.

그 후 한 시간 동안 나는 제임스와 관련된 것들을 손님용 침실로 다 옮겼다. 그림, 미술 용품, 옷과 사진. 작은 사진 하나만 남겼다. 우리 둘이 제임스의 오래된 BMW에 기대 서 있는 사진이었다. 그건 내 책상 위에 놔둘 것이다.

다 옮긴 뒤 나는 제임스와 같이 산 소파에 쓰러졌다. 그리고 소파의 닳아빠진 천을 손가락으로 쓸어보다가 이 소파도 없애기로 결정했다. 하루 날 잡아서.

곧 눈꺼풀이 무거워졌고, 나는 쿠션을 베고 옆으로 누웠다. 나는 잠이 들었다. 그리고 꿈을 꿨다.

❖

몇 주 후, 영업을 마치고 카페의 음식 진열장에 묻은 지문들을 닦고 있을 때 문에서 딸랑거리는 소리가 들리더니 찬바람이 가게 안으로 휙 들어왔다. 내 뒤에서 발소리가 들렸다. "문 닫았는데요." 나는 뒤도 보지 않고 말했다.

"나야." 나디아가 말했다.

나는 걸레와 세제를 들고 돌아서서 그녀를 봤다. 그녀는 진홍색 칵테일 드레스를 입고 그 위에 모직 코트를 걸친 모습이었다. 머리는 핀을 꽂아서 느슨하게 올렸고, 입술엔 립스틱을 칠했고, 차가운 바람을 맞고 와서 뺨이 불그스레했다. "오늘 밤에 어디 가?"

그녀가 쌩긋 웃었다. "마크와 데이트 있어."

"정말?" 나는 무심히 유리의 좀처럼 지워지지 않는 얼룩을 문질러 닦았다. "뭣 때문에 마음이 바뀐 거야?"

"너." 그녀가 말했다. 내가 허리를 펴고 일어서자 그녀는 카페 안으로 들어와 카운터에 엉덩이를 기댔다. "나 역시 남자들을 너무 쉽게 놔버리는 경향이 있거든. 마크는 다정한 사람이고 이젠 유부남도 아니야. 그에게 기회를 한번 주고 싶어."

나는 눈썹을 치켜 올렸다. "너 정말 그 사람 좋아하는구나."

"그래."

나는 더러워진 걸레를 접었다. "오늘 밤 어디 가는데?"

"저녁을 먹고 그다음에는…" 그녀는 클러치에서 엽서 한 장을 꺼내 카운터 너머에 있는 내게 휙 밀었다. "이언의 전시회에 갈 거야."

나는 웬디의 로고 밑에 이언의 이름이 볼드체로 찍혀 있는 그 엽서를 봤다. 앞쪽에 이언의 컬렉션에서는 본 적이 없는 이미지 두 개가 실려 있었지만 그 사진들을 찍을 때 내가 옆에 있었다. 그것은 푸에르토 에스콘디도 사진들이었다. 나는 두 남자가 가게 앞에서 담배를 피우고 있는 사진을 손가락 끝으로 훑어 내렸다. "이제 사진에 사람들이 나오네." 나는 중얼거렸다.

"너도 가. 그에게 기회를 한 번 더 줘."

나는 고개를 흔들었다.

"멕시코에서 돌아온 후 이언을 본 적 있어?"

"아니."

"그에게 전화해봤어?"

"그 사람이 내게 전화하지 않았는데 뭘."

"넌 이미 이언의 감정을 알고 있잖아. 넌 그에게 사랑한다고 말했어?"

"아직은." 난 아무 생각 없이 말해버렸다.

나디아가 피식 웃었다. "네가 그를 사랑하는 거 알고 있었어."

나는 입술을 축이고 나서 엽서를 찬찬히 살펴봤다.

"난 가야 해. 갤러리에서 만나자. 크리스틴과 닉도 올 거야."

"난 잘 모르겠다…" 내 목소리가 작아졌다. 나는 엽서를 앞치마 주머니에 넣었다. "가게 선반에 물건 떨어진 것도 채워놔야 하고."

그녀는 코트의 버튼을 채웠다. "가게 선반은 어디 안 가거든."

하지만 누구는 갈지도 모르지.

그녀는 하지 않은 말이 그렇게 허공을 맴돌게 해놓고 내 뺨에 키스했다. "오늘 밤에 보자." 나디아가 소리치면서 나갔다. 환한 입술에 모든 걸 꿰뚫어 보는 미소를 지으면서.

그녀가 나간 뒤 나는 가게 문을 잠그고 청소를 계속했다. 카운터를 더 세게 문질러 닦고, 식기 세척기에 더러워진 접시들을 넣어서 새로 돌리고, 카페에서 써야 할 물건들을 박스에서 풀어 내놓았다. 카페 공동 선반에 놓아두는 신문과 잡지들을 정리하다가 비로소 나는 내가 시간을 끌고 있다는 걸 깨달았다.

나는 다시 엽서를 봤다. 그의 사진들은 아름다웠고 그걸 내 눈으로 직접 보고 싶었다. 뭣 때문에 사진에 대한 생각이 바뀌었을까?

이언도 보고 싶었다. 그가 그리웠다.

그런데 왜 꾸물대고 있는 거야?

내 옷은 구겨지고 머리는 엉망이었지만, 옷을 갈아입으러 집에 가면 또 가지 않을 핑계를 찾아낼 것이었다. 그래서 나는 불을 다 끄고 경보 장치를 작동시킨 뒤 카페를 나와, 두 블록을 걸어서 웬디의 갤러리로 갔다.

이언의 지난번 전시회처럼 이번에도 성황이었다. 전에 본 얼굴들이 많았다. 모두 이언을 흠모하는 팬들이었다. 전과 달리 이번에는 여러 여행지에서 찍은 사진들이 섞여 있지 않았다. 모든 사진이 푸에르토 에스콘디도에서 찍은 것이었다.

나는 그 아름다움에 사로잡혀 작품 하나하나를 천천히 보면서 주 전시실을 걸어 다녔다. 1,000분의 1초에 포착된 삶의 단면을 묘사하는 현수막 크기의 인물 사진들이 바닥부터 천장 높이까지 걸려 있었다. 높이 솟은 파도 안쪽을 쏜살같이 미끄러지는 서퍼들. 일몰을 배경으로 포옹하고 있는 커플들의 실루엣. 야자나무에 기대어 바다의 수평선을 바라보는 카를로스.

카를로스.

나는 배를 만져봤다. 그 어떤 긴장이나 불안도 느껴지지 않았다. 기대나 상실도 없었다. 나는 발가락을 힐끗 내려다봤다가 다시 사진을 봤다. 내가 사진에서 본 사람이 카를로스라는 걸 깨닫자 입가에 작은 미소가 떠올랐다. 제임스가 아니었다.

모든 사진들이 눈부시게 황홀하고 다양한 색채로 전시실을 환하게 빛냈다. 그건 내가 지금까지 본 이언의 어떤 작품과도 달랐다.

"이상하지 않아?" 내 옆에 와서 선 닉이 말했다. "이 사진에서 제임스가 보이긴 하는데 눈이 달라. 그러다가 제임스가 사라지고 완전히 다른 사람이 보여."

나는 이언을 생각하면서 그가 재키가 주된 정체성이었을 때 찍은 엄마 사진들에 대해 어떻게 묘사했는지 떠올렸다.

"그의 이름은 카를로스야. 제이미 카를로스 도밍게스." 내가 중얼거렸다.

"내가 그를 찾아가 봐도 될까?"

나는 닉을 쳐다봤다. "그는 당신을 모를 거야."

그의 눈빛이 어두워졌다. "토머스가 우리 모두를 속였지." 그러다 그의 표정이 미안해하는 표정으로 바뀌었다. "레이 일은 미안하게 됐어. 그 개자식을 잡을 수가 없네." 그는 욕설을 내뱉었다.

나는 히죽히죽 웃었다. "그 인간은 당신에게도 절대 연락 안 할걸." 내가 닉의 추천을 받아 제임스를 찾는 일에 고용했던 사립탐정 레이는 토머스를 털어서 챙긴 한재산 덕분에 아마도 작은 섬으로 가서 마가리타를 마시고 있을 터였다.

뒤쪽에 한 사진을 동그랗게 둘러싸고 사람들이 모여 있었다. 그들의 머리 위로 사진의 노란색과 황금색이 언뜻 보였다. 나는 닉에게 양해를 구하고 사람들을 뚫고 안으로 들어갔다. 그러고는 우뚝 멈춰 섰다. 그건 내 사진이었다. 나는 내 모습을 생전 처음 보는 것처럼 멍하니 바라봤다.

이언은 카사 델 솔에서 춤추는 내 모습을 찍었다. 나는 모든 걸 내려놓고 음악을 느끼고 있었다.

흑단같이 까만 속눈썹 밑의 내 캐리비언 블루 눈동자가 강조돼서, 보는 사람은 저도 모르게 그 깊은 눈을 응시하게 됐다. 갈색 곱슬머리가 내 머리를 후광처럼 감싸고 있었는데, 반짝거리는 불빛에 그 머리카락도 춤을 추는 것처럼 보였다. 머리카락들이 반딧불이와 황금 가루처럼 반짝이고 있었다.

이언이 나를 이렇게 봤단 말이야? 이 사진은 감동적이었다. 이건 그냥 피사체를 사랑한 게 아니라 사진 속 여자를 사랑한 예술가가 찍은 사진이었다. 나는 울고 싶었다.

나는 이언이 내 팔을 스치는 걸 느끼기도 전에 그가 내 옆에 온걸 감지했다. "그녀는 아름다워요." 이언은 내 귀에만 들릴 만한 소리로 중얼거렸다.

"이언…" 내가 입을 열었다.

"당신은 아름다워요." 그가 내 귀에 대고 속삭이자 내 맥박이 빨라졌다. "당신이 그리웠어요."

내 눈이 따끔거렸다. "당신 사진들은…" 나는 전시회에 걸린 사진들이 얼마나 훌륭한지 묘사할 말을 찾지 못하고 그냥 고개만 저었다. "당신 사진들 속에 사람이 있네요."

그는 내 옆에서 자세를 바꿨다. "누군가가 전에 내게 재능이 있다고 했거든요. 듣자 하니 내가 사람들의 좋은 면을 포착하는 재주가 있다고. 난 사람들에게 꼭 숨겨야 할 추한 면만 있는 건 아니라는 걸 받아들여야 한다고 생각하게 됐어요." 나를 보는 그의 시선이 느껴졌다. "당신은 제임스를 놓아주길 두려워했지만 그렇게 했어요. 그것 때문에 당신이 더 강한 사람이 됐다고 장담할 수 있어요. 난 그에게 당신을 잃을까 봐 겁이 나서 당신을 따라 멕시코에 갔죠. 내가 당신을 얼마나 사랑하는지 당신은 결코 모를 거예요. 난 아직도…" 그는 말을 멈춘 채 조용해졌다.

나는 그를 보지 않은 채로 손을 뻗어 그의 손을 잡았다. 그는 내 손에 깍지를 꼈다. "이리 와요." 그가 이렇게 말하고 나를 사람들에게서 떨어진 구석으로 데려갔다.

"당신이 그리웠어요. 멕시코에서 같이 있어주지 못해 미안해요." 우리 둘만 있게 됐을 때 내가 말했다.

그가 나를 껴안았다. "이해해요, 에이미. 당신은 그동안 겪은 모든 일로부터 거리를 둬야 했죠. 난 당신에게 그렇게 할 수 있는 틈을 췄어요. 당신이 내게 오는 길을 다시 찾을 수 있기를 바라면서." 그의 목소리가 내 귀를 애무했다. 그는 나의 민감한 귓불에 입술을 스치며 속삭였다. 짜릿한 전율이 내 몸에 퍼졌다.

"레이니는요? 그녀를 찾았어요?" 나는 이언이 레이시를 가리킬 때 쓴 이름으로 물어봤다. "당신 어머니에게서 무슨 소식이 왔나요?"

"아뇨."

나는 낙심했다. "안타깝네요."

"그러지 말아요. 엄마가 살아 계신다면 내가 찾아낼 거예요. 언젠가는."

"사랑해요, 이언." 나는 더 이상 그 말을 마음에 담아둘 수 없었다. "전에 말했어야 했는데."

그는 내게 키스했다.

"사랑해요." 나는 다시 그의 입에 대고 속삭였다. "하지만 하나 물어볼 게 있어요."

그는 키스하다 몸을 뗐다. "뭔데요?" 그가 조심스럽게 물었다.

"나와 같이 저녁 먹을래요?"

그는 천천히 섹시한 미소를 지었다. "지금 내게 데이트 신청하는 건가요?"

"맞아요. 그래요." 내가 웃었다.

"음, 그렇다면, 합시다. 당신과 같이 저녁을 먹을 거고, 그다음 날 아침도 먹을 거고." 그는 내 입술에 자신의 입술을 스치며 약속했다. "그리고 그다음의 모든 아침도 같이 먹을 거고." 그는 내

게 정열적으로 키스하며 우리 앞에 놓인 미래의 맛을 느끼게 해
줬다. 그것이 내가 원하던 미래였다.

에필로그

5년 후

그는 다시 그녀 꿈을 꿨다. 눈부시게 환하고 뜨거운 파란 눈이 그의 영혼에 낙인을 찍었다. 그녀가 그의 몸 위로 서서히 올라오면서 그의 달아오른 몸에 키스하는 동안 그녀의 갈색 곱슬머리가 그의 가슴을 쓰다듬었다. 그들은 두 달 후에 결혼할 것이다. 그는 매일 아침 그녀와 같이 잠에서 깨어 그녀를 아내로 사랑해줄 것이다. 지금 그녀가 그를 사랑하는 것처럼.

그녀에게 해줄 뭔가 중요한 말이 있었다. 그가 서둘러 해야 할 일도 있었고. 그것이 무엇이든 안개가 낀 것처럼 흐릿한 머릿속에서 좀처럼 떠오르지 않았다. 그는 초점을 좁혀서 그 생각에 집중하다가 마침내…

그녀를 보호해.

그는 자신의 약혼녀를 보호해야 했다. 그의 형이 그녀를 폭행했다. 그가 다시 그녀를 해칠 것이다.

형이 보였다. 형의 표정에 확신이 서려 있었다. 광기와도 같은 표정이었다. 둘은 보트를 타고 있었다. 형이 총을 들고 협박하고 있었다. 형은 그에게 총을 겨눴고, 주저하지 않고 쏠 태세였다. 그래서 그는 물속으로 뛰어들었다. 거친 물살이 그를 물속 깊이 끌고 들어갔다. 그는 자신이 물속에 가라앉는 걸 느꼈다. 총알들이 수면을 때리며 들어와 그의 머리와 상반신을 간신히 비껴갔다.

그는 재빨리 열심히 헤엄쳤다. 가슴이 타는 것 같았지만 생전 처음 느껴보는 무시무시한 두려움 때문에 쉬지 않고 헤엄쳤다. 그는 그녀를 보호해야 했다.

크고 힘센 파도가 그를 들었다가 바위투성이 절벽에 내던졌다. 불에 그슬리는 듯한 고통이 그의 얼굴과 사지를 찢었다. 바다가 그를 잡으려 들었지만 하나밖에 없는 사랑을 보호하려는 그의 의지가 더 셌다. 그는 형이 그녀를 건드리기 전에 그녀에게 가야 했다. 물살이 그를 다시 삼켜버렸다. 그는 물에 둥둥 뜬 채 표류했다. 앞으로 갔다 뒤로 갔다 위로 갔다 아래로 갔다 했다. 그러다 어둠이 찾아왔다.

"파파! 파파!" 작은 목소리가 들렸다.

그는 눈을 번쩍 떴다. 꼬마 하나가 그의 몸 위에서 펄쩍펄쩍 뛰면서 침대 시트를 엉망으로 구기고 있었다. 그는 낄낄 웃으면서 침대 주위를 뛰어다니는 그 아이를 봤다.

"데스피에르타테, 파파. 탱고 암브레(빨리, 아빠. 배고파)."

아이는 스페인어로 말하고 있었다. 그는 머리를 헤집어 대학 때 들었던 스페인어 수업을 떠올려봤다. 아이는 배가 고프고, 그를 '아빠'라고 불렀다.

대체 여기가 어디지?

그는 벌떡 일어나 앉아 몸을 뒤로 빼다가 침대 머리맡 나무판에 쾅 부딪쳤다. 그는 사진 액자들에 둘러싸인 침실에 있었다. 자신이 많은 사진에 등장했지만 그런 사진을 찍은 기억이 하나도 나지 않았다. 오른편에 있는 창문으로 발코니가 보였고 그 너머에 바다가 있었다. 대체 이게 무슨?

얼굴에서 핏기가 싹 가시는 게 느껴졌다. 몸에서 식은땀이 흘렀다. 아이가 좀 더 가까이 와서 펄쩍펄쩍 뛰면서 빙글빙글 한 바퀴를 돌았다. "키에로 엘 데사유노(사랑해, 아침밥)! 키에로 엘 데사유노!" 아이가 구호를 외치는 것처럼 소리쳤다.

"그만 뛰어." 그는 쉰 목소리로 말하면서 손을 들어 아이가 가까이 오지 못하게 막았다. 그는 혼란에 빠졌다. 목구멍으로 공황이 스르르 밀려드는 것 같았다. "그만하라고!" 그가 소리를 질렀다.

아이가 순간 얼음이 됐다. 눈을 동그랗게 뜬 아이는 잠시 그를 빤히 바라보다가 침대에서 뛰어내려 방을 나가버렸다.

그는 눈을 질끈 감고 10까지 셌다. 다시 눈을 뜨면 모든 것이 정상으로 돌아가 있을 것이다. 그는 스트레스를 받고 있었다. 일, 결혼식, 형들을 상대하는 것 때문에 스트레스를 받고 있었다. 그래서 이럴 것이다. 이건 그저 꿈일 뿐이다.

그는 눈을 떴다. 변한 건 하나도 없었다. 그의 폐에서 힘들게 숨이 터져 나왔다. 이건 꿈이 아니었다. 이건 악몽이었고, 그는 지금 이 악몽을 살고 있었다.

침대 옆 테이블 위에서 휴대폰이 보였다. 그는 그걸 집어서 화면을 눌렀다. 날짜를 읽자 심장이 철렁했다. 지금은 5월이어야 하는데. 어떻게 지금이 12월이고…그의 결혼식으로부터 6년하고도 6개월이나 지나버린 것인가?

문에서 무슨 소리가 나서 그는 고개를 홱 돌렸다. 문간에 아까 봤던 아이보다 나이가 많은 소년이 서 있었는데, 에스프레소 빛깔의 얼굴이 창백했다. "파파?"

그는 똑바로 일어나 앉았다. "넌 누구니? 여긴 어디고? 여긴 뭐 하는 곳이니?"

그의 질문에 소년은 겁에 질린 것 같았지만 방에서 나가진 않았다. 그 대신에 벽장으로 의자를 끌고 갔다. 그리고 그 의자 위에 올라가더니 위쪽 선반에서 금속 상자 하나를 꺼냈다. 소년은 그 상자를 그에게 갖다 주고 키패드에서 네 자리 비밀번호를 눌렀다. 상자의 걸쇠가 열렸다. 아이는 뚜껑을 연 뒤 천천히 뒷걸음질 쳐 방에서 나갔는데 눈물을 흘리고 있었다.

금속 상자 안에는 법적 서류들이 들어 있었다. 여권들, 출생증명서들, 혼인 허가서, 라켈 셀리나 도밍게스의 사망증명서가 있었다. 바닥에 몇 개의 USB 메모리와 몇 개의 컴퓨터 디스크가 있었고, 약혼반지도 있었다. 그는 그 반지를 알아봤다. 그의 약혼녀가 끼는 반지였다. 그는 그 반지를 들고 햇빛에 비춰보면서 영문을 몰라 했다. 왜 이 반지를 그녀가 끼고 있지 않은 거지?

그가 반지를 다시 금속 상자에 넣는데 봉투 하나가 눈길을 끌었다. 그것은 그에게 보내진 편지였다. 제임스에게. 그는 봉투를 찢어서 열고 편지를 꺼냈다.

나는 빌린 시간에 이 편지를 쓴다. 나는 과거에 내가 누구였는지는 기억하고 지금 내가 누구인지는 잊게 될 그날이 오는 것이 두렵다. 내 이름은 제이미 카를로스 도밍게스다.

나는 한때 제임스 찰스 도나토라는 이름으로 알려져 있었다. 만약 내가 이 편지를 쓴 기억이 전혀 없이 이걸 읽고 있다면 하나만 알기 바란다.

내가 바로 당신이란 걸.

감사의 말

《사라진 너를 찾아서Everything We Keep》에 나오는 에이미의 여정처럼 출판으로 가는 내 여정 역시 우여곡절이 많았다. 그것은 황당하지만 아주 신나는 여행이었고, 그 여행길에서 놀라운 사람들을 많이 만났다. 그들의 열정과 전문 지식, 그리고 가족들과 친구들의 지속적인 지지 덕분에 에이미의 이야기를 독자들과 나누는 영광을 누리게 됐다.

퓨즈 문학 에이전시에서 나를 담당하는 고든 워낙에게 특히 고마운 마음이 크다. 고든은 시간을 들여 내 이야기를 들어주고 격려해줬으며, 나를 포기하지 않았다. 무엇보다 그가《사라진 너를 찾아서》의 집을 찾아줘서 감사할 뿐이다. 그리고 출판사에 쌓여 있는 산더미 같은 원고 더미에서 내 원고를 뽑아낸 젠 카스벡에게도 고마운 마음을 전한다. 나만큼이나 에이미의 이야기를 사랑해줘서 감사해요.

레이크 유니언 출판 팀은 놀라운 실력을 보여줬는데, 특히 대니엘 마셜과 내 편집자인 켈리 마틴에게 고맙다는 말을 전하고 싶다. 이 이야기를 반짝이게 만들어줘서 고마워요. 같이 일하면서 정말 즐겁고 기뻤어요.

내 첫 독자인 엘리자베스 앨런, 보니 도지, 비키 그레셤, 애디슨 제임스, 올리 코니그 로페즈 없이 《사라진 너를 찾아서》는 지금 독자 여러분이 보는 그런 소설이 될 수 없었을 것이다. 이들은 계속 나오는 이 이야기의 수정판들을 끈기 있게 읽어줬다. 여러분의 솔직한 피드백 덕분에 나는 더 나은 스토리텔러이자 작가가 될 수 있었어요.

내가 이 소설을 쓰는 동안 협회를 창립하자는 황당한 아이디어를 내준 사람이 있었다. 온라인여성소설가협회의 공동 창립자 여러분, 여러분은 내게 영감을 주었습니다! 우리는 책을 쓰면서 전국적인 조직을 건설할 수 있어요. 얼마나 멋진 일인가요!

나의 부모님인 빌과 필리스 홀에게도 고마운 마음을 전하고 싶다. 그분들은 오래전 내가 책을 쓸 계획이라고 선언한 그날부터 적극적으로 지지하고 밀어주셨다. 여자도 큰 꿈을 가질 수 있다는 걸 가르쳐주신 부모님께 감사한다.

항상 내 책에 대해 물어봐준 내 아이들 에번과 브레나에게도 고맙다는 말을 하고 싶다. 그런 호기심을 절대 잃지 말아라. 난 글쓰기를 사랑하지만 너희의 엄마로 사는 걸 더 사랑한단다.

그리고 마지막으로 내 가장 친한 친구이자 더할 수 없이 참을성이 많고 내가 너무너무 좋아하는 남편 헨리에게 고맙다는 말을 하고 싶다. 헨리, 당신과 당신이 하는 모든 일에 아주 감사하고 있어요. 당신이 당신인 것이 고마워요.

옮긴이의 말

어렸을 때 읽은 동화 속 여자 주인공들은 행복한 결말을 맞기까지 다 시련을 거쳤다. 왕자님과 무도회에서 행복하게 춤을 추다 12시를 알리는 종소리에 유리구두 한 짝을 남기고 간 신데렐라는 왕자님이 찾으러 올 때까지 계모와 새 언니들의 구박을 견디며 힘든 집안일을 해야 했다. 백설공주는 계모가 준 독사과를 먹고 왕자가 와서 구해줄 때까지 잠들어 있어야 했다. 마녀의 저주에 걸려 물레바늘에 찔린 후 의식을 잃은 잠자는 미녀 역시 왕자의 키스를 기다리며 끝도 없는 수면의 덫에 갇혀 있었다. 세 주인공 모두 기다린다는 공통점이 있다. 사실 대부분의 동화 속 여자 주인공들은 어디서 나타날지 모르는 왕자님을 기다리는 것이 숙명이지만 예외도 있다. 안데르센의 동화 《눈의 여왕》에 나오는 게르다가 그렇다. 어느 날 세상이 흉측하게 보이는 악마의 거울 조각이 눈과 심장에 박혀 변해버린 친구 카이가 눈의 여왕을 따라 사라져버린다. 게르다는 사랑하는 카이를 찾아 오랫동안 갖은 고난을 겪은 끝에 마침내 카이를 찾아내서 여왕으로부터 구해내 같이 집으로 돌아온다. 게르다는 사랑하는 이를 멋지게 구해내고 사랑을 쟁취한 것이다.

작가 케리 론스데일의 데뷔작이자 베스트셀러인 《사라진 너를 찾아서》를 번역하다 문득 게르다가 떠올랐다. 어렸을 때부터 같이 자라며 사랑을 예감한 에이미와 제임스. 소꿉친구에서 둘도 없는 단짝 친구로, 이어서 자연스럽게 연인으로 발전한 두 사람은 결혼을 약속한다. 하지만 결혼식을 앞두고 잠깐 출장을 다녀온다던 제임스가 실종됐다가 결국 시체로 돌아온다. 심지어 제임스의 가족들은 시체가 너무 처참하다는 이유로 제임스의 마지막 모습조차 에이미에게 보여주지 않은 채 원래는 둘의 결혼식을 치렀어야 할 교회에서 제임스의 장례식을 치른다. 동화 속 이야기처럼 '두 사람은 행복하게 잘 먹고 잘 살았습니다'라고 끝났어야 할 이야기는 이렇게 비극적인 반전으로 시작된다.

어려서부터 해바라기처럼 그만 바라보고 사랑했던 약혼자의 장례식에서 에이미는 의문의 여인으로부터 그가 살아 있다는 묘한 말을 듣게 된다. 과연 제임스는 죽은 걸까? 그렇지 않은 걸까? 에이미는 제임스를 찾아나서야 할까? 이렇게 수많은 물음표로 시작된 이야기는 남녀 간의 흔한 사랑 이야기일 거라는 예상을 가볍게 물리쳐버리고 미스터리로 발전한다. 그러면서 제임스가 실종되기 전 에이미와 제임스의 관계가 동화 속 왕자와 공주님처럼 완벽하지만은 않았다는 단서가 조금씩 드러난다. 거기다

에이미의 부모님은 그동안 에이미가 너무 제임스에게만 인생의 초점을 맞춰왔다는 지적을 하며 이제는 너만의 인생을 찾으라고 한다. 그건 어쩐지 약혼자를 잃은 딸을 위로하는 단순한 충고가 아닌 듯하다. 어쩌면 부모님은 전부터 에이미에게 그 이야기를 해주고 싶었던 게 아닐까?

이미 장례식까지 치른 약혼자의 생사 여부를 궁금해하며 만약 그가 살아 있다면 다시 찾아서 자기 옆으로 데려오겠다고 결심한 에이미의 여정을 따라가다 보면 여러 가지 생각이 떠오르게 된다. 연인과의 관계에서 문제가 발생할 때 어지간하면 다 좋은 게 좋은 거라고 치부하며 넘겨야 할까? 그것이 과연 사랑을 지키기 위해 내가 꼭 치러야 하는 대가인가? 나라는 사람의 정체성을 형성하는 데 가장 중요한 몫을 차지하는 사람은 나인가, 연인인가? 내 모든 것을 해결해주고 지켜주겠다는 사람은 좋은 연인일까? 자식의 인생을 지배하려 드는 부모와 가족으로부터 떠나기 위해 한 사람이 할 수 있는 가장 극단적인 결정은 뭘까? 무엇보다 사랑하는 사람의 행복을 위해 나는 내 사랑을 포기할 수 있을까? 그것이 아무리 아프고 고통스럽더라도 그렇게 해서 내가 사랑하는 사람이 행복하다면 그렇게 할 수 있을까?

내가 보는 좋은 소설이란 읽고 나서 세상을, 인생을 보는 기존의 시각을 다시 한 번 점검하게 하는 질문들을 떠올리게 하는 것이라고 생각해왔는데, 그런 기준에서 보면 《사라진 너를 찾아서》는 좋은 소설이다. 신예 작가지만 사랑이란 주제로 무척 노련하게 이야기를 엮어가는 케리 론스데일의 솜씨에 푹 빠져 있다 보면 나의 인생과 정체성과 사랑관에 대해 돌아보게 된다. 그것은 한 권의 책을 읽음으로써 받을 수 있는 무척 큰 선물일 것이다.

　멋진 사랑 이야기란 끝까지 읽고 나면 나도 이런 사랑을 하고 싶어지게 만드니까. 에이미의 사랑과 선택에 독자 여러분도 동참해보시길. 에이미가 사랑하는 카이를 구해서 집으로 데려오는 동화 속 게르다처럼 될지, 아니면 사랑하는 왕자를 위해 쓸쓸히 물거품으로 사라지는 인어공주처럼 될지 지켜보는 것도 흥미로울 것이다. 나라면 어떤 선택을 했을지 생각해보는 쏠쏠한 재미도 놓칠 수 없다는 점을 덧붙이며.

2018년 여름을 보내며

박산호

북클럽 토론을 위한 질문들

1. 에이미는 제임스의 장례식에서 레이시가 접근했을 때 넋을 놓고 있다가 뜻밖의 소식을 들었다. 처음에 그녀는 레이시를 믿지 않았다. 당신이라면 그런 상황에서 어떻게 반응했겠는가?

2. 크리스틴은 몇 번이나 에이미에게 마음을 열고 다른 사람에게 자신의 감정에 대해 이야기하라고 격려한다. 크리스틴이 에이미가 뭔가 숨기고 있다는 걸 감지했다고 생각하는가? 당신은 에이미가 뭔가를 숨기고 있다고 의심했는가?

3. 제임스의 요구에 따라 에이미는 목초지 그림, 그녀와 제임스의 특별한 장소이자 필에게 폭행당한 장소인 그곳을 그린 그림을 벽에서 내리지 않았다. 이런 행동으로 에이미의 어떤 면을 알 수 있을까? 에이미가 그 사건을 다른 사람들에게 이야기할 수 없다는

게 제임스와 한 약속을 지키는 것보다 에이미에게 더 스트레스가 됐다고 생각하는가?

4. 제임스가 사라지지 않았다면 에이미가 결혼식을 그대로 치렀을 거라고 생각하는가? 그들의 관계는 지속됐을까? 아니면 필에게 당한 그 일이 둘 사이에 문제가 됐을까?

5. 에이미의 아픔을 치유하는 데 무엇이 더 도움이 됐다고 생각하는가? 자신의 카페를 개업한 것 아니면 제임스를 찾아다닌 것?

6. 이멜다는 레이시를 '수수께끼'라고 묘사했다. 그녀는 소설이 끝날 때까지 미스터리로 남아 있다. 이언과 에이미는 각자의 방식으로 레이시와 만났다. 이언과 에이미가 사랑했지만 잃어버린 사람들을 찾는 여정에서 둘이 만날 수 있도록 레이시가 중간에서 모종의 역할을 했다고 생각하는가?

7. 필의 폭행 사건을 에이미가 회상하기 전까지 제임스에 대한 당신의 견해는 어땠는가? 그 사건을 알게 된 후 제임스의 대응을 보고 제임스에 대한 당신의 생각이 바뀌었는가?

8. 토머스의 고백에 대해 어떻게 생각하는가? 그의 고백이 놀라운가? 그가 정말 제임스를 생각해서 그랬을까?

9. 제임스가 필과 형제 사이라는 비밀을 숨긴 것이 수치 때문이었다는 에이미의 생각에 동의하는가? 제임스가 처음부터 필과의 관계를 솔직하게 밝혔을 경우 에이미가 어떻게 반응했을 거라고 생각하는가? 한 사람이 깊고 어두운 비밀을 품고 있을 때 그 관계가 잘 지속될 수 있을 거라고 생각하는가?

10. 이 이야기는 많은 주제를 품고 있다. 놓아주기, 치유, 용서, 사랑. 당신은 어떤 주제에 가장 공감하는가? 어떤 주제가 이 스토리에서 가장 큰 영향력을 발휘하고 있다고 생각하는가?

11. 거의 끝까지 에이미는 약혼반지를 빼지 않는다. 그 반지는 어떤 상징적 역할을 하는가? 그게 이 소설의 주제와 어떻게 연결되는가?

12. 이 이야기는 제임스가 해리성 둔주에서 벗어나는 장면으로 끝난다. 그다음에 이 이야기가 어떻게 진행되리라고 보는가?

13. 에이미의 인생은 그녀가 예상하지 않았던 많은 변화를 맞는다. 약혼자를 잃고, 혼자서 카페를 개업하고, 그다음엔 수천 마일을 날아가서 약혼자를 찾아내지만 다시 그를 떠나보내야 한다. 하지만 그녀의 여정은 내면의 여정이기도 하다. 그녀는 이야기의 끝에서 어떻게 달라지는가?

옮긴이 **박산호**

전문 번역가. 중학교에 입학해서 처음 배운 영어에 유달리 흥미를 느꼈다. 고등학교 시절에는 외국 작가가 쓴 두꺼운 책을 늘 끼고 다니는 문학소녀였다. 이때부터 '영어'와 '책'에서 잠시도 떨어지지 않았다. 한양대학교 영어교육학과에서 영어를 가르치는 방법을 공부했고, 영국 브루넬대학교 대학원에서 영문학을 전공했다. 회화와 토익 강사를 거쳐 영상 번역가로 일하다가 하드보일드 문학의 대가 로렌스 블록의 《무덤으로 향하다》의 번역 테스트에 통과하면서 출판 번역계에 입문했다. 영어를 처음 배우는 아이들을 위해 초등학생이었던 딸을 모델로 삼아 《깔깔마녀는 영어마법사》라는 책을 썼고, 기본 영단어 100개를 엄선하여 단어와 관련한 정치, 경제, 역사, 문화 등의 상식을 함께 살펴보는 영어 교양서 《단어의 배신》을 썼다. 최근에는 노승영 번역가와 함께 베테랑 전문 번역가들이 풀어놓는 텍스트 분투기 《번역가 모모 씨의 일일》을 썼다. 《임파서블 포트리스》, 《지팡이 대신 권총을 든 노인》, 《거짓말을 먹는 나무》, 《토니와 수잔》, 《레드 스패로우》, 《하우스 오브 카드 3》, 《차일드 44》, 《싸울 기회》, 《다크 할로우》, 《콰이어트 걸》, 《퍼시픽 림》, 《용서해줘, 레너드 피콕》, 《세계대전 Z》 등 60여 종의 원서를 번역했다.

사라진 너를 찾아서

펴낸날 초판 1쇄 2018년 9월 17일

지은이 케리 론스데일
옮긴이 박산호
펴낸이 김현태

책임편집 김지혜 **디자인** 이영민 박아형
마케팅 김한성 임은희 이지현 **제작** 최성환 **경영지원** 도혜지

펴낸곳 책세상
주소 서울시 마포구 잔다리로 62-1, 3층(04031)
전화 02-704-1251(영업부), 02-3273-1334(편집부)
팩스 02-719-1258
이메일 bkworld11@gmail.com
광고·제휴 문의 bkworldpub@naver.com

홈페이지 chaeksesang.com
페이스북 /chaeksesang **트위터** @chaeksesang
인스타그램 @chaeksesang **네이버포스트** bkworldpub

등록 1975. 5. 21. 제1-517호

ISBN 979-11-5931-283-0 03840

이 도서의 국립중앙도서관 출판시도서목록(CIP)은 서지정보유통지원시스템 홈페이지
(http://seoji.nl.go.kr)와 국가자료공동목록시스템(http://www.nl.go.kr/kolisnet)에서
이용하실 수 있습니다.(CIP제어번호 : CIP2018025627)